Cindy Woodsmall

... so wird deine Hand mich halten

Hannah, das Amischmädchen – Band 3

francke

Über die Autorin:
Cindy Woodsmall lebt mit ihrem Mann in Georgia. Als ihre drei Kinder flügge wurden, begann sie zu schreiben. Bereits ihr erster Roman wurde für einen Christian Book Award nominiert. Ihre Freundschaften zu Mennoniten und Amisch bereichern ihre lebendigen und authentischen Romane.

Bibliografische Information Der Deutschen Bibliothek
Die Deutsche Bibliothek verzeichnet diese Publikation in der Deutschen Nationalbibliografie; detaillierte bibliografische Daten sind im Internet über http://dnb.ddb.de abrufbar.

ISBN 978-3-86827-060-0

Originally published in English under the title:
When the Soul Mends by Cindy Woodsmall

Published by WaterBrook Press
an Imprint of The Crown Publishing Group
a division of Random House, Inc.
12265 Oracle Boulevard, Suite 200
Colorado Springs, Colorado 80921 USA
All non-English language rights are contracted through:
Gospel Literature International
P.O. Box 4060, Ontario, California, 91761-1003 USA
This translation published by arrangement with
WaterBrook Press, an imprint of The Crown Publishing Group
a division of Random House, Inc.

35037 Marburg an der Lahn
Deutsch von Silvia Lutz
Coverfotos: Jim Celuch / Ed Walls / amandare / Silverpics
Coverdesign: Mark D. Ford
Satz: Verlag der Francke-Buchhandlung GmbH
Druck: Bercker Graphischer Betrieb, Kevelaer

www.francke-buch.de

Hauptfiguren aus den Bänden 1 und 2: Nähme ich Flügel der Morgenröte ... ... und flöge ans äußerste Meer ...

Hannah Lapp – zwanzig Jahre, amisch. Vor zweieinhalb Jahren verließ sie als Siebzehnjährige in Schande ihr Zuhause in Owl's Perch, Pennsylvania, und baute sich in Winding Creek, Ohio, bei ihrer Tante Zabeth, die vor vielen Jahren mit dem Bann belegt worden war, ein neues Leben auf. Sie war mehrere Monate heimlich mit Paul Waddell verlobt.

Zeb und Ruth Lapp – Hannahs amische Eltern. Neben Hannah haben sie noch sechs andere Kinder: Luke (24), Levi (22), Sarah (18), Esther (14), Samuel (9) und Rebecca (6).

Luke Lapp – amisch. Er ist Hannahs ältester Bruder und war früher ihr bester Freund, wollte aber lange die Wahrheit über die Tragödie seiner Schwester nicht glauben. Er ist mit Mary Yoder verheiratet.

Mary Yoder Lapp – zwanzig Jahre, amisch. Mary ist Hannahs beste Freundin und ist mit Hannahs Bruder Luke verheiratet. Marys Eltern sind Becky und John Yoder, und sie hat neun Brüder.

Sarah Lapp – amisch. Sie ist ziemlich verwirrt und unsicher und brachte falsche Gerüchte über ihre Schwester Hannah in Umlauf.

Zabeth Bender – Hannahs Tante, die sie bei sich aufnahm und ihr half, sich in der Welt der Englischen zurechtzufinden. Sie starb in dem Sommer nach Hannahs zwanzigstem Geburtstag.

Martin Palmer – er wird am Anfang des Buches neunundzwanzig. Er ist ein Englischer und wurde nach dem Tod seiner Mutter von Zabeth Bender aufgezogen. Er und Hannah wurden bald nach ihrer Ankunft in Ohio Freunde. Er hat sich in sie verliebt und hat sie gebeten, ihn zu heiraten.

Faye Palmer – Martins fünfunddreißigjährige Schwester. Sie ist drogenabhängig. Sie ist davongelaufen und hat ihre Kinder, Kevin und Lissa, bei Martin und Hannah gelassen.

Kevin Palmer – Martins siebenjähriger Neffe.

Lissa Palmer – Martins sechsjährige Nichte.

Paul Waddell – vierundzwanzig Jahre, Mennonit. Als Collegestudent träumte er davon, Hannah zu heiraten und nach seinem Studium als Sozialarbeiter Familien zu helfen. Dann fand er das Geheimnis seiner Verlobten heraus.

Katie [Großmutter] Waddell – Pauls mennonitische Großmutter. Sie wohnt eine Meile vom Haus der Lapps entfernt und hatte Hannah bis zu deren tragischem Überfall als Haushaltshilfe beschäftigt. Paul war während der Sommerferien immer bei seiner Großmutter.

Dorcas Miller – vierundzwanzig Jahre, Mennonitin. Sie ist mit Paul und seiner Familie befreundet und besuchte bis zum Abschluss der Highschool dieselbe mennonitische Schule wie Paul.

Carol – Pauls ältere Schwester und eine Freundin von Dorcas. Carols Mann ist William; sie haben zwei kleine Söhne und eine neugeborene Tochter.

Matthew Esh – vierundzwanzig Jahre, amisch. Ein treuer Freund von Hannah. Er war in Elle Leggett verliebt. Seine Eltern sind Naomi und Raymond Esh und er hat zwei Brüder: David (15), der wenige Tage vor dem Beginn dieses Buches bei einem Brand ums Leben kam, und Peter (13).

Elle Leggett – fünfundzwanzig Jahre, nicht Mitglied der amischen Kirche. Sie wurde als Kind englischer Eltern geboren. Als sie zehn war, starb ihre Mutter und ihr Vater verließ sie. Abigail und Hezekiah (Kiah) Zook, ein kinderloses, amisches Ehepaar, nahmen sie bei sich auf und erzogen sie amisch.

Dr. Jeffrey Lehman – ein älterer Arzt, der Hannahs Mentor und väterlicher Freund geworden ist. Er leitet die amische Geburtsklinik, in der Hannah arbeitet.

Kapitel 1

Hannahs Auto wurde am Horizont immer kleiner und war bald nicht mehr zu sehen. Der kalte Beton unter Martins nackten Füßen und die Tasse mit dem lauwarmen Kaffee in seiner Hand bestätigten ihm, dass dies kein guter Anfang für einen Samstagmorgen war. Kevin und Lissa hatten immer noch den Blick auf die Stelle gerichtet, an der Hannahs Auto verschwunden war. Sie hörten langsam auf zu winken. Zum ersten Mal, seit Hannah in Ohio gelandet war – vor zweieinhalb Jahren mit noch nicht einmal achtzehn Jahren –, fuhr sie in ihren Heimatort in Pennsylvania zurück zu ihrer amischen Familie, die sie damals verlassen hatte. Vielleicht hätte er darauf bestehen sollen, sie zu begleiten.

Lissa zupfte am Saum seines T-Shirts. „Sie hat viel eingepackt."

Aus den großen, braunen Augen seiner Nichte sprachen Ängste, die sie mit ihren fünf Jahren nicht in Worte fassen konnte. Martin versuchte, Kevins Gesichtsausdruck zu sehen, um zu erfahren, wie er sich fühlte, aber sein Neffe starrte nur stumm auf den Boden. Hannah hatte eigentlich nicht sehr viel eingepackt, aber den Kindern musste dieser Morgen vorkommen wie eine Wiederholung des Tages, an dem ihre Mutter sie verlassen hatte. Faye hatte damals viele Sachen in ihr Auto gepackt und dann Kevin und Lissa bei Hannah abgesetzt, während Martin an der Arbeit war, und war seitdem nicht wieder zurückgekommen.

Martin unterdrückte ein Seufzen, kippte die braune Flüssigkeit aus seiner Tasse ins Gras und hielt Lissa die Hand hin. „Sie kommt wieder, Leute."

Lissa schob ihre Kinderhand in seine große Hand. „Versprochen?"

„Ja. Versprochen." Martin drückte liebevoll ihre Hand. „Ihre Schwester hat angerufen und gesagt, dass ein guter Freund von Hannah einen Unfall hatte und im Krankenhaus liegt. Sie ist wahrscheinlich rechtzeitig für ihren Unterricht am Montag zurück. Spätestens am Mittwoch ist sie auf jeden Fall wieder da."

Kevin schob die Hände tief in seine Hosentaschen. „Ich wusste gar nicht, dass sie eine Schwester hat."

Martin zuckte die Achseln und wollte nicht zu viel über Hannahs Vergangenheit verraten. „Sie hat ihre Familie und ihre Freunde in Pennsylvania seit Jahren nicht mehr besucht." Mit der leeren Kaffeetasse, die an seinen Fingern baumelte, legte er Kevin die Hand auf die Schulter. „Und jetzt brauchen sie Hannah eine Weile." Er ging ins Haus und die Kinder folgten ihm.

Während Hannah früh am Morgen verschiedene Krankenhäuser angerufen hatte, in die ihr Freund gebracht worden sein könnte, fand Martin eine Straßenkarte von Ohio und Pennsylvania. Sobald sie den Namen und die Adresse des Krankenhauses ausfindig gemacht hatte, hatten sie miteinander die Karte ausgebreitet und er hatte den Weg, den sie fahren musste, markiert. Er wusste nicht, was sie am meisten beunruhigte: dass ihr Freund verletzt war, dass sie ihre Familie wiedersah oder dass sie eine unbekannte Strecke fahren musste. Aber im Moment wünschte er, er hätte sie nicht allein fahren lassen, sondern wäre mitgefahren.

Er dachte an die Geschenke, die er und Hannah sich gestern Abend überreicht hatten. Er hatte ihr einen Ring geschenkt und ihn ihr an die linke Hand gesteckt. Sie hatte noch nicht eingewilligt, ihn zu heiraten, sondern gesagt, sein Heiratsantrag vor ein paar Wochen sei überstürzt und unromantisch gewesen, womit sie natürlich recht hatte. Aber wenn er über Weihnachten mit ihr nach Hawaii flog, wollte er ihr einen wunderbar romantischen Heiratsantrag machen.

Er konnte sich ein Lächeln nicht verkneifen und beschloss, das Beste aus diesem Morgen zu machen.

Martin öffnete die Haustür. „Was haltet ihr von Schokopops und einem Zeichentrickfilm?"

Die Muskeln um Hannahs Schultern schmerzten. Sie hatte die gebührenpflichtigen Straßen und die Mautstellen der Ohio- und Pennsylvania-Turnpikes hinter sich gelassen und bog gerade auf den

Parkplatz des Krankenhauses, wo sie einen freien Platz für ihr Auto fand.

Ihre zum Zerreißen gespannten Nerven beklagten sich, aber sie war jetzt hier … auch wenn sie nicht wusste, was sie *hier* erwartete. Sie bemühte sich verzweifelt, sich daran zu erinnern, wer sie in den letzten zwei Jahren geworden war, und nicht, wer sie früher einmal gewesen war, und trat ans Informationspult, wo sie wartete, bis die Frau hinter der Theke ihr Telefongespräch beendet hatte.

Ihre Schwester Sarah hatte irgendwie ihre Telefonnummer in die Finger bekommen und hatte gestern Abend angerufen, um ihr zu berichten, dass Matthew bei einem Brand verletzt worden sei. Hannah hatte ihr versprochen zu kommen. Ein Versprechen, das sie jetzt bereute. Obwohl eine Ewigkeit vergangen war, seit sie das letzte Mal mit ihrer Amischgemeinschaft zu tun gehabt hatte, war ihre innere Anspannung so stark, als wäre es erst gestern gewesen.

Die grauhaarige Frau beendete ihr Telefongespräch. „Kann ich Ihnen helfen?"

„Ja, können Sie mir bitte die Zimmernummern von Matthew und David Esh geben?"

Die Frau gab etwas auf einer Tastatur ein und schaute auf den Bildschirm. Sie runzelte die Stirn und tippte noch etwas ein. „Wir haben einen Matthew Esh hier, aber ein David Esh liegt nicht bei uns." Sie schrieb Matthews Zimmernummer auf einen kleinen Zettel. „Vielleicht wurde er schon entlassen. Es kann aber auch sein, dass er in ein anderes Krankenhaus gebracht wurde."

„Ja, das kann sein. Ich frage Matthew." Hannah nahm den Zettel entgegen. „Danke."

Sie ging zum Aufzug und versuchte, sich im Geiste auf Matthews Besucher einzustellen – Menschen, die sie kannte, Menschen, mit denen sie verwandt war, Menschen, die sie zu Unrecht schlimmer Sünden beschuldigt hatten und die dann nichts mehr mit ihr zu tun haben wollten. Trotzdem war sie nach Hause gekommen.

Hierher, nicht nach Hause, verbesserte sie sich und fand bei diesem Gedanken ein bisschen Trost. Sie war nicht das Eigentum dieser Menschen und sie hatten auch keine Macht über sie. Jetzt nicht mehr. Sie stieg aus dem Aufzug und ging zu Matthews Zimmer. Es war sonderbar, dass auf der ganzen Station kein einziger amischer

Besucher zu sehen war. Sie warf im Vorübergehen einen Blick ins Wartezimmer. Hier drinnen war auch niemand aus ihrer amischen Gemeinde zu sehen.

Hannah blieb vor dem Zimmer stehen und sprach ein leises Gebet.

Obwohl sie nicht genau wusste, ob sie zu dem bereit war, was sie hinter dieser Tür erwartete, drückte sie mit den Handflächen gegen die Tür und schob sie auf.

In dem Bett lag ein Mann, aber sie konnte sein Gesicht nicht sehen, da er dicke Verbände über den Augen hatte. Er drehte den Kopf zur Tür.

„Hallo?" Seine Stimme hallte in dem kahlen Raum wider.

„Matthew?"

Unter den Verbänden runzelte sich seine Stirn und sein Kinn wurde hart. „Fahr einfach wieder heim … oder dorthin, wo du zurzeit lebst. Ich will mit dir nichts mehr zu tun haben."

Sie erstarrte. Wenn Matthew, einer ihrer wenigen Freunde, sie so abweisend behandelte, was erwartete sie dann erst bei den anderen? Aber vielleicht war dieser Mann gar nicht Matthew. Sein Körper war kräftiger, die Schultern breiter und die Arme muskulöser. Seine Stimme war rauer und tiefer, als sie sie in Erinnerung hatte. Und Matthew hätte doch bestimmt Besuch, oder?

„Matthew?"

Er drehte sich im Bett um und legte den Kopf schief.

„Ich … ich bin Hannah."

Nur das leise Summen der elektronischen Geräte war zu hören, während sie auf eine Antwort von ihm wartete. Mit tausend unausgesprochenen Fragen – ob seine Augen dauerhaft geschädigt waren, warum er keinen Bart hatte wie alle verheirateten Männer und wo alle anderen waren – trat sie näher an sein Bett heran.

Schließlich hielt er ihr die Hand hin. „Hannah Lapp, endlich aus der unbekannten Welt zurück."

Ohne auf seinen beunruhigenden Tonfall einzugehen, legte sie die Finger um seine ausgestreckte Hand und drückte sie. „Wie geht es dir?"

Die Steifheit in ihren und seinen Worten verriet, dass viel mehr als nur zweieinhalb Jahre sie voneinander trennte.

Er zuckte die Achseln und verzog das Gesicht. Er musste starke Schmerzen haben. „Ich habe David verloren … und mein Geschäft. Wie soll es mir da gehen?“

David ist tot?

Bei dieser Nachricht zog sich in ihr alles zusammen und sie hatte Mühe, einen Ton über die Lippen zu bringen. „Das tut mir so leid, Matthew.“

Er entzog ihr seine Hand. „Ich bin dir dankbar, dass du den ganzen Weg gekommen bist, um mich zu besuchen, aber ich bin im Moment zu müde für Besuch.“

„Natürlich. Das verstehe ich. Wo sind denn alle anderen?“

In diesem Moment ging die Tür schwungvoll auf und eine Krankenschwester marschierte herein. „Entschuldigen Sie, Miss. Der Patient braucht Ruhe. Dürfte ich Sie bitten zu gehen?“ Sie hielt ein Schild in die Höhe, auf dem stand, dass in diesem Zimmer kein Besuch erlaubt sei. „Es ist von der Tür gerutscht.“

Das erklärte, warum keine Freunde oder Verwandten hier waren, aber er sah nicht so aus, als wäre sein Gesundheitszustand so schlimm, dass ein Arzt eine solche Anweisung erteilen würde. Hannah schaute die Schwester fragend an, aber diese schüttelte nur den Kopf, ohne mehr zu sagen. Es konnte nur einen Grund geben, warum kein Besuch *erlaubt* war: Er hatte die Schwester gebeten, dieses Schild an die Tür zu hängen. Und es war offensichtlich, dass er für Hannah keine Ausnahme machen wollte.

„Okay.“ Sie schob noch einmal ihre Hand in seine und wünschte, sie könnte wenigstens mehr über den Zustand seiner Augen erfahren. Aber er schien nicht in der Stimmung zu sein, Fragen zu beantworten. „Ich komme wieder, wenn es dir besser geht.“

„Das ist nicht nötig. Ich werde morgen entlassen. Aber … Davids Beerdigung ist am Montag.“ Seine Stimme zitterte und er atmete abgehackt ein. „Wenn du dann immer noch hier bist, könnten wir uns danach treffen, während *Mamm* und alle anderen im Haus beschäftigt sind.“

Das, was Matthew *nicht* sagte, beunruhigte sie sehr. Er wollte nicht, dass sie in der Amischgemeinschaft auftauchte. Er wollte sich allein mit ihr treffen, heimlich.

Sie konnte darauf nichts antworten und hatte Mühe, mit der Distanz, die zwischen ihnen herrschte, richtig umzugehen. Von *Daed* und *Mamm*, den Kirchenältesten und sogar von Großmutter Waddell hatte sie diese Distanz erwartet, aber keine Sekunde hätte sie gedacht, dass Matthew so auf Abstand zu ihr gehen würde. Er hatte sie verstanden, er war sogar dem Bischof ungehorsam gewesen, um ihr zu helfen. Er hatte den Sarg für ihr Baby gebaut, das Grab ausgehoben und ein Gebet für ihr totes Kind gesprochen. Er hatte sie zum Bahnhof gebracht, ihr eine Fahrkarte gekauft und war bei ihr geblieben, bis der Zug am nächsten Tag abgefahren war. Bereute er es jetzt, dass er zu ihr gehalten hatte?

Hannah war im Moment nicht in der Lage, mit ihm auszumachen, wann sie sich treffen wollten, und drückte ein letztes Mal seine Hand, bevor sie sich zurückzog. „Klar. Wir … wir sehen uns dann."

Hannah hatte es eilig, wieder einen klaren Kopf zu bekommen, und verließ das Krankenhaus und stieg schnell in ihr Auto. Sie bog aus dem Krankenhausparkplatz und fuhr los. Wohin, wusste sie nicht. Alte Gefühle waren zurückgekehrt. Sie fühlte sich erneut einsam und verlassen, aber sie fuhr weiter, als könnte sie dadurch diesem Schmerz irgendwie entkommen.

Als sich ihre Gefühle allmählich ein wenig beruhigten, hatte sie keine Ahnung, wo sie war. Sie warf einen Blick in den Rückspiegel und fuhr langsam an den Straßenrand. Felder mit noch ungeschnittenem Getreide schienen kein Ende zu nehmen, während andere Autos an ihr vorbeirauschten. Sie hatte die Orientierung verloren, deshalb nahm sie die Straßenkarte vom Beifahrersitz und suchte die Stelle, wo sie gerade sein könnte. Nichts kam ihr bekannt vor. Wenige Sekunden später stellte sie fest, dass sie das dumme Ding verkehrt herum hielt, und drehte es schnell um.

In diesem Moment wäre sie am liebsten wieder bei Martin zu Hause, aber bevor sie zu ihm heimkehren konnte, musste sie erst die nächsten paar Tage hinter sich bringen. Sie hatte Sarah ihr Wort gegeben. Noch während ihr dieser Gedanke durch den Kopf ging, fragte sie sich, ob noch mehr dahintersteckte. Ob vielleicht irgendein tief verborgener Teil von ihr hier sein wollte. Sie sehnte sich danach, Martins Stimme zu hören, sich so zu fühlen, wie sie sich in seiner Nähe fühlte, und zog ihr Handy aus der Handtasche.

„Hey, Liebling, wo bist du gerade?“

Das Gefühl, nicht länger allein zu sein und zu einem Menschen zu gehören, erfüllte sie in dem Moment, als sie seine Stimme hörte. „Ich hatte gehofft, das könntest du mir sagen.“

Er lachte. „Ist das dein Ernst?“

„Ja, irgendwie schon.“

„Weißt du, wie die Straße heißt, auf der du stehst?“

„Nein. Ich weiß nur, dass ich lieber bei dir sein will und nicht hier.“ Trotz ihres Versuchs, fröhlich zu klingen, hörte sich ihre Stimme bestimmt armselig an. Sie stellte sich lieber nicht vor, was Martin jetzt von ihr denken musste.

„Schau dir die Wegbeschreibung an, die ich dir ausgedruckt habe, und sag mir, an welche Stelle du dich erinnerst, bevor du dich verfahren hast.“

„Ich bin vor deinem Haus nach links abgebogen.“

Sein leises Lachen war tröstlich. „Sehr schlau.“

Entschlossen, Martin zu zeigen, dass sie diese Situation bewältigen konnte, betrachtete sie die Landkarte. „Ja, das hast du mir schon einmal gesagt, aber damals konntest du mich sehen.“ Sie hielt die Landkarte seitlich. „Warte. Ich habe es. Ich weiß, wo ich bin.“ Sie drückte die Fingerspitze auf die Karte und verfolgte die Linie, merkte aber schnell, dass sie sich irrte. „Ohne dich bin ich verloren.“

„Normalerweise höre ich das sehr gern, aber du hättest mich mitfahren lassen sollen. Allein warst du mit dem Auto noch nie weiter als fünfundzwanzig Meilen von Winding Creek entfernt.“

„Das hilft mir im Moment nicht weiter.“

„Es ist ein wenig schwer, dir von hier aus zu helfen, ohne …“ Er räusperte sich scherzhaft. „Ohne einen Basispunkt, an dem ich ansetzen kann.“

Sie hörte das bekannte Piepsen, das verriet, dass er seinen Laptop einschaltete. „Basispunkt … ah, der Ingenieur schlägt wieder durch.“

„Ja. Ohne einen Basispunkt geht nichts. Ich rufe gerade die Landkarten bei Google auf und versuche es mit Satellitenansicht. Beschreibe mir, wie die Gegend um dich herum aussieht.“

„Oh ja, das ist eine wunderbare Idee. Ich bin von Kuhweiden umgeben und sehe weit und breit keine Häuser. Da drüben steht ein Holsteinrind und gafft mich an. Hast du die richtige Stelle schon gefunden?“

„Auf der Landkarte nicht. Die richtige Stelle? Ja, der richtige Platz für dich ist hier in Ohio bei uns.“

Sie hörte das Rascheln von Stoff. „Bist du wieder ins Bett gegangen, als ich gefahren war?“

„Ich habe mit Lissa und Kevin gefrühstückt und Zeichentrickfilme angeschaut. Aber dann kam Laura und ich habe die beiden dem Kindermädchen überlassen und mich noch einmal eine Weile schlafen gelegt, bis mich ein Mädchen in Not ans Telefon rief. Und ich bin ihr natürlich sofort zu Hilfe geeilt.“

„Was? Mädchen in Not?“, knurrte sie. „Das sagt ausgerechnet jemand, der nicht einmal den Unterschied zwischen einer Pfanne und einem Topf kennt.“

„Ein typischer Mann, der zufällig ...“ Er legte eine Pause ein. „Ach, komm schon, hilf mir. Der zufällig ...“

„... charmant und intelligent ist.“ Sie ahmte sein Räuspern nach. „Wenigstens glaubt er das von sich.“

Er lachte. Ein lautes Krachen war durchs Telefon zu hören. Es folgte ein durchdringender Schrei von Lissa. Hannah stockte der Atem.

Ein Knall, als würde seine Tür aufgestoßen und knalle gegen die Wand, drang an ihr Ohr. „Onkel Martin, Laura hat gesagt, du sollst schnell kommen. Lissa muss vielleicht genäht werden.“

„Hannah, ich rufe dich zurück. Okay?“

Das Nächste, was sie hörte, war völlige Stille, als die Verbindung getrennt wurde. Sie fragte sich, was sie hier in Pennsylvania machte, statt in Winding Creek zu sein und Martin zu helfen. Sie klappte seufzend ihr Handy zu. Mit ihren zweiundsechzig Jahren war Laura ein erfahrenes Kindermädchen, aber Hannah wollte diejenige sein, die mit Martin und den Kindern das bewältigte, was jeder Tag brachte.

Sie warf einen letzten Blick auf die Straßenkarte und überlegte, ob sie Dr. Lehman anrufen sollte. Er war mehr als nur ihr Chef und er besuchte regelmäßig Verwandte in Lancaster, ungefähr vierzig Meilen südöstlich von hier. Er könnte ihr vielleicht helfen. Aber da sie ihn nicht stören wollte, beschloss sie, weiterzufahren, bis sie etwas fände, das sie erkannte. Sie bog wieder auf die Straße. Nach einer ganzen Stunde und einigen Wendemanövern fand sie schließlich die

Straße, die nach Owl's Perch führte. Martin hatte sie nicht zurückgerufen und sie hatte ihn trotz mehrerer Versuche auch nicht erreicht. Jedes Mal meldete sich sofort sein Anrufbeantworter, was bedeutete, dass sein Handy ausgeschaltet war. Auch wenn sie nicht genau wusste, was bei ihm los war, vermutete sie, dass sein Samstag trotz der Hilfe des Kindermädchens sehr anstrengend war.

Ein sonderbares Gefühl kroch ihr über den Rücken, als sie am Susquehanna River entlangfuhr. Sie war vor drei Jahren genau an dieser Stelle gewesen, als sie zum Hershey Medical Center unterwegs gewesen waren, weil Luke und Mary nach ihrem Unfall mit dem Hubschrauber dorthin gebracht worden waren. Sie erinnerte sich an die Tage und Monate danach, als sie außer vor ihren Eltern vor allen versteckt hatte, dass sie vergewaltigt worden war, und als sie so verzweifelt gehofft hatte, sie würde Paul nicht verlieren.

„Brillant, Hannah, du hattest Angst, einen gemeinen Kerl zu verlieren", murmelte sie, dann drehte sie das Radio lauter und versuchte, die flüsternden Stimmen zu übertönen, die ihren Ärger auf ihn in Worte fassten. Die bekannte Gegend musste der Grund dafür sein, dass sie den Schmerz, weil er sie verlassen hatte, erneut zutiefst spürte. In der ganzen Zeit, die sie Paul gekannt hatte, hatte er nicht weit von hier auf dem Collegegelände gewohnt, mit Ausnahme der Sommermonate, die er bei seiner Großmutter verbracht hatte. Sie hatte diese Gegend nur zweimal im Leben gesehen, das eine Mal auf dem Weg zum Krankenhaus, wo sie Luke und Mary besucht hatte, und dann noch einmal ungefähr zwei Wochen später auf dem Rückweg, aber beide Male war ihr deutlich bewusst gewesen, dass sie sich in einer Gegend befand, in der Paul häufig unterwegs war. Damals hatte sie sich ihm nahe gefühlt und gehofft, sie könnten die Hindernisse, die zwischen ihnen standen, überwinden und heiraten.

Dumme, kindische Träume.

Da sie eine stärkere Ablenkung brauchte als Anbetungslieder, drückte sie auf den Radioknopf und sprang von einem Sender zum anderen, bis sie ein bekanntes Lied von Rascal Flatts hörte: *I'm Moving On.* Sie drehte die Lautstärke voll auf, sang laut mit und redete sich ein, dass sie die unangenehme Situation, die sie hier erwartete, überleben würde, und auch die Traurigkeit, weil sie nicht bei Lissa sein konnte, die bestimmt gerade eine schwere Zeit durchmachte.

Das Wasser des Susquehanna war dieses Mal nicht braun und schäumend. Der Fluss sah kristallklar aus, als die Nachmittagssonne über den kleinen Wellen tanzte. In weniger als einer Stunde wäre sie in Owl's Perch, und so eilig sie es auch hatte, dort anzukommen, wollte sie doch ihrem Vater nicht begegnen. Was sollte sie zu ihm sagen?

Ein Dutzend Lieder später ging ihr diese Frage immer noch durch den Kopf, als sie in die Auffahrt zum Hof ihrer Eltern bog. Ihr Mund war trocken und ihre Handflächen feucht, als sie aus dem Auto stieg. Der kühle Septemberwind spielte mit ihrem Kleid und den losen Strähnen ihrer hochgesteckten Haare, aber es war niemand zu sehen und die Holztüren des Hauses waren zu. Da keine Stimmen und keine Bewegung durch die geschlossenen Fenster drangen, war wohl niemand zu Hause. Sie klopfte trotzdem laut. Es kam außer an einem Gottesdiensttag selten vor, dass alle fort waren.

Als niemand antwortete, drehte sie eine Runde durch den Hof und betrachtete nachdenklich das alte Haus, die Ställe, den Anbau und das Räucherhaus. Ein Gefühl von Nostalgie befiel sie, als sie den Hof betrachtete, auf dem sie, und ihre Mutter vor ihr, zur Welt gekommen war. Die Wipfel der riesigen Eichen raschelten. Sie ging zur Handpumpe, drückte den Griff nach unten und zog ihn wieder nach oben, bis Wasser herauslief, und füllte sich eine Blechtasse. Während sie einen Schluck von dem kühlen Wasser trank, spürte Hannah eine sonderbare Verbundenheit zu ihren Vorfahren. Ein Urgroßvater mütterlicherseits hatte diesen Brunnen gegraben. Quellen, die den Brunnen speisten, versorgten ihre Familie seit Generationen mit Wasser.

Die Ruhe und der Friede berührten sie und ließen sie erkennen, wie sehr sie früher viele Bereiche des schlichten, amischen Lebens geliebt hatte. Diese Gefühle hatte sie nicht erwartet und zum ersten Mal seit Langem wünschte sie, sie verstünde sich selbst besser. Als ihr Blick auf den Gemüsegarten fiel, ging sie den kleinen Hügel hinauf zum Rand der Beete. Der letzte Mais war vor mehreren Wochen geerntet worden und jetzt waren nur noch die abgeschnittenen braunen Stiele übrig. Die Erbsenpflanzen waren für dieses Jahr schon ausgerissen worden. Die Pflanzen, die kälteres Wetter vertrugen – Brokkoli, Blumenkohl und Krautköpfe – wuchsen noch weiter. Sie liebte die Gartenarbeit, seit ihr *Daed* ihr das erste Mal Samenkörner in die Hand gegeben und ihr geholfen hatte, sie auszusäen. *Daed* und sie waren jeden Tag zu den Beeten gegangen, hatten die Pflanzen beobachtet, Unkraut gejätet und alles gegossen. Am Ende hatten diese Samenkörner so viel Frucht hervorgebracht, dass ihre Familie das ganze Jahr hindurch genug zu essen hatte. Plötzlich vermisste sie es, wie nahe ihr *Daed* und sie sich gestanden hatten. Tränen traten ihr in die Augen. Wie viel leichter wäre es für sie, sich selbst zu begreifen, wenn sie die starken Emotionen verstehen würde, die plötzlich aus dem Nichts auftauchten und sie an Orte führten, von denen sie nicht einmal gewusst hatte, dass es sie gab. Vielleicht waren sie und Sarah in diesem einen Punkt gar nicht so verschieden. Ihre Schwester schien immer sofort auf die Gefühle zu reagieren, die in ihr auftauchten, und Hannah wehrte sich gegen sie, aber in beiden Fällen hinterließen die Gefühle deutliche Spuren.

Ihre Gedanken wanderten zu dem sonderbaren Gespräch, das sie mit Sarah geführt hatte – die wirren Worte und Gedanken, die sich im Kreis drehten, ohne ein Ziel zu haben. Sie musste herausfinden, was mit ihr los war. Sie beschloss, Luke und Mary zu besuchen, um von ihnen Antworten zu bekommen, und ging zu ihrem Auto. Sie fuhr rückwärts aus der Auffahrt und lenkte das Auto zu dem bekannten Feldweg, den sie regelmäßig benutzt hatte, als sie zu Großmutter Waddell gegangen war. Die Haare an ihren Armen standen hoch, als die Asphaltstraße in den Schotterweg überging, auf dem sie überfallen worden war. Sie verriegelte ihre Autotüren, drehte die Musik laut auf und versuchte, nicht daran zu denken. Einige Minuten später bog sie in Lukes Auffahrt.

Als sie aus dem Auto stieg, fiel ihr auf, dass seine Werkstatt nicht so aussah, als sei sie offen. Die Fenster, die Jalousien und die Türen waren geschlossen. An einem Samstag müsste er seinen Laden doch eigentlich geöffnet haben. Sie klopfte laut, bevor sie es an der Tür probierte.

Als sie feststellte, dass sie nicht verschlossen war, trat sie ein. Der halbdunkle Raum sah nach allem anderen aus als nach einer Werkstatt, die in Betrieb war. Er sah nach einem Lager für Einspännerteile und nicht für Lederwaren aus. Hannah blieb am Fuß der Treppe stehen, die zur Wohnung im ersten Stock führte, und rief: „Luke? Mary?“

Die Tür oben an der Treppe ging quietschend auf und ein halb bekleideter, junger Mann kam heraus. „Sie wohnen nicht hier. Sie haben nie hier gewohnt. Wir haben diese Wohnung gemietet."

Der Mann könnte amisch sein, aber das wusste sie nicht mit Bestimmtheit, da er nur ein ärmelloses T-Shirt und eine Hose anhatte.

Er kam ein paar Stufen herab.

Hannah wich ein Stück zurück. „Entschuldigen Sie bitte die Störung."

„Kein Problem."

Luke und Mary hatten nie in der Wohnung über der Sattlerei gewohnt, obwohl dieses Haus von der Gemeinde extra für sie gebaut worden war? Da sie keine weiteren Fragen stellen wollte, kehrte Hannah zu ihrem Auto zurück.

Als sie die Autotür öffnete, fiel ihr Blick auf Katie Waddells weißes Schindelhaus zwischen den eingezäunten Weiden. Der früher ausgetretene Fußweg von hier zu Großmutter Waddells Haus war mit hohem Gras zugewachsen. Hannah machte die Autotür wieder zu. Vielleicht war es an der Zeit, ihre Ängste zu überwinden. Sie steuerte auf das alte Bauernhaus zu. Außer ein paar Zäunen, die repariert werden mussten, sah alles ordentlich und gepflegt aus. Ihr Herz pochte kräftig, als sie Großmutters verglaste Veranda durchquerte und zur Hintertür ging.

„Schau mich an, Hannah." Als wäre sie in der Zeit zurückkatapultiert worden, konnte sie Pauls Stimme hören und fühlen, wie seine Worte sanft in ihrer Seele widerhallten. *„Ich habe mir gewünscht, mit dir zu sprechen, bevor ich ans College zurückfahre. Es gibt einige Dinge, die ich einfach nicht in einem Brief schreiben kann."*

Sie erschauderte und versuchte, diese Erinnerungen zu verdrängen und die Gefühle zu ignorieren, die sie überrollten, als sie an die Tür klopfte. Niemand antwortete. Sie spähte durch die Lücke zwischen den Vorhängen, die hinter der Glasscheibe hingen, und klopfte lauter. Nach mehreren Minuten gab sie es auf, verließ die Veranda und ging zum Seitenhof, da sie dachte, Großmutter wäre vielleicht im Garten. Aber ein Blick auf den Garten verriet, dass schon eine ganze Weile niemand mehr hier gewesen war. Pauls alte Klapperkiste stand unter einer Überdachung in der Nähe des Gartens, die Motorhaube war offen und der Motor hing an einer dicken Kette darüber in der Luft.

Ein unheimliches Gefühl kroch über ihre Haut, als befände sie sich in einer Episode von *Twilight Zone*, der Fernsehsendung, von der Martin ihr erzählt hatte. Das Leben schien sich bei allen hier genauso verändert zu haben wie bei ihr. Sie ging zu ihrem Auto. Es war Zeit, das Hotel in der Nähe von Harrisburg zu suchen, in dem Martin für sie ein Zimmer reserviert hatte, und sich für die Nacht einzurichten. Sie hätte in einem Hotel übernachten können, das näher bei Owl's Perch lag, aber laut Martin war das Hotel, das er ausgesucht hatte, netter: sehr sicher, inklusive Frühstück und mit einem Computerbereich für den Fall, dass sie Internetzugang brauchte. Leider würde sie morgen den ganzen Tag dort festsitzen, da es ein Sonntag war. Besuche von entfremdeten amischen Angehörigen wurden an keinem Tag gern gesehen, aber am Sonntag schon gar nicht. Und Matthew hatte klargestellt, dass sie bis nach der Beerdigung warten sollte, bevor sie sich bei der Gemeinde und bei ihrer Familie sehen ließ. Wenn schon Matthew das für besser hielt, würde ihr Vater es erst recht so sehen.

Trotzdem war sie fest entschlossen, die nächsten paar Tage zu überstehen, ohne ihre Würde zu verlieren. Sie war hier schon einmal zutiefst verletzt und ungerecht behandelt worden. Hannah würde das kein zweites Mal zulassen.

Kapitel 2

Hannah.

Paul fuhr aus dem Schlaf hoch.

Der Nachtwind wehte leicht zwischen den Scheiben des halb geöffneten Fensters ins Zimmer. Er drehte den Wecker zu sich herum. Drei Uhr. Trotz dieser Uhrzeit sah es nicht so aus, als könnte er wieder einschlafen.

Er schob Hannahs „Vergangenheit-und-Zukunft"-Decke von sich.

„Vergangenheit und Zukunft". Paul stand auf und legte die Quiltdecke zusammen. Auch im schwachen Schein der Straßenlaternen konnte er die kunstvolle Arbeit des amischen Mädchens sehen, das versprochen hatte, ihn zu heiraten. Am letzten Dienstag hatte er sie endlich gefunden. Er hatte sie sogar gesehen: vor einem vornehmen Haus in Ohio in den Armen ihres Mannes.

Es wurde Zeit, dieses Ding von seinem Bett und aus seiner Wohnung zu entfernen. Mary hatte ihm die Decke gegeben, nachdem Hannah weggegangen war, und gesagt, in dieser Decke stecke mehr von Hannah als in irgendetwas anderem. Die Quiltdecke sollte ihn wärmen, bis sie zurückkehrte und er und Hannah heirateten. Er war sich noch nicht sicher, was er damit anfangen sollte, aber hier würde sie nicht bleiben.

Die Dunkelheit wich dem Licht, als er sich mit einer Kaffeetasse und einem Stapel seiner Patientenkarteien an den Tisch setzte. Während er die Informationen über Andrew Browns Familie las und sich Notizen machte, versuchte er zu erkennen, mit welchen Problemen jedes einzelne Familienmitglied kämpfte, um einen gemeinsamen roten Faden zu finden, ein Problem, das er bis jetzt übersehen hatte. Er würde zur Arbeit gehen und danach zu seiner Großmutter fahren, um vor Einbruch der Nacht ein paar Zäune zu reparieren, aber diese ruhigen, ungestörten Momente jetzt gehörten ihm allein.

Das schrille Klingeln seines Telefons beendete diese ruhige Zeit und er wusste, dass der Montag angefangen hatte.

Er stand vom Tisch auf und ging ans Telefon. „Paul Waddell."

„Paul, ich bin es, Luke. Entschuldige, dass ich dich so früh anrufe. Ich hätte daran denken sollen, mich früher bei dir zu melden, aber hier herrscht ein einziges Chaos."

„Was ist denn los?"

„Du hast es inzwischen bestimmt schon gehört, aber ich dachte, ich rufe dich trotzdem an."

„Ich war das ganze Wochenende in den Bergen und habe mit Freunden gezeltet."

„E und L ist am Freitag niedergebrannt."

Pauls Gedanken rasten zu jedem einzelnen Familienmitglied der Lapps und der Eshes. „Das ist ja furchtbar. Geht es allen gut?"

„Nein." Luke machte eine Pause. „David ist tot." Seine Stimme zitterte. „Und Matthew wurde verletzt. Matthew muss zwar behandelt werden und wird Narben am Rücken und auf den Schultern behalten, aber er wird wieder gesund." Lukes Worte waren leise und langsam. „Davids Beerdigung ist heute Nachmittag um ein Uhr auf unserem amischen Friedhof."

Beerdigung. Paul wollte gar nicht daran denken, was das für Matthew und seine Familie bedeuten musste. Er brachte keine Antwort über die Lippen.

„Zwischen Elle und Matthew läuft es nicht gut und ... also ... ich denke, es würde ihm gut tun, wenn so viele Freunde wie möglich dort wären."

„Natürlich. Ich komme auf jeden Fall."

„Gut. Ich wusste, dass ich mich auf dich verlassen kann. Aber, äh, ich sollte dich vorwarnen." Luke holte tief Luft und sprach dann noch langsamer weiter. „Sarah hat den Zettel gefunden, den du meinen Eltern gegeben hast. Den Zettel mit Hannahs Telefonnummer und Adresse. Sie hat sie angerufen und sie gebeten, nach Hause zu kommen. Wir haben sie bis jetzt noch nicht gesehen, aber Sarah schwört, dass Hannah versprochen hat, ein paar Tage zu kommen. Sarah war am Samstagmorgen verschwunden und als wir herausfanden, dass sie sich einen Fahrer genommen hatte und sich von ihm nach Harrisburg hatte bringen lassen, fuhren wir alle dorthin, um sie zu suchen. Wir fanden sie am Bahnhof, wo sie fest entschlossen war, auf Hannah zu warten."

Paul war dankbar für das Mitgefühl, das Luke zu dieser Erklärung veranlasste, denn er wusste, dass sein Freund versuchte, ihn auf eine Begegnung mit Hannah vorzubereiten. „Falls sie tatsächlich kommt, wäre das eine gute Gelegenheit für eure Gemeinde und Familie, mit ihr Frieden zu schließen, bevor noch mehr Zeit vergeht. Ich sehe dich heute Nachmittag. Wenn du irgendetwas brauchst, dann ruf mich einfach an."

Paul fuhr zur Arbeit und fragte sich, ob es richtig sei, sich den Tag freizunehmen. Er steuerte auf den Parkplatz zu und ging in sein Büro. Den ganzen Vormittag bemühte er sich, jedes Wort zu hören, das seine Klienten sagten, aber er musste feststellen, dass die Uhr weitersprang und er sich während der Sitzungen keine Notizen gemacht hatte. Es war nicht so sehr das Wissen, dass Hannah angeblich nach Hause kam, sondern eher die Sorge darum, wie ihre Familie auf sie reagieren würde. Man sah ihr kaum noch an, dass sie in einer schlichten amischen Familie aufgewachsen war. Das war nicht zu übersehen gewesen, als er sie letzte Woche aus der Ferne beobachtet hatte: Sie hatte ein kurzärmeliges, dünnes Baumwollkleid ohne Falten getragen und gelacht und einen Mann geküsst.

Er kam sich vor wie ein zweitklassiger Therapeut, als er auf die Uhr schaute. „Andrew, unsere Zeit ist für heute vorbei, aber wenn Sie nächste Woche wiederkommen, würde ich gern einige dieser Punkte noch einmal mit Ihnen durchgehen."

„Meiner Frau gefällt das, was sie an mir sieht. Mir auch. Sogar mit m-meinem Sohn scheint es besser zu werden."

Andrews Schwierigkeiten, das Wort „mein" über die Lippen zu bringen, erinnerten Paul daran, dass sie noch einen weiten Weg vor sich hatten, bevor auch die Vater-Sohn-Beziehung geheilt war.

Paul stand auf. „Ich würde gern auch mit Ihrer Frau und den Kindern sprechen, sobald sie Zeit haben."

Andrew stand ebenfalls auf. „Sie sind uns eine große Hilfe, Paul. Ich habe seit über einem Monat gegenüber den Kindern nicht mehr die Beherrschung verloren."

Er begleitete Andrew aus seinem Büro und ging mit ihm den Gang entlang. Am Pult der Empfangssekretärin blieben sie stehen. Es befand sich in dem großen, offenen Bereich, der das Foyer, das Esszimmer und das Wohnzimmer bildete. Alles war gemütlich eingerichtet, damit die Patienten von *Better Path* sich hier wohlfühlten. Der Bürobereich und die Mission waren früher ein Bauernhaus gewesen und alles darin war so angelegt, dass es eine gemütliche, heimelige Atmosphäre verbreitete.

„Halley, gib Andrew bitte nächste Woche um dieselbe Zeit einen Termin. Und für das heutige Gespräch wird ihm nichts berechnet."

„Wirklich?" Andrew schaute ihn überrascht an.

Obwohl er starke Schuldgefühle hatte, konnte Paul Andrew nicht erklären, warum er für diese Beratungsstunde nichts zahlen musste. Er hatte so lange gebraucht, um eine Beziehung zu dem Mann aufzubauen. „Machen Sie's gut, Andrew. Wir sehen uns nächste Woche." Er drehte sich wieder zu Halley herum. „Hast du meine Patienten für heute Nachmittag erreicht und die Termine verschoben?"

„Ja. Und Dorcas hat angerufen."

Paul nickte. „Hat sie gesagt, was sie wollte?"

„Nein, aber sie bittet dich, sie anzurufen, bevor du heute gehst."

„Okay, danke." Paul ging wieder die Treppe hinauf und in sein Büro. Es würde ihm guttun, mit Dorcas zu sprechen und zu versuchen, in die Realität zurückzukehren, statt sich noch länger dem Traum hinzugeben, Hannah könnte zu ihm zurückkommen.

Er nahm das Telefon und wählte die Nummer der Millers.

„Hallo." Dorcas klang müde.

„Guten Morgen. Was gibt's?"

„Paul." Die Begeisterung in ihrer Stimme war unverkennbar und er lächelte.

„Hast du gezweifelt, dass ich zurückrufe?"

„Ich war mir nicht sicher, wie lange es dauern würde, bis du meine Nachricht bekommst und wann du Zeit zum Telefonieren findest. Ich wollte dich an Evelyns Geburtstag erinnern. Alle kommen heute zum Essen zu uns. Deine Eltern wollen gegen fünf da sein. Ich hatte gehofft, dass du bis sieben hier sein könntest."

Die Geburtstagsfeier ihrer Schwester heute Abend hatte er völlig vergessen. „Hast du von dem Feuer in Owl's Perch gehört?"

„Ja. Die Kusine meiner Mutter, Jeanie, hat angerufen. Das ist so furchtbar."

„Ich gehe zur Beerdigung und will dann dort bleiben für den Fall, dass ich für Matthew irgendetwas tun kann. Entschuldige."

„Oh." Sie klang enttäuscht. „Daran hätte ich denken sollen. Natürlich gehst du hin."

Aus einer Laune heraus schlug Paul ihr etwas vor, das ihr bestimmt gefallen würde. „Da ich am Wochenende Dienst in der Klinik habe, habe ich morgen frei. Ich muss bei Großmutter einige Zäune reparieren. Hast du Lust, den Tag mit mir dort zu verbringen?"

„Ist das dein Ernst?"

„Klar, warum nicht?"

„Na ja ... einfach so. Du hast bis jetzt einfach kaum Interesse gezeigt an ... na ja, du weißt schon. Und deine Einladung kommt sehr überraschend. Das ist alles."

Er schwieg einen Moment und zwang sich, sich ihr gegenüber zu öffnen. „Ich habe heute Morgen über einiges nachgedacht: Vielleicht habe ich mich zu sehr daran geklammert, dass Hannah zurückkommt, weil ich nicht zugeben wollte, dass ich verloren habe, und nicht weil ich sie tatsächlich zurückhaben wollte."

„Das klingt logisch."

„Das hätte ich wahrscheinlich schon längst begreifen müssen."

„Glaubst du, sie kommt zu der Beerdigung?"

„Vielleicht, aber du bist bestimmt erleichtert, wenn du hörst, dass sie verheiratet ist."

„Sie ist verheiratet?"

„Ja, das habe ich herausgefunden, als ich letzte Woche in Ohio war."

„Das tut mir wirklich leid."

Er war sich sicher, dass ihr das nicht besonders leidtat, sondern dass sie erleichtert war und sich nun Hoffnungen machte. Paul legte seine Notizen über Andrew in die entsprechende Akte. „Es ist nett von dir, dass du das sagst, aber das ist Schnee von gestern. Willst du morgen mit zu Großmutter kommen?"

„Selbstverständlich."

Er schob die Akte in den Schrank und verschloss ihn. „Ich hole dich in der Frühe ab und dann gehen wir erst einmal frühstücken."

„Oh, Paul, das klingt wunderbar."

„Gut. Ich muss jetzt los. Die Beerdigung beginnt in einer Stunde."

„Dann bis morgen, ja?"

„Klar. Tschüss." Paul legte das Telefon weg und hatte das Gefühl, seit Jahren zum ersten Mal wieder mit seinem Leben im Reinen zu sein. Warum hatte er erst sehen müssen, dass Hannah glücklich verheiratet war, bevor er sein eigenes Leben wieder in den Griff bekam?

Er nahm sein Jackett und ging zu seinem Wagen. Auf der Fahrt zum Friedhof dachte Paul über die beiden betroffenen Familien nach und überlegte, was zu tun war, um ihnen diese schwere Zeit leichter zu machen. Er würde auf jeden Fall gern helfen, die Werkstatt wieder aufzubauen – falls sie seine Hilfe annähmen. Die amische Gemeinde begegnete Paul immer noch mit Misstrauen, als wäre es seine Schuld gewesen, dass Hannah schwanger geworden und davongelaufen war. Er war dankbar, dass Luke und Matthew die Sache nicht so sahen, aber ob sie Paul erlauben würden, ihnen beim Wiederaufbau zu helfen, war eine andere Sache.

Während er darüber spekulierte, ob Hannah zu diesem Anlass tatsächlich nach Hause käme oder nicht, fuhr er langsam hinter der langen Schlange aus Pferden und Einspännern her, die sich langsam zum Friedhof bewegte. Gedanken an die letzten zwei Jahre mit Dorcas gingen ihm durch den Kopf. Vielleicht hatte er gar nicht auf Hannahs Rückkehr gewartet. Sie war siebzehn und im siebten Monat schwanger gewesen, als er sie in der eisigen Nacht hatte stehen lassen und sie ihm weinend nachgerufen hatte. Vielleicht hatte er Schuldgefühle, weil er so lange gewartet hatte.

Die schwarzen Einspänner vor dem Hintergrund eines Feldes mit großen, goldenen Heuballen sahen malerisch aus, aber die Realität des Lebens, des Lebens jedes einzelnen Menschen, war meistens etwas ganz anderes als das friedliche Bild, das man auf den ersten Blick sah. Er stellte sein Auto neben ein paar Pferden und Einspännern auf einem geschotterten Platz gegenüber vom Friedhof ab. Die Menschen, die gekommen waren, um dem verstorbenen David die letzte Ehre zu erweisen, begaben sich leise zum Friedhof.

Im Gegensatz zu den meisten amischen Beerdigungen würde aufgrund des Feuers die gesamte Zeremonie mit einem geschlossenen Sarg vollzogen werden. Die amischen Regeln hielten sie davon ab, ein Foto auf einen Tisch neben den Sarg zu stellen, wie es *Englische* vielleicht tun würden.

Paul blieb bei den anderen nicht amischen Nachbarn im Hintergrund und erblickte Matthew neben dem Grab, während Männer darangingen, mit Seilen den Sarg in die Erde abzusenken. Matthew war der einzige amische Mann, der ohne Jacke hier war. Das lag wahrscheinlich an den Verbrennungen auf seinem Rücken. Da Paul gekommen war, um Matthew zu zeigen, dass es Menschen gab, denen er viel bedeutete, ging er um die vielen Menschen herum, unter denen auch Hannahs Eltern und ihre jüngeren Geschwister waren, trat auf Matthew zu und reichte ihm die Hand. „Es tut mir wirklich sehr leid."

Matthew blickte nicht auf, als er Pauls Hand schüttelte. „Ja. Es ist furchtbar."

Luke schaute Paul an und nickte. Paul erwiderte seinen kurzen Gruß. Mary stand neben Luke und lehnte sich an ihren Mann.

Er hob die Hand, um sie Matthew auf die Schulter zu legen, aber Matthew wich zurück. „Verbrennungen zweiten Grades legen die Nervenenden frei. Die Schmerzen sind fast nicht auszuhalten."

Paul suchte nach den richtigen Worten und nickte: „Daran hätte ich denken müssen ... Matthew, wenn es dir wieder besser geht und ihr anfangt, den Schutt wegzuräumen und die Werkstatt neu aufzubauen, will ich helfen."

Matthew starrte auf das frisch ausgehobene Grab und seufzte. „Hannah hat mich am Samstag besucht." Er zuckte steif die Schultern. „Ich war nicht sicher, was ich von ihrer Rückkehr halten soll. Ich bin mir auch jetzt noch nicht sicher. Aber ich bin mir sicher, dass sie mich als sehr abweisend empfunden haben muss und ..."

Die Stimme eines amischen Mannes sagte laut: „Liebe Gemeinde, wir wollen jetzt still werden und den Kopf beugen."

Die Last dieses Tages legte sich schwer auf Paul, als er die Augen schloss. Der sanfte Wind in seinem Gesicht und die Wärme der Sonne machten diesen Tag zu einem Tag, den man genießen sollte. Aber alle spürten nur den großen Verlust.

Mit dem Tod war es eine seltsame Sache. Man musste nicht sterben oder jemanden kennen, der gestorben war, um ihn zu spüren. Der Tod kam auch ohne Sargträger oder Grab. Der Tod eines Traums, einer Hoffnung und sogar der Liebe. Er hatte nicht gewusst, dass die Liebe sterben konnte. An einem Tag atmete sie noch in vollen Zügen. Am nächsten Tag kränkelte sie. Und wieder einen Tag später war sie tot. Und konnte nicht wieder zum Leben erweckt werden.

Aber so musste es nicht sein, nicht bei jeder Familie, die krank wurde. Das, was mit ihm und Hannah passiert war, war schrecklich gewesen, aber der Tod einer Familie – einer Familie, die vor Gott ein Versprechen abgelegt hatte – hier wollte er den Tod verhindern. Wie bei Andrews Familie und …

Ein Bild von Dorcas tauchte vor seinem geistigen Auge auf und weckte in ihm die Sehnsucht, sein Leben wieder anzupacken. Das Leben war zu kostbar und zu kurz, um es nicht für die Liebe und die Familie einzusetzen. Das Leben forderte ihn auf, es zu leben. Die Liebe rief ihm zu, sie zu ergreifen. Und er hatte die Absicht, beides zu tun.

Als der Prediger *Amen* sagte, trat ein anderer amischer Mann vor und begann, ein Kirchenlied vorzulesen, während die Sargträger langsam Erde auf den Sarg warfen. Paul ließ seinen Blick über die Menschen wandern und betete für die Familien, die hier standen. Eine Bewegung abseits von den anderen erregte seine Aufmerksamkeit. Er schaute in diese Richtung, gleich hinter den Bäumen in der Nähe des Straßenrands, wo einige Autos abgestellt waren.

Hannah.

Sie trug ein dunkelgrünes Kleid und lehnte ungefähr dreißig Meter von den anderen entfernt an einem goldenen Honda. Sie nahm ihre Sonnenbrille ab. Sie strahlte Selbstbeherrschung und Haltung aus. Es war richtig von ihr, nicht zu nahe zu kommen und im Stillen und ohne Aufsehen an der Beerdigung teilzunehmen. Aber sie war trotzdem da. Um Matthews willen … und vielleicht auch um ihrer selbst willen. Selbst wenn ihre Leute sie in dieser Kleidung erkennen sollten, würde niemand sie dort, wo sie stand, sehen, es sei denn …

„Hannah!“ Sarahs Schrei erschütterte die feierliche Stille.

Ihr Vater packte sie am Arm. „Sei still.“

Alle Augen drehten sich zu der Stelle um, zu der Sarah schaute, und sie sahen Hannah. Mary keuchte und wollte auf sie zugehen, aber Luke legte den Arm um sie und flüsterte etwas.

Sarah riss sich vom Griff ihres Vaters los und begann zu laufen. „Hannah!“

Zeb Lapp folgte ihr, konnte aber mit ihrem schnellen Sprint nicht mithalten.

Hannah senkte das Kinn und rieb sich die Stirn. Paul tat leid, was sie durchmachen musste. Er wollte aus der Menge heraustreten und zu ihr gehen, damit sie wenigstens einen Menschen hatte, der sie vor dem Gemurmel und den strafenden Blicken abschirmte. Jemanden, der ein Freund war. Aber wenn er das täte, würde er es für sie nur noch schlimmer machen.

Er begriff erneut, warum sie alles aufgegeben hatte und verschwunden war, als sie die Hoffnung auf eine Beziehung mit ihm verloren hatte. Der Grund, warum sie nicht zurückgekommen war – bis ihre Schwester Kontakt zu ihr aufgenommen hatte, weil sie Hannah brauchte –, starrte ihm unerbittlich entgegen. In Owl's Perch hatte Hannah Lapp einfach keine Chance.

Kapitel 3

Jeder, den Hannah in ihrer Kindheit und Jugend gekannt hatte, drehte sich um und starrte sie an.

Ihr *Daed* war immer noch gut zehn Meter von ihr entfernt, als er endlich Sarahs Arm packte. „Hör auf damit. Sofort."

Aber sie fuchtelte mit ihrer freien Hand und strebte unbeirrt weiter auf Hannah zu. „Du bist gekommen! Ich wusste, dass du dein Versprechen hältst!"

Ihr *Daed* konnte sie nicht festhalten und sie lief wieder los. Er ging in langen Schritten auf Hannah zu, und als sich ihre Blicke begegneten, kam sie sich vor wie ein ungehorsames Kind. „Tu etwas."

Hannah las die Worte von seinen Lippen und deutete seine Miene besser, als sie seine Worte hörte. Sie nickte und schloss den Abstand zwischen ihnen. Sarah umklammerte sie und warf sie dabei fast um. Eine unerwartete Wärme durchflutete Hannah. Sie hätte nie geglaubt, dass sie ihrer Schwester die Gefühle entgegenbringen würde, die sich jetzt in ihr regten. Sarah hatte in der Vergangenheit so viel Schaden in Hannahs Leben angerichtet. Und doch war das enge Band zu ihrer jüngeren Schwester nicht zu leugnen.

Die Umarmung dauerte eine gute Minute, bevor Hannah die Arme ihrer Schwester von sich löste. „Du musst jetzt zurückgehen, Sarah. Wir haben später genug Zeit füreinander."

Sarah warf einen Blick zur Beerdigung und schaute dann wieder Hannah an. Eine sonderbare Miene zog über ihr Gesicht, wie wenn sie vergessen hätte, wo sie war und warum sie hier war. Sie schaute ihre Handflächen an und begann, mit einem Daumen auf der Handfläche ihrer anderen Hand zu reiben.

Hannah schob ihre Hände in Sarahs Hände und unterbrach die seltsame Bewegung ihrer Schwester. Sie drückte sie und nickte zum Friedhof hinüber. „Geh jetzt."

Sarah sah jetzt ein wenig ruhiger aus.

Daed kam zu ihnen. Außer Atem und eindeutig ohne die geringste Geduld. Er blieb mit hochrotem Gesicht stehen. Er zog die Augen zusammen und betrachtete sie von Kopf bis Fuß.

„Was hast du dir nur gedacht?", flüsterte ihr Vater. „Du bleibst über zwei Jahre weg und kommst dann ausgerechnet jetzt, um eine Beerdigung zu stören. Und schau dich nur an!" Er deutete missbilligend auf ihre Frisur und ihr Kleid. „Du bist nicht schlicht geblieben."

Sie fragte sich, ob sie so viel anders aussah oder ob sie einfach nicht das war, was er erwartet hatte, und schüttelte den Kopf. Sie war nicht schlicht, aber sie war seine Tochter.

Er deutete zu ihrem Auto. „Fahr zum Haus. Sarah wird dich dort später treffen."

Hannah ließ ihren Blick über die vielen Trauergäste wandern, die sie anstarrten und flüsternd die Köpfe zusammensteckten. Sie wollte sich nicht von ihrer Ohnmacht erdrücken lassen, hob das Kinn, warf die Schultern zurück und setzte ihre Sonnenbrille wieder auf. Bevor sie die Autotür zumachte, hörte sie den Prediger laut sprechen, der jetzt den Gottesdienst fortsetzte. Hannah fuhr davon.

Eine schlechtere Situation als eine Beerdigung hätte sie sich nicht aussuchen können, um eine Szene heraufzubeschwören. Sie hätte nicht kommen sollen.

Sie tat, was ihr Vater ihr gesagt hatte, und bog in die Auffahrt des Lapphofes. Als sie gestern mit Martin gesprochen hatte, hatte er ihr erzählt, dass Lissa sein Glasregal mit den fünf Regalböden hinaufgeklettert war und dass es unter ihr zusammengebrochen war. Sie war am Samstag mit vier Stichen am linken Bein genäht worden. Lissa war bei Martin gut aufgehoben, da war sich Hannah sicher, aber das änderte trotzdem nichts daran, dass sie sich wünschte, sie wäre bei ihnen geblieben.

Sie stieg aus dem Auto und schlenderte zur Bank, die auf einer Kuppe hinter dem Haus stand. Die Bank erinnerte sie an die Bank bei der Blockhütte ihrer Tante Zabeth, auf der sie und Zabeth, sooft das Wetter es zugelassen hatte, am Beginn und am Ende jedes Tages gesessen hatten.

Sie holte tief Luft und sog die vertrauten Gerüche, mit denen sie aufgewachsen war, ein. Die Gerüche änderten sich mit den Jahreszeiten, aber der Septemberduft brachte eine Flut von Erinnerungen mit sich: Die Sommerhitze hatte nachgelassen, im Garten wurde das letzte Gemüse geerntet und der würzige Duft nach frisch geschnittenem Gras lag in der Luft. Ihre Kindheit war so idyllisch gewesen, wie ein Mensch sie sich nur wünschen konnte. Erst als sie etwas älter geworden war und angefangen hatte, Dinge zu wollen, die nicht der amischen Alten Ordnung entsprachen, war das Leben unter dem Dach ihres Vaters schwer geworden.

Sie ließ ihren Gedanken freien Lauf: Zig Heufahrten, die Tage, an denen man ein Haustier mit in die Schule nehmen durfte, Obst- und Limonadenstände tauchten vor ihr auf. Erinnerungen an fröhliches Lachen auf den Feldern und ausgelassene Spiele mit ihren Geschwistern wurden wach. Inmitten dieser angenehmen Bilder schlich sich ein Bild von Paul ein, und bevor sie es verhindern konnte, hörte sie seine Stimme genauso deutlich wie an dem Tag, an dem er sie gebeten hatte, ihn zu heiraten.

„Hannah, du bestimmst alle meine Gedanken und Hoffnungen … Für mich gibt es keine andere als dich …“

Eine Gänsehaut lief ihr über den Rücken und sie fuhr mit den Fingern über den Diamant- und Rubinring, den Martin ihr an den Finger gesteckt hatte, bevor sie weggefahren war.

Das Klappern von Pferdehufen und das Quietschen eines heranrollenden Einspänners rissen sie aus ihren Gedanken. Sie stand auf. Im Einspänner saß kein Mann, es waren nur *Mamm* und Sarah. Noch bevor *Mamm* den Einspänner ganz zum Stehen bringen konnte, sprang Sarah heraus, lief zu Hannah, ergriff ihre Hand und zog sie zum Stall. „Wir müssen miteinander reden.“

Hannah zog sie zurück und hielt Sarah davon ab, sie irgendwohin zu führen. „Ja, ich weiß. Deshalb bin ich ja hier, aber vorher muss ich *Mamm* begrüßen.“

Ihre Mutter brachte den Einspänner neben Hannah zum Stehen, blieb aber oben sitzen und schaute sie an. Obwohl sie sich fühlte, als wäre sie gerade aus einem Dessous-Katalog entstiegen, machte sie sich klar, wie bescheiden ihr dunkelgrünes Baumwollkleid war, das über das Knie reichte. Sie hatte ihr Kleid mit viel Sorgfalt ausgesucht, da sie wusste, wie streng die Kleiderregeln waren.

Die braunen Augen ihrer Mutter schauten sie ernst an. „Hannah?“

Der Zweifel in ihrer Stimme verriet, dass Hannah sich nicht nur in ihrer Kleidung verändert hatte.

Sie schluckte schwer und war unsicher, wie sie das Eis zwischen ihnen brechen sollte. „Hallo, *Mamm*."

Mamm zog die Bremse an, nahm ihre Röcke in die Hand und stieg aus dem Einspänner. Sie stand vor Hannah und sagte nichts. Sie öffnete ein paar Mal den Mund. Tränen traten in ihre Augen.

Hannah umarmte sie. „Mir geht es gut, *Mamm*. Das habe ich dir doch in meinen Briefen geschrieben."

Ihre Mutter drückte sie an sich. Ihr Körper zitterte, weil sie so heftig schluchzte. „Oh, Kind, wie konntest du nur so lange fortbleiben?" Sie trat einen Schritt zurück und schaute Hannah in die Augen. „Ich habe dich vermisst."

Hannah wusste nicht, was sie sagen sollte. Wenn ihre Eltern ihr ein bisschen Verständnis oder Zuneigung entgegengebracht hätten, bevor sie in diesen Zug gestiegen war, wäre sie vielleicht geblieben. Aber jetzt konnte sie diese unausgesprochene Bitte um Entschuldigung nicht kommentarlos annehmen.

„Du hast mich an jenem Abend gesehen, du hast Salbe auf die Wunden an meinen Händen gestrichen und mir die Tränen abgewischt, aber trotzdem hast du später geglaubt, dass ich doch nicht überfallen worden wäre. Wie konntest du das tun?" Sie war völlig aufgewühlt, weil sie es wagte, laut auszusprechen, was sie dachte. In Zabeths Haus war Offenheit mehr geschätzt worden als falsche Zurückhaltung. Hannah sehnte sich nach dieser Offenheit in der Beziehung zu ihrer Mutter.

Ihre Mutter schaute sie mit großen, ungläubigen Augen an und Hannah wusste, dass sie soeben die Brücke abgebrochen hatte, über die ihre Mutter ihr hatte entgegenkommen wollen.

Hannah schob eine Hand in die Seitentasche ihres Kleides und wünschte, sie könnte mit Zabeth über alles sprechen. „Woher hattet ihr meine Telefonnummer?"

Sarah umklammerte Hannahs Arm jetzt fester. „Paul hat sie uns letzte Woche gebracht."

Paul wusste, wie er mich hätte erreichen können? Diese Ohrfeige tat auch jetzt nach so langer Zeit noch weh und sie hätte ihm gern auch eine verpasst … und dabei am liebsten kräftig zugeschlagen. Er hatte gewusst, wie er sie erreichen konnte, aber darum ging es nicht. Nicht mehr. Warum machte ihr das etwas aus? Vor Jahren hätte er sie zurückrufen können, als sie die Nacht im Hotel verbracht und gewartet hatte, bis ihr Zug abfuhr, aber er hatte es nicht getan.

Hannah konzentrierte sich auf ihre Schwester und überlegte, dass sie sich vielleicht irrte. „Er hat euch meine Adresse und meine Telefonnummer gebracht?" Sie schaute *Mamm* fragend in die Augen. „Hierher?"

Mamm nickte. „Er hat mit deinem *Daed* so etwas wie Frieden geschlossen. Ich glaube, er und Luke sind Freunde. Und Matthew auch."

Sie konnte es einfach nicht glauben. Ihr wurde ganz schwindelig. Zum ersten Mal wurde ihr bewusst, dass dieser Mann nur mit ihnen spielte. Anders konnte es nicht sein. Anders ließ sich sein Verhalten nicht erklären. Er hatte sie nicht zurückgerufen, er hatte nicht versucht, irgendwie mit ihr Frieden zu schließen, und doch hatte er sich mit Matthew und Luke angefreundet. Und er hatte ihrem *Daed* Informationen über Hannahs Leben gebracht.

Er hatte wirklich Nerven …

Mamm verscheuchte eine Fliege. „Ich habe selbst auch einmal mit ihm gesprochen. Er … er scheint gar kein so übler Kerl zu sein."

„Oh, meine Güte!" Hannah trat einen Schritt zurück. Paul hatte ihre Familie völlig geblendet. „Weißt du was? Ich will nicht über Paul sprechen."

Sarah begann, sich mit lang gezogenen, sonderbaren Geräuschen zu räuspern, und rieb wieder ihren rechten Daumen über die Handfläche ihrer linken Hand. Hannah erinnerte sich an die sonderbaren Geräusche. Das war eine alte Gewohnheit ihrer Schwester, wenn sie angespannt und nervös war. Die Sache mit dem Reiben auf der Handfläche war jedoch neuer.

Mamm schaute sie verwirrt an. „Aber, Hann …" Ihre Mutter schüttelte den Kopf. „Es ist unmöglich, dich zu verstehen. Was ist falsch daran, wenn ich finde, dass er in Ordnung ist? Wolltest du das denn nicht?"

Sie warf die Hände in die Luft. „Das wollte ich, als es vielleicht eine Rolle gespielt hätte! Ihr hättet ihm doch nie eine Chance gegeben, wenn ich geblieben wäre, und jetzt mögt ihr ihn plötzlich?" Sie seufzte. „Und ich bin diejenige, die man nicht verstehen kann?"

Sarah begann, auf ihren Fersen vor und zurück zu wippen. „Die Kater fressen die kleinen Kätzchen der Mutterkatze." Die Worte kamen mit einem mühsamen Schnaufen über ihre Lippen. „Und Feuer zerstört eine Wahrheit, die nicht einmal da ist." Sie legte den Daumen auf ihren Mittelfinger und drehte beide im Kreis, als mache sie die Bewegungen zu einem Kinderlied. Sie sang die Worte: „Die Zunge setzt den Lauf des Lebens in Brand."

Eine Gänsehaut lief über Hannahs Rücken und kroch bis zu ihrer Kopfhaut hinauf. Was war mit ihrer Schwester los?

Mamm klatschte in die Hände. „Hör auf, Sarah."

Ihre Schwester hörte auf, die Hände zu bewegen. Ihre Augen schossen hin und her. „Ihr dürft euch nicht hassen." Sie stöhnte.

Hannah zuckte bei den Worten ihrer Schwester erschrocken zusammen. Sie hasste *Mamm* nicht, ganz bestimmt nicht, aber ihre Mutter hatte schweigend daneben gestanden, als die Männer Hannah vorgeworfen hatten, eine Lügnerin zu sein und sich sexueller Vergehen schuldig gemacht zu haben.

Sarahs Lippen wurden blau, als sie schnell und schwer weiteratmete.

Hannah legte den Arm um sie. „*Mamm*, schnell, hol eine Plastiktüte." Sie zwang sich zu einem Lächeln. „Sarah, schau mich an."

Dieses Problem mit dem Atmen war ihr neu. Sarah drehte den Kopf herum, wich aber ihrem Blick aus.

Mamm trat näher. „Was ist los?"

Hannah legte die Finger auf Sarahs Halsschlagader, um ihren Puls zu fühlen. „Soweit ich das beurteilen kann, hyperventiliert sie. Hol bitte eine Plastiktüte." Hannah nahm Sarahs Wangen in ihre Hände. „Sarah, schau mich an. Ich will, dass du dir vorstellst, du wärst auf einer Blumenwiese. Erinnerst du dich an dieses Spiel?" Hannah selbst erinnerte sich sehr gut daran.

Mamm kam mit der Plastiktüte aus der Tür. Hannah nahm die Tüte, öffnete sie, rollte den oberen Rand nach außen und legte die Tüte über Sarahs Mund.

Sie versuchte, die Tüte wegzureißen.

Hannah wehrte ihre Hände ab. „Nichts da! Du hast mich angerufen, weil ich dir helfen soll, und jetzt lässt du dir von mir helfen, ja?" Sie bedeckte Sarahs Mund mit dem Rand der Tüte. „Stell dir vor, wir liegen auf der Wiese und zählen die verschiedenen Blumen: Sonnenhüte, Prunkwinden, Margeriten, Vergissmeinnicht …" Sie plauderte weiter wie damals, als sie noch Kinder gewesen waren.

Aber das hier war anders. Sarah war anders. Ihr Zustand war schlimmer. Was sie auch hatte, es war schlimmer als überstarke Nervosität oder eine böswillige Schwester oder Eifersucht, wie sie jahrelang gedacht hatte.

Sarahs Atmung beruhigte sich.

„Ja, das ist meine kleine Schwester." Sie senkte die Tüte, hatte aber die Absicht, sie bei sich zu behalten.

Sarahs Fäuste klammerten sich an die Ärmel von Hannahs Kleid. „Wo ist das Baby?"

Hannah blinzelte. „Was?"

„Du … du hast ein Kind bekommen. Wo ist das Baby?"

Hannah schaute *Mamm* an.

Mamms Gesicht wurde blass. „Nachdem du fort warst, fing Sarah an, etwas zu suchen. Wir wussten nicht, was sie suchte." Tränen liefen ihr übers Gesicht. „Ich … ich nehme an, es ging die ganze Zeit um das Baby." *Mamm* wischte sich mit der Schürze das Gesicht ab, schloss einen Moment die Augen und setzte dann erneut zu sprechen an. „Manchmal hat sie Brandwunden an den Händen, die niemand erklären kann. Am Tag, nachdem der Stall der Bylers abbrannte, habe ich ihre verrußte Kleidung in der Mülltonne gefunden."

Hannah hatte das sonderbare Gefühl, sich in einer anderen Welt zu befinden. Es war, als hinge sie in einem Traum fest. War es möglich, dass ihre Schwester sich der Brandstiftung schuldig gemacht hatte? Hannah ging zu den Stufen der Veranda. Übelkeit befiel sie.

Begriff ihre Mutter, dass Sarah vor dem Gesetz des Totschlags schuldig war, falls sie Matthews Werkstatt in Brand gesteckt hatte? Die Zugehörigkeit zu einer amischen Gemeinschaft, die bereit war, ihre eigenen Leute vor den Gerichten zu schützen, würde das Rechtssystem nicht aufhalten.

Hannah betrachtete ihre Schwester. Sarah hatte eindeutig Phasen, in denen sie sich normal benahm, wie jetzt, als sie dastand und ganz normal wirkte und … als wäre sie völlig gesund im Kopf. Aber war sie das? Die Fragen wegen Hannahs Baby und die sonderbaren Sprüche und Lieder hatten abrupt geendet und ließen sie wie jedes andere amische Mädchen aussehen.

Hannah schluckte. „Sarah, du wolltest, dass wir miteinander reden. Wir können in meinem Auto ein wenig spazieren fahren oder uns einen Einspänner und ein Pferd nehmen."

Sarah schüttelte den Kopf, ihre Finger zitterten. „*Daed* gefällt es vielleicht nicht, wenn wir miteinander wegfahren."

Ihrem *Daed* gefiel es vielleicht nicht? Sarah war erwachsen! Wieder regte sich eine starke Wut in ihr, die sie nur mühsam zügeln konnte. Unter Zabeths liebevoller Art hatte sie vergessen, wie leicht das Leben mit Zeb Lapp einen Menschen zum Zorn reizen konnte.

Mamm schaute zur Tür. Hannah wartete darauf, ins Haus eingeladen zu werden, aber die Einladung blieb aus. Wahrscheinlich hatte ihr Vater das verboten. Hannah bedeutete Sarah, sich neben sie auf die Verandastufen zu setzen. Sie war sich nicht sicher, was sie von der ganzen Situation halten sollte, geschweige denn, was sie jetzt tun sollte.

Zweifel, ob ihre Mutter und sie sich je wieder so nahestehen würden wie früher, quälten sie. Hannah rieb Sarahs Rücken und bestätigte ihr durch die körperliche Berührung Dinge, die sie mit Worten nicht versprechen konnte. In der Welt der Englischen kamen Worte schnell und billig, man sagte Dinge, die nicht gesagt werden sollten, und erzählte Dinge, die nicht weitererzählt werden sollten. Aber hier waren Worte zu selten und das Schicksal wurde zu sehr ohne Gegenwehr hingenommen. Wie viele Englische riefen um Hilfe und Medikamente und überschütteten jeden, der zuhörte, mit Geschichten über ihre Krankheiten und das, was in ihrem Leben nicht stimmte? Und hier: Wie viele Amisch schwiegen hartnäckig, ohne zu einem Arzt zu gehen und ihm zu schildern, welche Schmerzen sie quälten?

Gab es in dieser Welt denn kein Gleichgewicht?

Fest entschlossen, jedes ihrer Worte abzuwägen, begann Hannah: „*Mamm*, Sarah hat sich ziemlich verändert, seit ich weggegangen bin. Findest du nicht auch?"

Ihre Mutter nickte.

„Ich glaube, sie sollte zu einem Arzt gehen."

„Nein." Ihre Mutter betrachtete Sarah, die ruhig neben ihnen saß, als hätte sie sich in eine Welt zurückgezogen, zu der andere keinen Zutritt hatten. „Sie hat es nur gebraucht, dich zu sehen."

„*Mamm*, das, was gerade passiert ist, hatte nichts damit zu tun, dass jemand ein wenig Zeit mit seiner großen Schwester braucht."

„Aber manchmal kann sie so klar denken, wie wenn …“ Sie brach ab.

Hannah litt mit ihrer Mutter. Mit einem eigensinnigen, schwierigen Mann verheiratet zu sein war schon schwer genug, aber hilflos zuzuschauen, wie das Leben ihrer Kinder im Chaos versank, war für jede Frau zu viel.

Da sie mit Sarah sprechen musste, ohne *Mamms* Kummer noch zu verstärken, nahm Hannah Sarah an der Hand. „Wir sind bald wieder da, okay?“

„Ich koche uns einen … Trinkst du Kaffee?“

„Ja.“

Ein leichtes Lächeln zog über das Gesicht ihrer Mutter. „Ich setze einen Topf Wasser auf.“

Hannah und Sarah gingen über die Straße zum Teich. Sarah zog ihre Schuhe und Strümpfe aus, setzte sich auf die Kante des Stegs und ließ ihre Zehen ins Wasser baumeln.

Hannah, die die traditionellen schwarzen Strümpfe schon lange aufgegeben hatte, schlüpfte aus ihren Schuhen und setzte sich neben ihre Schwester. Brassen schwammen nahe an ihre Füße heran und warteten auf Brotkrumen. „Samuel könnte heute auf einen einzigen Schlag mit dem Netz fünf oder sechs Fische fangen, nicht wahr?“

Sarah bewegte ihren Fuß schnell durch das Wasser und verscheuchte die Fische. „Ja.“

„Und wir könnten Stunden damit zubringen, seinen großartigen Fang auszunehmen, um pro Fisch ein Gramm Fleisch zu bekommen.“

Sarah kicherte. „Aber wir hatten eine gute Absicht. Immerhin wollten wir beweisen, dass er die Familie mit einer Mahlzeit versorgen kann.“

„Wollten wir das beweisen? Ich dachte immer, unser Ziel wäre es gewesen, ihn uns vom Leib zu halten, während du und ich die Brombeeren pflückten, ohne dass er …“ Hannah räusperte sich. „… uns half.“

Sie lachten miteinander und Sarah schob den Arm unter Hannahs Arm. „Ich bin nicht verrückt.“

„Ich auch nicht“, erwiderte sie.

Sarah legte den Kopf an Hannahs Schulter. „Manchmal komme ich mir aber so vor, als wäre ich verrückt.“

Hannah küsste sie durch ihre Gebetshaube auf den Kopf. „Ich mir auch."

Sie drückte sie. „Du verlässt mich nicht wieder, oder?"

Hannah lehnte die Wange an Sarahs Stirn. „Was ist los? Ich meine, wirklich und ehrlich. Ohne Geheimnisse."

„Wie früher, als wir uns immer alles erzählt haben … bevor es dir wichtiger wurde, zu Großmutter Waddell zu gehen, als mit mir zusammen zu sein?"

Verblüfft, dass ihre Schwester wusste, wann sie angefangen hatte, sich von ihrer Familie zurückzuziehen, hob Hannah Sarahs Kinn hoch und schaute ihr in die Augen. „Ja, so wie früher."

„Wenn ich dir alles erzähle, bringst du mich dann zu deinem Baby und zeigst es mir?"

„Sprich mit mir, Sarah."

„Jacob trifft sich mit Lizzy Miller", begann Sarah und Hannah ließ das Gespräch in die Richtung laufen, die Sarah einschlug.

Wenn Hannah hoffte, sie würde Ermutigendes hören, wurde sie enttäuscht, da ihre Schwester manchmal völlig logisch klang, aber dann wieder in Rätseln sprach und von Hannahs Baby und dem Feuer erzählte und dass alles ganz anders sei, seit sie fort war. Während ihre Schwester sprach, wurde ihr klar, dass Sarah Probleme hatte, die weit über das hinausgingen, was Hannah über die menschliche Psyche wusste. Sie schweifte ab und redete Unsinn. Hannah hatte keine Ahnung, wie sie sie wieder in die Realität zurückholen sollte. Sie konnte nicht einmal eine klare Antwort geben, als Hannah sie fragte, was sie damit meinte, dass sie an den Bränden schuld sei.

„Sarah, jeder braucht manchmal Hilfe. Ich habe viel Hilfe von den Therapeuten bei der Beratungsstelle für Vergewaltigungsopfer bekommen. Ich denke, du könntest Hilfe finden, wenn du auch zu einem Therapeuten gingst. Vielleicht kennt er Medikamente, die dir helfen können, deine Gedanken etwas besser zu ordnen."

„Das wäre schön."

„Gut. Komm mit." Hannah ging mit ihr zum Haus zurück. Als sie die Straße überquerten, die das Haus von der Weide mit dem Teich trennte, kam *Mamm* mit einem Tablett mit einer Kaffeekanne, Tassen, Sahne und Zucker auf die Veranda.

Sie blieben am Fuß der Betonstufen stehen. Das Unbehagen zwischen Hannah und ihrer Mutter war fast greifbar. „Ich muss den Kaffee auf ein anderes Mal verschieben. Ich muss wirklich los, aber ich fände es gut, wenn ihr euch dafür entscheiden könntet, Sarah einmal untersuchen zu lassen."

Das Geschirr klirrte und klapperte, als *Mamm* das Tablett auf das Holzfass stellte, das sie als Abstelltisch benutzten. „Diese Entscheidung liegt nicht bei mir. Das weißt du."

„Ich weiß, aber du hast Einfluss, *Mamm*. Setze ihn mit aller Kraft ein, die du aufbringen kannst."

Ihre Mutter schürzte die Lippen. Ihr war anzusehen, dass es ihr nicht gefiel, dass Hannah so direkt mit ihr sprach. Hannah umarmte Sarah. „Du bleibst in der Nähe des Hauses. Wir plaudern bald wieder miteinander. Okay?"

Sarah klammerte sich an ihr fest und zwang Hannah, ihre Arme fast gewaltsam von sich loszulösen. *Mamm* ergriff Sarahs Hände und zog sie in die Arme. Die beiden standen nebeneinander, während Hannah zu ihrem Auto ging.

„Hannah", rief ihre Mutter.

Sie drehte sich um. Ihre Mutter kam auf sie zu und schaute ihr in die Augen. „Es … es tut mir leid, dass ich nicht zu dir gestanden habe und dass ich nicht zu dir kam, als *Daed* sich weigerte, dich nach Hause kommen zu lassen."

In diesem Moment sah Hannah das tiefe, jahrelange Bedauern, das ihrer Mutter ins Gesicht geschrieben stand.

Mamm erschauderte. „Auch als dein *Daed* und ich erfuhren, was passiert war, und zur Beerdigung kamen, stand ich nur stumm da. Ich war so in meiner eigenen Trauer gefangen und von den Gerüchten so erschüttert, dass ich dich nicht einmal umarmte."

Es gab Dinge, die *Mamm* nicht sagte, wie etwa, dass sie an jenem Tag beim Grab auf Hannah hatte zugehen wollen und *Daed* sie daran gehindert hatte. Aber *Mamm* würde keine Schuldzuweisungen machen. Sie wollte nur ihren Teil bekennen und den Rest nicht ansprechen. Hannah sehnte sich danach, von dem tiefen Wunsch erfüllt zu sein, ihrer Mutter zu vergeben, aber dieser Wunsch blieb aus. Es war die Art der Amisch, zu vergeben oder wenigstens Vergebung zuzusprechen, aber sie konnte es nicht.

Hannah fragte sich, ob die Jahre, in denen sie sich in Ohio versteckt hatte, mit ihrer eigenen Unfähigkeit zu vergeben zu tun hatten, und umarmte ihre Mutter. „Konzentrieren wir uns jetzt lieber darauf, uns um Sarah zu kümmern. Okay?“ Sie trat zurück und schaute ihre Mutter an.

Mamm nickte. „Ja.“

Hannah stieg in ihr Auto und bog aus der Ausfahrt. Ihre Gedanken liefen in hundert Richtungen, ohne eine Lösung für eines der verzwickten Probleme zu finden, mit denen sie es hier zu tun hatte. Es wäre mehr nötig als den Namen eines Therapeuten zu finden, um ihre Familie davon zu überzeugen, dass Sarah unbedingt eine Therapie machen und die richtigen Medikamente bekommen sollte.

Ihr *Daed* schien Hannahs Anwesenheit hier kaum zu dulden. Wie würden er oder die Kirchenältesten erst reagieren, wenn Hannah sie aufforderte, mit Sarahs Problemen so umzugehen, wie es bei den Englischen selbstverständlich war?

Kapitel 4

Matthew schlängelte sich durch die vielen Menschen aus der Gemeinde und die Verwandten in *Mamms* Küche und ging nach draußen. Die Leute standen in kleinen Gruppen auf der vorderen Veranda, unterhielten sich leise miteinander und aßen etwas. Alle drehten den Kopf zu ihm herum. Er nickte zum Gruß und sprach kurz mit jedem, bevor er in den Stall ging. Er legte seinem Pferd das Zaumzeug an und schwang sich ohne Sattel auf seinen Rücken. Wenn er auch nur eine Minute länger im Haus bliebe, würde er seinen Lebenswillen womöglich noch ganz verlieren.

Die Traurigkeit in den Augen seiner Mutter war erdrückend und er hatte keine Kraft mehr, sie zu trösten. Er lenkte das Pferd in Richtung Westen und ließ es laufen, wohin es wollte. Der tiefe Schmerz und die Schuldgefühle wegen des Todes seines Bruders waren so groß, dass er nicht wusste, ob er sich je davon erholen würde. Er hatte so schwer gearbeitet und hatte nichts, das er als Lohn für seine Arbeit vorweisen konnte. Nichts als Schulden. Aber das alles war nichts im Vergleich zu dem tiefen Schmerz um David, der ihn innerlich fast zerriss. Wenn er sich mehr Zeit für seinen Bruder genommen hätte, fände er jetzt vielleicht einen gewissen Frieden. Aber er hatte immer zu viel zu tun gehabt, um wirklich zuzuhören, wenn David versucht hatte, mit ihm zu sprechen.

Und Elle.

Die Geduld, die er David hätte entgegenbringen sollen, hatte Matthew wahrscheinlich an Elle verschwendet.

Elle. Als Englische geboren. Ihr halbes Leben in einem amischen Haus aufgewachsen. Sie war vor zwei Jahren weggegangen, hatte aber versprochen zurückzukommen, in die Kirche einzutreten und ihn zu heiraten.

Er hatte sie geliebt. Ihr geglaubt. Noch schlimmer: Er sehnte sich immer noch nach ihr. Er musste der größte Idiot sein, der je auf der Erde gelebt hatte.

Die Bitte ihres Vaters, dass sie ein halbes Jahr die Amischgemeinschaft, in der sie aufgewachsen war, verlassen sollte, um bei ihm in Baltimore zu leben, war schon lange erfüllt und trotzdem wohnte sie immer noch dort. Sie hatte dafür unzählige Gründe. Sie musste ihrem Vater in seiner Bäckerei helfen, zur Fotografenschule gehen, die Verträge einhalten, die sie mit einem Studio unterschrieben hatte. Aber sie versprach trotzdem ständig, zurückzukommen und in die amische Kirche einzutreten. Als er ihr geschrieben und die Verlobung mit ihr gelöst hatte, war sie zurückgekommen und hatte ihm vorgeworfen, er stünde nicht zu seinem Versprechen, ihr Zeit zu lassen.

Am meisten störte ihn, dass er nicht wirklich wusste, was er für Elle noch empfand. Er wollte von ihr frei sein, sehnte sich aber gleichzeitig danach, sie zu umarmen.

Von der Straße aus sah er eine Frau, die neben Davids Grab kniete. Er zog die Zügel an, brachte das Pferd zum Stehen und betrachtete sie aus der Ferne. Da er zum ersten Mal, seit alles passiert war, einen unerklärlichen Bezug zum Leben spürte, schaute er genauer hin. Er lenkte das Pferd über die Teerstraße bis zum Grasstreifen. Als er abstieg, verzog er vor Schmerz das Gesicht. Er führte das Pferd zu einem Pfosten und wickelte die Zügel darum, bevor er zum Grab schritt.

Kathryn.

Sie fuhr mit den Händen über die frische Erde, ihre Tränen fielen zu Boden. Matthews Blick war für einen Moment getrübt. Er hatte sie seit dem Brand zigmal im Haus gesehen, wo sie seiner Mutter half und seinem *Daed* und Peter etwas zu essen kochte, aber kein einziges Mal hatte er sich gefragt, wie sie sich fühlte. Bis zu diesem Moment hatte er Davids Bemerkungen, dass er sich mit Kathryn unterhalten hatte und sie bewunderte, kaum beachtet. Aber egal, was zwischen den beiden gewesen war, sie waren sicher nicht ineinander verliebt gewesen, da David erst fünfzehn gewesen war. Sie war älter und traf sich mit jemandem aus ihrer eigenen Gemeinde, einem Mann, den er heute zum ersten Mal gesehen hatte. Aber das schien den Schmerz, den er hier sah, nicht mildern zu können.

„Kathryn."

Sie erschrak und stand auf. „Matthew.“ Mit zitternden Lippen wischte sie sich die Tränen ab, die nicht aufhören wollten zu fließen. „Entschuldige.“

Er schüttelte den Kopf. „Du brauchst dich nicht zu entschuldigen. Ich beneide dich um die Tränen.“

Sie schniefte. „Und ich beneide dich darum, dass du nicht weinst.“ Ohne dass ihre Tränen weniger wurden, schaute sie zum Grab. Ein leises Stöhnen entfuhr ihr. „Er hatte so viele Träume und Wünsche. Es ist so ungerecht.“

Matthew war überrascht, dass sie nicht das sagte, was alle anderen sagten: dass Gott schon wisse, warum das passiert sei. Er fand Trost in ihren Worten. „Auf einem Planeten zu leben, der zur gefallenen Schöpfung gehört, ist nicht immer leicht.“

„Ja, aber im Himmel ist es anders.“ Sie holte tief Luft. „Wir haben uns vor ein paar Wochen unterhalten. Ich weiß, dass er dir gesagt hat, er sei sich nicht sicher, ob er amisch bleiben wolle, aber ich habe ihm Bibelstellen gezeigt, in denen klar steht, wie man erlöst wird, und er hat mit mir gebetet. Er hat die Vergebung angenommen, für die Jesus mit seinem Blut bezahlt hat, und hat sich entschieden, Gottes Wort in allen Dingen zu glauben; er war nur nicht sicher, ob er in die amische Kirche eintreten sollte.“

Obwohl ihre Worte von vielen als Ketzerei bezeichnet würden, wirkten sie wie eine lindernde Salbe auf seiner schmerzenden Seele. Die meisten Amisch, die in die Kirche eingetreten waren, versuchten, so tadellos wie möglich zu leben, und hofften, am Ende des Weges warte die Erlösung auf sie, aber sie waren sich nie sicher. Er verstand diesen Glauben und stimmte ihm größtenteils auch zu. Anscheinend wollte irgendeine englische Sekte glauben, ein einziges Gebet sei genug; man müsse nur beten und danach könne man so weiterleben, wie man wolle. Kathryns Überzeugung, durch ein einfaches Gebet könne man Erlösung finden, wäre wie ein Stich in ein Wespennest, wenn bestimmte Kirchenälteste davon erführen, aber ihn erfüllte es mit einem spürbaren Frieden.

Tränen brachen sich Bahn und liefen ihm übers Gesicht, die ersten Tränen, seit er seinen Bruder verloren hatte. So wenig er sich das auch erklären konnte, empfand er diese Tränen als große Erleichterung. „Das wusste ich nicht … danke.“

„Du brauchst dich nicht bei mir zu bedanken. Ich kann so vieles nicht. Wie oft musstest du mir erklären, wie ich deine Aufträge und Lieferscheine abheften soll? Aber Gott, er kann sogar Esel zum Sprechen bringen."

Als Matthew schmunzelte, kamen noch mehr Tränen.

Kathryn wischte vergeblich über ihre Wangen. „Ich habe dich an meine Arbeit erinnert und dich damit zum Weinen gebracht." Sie kicherte unter Tränen. „Nein?"

Er wischte sich das Gesicht ab und war dankbar für die Erleichterung, die nur Tränen bringen konnten. „Ja, das ist der Grund."

Das Lachen und die Worte verstummten und sie standen nur da und schauten das Grab an.

„Du kannst alles wieder neu aufbauen, Matthew", flüsterte sie. „Ich habe gehört, wie du zu deinem *Daed* sagtest, dass du nicht wieder aufbauen kannst oder willst, aber du kannst es."

Ein Automotor wurde abgestellt und sie schauten beide zur Straße, die ein ganzes Stück entfernt war. Elle stieg aus dem Auto. Sie winkte und wollte unübersehbar mit ihm sprechen. Matthew signalisierte ihr, dass er in einer Minute bei ihr sei.

Kathryn wandte sich von Elle ab und wischte sich mit der Schürze über das Gesicht. „Dann gehe ich jetzt zurück und lasse euch beide allein, damit ihr reden könnt."

Matthew suchte den Rand des Friedhofs nach Kathryns Einspänner ab. „Wie bist du hierher gekommen?"

Sie strich ihre Schürze glatt. „Zu Fuß."

„Das ist ein recht weiter Fußmarsch. Dir muss es ziemlich wichtig gewesen sein, allein zu sein."

Kathryn räusperte sich und schaute ihn mit einem zittrigen Grinsen an. „Nur mir?"

Er lächelte. „Wenigstens bin ich geritten. Hier, nimm das Pferd. Ich gehe entweder zu Fuß zurück oder ich lasse mich von Elle heimfahren."

„Ohne Sattel reiten? In diesem Kleid? Du bist ohne Schwestern aufgewachsen und hast anscheinend keine Ahnung, wie hinderlich amische Frauenkleidung sein kann."

„Du kannst dich einfach daraufsetzen oder die Beine auf eine Seite legen. Es ist ein friedliches Pferd. Du wirst keine Probleme haben."

Mit einem etwas skeptischen Blick nickte sie. „Wenn du das sagst."

„Es war nett von deinem *Daed* und Joseph, heute zu kommen. Es war für sie ein ziemlich weiter Weg."

„Nur etwas über zwei Stunden mit einem Fahrer."

„Sind sie schon zurückgefahren?"

„*Daed* schon. Joseph bleibt bei den Bylers und hofft, ich bin morgen eher in der Stimmung, mit ihm zu sprechen, bevor ihn ein Fahrer zurückbringt."

„Dann geh zurück und verbringe ein wenig Zeit mit ihm, Kathryn. *Mamm* hat für heute Abend und morgen genug Hilfe."

Elle wartete neben ihrem Auto, während er mit Kathryn zu dem Pfosten ging, an dem sein Pferd stand. Er schob die Finger ineinander und hielt ihr die Hände als Aufsteighilfe hin. Als er sich bückte, um ihr zu helfen, waren die Schmerzen in seinem Rücken und in seinen Schultern fast unerträglich. Sie schob ihren Fuß in seine Hände und setzte sich auf den Pferderücken, als säße sie auf einem Damensattel.

Matthew reichte ihr die Zügel. „Danke, Kathryn. Das hat mir gut getan."

„Ja, mir auch." Sie nahm die Zügel. „Ich werde weiterhin dafür beten, dass Gott dich und Elle so führt, wie es am besten für euch ist."

„Danke." Er gab dem Pferd einen Klaps und schlenderte zu Elles Auto hinüber und hoffte, seine Bewegungen sähen natürlich und nicht steif und schmerzvoll aus.

Elle legte den Kopf schief. „Wie geht es dir?"

„Besser." Er lehnte sich ans Auto. „Was willst du, Elle?"

„Ich wollte euch mein Mitgefühl ausdrücken. Ich weiß einfach nicht, was ich sagen soll ..."

„Ich verstehe, was du meinst, und ich werde es meiner Familie ausrichten. Aber du ignorierst meine Bitte, mir Freiraum und Zeit zu lassen, doch nicht nur, weil du mir dein Beileid ausdrücken willst. Deshalb frage ich dich noch einmal: Was willst du?"

„Das Gleiche, was ich vor dem Feuer wollte: Es geht um uns. Ich will dich nicht verlieren. Sag mir, dass es umgekehrt auch so ist."

Er starrte auf die Erde und schüttelte den Kopf. „Ich bin mir nicht sicher, was ich fühle, Elle, aber ich kann das nicht. Nicht mehr."

„Ich weiß. Ich auch nicht. Aber ..."

Matthew blickte auf. „Aber was?“

„Vielleicht solltest du uns noch einmal eine Chance geben und diese tragischen Ereignisse als Gelegenheit für uns sehen, noch einmal von vorne anzufangen. Es könnte dir helfen, wenn du aus Owl's Perch wegkommst. Es gibt so vieles, womit du bei deinem Talent deinen Lebensunterhalt verdienen könntest.“

„Meinst du weg aus Owl's Perch oder heraus aus der amischen Kirche?“

„Bitte werde nicht wieder sauer. Das verkrafte ich nicht. Hör mich wenigstens an.“

Die Kraft, die ihn vor ein paar Minuten erfüllt hatte, verschwand wieder. „Ich höre dir zu.“

„Ich denke schon lange, dass es dir wirklich guttun würde, von hier fortzukommen. Wenigstens für eine Weile. Das Geschäft hat dich so in Anspruch genommen … es hat den Mann verändert, der du warst, aber jetzt kannst du eine Pause machen. Ich denke, Baltimore würde dir gefallen und es könnte dir neue Ideen eröffnen, um eine neue Berufslaufbahn einzuschlagen.“

Matthew verschränkte die Arme vor seiner Brust und fragte sich, ob sie die Ladung Mist, die sie ihm gerade vor die Füße geworfen hatte, tatsächlich glaubte. „Ich soll einfach alles hier aufgeben und nach Baltimore gehen? Bist du gekommen, um mir das zu sagen? Und das ausgerechnet heute?“

Sie trat näher. „Matthew, ich habe das mit uns falsch angepackt. Das weiß ich, und es tut mir furchtbar leid.“ Sie legte den Kopf schief und flüsterte: „Du kannst dir gar nicht vorstellen, wie sehr ich das bedaure. Aber ich liebe dich, Matthew. Davon komme ich einfach nicht los.“

Er schaute den schlichten Grabstein seines Bruders an und war völlig unsicher, wie sein Leben weitergehen sollte. Die Vorstellung, von hier wegzugehen, war eine so große Versuchung, wie er sie seit vielen Jahren nicht mehr gespürt hatte. „Jetzt ist nicht der richtige Zeitpunkt.“

Sie nickte. „Du hast recht. Das weiß ich. Es ist nur so, dass ich genau darüber mit dir sprechen wollte, bevor das Feuer ausbrach. Ich musste wiederkommen und dir einfach sagen: Nur weil es das Geschäft nicht mehr gibt, heißt das nicht, dass dein Leben auch vorbei ist. In Baltimore wartet eine riesige, faszinierende Welt. Allein schon die Stadt zu betreten ist aufregend und bringt Ermutigung in dein Leben. Von dieser Hoffnung musste ich dir einfach erzählen."

Hoffnung? Verwirrung trifft die Sache eher.

Sie hob die Hand und legte die offene Handfläche an seine Wange. „Ich fahre jetzt, aber du rufst mich in ein paar Tagen bitte an, ja?" Sie schaute ihn flehend an.

Die Wärme ihrer Hand weckte in ihm Gefühle, von denen er wünschte, er hätte sie nicht. Nicht für Elle. Er blieb still und zwang sich, nicht auf sie zu reagieren. Ein Teil von ihm wollte sie in die Arme nehmen und sie küssen, bis der furchtbare Schmerz über das, was das Leben ihm angetan hatte, nachließ, aber das war auch nicht die Antwort.

Er nickte.

Schließlich zog sie ihre Hand weg und ging zu ihrem Auto. Die Vorstellung, nach Baltimore zu gehen, hallte in ihm wider und er wünschte, sie wäre nicht gekommen. Nicht heute.

Kapitel 5

Mit dem Handy am Ohr ging Hannah in ihrem Hotelzimmer auf und ab. „Ich weiß, Martin, und es tut mir leid. Dadurch, dass du mich anschreist, ändert sich aber nichts."

Sie hatte versuchte, ihm zu erklären, dass sie mindestens noch drei Tage in Owl's Perch bleiben musste, vielleicht auch die ganze Woche, aber er war nicht in der Stimmung, auf vernünftige Argumente zu hören.

„Ich schreie nicht", fauchte er. Dann Schweigen. Schließlich seufzte er. „Hannah, Schatz." Seine Stimme war ruhiger und sie wusste, dass er sich um Beherrschung bemühte. „Es ist lächerlich, dass diese Leute wieder eine Chance bekommen, dein Leben kaputt zu machen. Du hast fast zwei volle Jahre in die Krankenpflegeausbildung investiert. Wirst du überhaupt zur Prüfung zugelassen, wenn du am Mittwochabend nicht zum Unterricht erscheinst?"

„Das weiß ich nicht. Die Anwesenheitspflicht im Unterricht lässt einen kleinen Spielraum, aber ich traue mich nicht zu fragen. Und egal, wie die Antwort ausfällt, sie ändert nichts an meinen Plänen. Sarah braucht meine Hilfe und ich werde versuchen, mein Möglichstes für sie zu tun."

„Es geht nicht darum, dass mir so viel daran liegt, dass du examinierte Krankenschwester bist. Das weißt du. Aber du hast so hart dafür geschuftet. Warum kann sich nicht jemand anders um deine Schwester kümmern?"

„Weil niemand in der Amischgemeinschaft diesen Weg einschlagen wird, wenn ich es nicht tue. Und egal, ob sie etwas mit den Bränden zu tun hatte oder nicht, kannst du von mir nicht erwarten, dass ich sie der Gemeinde hier überlasse. Ich bin mir nicht einmal sicher, wieweit mein Vater einwilligen wird, selbst wenn ich einen geeigneten Therapeuten finden sollte."

„Du kannst die Welt nicht retten. Kommt dir das nicht alles

irgendwie bekannt vor? Du hast für Faye alles getan und was kam dabei heraus: Wir haben zwei Kinder, um die wir uns kümmern müssen, einen Stoß Rechnungen für Therapeuten und sie ist nirgends zu finden. Komm schon, das ist nicht deine Sache."

Hannah wollte widersprechen, als er die Schuld dafür, dass sie die Verantwortung für Kevin und Lissa übernommen hatten, allein ihr zuschieben wollte, aber sie hatte ihn überredet, seiner Schwester zu helfen, und er hatte es so gemacht, wie sie vorgeschlagen hatte. Auf ihr Drängen hin hatten sie nichts unversucht gelassen, um seine Schwester von den Drogen wegzubringen, aber am Ende war sie einfach davongelaufen und hatte ihre Kinder im Stich gelassen. Es war das erste Mal, dass er ihr deshalb Vorwürfe machte.

„Ich kann nicht wegfahren. Noch nicht. Aber glaube mir: Ich werde das hier keine Minute länger hinauszögern als nötig."

„Großartig. Einfach großartig."

Sie schloss die Augen und fühlte, wie dieses furchtbare Gefühl von Machtlosigkeit sie überkam. Seit sie Zabeth kennengelernt hatte, hatte dieses Gefühl in ihrem Leben keinen Platz mehr gehabt. „Martin, bitte mach das nicht. Du kannst dir nicht vorstellen, wie schwer das für mich ist."

„Dann komm nach Hause."

Sie atmete einige Male langsam und tief ein und versuchte, sich von diesem klaustrophobischen Gefühl zu befreien. „Das werde ich, aber ich muss mich vorher um Sarah kümmern und herausfinden, ob sie diese Feuer gelegt hat."

„Und wie zum ..." Er brach ab. „Wie willst du das schaffen?"

„Keine Ahnung. Ich hatte gehofft, du würdest mir helfen, das herauszufinden."

„Tut mir leid, aber da erwartest du zu viel von mir."

„So benimmst du dich doch sonst nicht. Ich habe hier praktisch überhaupt keine Unterstützung."

Als er nicht antwortete, brach sie das Schweigen auch nicht.

„Ja, okay", flüsterte er. „Ich habe verstanden. Kevin jammert ununterbrochen, wann du endlich zurückkommst. Ich glaube wirklich, er hat Angst, du könntest nicht wiederkommen."

„Erkläre ihm doch, dass ich nur wegen Familienangelegenheiten weg bin und dass ich, so bald ich kann, zurückkomme."

„Und Lissa vermisst dich viel mehr, als ich erwartet hätte. Die Nähte an ihrem Bein tun sehr weh, besonders nachts, und sie lässt das Kindermädchen nicht in ihre Nähe, sobald es Zeit wird, ins Bett zu gehen. Ich schätze, das liegt daran, dass sie Laura noch nicht so gut kennt. Ich bin schon zwei Nächte mit Lissa auf der Hüfte auf und ab gelaufen."

„Das liegt daran, dass du ein guter Mensch bist, auch wenn du von Zeit zu Zeit verwöhnt und anstrengend bist."

Er lachte nicht, was noch ungewöhnlicher war als seine momentane Verfassung. „Ich war verwöhnt." Er seufzte. „Bevor Kinder mein Junggesellenleben über den Haufen geworfen haben. Im Moment würde ich alles für ein wenig Schlaf und einen Abend nur mit dir allein zahlen."

„Mmm. Du kannst fast alles kaufen, das stimmt, aber ist dir eigentlich klar, dass du dir meine Liebe nicht erkaufen kannst und dass sie dir trotzdem gehört?"

Martin schmunzelte. „Ja?"

„Ja."

„Ich fürchte, ich jammere und fordere gerade ein wenig zu viel."

„Nur ein wenig?"

„Ich kann nicht die ganze Zeit charmant sein."

„Wem sagst du das?"

Er lachte. „Mann, ich vermisse dich."

Sie erinnerte ihn lieber nicht daran, dass sie erst seit Samstag fort war. Es waren wirklich zwei harte Tage gewesen. „Ich weiß. Ich versuche, Hilfe für Sarah zu finden, und komme dann zurück, sobald es geht. Okay?"

„Ja, ich habe dich verstanden, aber es gefällt mir nicht."

„Das habe ich verstanden. Lass mich mit Lissa und Kevin sprechen."

„Klar, bleib dran."

Lissas und Kevins liebe Kinderstimmen trugen mehr als alles andere dazu bei, das schwere Gewicht zu vertreiben, das auf ihrem Brustkorb lastete, und als sie eine Weile mit ihnen geplaudert hatte, fühlte sie sich wieder mehr wie sie selbst. Nachdem sie das Telefongespräch beendet hatte, ging sie in die Hotelhalle, setzte sich an einen Computer und begab sich auf die Suche nach Psychiatern und

Psychologen, die sich um amische und mennonitische Patienten kümmerten. Obwohl bald klar wurde, dass das keine leichte Aufgabe war, wäre die Untersuchung, ob Sarah der Brandstiftung schuldig war oder nicht, noch schlimmer. Die Amischgemeinschaft war bestimmt nicht davon angetan, dass jemand Fragen stellte oder herumschnüffelte. Wenn sie nur eine Möglichkeit finden würde, von ihnen akzeptiert zu werden, würde sie vielleicht selbst einige Antworten finden.

Nach einer weiteren anstrengenden Nacht ohne Schlaf saß Martin hinter seinem Schreibtisch an der Arbeit und unterdrückte ein Gähnen, während er die Entwürfe vor sich hin und her schob. Er war froh, dass er Hannah überredet hatte, ihn ein Kindermädchen einstellen zu lassen. Trotzdem war ihm nicht bewusst gewesen, dass Kevin und Lissa an Hannah wie an einer Mutter hingen. Mit ihren nur zwanzig Jahren war sie fürsorglicher als die meisten Frauen in seinem Alter.

Ein starkes Bedauern ließ ihm keine Ruhe, während er die Entwürfe kontrollierte. Er war gestern wirklich hart zu ihr gewesen. Er hatte mehrere Male in der Nacht überlegt, sie zurückzurufen, aber es wäre noch egoistischer gewesen, sie aus dem Schlaf zu reißen. Während der ganzen Zeit, die er sie kannte, hatte er sich noch nie so benommen. Ihm war zwar manchmal danach gewesen, aber er hatte diesem Drang nie nachgegeben. Mit einem amischen Mädchen befreundet zu sein war nicht leicht. Sie hatte die Angewohnheit, ein Problem, das sie sah, mit aller Macht beheben zu wollen. Eine Art, die er nicht ganz verstand, die ihn aber gleichzeitig faszinierte. Wenn sie ihn mit diesen sanften, braunen Augen anschaute, aus denen immer eine Spur Eigensinn sprach, kostete es ihn einige Beherrschung, einen respektvollen Ton an den Tag zu legen. Hannah Lapp Lawson, Tochter einer amischen Familie, Nichte seiner Ersatzmutter Zabeth und jugendliche Verfechterin für die Gesundheit von Frauen, brauchte seine Unterstützung, nicht seine Bevormundung.

Der Teil mit der jugendlichen Verfechterin beunruhigte ihn.

Als es an seiner Tür klopfte, schaute er auf. Amy lehnte am Türrahmen und steckte nur den Kopf in sein Büro. „Hey, Essenspläne. Zwölf Uhr. Drei Ingenieure, zwei Landschaftsarchitekten. Wir gehen zu *Sperati*. Kommst du mit?"

„Kommt darauf an. Du hast nicht vor, diese gegrillte Zwiebel mitsamt der Soße wieder auf meinen Schoß zu kippen, oder?"

Sie schnippte mit den Fingern. „Jetzt hast du meinen schönen Plan verdorben."

Martin tippte auf die Pläne, die vor ihm lagen. „Hast du schon einen Landschaftsentwurf für River Mill?"

„Ich habe den Landschaftsentwurf für River Mill eher fertig, als du den Ingenieurplan für Headwaters hast."

Martin gähnte. „Zweifellos. Gib einem alten Mann eine kleine Pause, ja?"

Sie deutete mit einem Bleistift auf ihn. „Fang nicht mit einem solchen Unsinn an. Ich bin älter als du."

„Ja, ein Jahr oder zwei Jahre. Das ist gar nichts. Es sind die achteinhalb Jahre zwischen Hannah und mir und dazu noch die Kinder, die meinen dünnen Geduldsfaden bis aufs Äußerste reizen."

Sie verlagerte ihr Gewicht und streifte die graue, maßgeschneiderte Jacke ihres Hosenanzugs glatt. „Geduld ist eine Entscheidung und es wäre schön, wenn du dich dafür entscheiden würdest." Sie zog die Lippen nach innen und versuchte, sich ein Lächeln zu verkneifen.

Er lehnte sich auf seinem Stuhl zurück. Sie arbeiteten zusammen, seit er als Student sein Praktikum gemacht und Geld verdienen und Erfahrung hatte sammeln wollen, während er noch an der Uni eingeschrieben war. Sie hatte damals im zweiten Jahr als Landschaftsarchitektin für dasselbe Ingenieursbüro gearbeitet. Daher kannten sie sich sehr gut. Jahre später, als sich ihm die Gelegenheit geboten hatte, das Büro zu kaufen, waren ihm die Geschäftsvorgänge und die Kunden bereits bekannt gewesen. „Hannah wünscht sich das auch."

Amy deutete zu dem Bücherstapel auf seinem Schreibtisch. „Bist du bereit für dein Ingenieursexamen nächsten Monat?"

„Ich hoffe es, aber ich hatte nicht geplant, wenige Monate vor meinem Staatsexamen Ersatzvater von zwei Kindern zu werden."

„Ja, das kann ich mir denken. Falls es ein Problem ist, einen Babysitter zu finden, könnte ich am Examenstag einspringen. Aber sonst bist du auf dich selbst gestellt." Sie richtete sich zu ihrer vollen Größe auf. „Mittagessen. Sperati. Doug fährt, falls du mit uns fahren willst. Oder wir treffen uns dort."

Amys Absätze klapperten über den Fliesenboden und er war wieder allein mit seinen Schuldgefühlen.

Zabeth wäre von seinem Verhalten nicht begeistert und wenn sie noch leben würde, würde sie ihm das auch deutlich sagen. Aber Martin hätte nie gedacht, dass die Bedürfnisse von Hannahs Familie irgendwann eine Rolle spielen würden. Als Zabeth ihre Familie verlassen hatte, waren alle Bande auf Dauer durchtrennt gewesen. Sie war mit dem Bann belegt worden, und das hatte das Ende jeder Beziehung bedeutet, es sei denn, sie hätte ihre Liebe zur Musik, sowohl Musik zu hören, als auch Musik zu machen, aufgegeben, und das hatte sie nicht getan.

Nach zweieinhalb Jahren des Schweigens fingen die Stimmen aus Hannahs Vergangenheit wieder an zu sprechen. Damit hatte er nicht gerechnet, aber er musste sich damit abfinden.

Kapitel 6

Mit einem unbehaglichen Gefühl, was der vor ihr liegende Tag wohl bringen würde, schob Hannah den Einkaufswagen zu ihrem Auto. Am besten wäre es, wenn sie nach Owl's Perch zurückfahren und Luke besuchen würde. Da sie nicht auf die Hilfe ihres *Daeds* hoffen konnte, wusste sie, dass ihre zweitbeste Möglichkeit ihr Bruder war. Aber sie hatte mit ihm und mit Mary nicht gesprochen und war deshalb unsicher, wie sie von den beiden aufgenommen würde. Trotzdem war er der älteste Sohn ihrer Familie, und wenn er auf ihrer Seite stünde, wäre das hilfreich … vielleicht.

Sie öffnete den Kofferraum und stellte zwei Tüten mit Lebensmitteln und eine Dose Eis in die große Kühltasche, die sie aus Ohio mitgebracht hatte. Dann stellte sie die Tasche mit den Sachen, die nicht gekühlt werden mussten, auf den Boden ihres Kofferraums. Da sie nicht essen gehen wollte und im Hotel nicht kochen konnte, war das die beste Lösung. Joghurt, Müsli, Milch, Obst, Gemüse und ein paar Zutaten für belegte Brote würden sie über Wasser halten, bis sie zu Martin zurückfuhr.

Sie teilte seine Liebe, in Restaurants zu essen, nicht, selbst wenn Geld keine Rolle spielte. Wenn sie ihm erlauben würde, Geld auf ihr Konto zu überweisen, hätte sie genug Bargeld zur Verfügung, aber sie fühlte sich wohler dabei, wenn sie von ihrem eigenen Geld lebte, so mager ihr Einkommen auch war. Sie schloss den Kofferraum und setzte sich ans Steuer. Als sie vom Parkplatz fuhr, hörte sie einen lauten Knall. Ein schneller Blick in den Rückspiegel verriet ihr, dass sie gerade eine Glasflasche überfahren hatte. Sie dachte daran, stehen zu bleiben und den Reifen zu kontrollieren, aber alles schien in Ordnung zu sein.

Ihr fiel erneut auf, wie anders die Landschaft aussah, als sie sich Owl's Perch von der östlichen Seite näherte. Diese Strecke war sie während ihrer Kindheit und Jugend nie gefahren, aber sie wusste, wo sie war. Sie bog auf die Teerstraße, die an Großmutter Waddells Haus vorbeiführte, und versuchte, sich vorzustellen, wie sie im Verhältnis zu der Straße verlief, an der ihre Familie wohnte. Die Straßen waren parallel. Großmutter Waddells große Wiesen und der Grund der Lapps und anderer Nachbarn lagen zwischen den zwei Straßen, aber wo war die Straße, die die beiden miteinander verband?

Eine Gänsehaut lief ihr über den Rücken. Auf dem Schotterweg hinter Großmutters Haus war sie überfallen worden. Sie drehte das Radio laut auf und verriegelte die Autotüren. Als sie Großmutter Waddell erblickte, die gerade in ihren Briefkasten schaute, überlegte Hannah, ob sie anhalten sollte. Von den vielen Menschen, die sie wahrscheinlich lieber nicht sehen wollten, stand Großmutter bestimmt ziemlich weit oben auf der Liste. Trotzdem war der Wunsch, sie zu sehen, ihr die hässlichen Gerüchte aus ihrer Sicht zu erklären, stärker als Hannahs Unsicherheit und sie schaute zu der offenen Garage hinüber, die ein paar Hundert Meter von der Straße entfernt stand. Ein schneller Blick verriet ihr, dass außer Großmutter niemand zu Hause war. Hannah verlangsamte das Tempo und bog in die Auffahrt.

Großmutter, die auf ihren Stock gestützt war, drehte sich um, um zu sehen, wer auf ihren Hof fuhr. Sie legte den Kopf auf die Seite und runzelte die Stirn.

Bei diesem Anblick wurde Hannah weich ums Herz. Sie schaltete den Motor ab und stieg aus dem Auto. Plötzlich stellte sie unsicher fest, dass sie nicht wusste, wie sie sie ansprechen sollte. Hannah nahm ihre Sonnenbrille ab. „Guten Morgen."

„Hannah?"

Sie nickte. „Darf ich Sie ein paar Minuten besuchen?"

„Oh, Hannah, komm her." Sie winkte sie zu sich heran und Hannah kam schnell auf sie zu. Großmutter legte ihren freien Arm um sie und hielt sie fest. „Du hättest nicht so lange fortbleiben sollen. Niemals." Als sie die belegte Stimme hörte, war sie dankbar, dass sie angehalten hatte.

Es dauerte eine gute Minute, bis Großmutter sie losließ. „Wie geht es dir?" Sie trat einen Schritt zurück. „Lass dich anschauen."

Hannah baute sich vor ihr auf und hielt die Arme wie ein Model. Sie lachten beide.

„Du siehst gut aus. Ein wenig zu modern für meinen Geschmack, aber gut." Sie deutete zum Haus. „Fahr mich zum Haus hinauf. Dann können wir eine Tasse heißen Tee trinken und plaudern."

Da es ein Wochentag und noch ziemlich früh am Morgen war, fühlte sich Hannah sicher und konnte diesen Besuch genießen, ohne sich Sorgen machen zu müssen, Paul könnte auftauchen.

Großmutter rutschte auf den Beifahrersitz und zog ihren Stock hinter sich ins Auto. „Das Auto ist sehr hübsch."

„Ich habe es mir eingehandelt, könnte man sagen."

„Das klingt ganz nach dir. Wie bist du dazu gekommen, dir ein Auto zu kaufen?"

Hannah erzählte, wie sie in Ohio gelandet war und Martin jemanden gebraucht hatte, der Zabeth zu ihren verschiedenen Terminen fuhr. Dabei ließ sie so viele persönliche Informationen wie möglich weg. Sie schlenderten ins Haus und unterhielten sich, während sie einen Tee tranken. Großmutter verlor kein Wort über Paul; dafür war Hannah dankbar. Auch sie blieb bei neutralen Themen und erzählte von ihrer Ausbildung und von ihrer Arbeit. Sie konnte sich nicht überwinden, von der Vergewaltigung oder der Schwangerschaft zu sprechen.

Großmutter stellte ihre Teetasse ab. „Bist du wegen der Schwierigkeiten auf dem Eshhof zu Hause oder ist das nur ein Zufall?"

„Ja, ich bin deswegen hier."

„Und wie geht es Sarah zurzeit?"

„Ich … ich bin mir nicht sicher, ob ich …"

„So verschwiegen wie eh und je, Hannah?" Großmutter hob die geblümte Teekanne hoch und bot ihr an, ihre Tasse aufzufüllen.

Diese Worte schmerzten. Sie hatte in der Vergangenheit so viele Geheimnisse gehabt. „Ich habe genug. Danke."

Sie stellte die Kanne auf den Tisch. „Deine Schwester hat eine schwere Zeit durchgemacht, nachdem du fortgingst. Sie kam hierher und suchte das Baby. Als Paul und ich einmal von der Sonntagsschule nach Hause kamen, saß sie mitten im Gästezimmer und hatte die ganze Babykleidung um sich herum verstreut. Paul hat so gut er konnte mit ihr gesprochen und auch einige Male versucht zu helfen, aber dein *Daed* wollte davon nichts wissen."

„So unmöglich das auch klingen mag, hoffe ich, dass ich ihn in diesem Punkt umstimmen kann." Hannah stand auf. „Es war wirklich schön, Sie wiederzusehen, aber ich muss jetzt weiter."

Großmutter stand auf und lehnte sich schwer auf ihren Stock, während sie einen Zettel von der Arbeitsplatte nahm. Sie hielt ihn Hannah hin. „Gib mir deine Adresse und schreibe mir. Mindestens zweimal im Jahr. Und sag wieder Großmutter zu mir. Du brauchst nicht unsicher zu sein, wie du mich ansprechen sollst."

Scheinbar hatte Großmutter bemerkt, dass sie es vermieden hatte, sie mit ihrem Namen anzureden. Hannah lächelte. „Großmutter, es war wirklich sehr schön, Sie wiederzusehen."

Hannah schrieb ihre Adresse und ihre Handynummer auf, bevor sie sich verabschiedete und zur Hintertür hinaus und über die verglaste Veranda ging. Sie war dankbar, dass sie Großmutter besucht hatte, und stellte fest, dass sie in der alten Frau eine Freundin hatte, was sie sehr überraschte. Sie ließ den Motor an und legte den Rückwärtsgang ein.

Ein sonderbares, klapperndes Geräusch ertönte.

Sie blieb stehen und fuhr dann weiter rückwärts die lange Auffahrt hinab. Das klappernde Geräusch wurde lauter und schneller, als sie stärker aufs Gaspedal drückte. Sie blieb hundert Meter vom Haus entfernt stehen und schaute sich im Inneren des Autos um, sah aber nichts, das dieses Geräusch verursachen könnte. Sie betätigte den Hebel, mit dem sie den Kofferraum öffnete, zog die Handbremse an und stieg aus. Alles im Kofferraum sah ordentlich und normal aus. Sie schlug den Kofferraumdeckel zu und ging außen um das Auto herum. Als sie den platten Reifen sah, kostete es sie viel Selbstbeherrschung, um nicht danach zu treten.

Sie hatte keine Ahnung, wie man einen Reifen wechselte.

Paul hörte zu, während Dorcas ihm die neuesten Ereignisse aus ihrer Kirche erzählte. Er fuhr öfter mit Großmutter zur Kirche, nur selten kam er nach Maryland, um mit seiner Familie und Dorcas zum Gottesdienst zu gehen. Aber das musste sich ändern.

„Der alte Mr Mast stand also bei der Hintertür zur Kirche, als Norene hineingestürmt kam, weil sie vor einer Wespe Angst hatte.

Sie prallte mit ihm zusammen und warf ihn mit voller Wucht zu Boden."

„Hoffentlich ist die Sache gut ausgegangen." Paul verlangsamte das Tempo und bog in Großmutters Auffahrt. „Norene hat eine Allergie gegen ..."

Hannah.

Sie beugte sich über den rechten Vorderreifen und löste die Radmuttern. Eine Plastiktüte, in der scheinbar Lebensmittel waren, und eine Kühltasche standen neben dem offenen Kofferraum ihres Autos auf dem Boden. Er warf einen kurzen Blick auf Dorcas, deren Augen auf ihn geheftet waren. Er deutete mit dem Kopf nach vorne. „Das ist Hannah."

Sie drehte den Kopf und ihre Lippen wurden binnen weniger Sekunden weiß. „So viel dazu, umgeworfen zu werden."

Paul schüttelte den Kopf. „Lass dich davon nicht beeindrucken. Ich bringe dich zum Haus und dann spreche ich mit ihr."

„Paul, nein."

„Es muss sein. Und das weißt du auch." Paul fuhr auf das Gras, um an Hannahs Auto vorbeizukommen, das mitten in der schmalen Auffahrt stand. Sie blickte auf, aber wegen ihrer großen Sonnenbrille konnte er von ihrer Miene nicht viel sehen.

Als er vor dem Haus den Motor abstellte, stieg er aus, ging um das Auto herum und öffnete Dorcas die Tür. Er begleitete sie ins Haus, dann kam er wieder heraus und ging die Auffahrt hinab.

Hannah blickte kurz auf. „Ich komme schon klar, danke." Sie drückte kräftig auf das Radkreuz, um die Radmuttern zu lösen, aber das Radkreuz bewegte sich keinen Millimeter.

Er trat näher und erwartete, dass sie zurücktreten würde, damit er die Muttern öffnen könnte, aber sie rührte sich nicht von der Stelle.

„Ich habe gesagt, ich komme klar. Ich brauche dich nicht. Du hast mehr als genug getan. Glaube mir." Die Worte kamen zwischen geknirschten Zähnen über ihre Lippen, während sie ihre ganze Kraft einsetzte, um die Mutter zu lösen. Schließlich drehte sich die Mutter und Hannah verlor das Gleichgewicht. Sie richtete sich auf und setzte das Radkreuz an der nächsten Mutter an.

„Hannah, es tut mir so leid."

„Ich weiß." Sie nickte. „Du hast keine Ahnung, wie gut ich weiß, dass es dir leidtut." Sie löste die letzte Radmutter und wischte sich die Hände ab.

Trotz ihrer unfairen Verurteilung weigerte Paul sich, seine damalige Reaktion zu verteidigen. „Ich … ich habe begriffen, dass du die Wahrheit gesagt hast, und ich kam zurück … aber du warst schon mit dem Zug weggefahren und niemand wusste wohin."

Sie zog das Radkreuz von der Radmutter und warf es auf den Boden. „Hör auf. Okay? Hör einfach auf." Unter großer Kraftanstrengung versuchte sie, den Reifen von der Radachse zu ziehen. „Wenn du alle anderen anlügen willst, einschließlich dich selbst, dann mach das. Was geht mich das an?" Sie landete auf dem Hinterteil, als das Rad sich löste, rappelte sich auf die Beine und lehnte das Rad an das Auto. „Du willst doch mit mir gar nicht darüber sprechen." Sie schob den Ersatzreifen auf die Achse und versuchte, das Rad so zu drehen, dass die Löcher auf die Bolzen passten.

„Vielleicht nicht, aber ich bin trotzdem hier."

„Oh ja, du bist hier. Ich bin zufällig in Großmutters Auffahrt. Entschuldige, wenn ich angesichts deiner großen Bemühungen, mich zu sehen, nicht vor Begeisterung in Ohnmacht falle."

„Es hat keinen Sinn, dir irgendetwas zu sagen, wenn du mir kein Wort glaubst, das ich sage."

Sie gab es auf, den Ersatzreifen auf die Achse stecken zu wollen, und legte ihn auf die Erde. „Genau."

„Darf ich dir wenigstens helfen, deinen Reifen zu wechseln?"

„Glaube mir: Eher lasse ich das Auto stehen und gehe den Rest meines Lebens zu Fuß."

„Na ja, alles stehen zu lassen und einfach davonzulaufen ist bei dir ja nichts Ungewöhnliches. Das ist also nicht wirklich überraschend."

Sie kniete sich vor die Radachse und nahm das Reserverad wieder in die Hand. „Ich habe es von jemand gelernt, der das selbst sehr gut beherrscht." Als sie das Rad endlich auf die Bolzen gesteckt hatte, nahm sie eine Radmutter zur Hand.

„Paul", rief Dorcas' freundliche Stimme von Großmutters Vordertür.

„Ja, Dorcas?"

„Ich brauche deine Hilfe, bitte."

„Klar. Ich komme gleich."

Auf Hannahs Gesicht glänzte der Schweiß und ihr Kleid war von dem Straßenstaub an mehreren Stellen verschmutzt. Paul konnte sich nicht vorstellen, dass Dorcas je so eigensinnig sein könnte. „Siehst du, einige Menschen können um Hilfe bitten, wenn sie sie brauchen."

Hannah stand langsam auf. „Wenn sie ihr Leben in deine Hände legt, muss es ihr leichtfallen, Menschen um Hilfe zu bitten."

„Wie bequem für dich, dass du einfach zu dem Schluss kommst, ich wäre der Einzige, der schuld ist, Hannah. Das erinnert mich stark an deinen Dad. Und das ist traurig, wenn du es dir recht überlegst." Er drehte sich um und ging zum Haus.

„Ja, großartig, Paul. Ich bin so, weil ich wie mein *Daed* bin. Das hat natürlich nichts damit zu tun, dass ich vielleicht im Recht bin!"

Ohne ihr zu antworten, schritt er zum Haus hinauf.

Dorcas stand an der Tür. Sie sah blass und angespannt aus.

„Was brauchst du?"

Sie reichte ihm ein Glas Mayonnaise.

Er öffnete den Deckel. „Ich muss ein wenig allein sein." Er ging nach oben in sein Zimmer. Wie hatte das Gespräch mit Hannah damit enden können, dass er gemein wurde? Er schüttelte ungläubig den Kopf und bereute es, dass er sich von ihrer Wut hatte anstecken lassen. Sie hatte ein Recht, ihn zu hassen. Sie war ein traumatisiertes, siebzehnjähriges Mädchen gewesen und er konnte ihr nichts vorwerfen.

Außerdem hatte sie reichlich Grund, nichts von dem zu glauben, was er sagte. Wenn er richtig nachgedacht hätte, hätte er ihr erklärt, was er über das Geld wusste, das von ihrem gemeinsamen Sparkonto verschwunden war. Er ging zum Fenster und starrte auf den Schotterweg hinter Großmutters Haus, die Straße, auf der Hannah gekommen war, um bei ihm zu sein, sooft sie im Sommer eine Gelegenheit dazu gehabt hatte. Selbst der Grund, warum sie auf dieser Straße gewesen war, war seine Schuld gewesen. Er hasste das, was gerade zwischen ihnen vorgefallen war, und lehnte sich an den Fensterrahmen. „Gott, vergib mir."

Sie heute zu sehen und zu wissen, was sie veranlasst hatte, vor über zwei Jahren wegzugehen, machte ihm bewusst, warum er darauf gewartet hatte, dass sie zurückkam.

Er stand in ihrer Schuld.

Und er war bereit, jeden Preis zu bezahlen, weil er dazu beigetragen hatte, ihr Leben zu zerstören. Aber die Liebe, die er zu ihr gehabt hatte, war im Laufe der Jahre ziemlich dünn geworden, denn sie hatte sich von dem Mädchen, in das er sich verliebt hatte, in eine Frau verwandelt, die er kaum wiedererkannte. Sie hatte zu viel verheimlicht und er hatte sie verlassen, als er zu ihr hätte stehen sollen, aber jetzt waren über zwei Jahre vergangen und sie mussten beide lernen, sich selbst und dem anderen zu vergeben.

Hannah warf den platten Reifen und das Werkzeug in den Kofferraum und räumte dann die Kühltasche und die Tasche mit den Lebensmitteln wieder hinein. Sie zitterte immer noch, als sie auf den Fahrersitz rutschte und hoffte, das dumme Reserverad würde nicht von der Achse springen, während sie rückwärts aus der Auffahrt bog.

Lass mich einfach von hier fortkommen.

Nachdem er ihr „sonniges" Temperament erlebt hatte, schlug Paul jetzt wahrscheinlich vor Freude Purzelbäume, weil er nichts mehr mit ihr zu tun hatte. Sie schluckte ihre Tränen hinunter. Sie hätte sich nie träumen lassen, dass sie sich wie eine Verrückte benehmen und ihm solch verletzende Worte an den Kopf werfen würde.

Als sie die Hauptstraße erreichte, legte sie unsanft den ersten Gang ein, obwohl sie vor Tränen kaum richtig sehen konnte. Nachdem sie jahrelang gehofft hatte, dass sie ihm nie wieder gegenübertreten müsste, war es schlimmer gewesen, als sie es sich je vorgestellt hätte. Viel schlimmer.

Warum war er denn nicht an der Arbeit? Außer im Sommer oder zu Thanksgiving hatte er es nie geschafft, mitten unter der Woche zu Großmutter zu kommen, aber ausgerechnet heute hatte er hier auftauchen müssen.

„Auuu." Sie schlug mit dem Kopf an die Kopfstütze und kam sich wie eine völlige Idiotin vor.

Noch schlimmer war, dass sie es ihm wirklich gegeben hatte, und sie war jetzt wütender als je zuvor. Um ein Zigfaches wütender.

„Gemeiner Idiot!" Sie trat das Gaspedal bis zum Boden durch. Da sie Zeit brauchte, um sich zu beruhigen, fuhr sie ziellos über einige Nebenstraßen. Es dauerte nicht lange, bis sie am Haus ihrer Eltern vorbeikam, aber sie fuhr weiter. Die Schotterstraße. Sie nahm den Fuß vom Gaspedal, als die von Zäunen gesäumte Straße sie fast magisch anzuziehen schien. Diese Straße war ihr Verbindungsstück zu Paul gewesen, ihre Hoffnung auf eine Zukunft mit ihm. Als sie wegen der Bodenwellen auf der verlassenen Schotterstraße hinter Großmutters Grund nicht gesehen werden konnte, blieb sie stehen und stellte den Motor ab.

Ihr Herz raste so schnell, dass es wehtat. Nicht nur wegen ihrer Begegnung mit Paul, sondern auch, weil sie hier an dieser Stelle war. Hannah holte tief Luft und stieg aus dem Wagen.

Hier hatte der Albtraum begonnen. Sie schloss die Augen und fühlte, wie ihr die Tränen liefen. Sie konnte davon nicht freikommen. Bis zu ihrer Rückkehr nach Owl's Perch war sie sich sicher gewesen, dass sie diesen Überfall und alles, was danach geschehen war, verarbeitet und hinter sich gelassen hatte: Der Umstand, dass sie sich im Therapiezentrum für Vergewaltigungsopfer ihrer Vergangenheit gestellt hatte und jetzt anderen half, dass sie sich wieder verliebt hatte und dass sie eine Krankenpflegeausbildung machte, würde bedeuten, dass sie diesen Überfall und alles, was danach geschehen war, verarbeitet und hinter sich gelassen hatte. Stattdessen hatte sie das alles *in* sich; es war wie etwas, das sie nicht loswerden konnte und das sein Gift in sie ausschüttete.

„Was ist gerade bei Großmutter passiert, Vater? Ich dachte, ich würde dir vertrauen … und ich hätte die ganze Enttäuschung und Wut in deine Hände gelegt." Noch während sie so betete, wütete der Zorn in ihr. Sie fühlte sich gefangen.

Aber sie konnte nicht einfach wegfahren. Sarah brauchte Hilfe und Hannah setzte alles daran, dass sie diese Hilfe bekam, denn es war unübersehbar, dass Sarah in ihrer geistigen Labilität genauso gefangen war, wie Hannah in ihren Umständen gefangen gewesen war. Niemand verdiente es, in einer solchen Situation allein gelassen zu werden. Niemand.

Die Männerstimme hallte in ihrem Kopf wider … *„Können Sie mir sagen, wie ich nach Duncannon komme?"*

Hannah ballte die Fäuste. „Gott wird sich das, was böse gedacht war, zum Guten wenden? Hörst du mich?“ Sie drehte einen Kreis und schrie diese Worte in die menschenleere Landschaft hinaus.

Sie schaute zum kristallblauen Himmel hinauf und spürte eine neue Hoffnung, die nur Gott schenken konnte.

Kapitel 7

Luke saß neben Mary und lenkte das Pferd und den Einspänner über den Schotterweg, auf dem er Hannah vor ein paar Minuten gesehen hatte. Als er sie am Lapphaus vorbeifahren sah, vermutete er, dass sie vielleicht zu ihrer ursprünglichen Wohnung unterwegs war, zu dem Haus, das die Gemeinde für sie gebaut hatte, als sie sich beide von ihrem Unfall hatten erholen müssen.

Als er ihr Auto erblickte, stand es mitten auf der Schotterstraße, aber nicht in der Einfahrt zu seinem Haus. Hannah lehnte vorne an dem Auto und stand mit dem Rücken zu ihm. Warum stand sie ausgerechnet auf dieser Straße?

Er brachte den Einspänner zum Stehen. Sie drehte sich um und erblickte ihn, bevor sie sich aufrichtete und auf ihn zukam. Je näher sie kam, umso mehr wurde ihm bewusst, dass sie kaum noch Ähnlichkeit mit der Hannah von früher hatte. Es war mehr, als dass sie eine erwachsene Frau geworden war und die Kleidung und Frisur der Englischen trug. Er konnte jedoch nicht genau erklären, was sie so anders machte.

„Hallo." Sie schaute zu ihm hinauf und spielte mit der Sonnenbrille in ihrer Hand.

„Schau dich nur an. Ganz erwachsen. Als ich dich auf dem Bahnhof sah, hatte ein Bettlaken mehr Farbe als du und wäre im Wind weniger leicht weggeweht worden."

Sie lächelte. „Ja, aber ich habe überlebt …" Sie schob die Brille in eine Tasche. „Und dann wurde das Leben besser."

Er fühlte sich genauso unbehaglich wie früher, wenn er als Jugendlicher versucht hatte, seine Gefühle zu verbergen, und konnte einfach den Blick nicht von ihr abwenden.

„Luke." Mary zog seinen Namen in die Länge.

„Ach ja, Entschuldigung." Er sprang aus dem Wagen und half seiner hochschwangeren Frau auch nach unten.

Mary hatte Gleichgewichtsprobleme, als ihre Füße den Boden berührten, aber Luke stützte sie. Sie betrachtete Hannah und starrte sie fast genauso fragend an wie Luke. Hannahs Augen wanderten zu Marys Bauch und ein langsames Lächeln zog über ihr Gesicht. Mary schloss den Abstand zwischen ihnen und die zwei Frauen fielen sich in die Arme.

Als er sah, wie seine Frau zitterte, begriff er, dass sie ihm nie erzählt hatte, wie sehr sie ihre liebste Freundin vermisst hatte.

Als sie einen Schritt zurückgingen, sah Mary wieder unsicher und befangen aus. Luke deutete auf Hannahs Haare und Kleidung. „Ich habe dich bei der Beerdigung kurz aus der Ferne gesehen, aber … du lebst nicht schlicht?"

Sie schüttelte den Kopf. „Nein."

„Am Bahnhof hattest du amische Kleidung an."

„Natürlich. Ich hatte keine anderen Papiere als einen Personalausweis ohne Foto. So ein Ausweis wird nur akzeptiert, wenn man auch amisch gekleidet ist. Hast du gedacht, ich hätte die ganze Zeit schlicht gelebt?"

„Ich hatte es gehofft."

Das Unbehagen, das zwischen ihnen lag, war so groß, dass man jedes Silo in Owl's Perch damit hätte füllen können. Seine Schwester gehörte eindeutig nicht mehr zu ihrer Gemeinde.

Mary lächelte. „Ich hoffe, du hast schönere und sauberere Kleider als das hier, oder man muss das Wort ‚eitel' neu erfinden."

Hannah wischte mit den Händen über ihr beschmutztes Kleid. „Ich hatte einen Platten und musste einen Reifen wechseln."

Sie hatte was getan? Luke betrachtete das Auto. „Du kannst einen Reifen wechseln?"

„Nein, aber ich habe es einfach probiert … und es funktioniert hoffentlich. Wenn nicht, werde ich es merken, wenn das Rad abfällt."

Mary stieß ihn leicht in die Seite. „Lass sie endlich in Ruhe und umarme sie. Ich weiß, dass du das willst."

Er starrte seine Schwester an und fragte sich, ob sie sich innerlich genauso verändert hatte. Er bewegte sich so, als wäre er vor ein paar Tagen vom Pferd geworfen worden, ganz steif, und als tue ihm jeder Schritt weh, aber er umarmte sie. „Ich schätze, es gibt Schlimmeres, als wie eine Englische zu leben, auch wenn ich nicht sicher bin, was das ist." Er drückte sie fester. „Ich habe dich so sehr vermisst. Geh nie wieder von hier weg, ohne uns zu sagen, wie wir dich erreichen können." Er ließ sie los. „Ja?"

Sie nickte. „Wartet kurz."

Hannah kam mit einer Visitenkarte zurück. „Hier steht meine Handynummer und meine Telefonnummer in der Klinik. Du brauchst nur anzurufen und ich bin dran."

Mary streckte ihr die Hand hin. „Wenn ich sie nehme, geht sie nicht so leicht verloren."

„Hey", brummte Luke lachend.

Hannah reichte ihm auch eine Karte. „Nimm sie. Wir werden ja sehen, ob Mary recht hat."

„Danke." Er las die Karte. „Du arbeitest für diesen Dr. Lehman?"

Hannah nickte. „Du würdest dich schwertun, irgendwo einen besseren Menschen als Dr. Lehman zu finden."

„Paul sagte, dass du jetzt Lawson heißt." Luke schaute von der Karte auf. „Anscheinend ist nichts an dir noch so wie früher."

„Zabeth hat mir geholfen, meinen Namen …"

„Zabeth?", fiel Mary ihr ins Wort und drehte die Karte um, als suche sie darauf eine Antwort.

Aus Hannahs Augen sprach eine große Traurigkeit, aber sie verzog den Mund zu einem Lächeln. „*Daeds* Zwillingsschwester, über die er nie gesprochen hat. Sie wurde mit dem Bann belegt und lebte fast drei Jahrzehnte unter dem Bann, und … ich habe bei ihr gewohnt, bis sie im Mai starb. Sie hat mir geholfen, meinen Nachnamen zu ändern, als ich bei ihr ankam."

„Du hast ihn absichtlich geändert?" Luke war gekränkt und hatte Mühe, dieses Gefühl zu unterdrücken. Weder ein Mann noch eine Frau sollte seinen von Gott gegebenen Namen ändern, nur weil es ihm gerade gefiel. „Hast du dich so sehr geschämt, amisch zu sein?"

„Luke", tadelte Mary ihn und schaute ihn entsetzt an.

Hannah schob das Kinn vor und schaute ihn direkt an. „Das hatte nichts mit meiner Entscheidung zu tun, aber ich hatte mehrere Gründe. Hauptsächlich musste ich loslassen und ganz von vorne anfangen. Willst du mir das vorwerfen?"

Luke zügelte seine Zunge, aber er hatte Mühe, ihren Standpunkt zu verstehen.

„Hör zu, ich will nicht streiten oder mich verteidigen. Was geschehen ist, ist geschehen und Sarah hat mich angerufen und gebeten, dass ich kommen soll."

Da sie nach Jahren zum ersten Mal hier war, wollte Luke auch nicht streiten. „*Daed* glaubt bestimmt, dass du verheiratet bist."

„Es ist egal, was er denkt oder was er von diesem Thema hält. Ich bin noch nicht verheiratet, aber ich werde bald heiraten."

Luke nahm den Hut ab und kratzte sich den Kopf und fragte sich, wo bei alledem die Grenzen zwischen Richtig und Falsch verliefen. „Aber wenn er erfährt, dass du nicht verheiratet bist, wird er versuchen, dich zu überreden, wieder unter seinem Dach zu wohnen und in die Kirche einzutreten. Wenn das nicht geschieht, wird er dafür sich selbst die Schuld geben und *Mamm* damit das Leben noch schwerer machen."

Mary schob die Hand um seinen Arm. „Dann ist es vielleicht am besten, wenn wir es ihm nicht erzählen."

Er spielte mit seinem Hut und schaute seine Schwester an. Schließlich nickte er. „Wahrscheinlich hast du recht. Wenigstens im Moment."

Es dauerte ein paar Sekunden, bis die Befangenheit sich ein wenig legte und Hannah auf Marys Bauch deutete. „Wie ich sehe, werden deine Kindheitsträume alle wahr."

Marys Wangen erröteten. „Es ist inzwischen für alle Welt zu sehen, egal, wie weit das Kleid ist und wie viele Falten es hat."

Hannah nickte. „Wann soll das Baby kommen?"

„Im November, direkt vor Thanksgiving." Mary rieb sich den Bauch. „Ich war so aufgeregt, dass ich am liebsten eine Anzeige im *Budget* aufgegeben hätte."

Das Pferd stupste Mary leicht, dass sie nach vorne taumelte. Hannah stützte sie, bevor das Tier laut wieherte. Mary machte einen Sprung zur Seite. Hannah und Luke lachten. Hannah zog einen Schlüsselring aus ihrer Tasche und drückte auf einen Knopf an der Fernbedienung. Der Kofferraum ging auf. Sie nahm eine Tüte mit kleinen Karotten heraus und riss sie auf.

Luke strich dem Pferd über den Kopf. „Hast du immer Leckereien für Pferde dabei?"

Hannah legte eine Karotte auf ihre Handfläche. „Ich habe mir ein paar Lebensmittel gekauft, damit ich nicht so oft essen gehen muss, solange ich hier bin."

„Du bleibst die ganze Woche?", fragte Luke.

Sie schüttelte den Kopf. „Nein, ich muss für Sarah eine Lösung finden und dann nach Ohio zurück. Dort habe ich nicht nur eine Familie, die mich braucht. Mit jedem Tag, den ich hier bin, verringern sich auch meine Chancen, im Dezember das Examen an der Krankenpflegeschule zu machen, und jemand anders muss für mich den Dienst in der Klinik übernehmen. Wenn ich am Mittwoch und Donnerstag den Unterricht versäume, kann ich die Prüfung wahrscheinlich ganz abschreiben."

„Dienst in der Klinik?", fragte Mary.

„Das ist so etwas wie eine Arbeit als Lehrling, nur in einem Krankenhaus."

Mary runzelte die Stirn. „Du machst das zusätzlich zu deiner Arbeit für Dr. Lehman?"

„Ja, ich arbeite an den Wochenenden abwechselnd in der Klinik und für Dr. Lehman und unter der Woche arbeite ich für Dr. Lehman, wenn ich nicht gerade Unterricht habe."

Mary warf einen Blick auf Luke. Aus ihren blaugrünen Augen sprach ein gewisser Schmerz. „Und du hast eine Familie? Kein Wunder, dass du bis jetzt nicht zurückgekommen bist. Du hast ja gar keine Zeit, um uns zu vermissen."

Luke verlagerte sein Gewicht. „Was genau willst du für Sarah?"

„Ich … ich glaube, sie braucht professionelle Hilfe, Luke."

Er antwortete nicht.

Hannah schaute ihm in die Augen. „Du musst die Probleme auch sehen. Nur weil du nicht willst, dass es sie gibt, ändert das nichts daran, dass sie real sind, und das hilft Sarah nicht weiter."

„Ich bin mir nicht sicher, was du in der kurzen Zeit, die du hier bist, erreichen willst, aber *Daed* wird nicht erlauben, dass Sarah zu jemandem geht. Paul hat das *Daed* vorgeschlagen, nachdem du weg warst, und ich würde dir nicht empfehlen, diesen Vorschlag zu wiederholen."

Mary berührte seinen Arm und schaute zu ihm hinauf. „Falls Sarah für die Brände verantwortlich ist, bleibt uns keine andere Wahl als zu versuchen, Hilfe für sie zu finden." Sie schaute Hannah an. „Die Familie versucht, sie davon abzuhalten, immer wieder wegzulaufen, aber das kostet deine Eltern sehr viel Kraft."

Luke setzte seinen Hut auf. „Ich glaube wirklich nicht, dass Sarah eine Brandstifterin ist. Aber ich habe dafür keine Beweise. Sarah hat Probleme, aber es passt nicht zu ihr, dass sie absichtlich jemandem schadet."

Hannahs Stirn zog sich in Falten. „Sie hat in meinem Leben viel Schaden angerichtet, und das hat sie mit Absicht getan. Aber ich weiß nicht, ob das nur eine Eifersuchtssache zwischen Schwestern war." Sie schaute die Straße hinab zum Lapphaus. „Ich schätze, es ist an der Zeit, dass ich *Daed* gegenübertrete. Ich muss sowieso mit ihm sprechen, bevor ich wieder fahre. Wenn er mir den Kopf abreißen will, kann ich genauso gut gleich alles mit ihm besprechen, was es zu Sarah zu sagen gibt."

„Ich halte zu dir, wenn du glaubst, dass professionelle Hilfe das Beste für sie ist", bot Luke an.

„Es wäre herrlich, wenn du und Mary dabei sein könntet, aber lasst mich zuerst allein mit ihm sprechen. So wie ich *Daed* kenne, stehen meine Chancen, ihn zu überzeugen, besser, wenn er nicht glaubt, ich würde versuchen, andere auf meine Seite zu ziehen und sie gegen ihn einzunehmen."

Luke drückte seinen Hut fester auf seinen Kopf. „Klingt vernünftig."

Er war sich sicher, dass Mary gern ein paar Minuten mit Hannah allein plaudern wollte, aber wenn sein *Daed* seine Schwiegertochter im Auto seiner abtrünnigen Tochter sähe, stünde der Bischof sehr bald bei Luke auf der Matte und würde Mary und ihn tadeln und mit missbilligenden Blicken bedenken.

„Ich muss oben in meiner alten Sattlerei kurz etwas erledigen und die Miete kassieren." Luke stieg in den Einspänner. „Mary, was hältst du davon, wenn du hierbleibst und wartest, bis ich in ein paar Minuten zurück bin?"

Seine Frau lächelte ihn an. „Ja, gern."

Hannah hielt Mary die Hand hin. Ihre Köpfe berührten sich fast, als die miteinander redeten, als wären sie nie voneinander getrennt gewesen.

Kapitel 8

Als sie ein Auto in der Auffahrt hörte, ließ Sarah alles stehen und liegen und lief zur Hintertür. Das Klirren des Tellers auf dem Fußboden interessierte sie nicht.

„Sarah", schalt *Mamm* sie über den Lärm der Wäscherpresse hinweg. „Du kannst doch nicht einfach alles fallen lassen, nur weil dir gerade irgendeine Idee kommt."

Sarah blieb kurz stehen, drehte sich um und schaute den zu Boden gefallenen Metallteller und das verstreute Rührei an. „Entschuldigung."

Das war das richtige Wort. Davon war sie überzeugt. Sie hatte den Eindruck, dass Worte die Macht hatten, alles zu verändern, sie musste nur die richtigen Worte finden. Ohne zurückzugehen und alles wieder aufzuheben und zu putzen, stürmte sie zur Hintertür hinaus.

Hannah öffnete die Fahrertür und machte sich an irgendeiner Schnur zu schaffen. Sie steckte einen kleinen, silbernen Gegenstand in ihre Kleidtasche und stieg dann aus. „Hallo, Sarah, wie geht es dir heute Morgen?"

Sarah baute sich direkt vor ihrer Schwester auf. „Du musst mich mitnehmen und mir dein Baby zeigen. Dann können wir vielleicht alle miteinander nach Ohio gehen. Ich weiß, dass das Baby inzwischen schon laufen kann, aber …"

„Sarah, das habe ich dir doch alles gestern schon erklärt, als wir am Wasser saßen. Erinnerst du dich? Das Baby ist gestorben. Haben dir das die anderen inzwischen nicht erzählt?"

„Es ist nicht wahr. Das Baby lebt. Wir haben nur nicht herausgefunden, wo …"

„… sie ist", beendete Hannah ihren Satz. „Ich hatte ein Mädchen, das zu früh geboren ist. Das passiert bei Schwangerschaften von jungen Mädchen ziemlich häufig."

„Nein!", schrie Sarah. „Nein! Nein! Nein! Nein!"

„Was ist denn hier los?“ *Daed* kam schimpfend aus dem Stall. Seine Augen wanderten von Sarah zu Hannah. „Hannah.“ Er nickte kurz mit dem Kopf.

„Hallo, *Daed*.“

Sarah wollte ihnen am liebsten die Augen auskratzen. Sie benahmen sich so beherrscht, so stoisch, obwohl das unmöglich ihren Gefühlen entsprechen konnte. Warum konnte nicht jemand in dieser Familie sagen, was er fühlte? Warum versteckten sie so vieles, sogar Hannahs Kind? Offensichtlich war es ihre Aufgabe, die Wahrheit ans Licht zu bringen.

Hannah wischte sich mit den Handflächen übers Kleid. „Ich bin gekommen, um mit dir zu sprechen …“

Daed nickte. „Das wird auch allerhöchste Zeit. Wir müssen über vieles sprechen.“

„Ich habe mich gestern mit Sarah unterhalten. Sie würde sich gern helfen lassen.“

„Darüber willst du also sprechen?“ *Daed* schaute seine älteste Tochter finster an. „Du hast mich nach Strich und Faden belogen. Dann bist du jahrelang verschwunden und jetzt kommst du zurück und willst dich in Dinge einmischen, die dich nichts angehen. Ich denke, du solltest jetzt wieder fahren.“

„*Daed*, ich … ich war siebzehn und nach unseren eigenen Bräuchen war das die Zeit, in der ich die Freiheit hatte, mir einen Mann zu suchen.“

„Das Rumschpringe ist dafür gedacht, einen amischen Mann zu finden. Das weißt du ganz genau!“

„Ich weiß, dass das alle amischen Eltern hoffen, aber diese Jahre sind dafür da, dass junge Menschen sich von der Autorität ihrer Eltern lösen und ihren eigenen Weg finden. Hast du das in deinen Jugendjahren nicht auch gemacht?“

„Du bist zu sehr wie Zabeth.“

„Ich habe sie gefunden und bei ihr gelebt, bis sie starb. Wusstest du das?“

„Ich habe es vermutet. Und wenn ich dich jetzt sehe, kann ich nicht behaupten, dass das einen positiven Einfluss auf dich hatte. Schon als kleines Kind hattest du zu viel Ähnlichkeit mit ihr. Ich war blind und habe geglaubt, du wärst das, was du vorgabst zu sein:

ein pflichtbewusstes Mädchen, das mich nicht anlügen würde. Mit einer Lügnerin will ich nichts zu schaffen haben."

Sarah wollte sich die Haare raufen, doch in diesem Moment sah sie, wie Luke und Mary in die Auffahrt bogen und mit ihrem Pferd und Einspänner zum anderen Ende der Scheune fuhren. Luke schaute *Daed* kaum an, und sie hätte wetten können, dass er keine Macht hatte, die Situation zwischen Hannah und *Daed* zu verbessern.

Sie durfte nicht zulassen, dass Hannah wieder wegfuhr.

Flammen tanzten in ihrem Kopf.

Feuer.

Dieser Gedanke beruhigte ihre aufgewühlten Nerven, und Sarah ging mehrere Schritte zurück, ohne dass Hannah oder *Daed* sie bemerkten. Sie huschte zum Schuppen, fand ihre Streichhölzer und nahm ihren Roller.

Mit den Streichhölzern in ihrer Kleidtasche fuhr Sarah auf dem Roller so schnell sie konnte davon, um zu Katie Waddell zu kommen.

Feuer hat Hannah hierher gebracht und Feuer wird dafür sorgen, dass sie hierbleibt.

Verbranntes Holz und Asche knirschten unter Matthews Füßen. Er wand sich innerlich bei der Erinnerung an das, was hier passiert war. Vielleicht hatte Elle recht; vielleicht war es eine gute Idee, aus Owl's Perch wegzugehen. Vielleicht war diese Idee besser, als er zugeben wollte. Was hatte ihm das amische Leben bisher gebracht?

Einsamkeit und Asche.

Sie hatte gesagt, dass sie ihn liebe. Er sehnte sich danach, das zu glauben, er brauchte das jetzt mehr als je zuvor. Die halb verbrannten Balken waren zu nichts mehr zu gebrauchen. Sie mussten abgerissen werden. Über zwei Jahre schwerer Arbeit waren von einer Stunde auf die andere fort. Ihm wurde übel. Das Einzige, das eine Spur Hoffnung in sein Leben brachte, war Elles Einladung, nach Baltimore zu kommen. Alles andere kam ihm genauso leer und leblos vor wie dieses Gebäude.

„Matthew", rief Kathryns Stimme aus der Richtung des Hauses.

Wie sollte er das Gebäude wieder aufbauen, das seinen Bruder getötet hatte?

„Matthew?" Kathryn klatschte in die Hände und riss ihn damit aus seinen Gedanken. Sie stand am Rand der ausgebrannten Werkstatt. „Alles in Ordnung?"

„Mir geht es gut. Brauchst du etwas?"

„Deine Mutter hat mich gebeten, dich ins Haus zu holen. Sie würde gern deinen Rücken einsalben."

Matthew hob ein verkohltes Kutschrad hoch. „Elle hat mich eingeladen, nach Baltimore zu fahren und dort eine Weile zu bleiben."

„Ein paar Tage in Baltimore zu verbringen ist vielleicht gar keine so schlechte Idee. Solange es dir noch nicht besser geht, kannst du hier sowieso nicht viel ausrichten, und die neuen Eindrücke bringen dich vielleicht wieder auf andere Gedanken und zeigen dir eine neue Perspektive."

In ihrer Stimme lag eine gewisse Schärfe. Er blickte auf.

Sie schaute ihn direkt an. „Was?"

„Dir gefällt diese Idee nicht."

„Ich habe meine Bedenken. Du musst dich dafür bestimmt vor dem Bischof verantworten."

Matthew nickte. „Er wird es erst erfahren, wenn ich fort bin."

„Ich weiß nicht, was du deiner *Mamm* und deinem *Daed* – und erst recht deinem Bruder – sagen willst, ohne dass sie noch mehr Angst bekommen und noch stärker unter der ganzen Last leiden."

Er warf das kaputte Rad auf die mit Asche bedeckte Erde. „Es ist mein Leben, nicht ihres."

„Aus dir spricht dein Schmerz und nicht du selbst."

Er trat mit dem Fuß gegen ein halb verbranntes Bein einer Werkbank, die daraufhin einstürzte. „Der Schmerz hat sich so stark in mich eingebrannt, dass wir jetzt eins sind."

„Im Moment. Aber die Entscheidung, ob der Schmerz stärker wird als du oder ob du stärker wirst als der Schmerz, liegt bei dir. Und ich glaube, wenn man Entscheidungen trifft, die die Menschen, die wir lieben, verletzen, wird der Schmerz in einem Menschen stärker und die wahre Seele wird schwächer."

Sie begriff es einfach nicht. Sie hatte ja nicht ihren Bruder verloren und es war nicht ihr Rücken, der ständig brannte und wehtat, und es war nicht ihr Geschäft, das niedergebrannt war, und sie wurde auch nicht von dem Menschen, den sie liebte, von hier weggelockt. „Das klingt sehr stark nach blumigen Worten von jemand, der etwas unmöglich verstehen kann, weil er es nicht selbst erlebt hat."

„Ich habe kein Geschäft verloren, das stimmt. Aber ich habe auch einen Bruder verloren." Schmerz zog über ihr Gesicht und sie brach ab. „Abram ertrank und ..." Sie schloss einen Moment die Augen. „Ich lebe weiter."

Zum ersten Mal wurde Matthew bewusst, wer Kathryn war: Elmer Glicks Tochter. Als Matthew ungefähr zwölf gewesen war, hatte Elmer Glick einen Sohn verloren. Er war ertrunken. Dieser Sohn war Kathryns Bruder gewesen. Nach den Gerüchten, die aus dem ungefähr hundertzwanzig Kilometer entfernten Snow Shoe damals zu hören gewesen waren, wäre Kathryn bei jenem Unfall auch fast ertrunken.

Matthew wurde bei so viel Schmerz und Tod ganz übel. Er deutete zum Haus. „Ich gehe jetzt lieber und lasse mir von *Mamm* den Rücken einsalben."

Kapitel 9

Feuer hat Hannah hierher gebracht und Feuer wird dafür sorgen, dass sie hierbleibt.

Die Worte wiederholten sich in einem festen Rhythmus in Sarahs Kopf. Sie ließ ihren Roller am Straßenrand liegen und stieg über das Viehgatter an der Rückseite von Mrs Waddells Grundstück. Ein Holsteinrind graste auf der angrenzenden Weide. Deshalb rannte sie so schnell sie konnte über das Feld. Falls das Tier sie sah und es auf sie abgesehen hatte, konnte dieser Zaun, der sehr reparaturbedürftig aussah, sie nicht vor ihm schützen.

Feuer hat Hannah hierher gebracht und Feuer wird dafür sorgen, dass sie hierbleibt.

Sie öffnete das Tor, das zu Mrs Waddells Hof führte, und ging geradewegs zum Stall. Sie schaute sich um und erblickte einen Benzinkanister. Erzählte man sich nicht, dass Benzin das Feuer in Matthews Werkstatt ausgelöst hatte?

Sie verteilte das Benzin über einige Heuballen und stellte erstaunt fest, wie schön diese Flüssigkeit war, die so viel Macht besaß. Fasziniert schüttete sie es über den Lehmboden, während sie langsam aus dem Stall ging. Sie übergoss ihre Schuhe und die Erde mit der goldenen Flüssigkeit und fand die kleinen Pfützen schön, auf denen sich farbige Regenbogen schimmernd hin und her bewegten. Schließlich stellte sie den fast leeren Kanister neben sich.

„Mrs Waddell", rief sie. „Mrs Waddell." Als die alte Frau nicht zur Hintertür kam, rief Sarah noch einmal.

Paul kam durch die Hintertür in den Hof.

„Feuer hat Hannah hierher gebracht und Feuer wird dafür sorgen, dass sie hierbleibt. Ja?" Sie zog die Schachtel mit den Streichhölzern aus ihrer Tasche.

Er rannte auf sie zu. „Sarah, was machst du da?"

Sie legte den Kopf des Streichholzes an die Seite der Schachtel.

„Ich habe dir gesagt, dass sie zurückkommt, aber sie wird wieder weggehen, wenn ich nichts unternehme. Das können wir nicht zulassen."

„Sarah, nein." Paul blieb stehen. „Deine Schuhe und der Saum deines Kleides sind mit Benzin getränkt. Zünde dieses Streichholz nicht an."

„Ich will, dass Hannah bleibt und mir hilft, ihr Baby zu finden."

„Sarah, gib mir die Streichhölzer." Er trat näher.

Sie fuhr mit dem Streichholz über die Seite der Schachtel und ein paar Funken sprühten, aber das Holz begann nicht zu brennen. „Komm nicht näher."

„Okay, okay. Sag mir, was du willst."

„Dass Hannah hierbleibt."

Ein Mädchen kam zur Hintertür heraus. „Was ist hier los?"

„Dorcas, du erinnerst dich bestimmt an Sarah. Sie gibt mir jetzt die Streichhölzer und kommt dann mit ins Haus, damit wir uns unterhalten können."

Dorcas kam näher. „Hallo, Sarah. K-komm doch ins Haus. Dann können wir ein wenig plaudern."

Sarah hob drohend die Schachtel und das Streichholz. „Ich will Hannah!"

Paul trat näher auf sie zu, aber Sarah wusste, was er vorhatte. Sie hielt das Streichholz an die Seite der Schachtel und war bereit, es anzuzünden.

„Okay." Paul blieb schnell stehen. „Dorcas, bring mir bitte das schnurlose Telefon und die Telefonnummer, die Hannah Großmutter gegeben hat."

„Eine Telefonnummer?"

„Ich habe sie auf Großmutters Tisch liegen sehen. Ich hoffe, das ist ihre Handynummer und sie hat das Handy bei sich."

Dorcas lief ins Haus.

„Sarah, nimm das Streichholz von der Schachtel weg, dann rufe ich Hannah an."

Sarah tat, was er verlangte, und legte das Streichholz in ihre Handfläche, zog aber noch mehr Streichhölzer aus der Schachtel. Dorcas brachte ihm das Telefon und den Zettel.

Paul nahm es und sagte: „Dorcas, ich will, dass du ins Haus gehst.

Wenn sie auch nur einen Funken entzündet, werden die Dämpfe explodieren, und der Benzinkanister wird ebenfalls brennen." Er drückte auf verschiedene Tasten an dem Telefon. Sarah war sich nicht sicher, wie viele Nummern er eingab. „Ich will, dass dir nichts passiert. Bitte."

Dorcas nickte stumm und ging ins Haus.

„Hannah, hier ist Paul. Sarah ist vor Großmutter Stall und möchte, dass du hierher kommst. Es wäre gut, wenn du bitte sofort kämst." Paul hörte kurz zu und trennte dann die Verbindung.

„Was hat sie gesagt?"

„Sie hat okay gesagt."

„Sonst nichts?"

„Nein, aber ich bin mir sicher, dass sie bald hier ist. Kann ich jetzt die Streichhölzer haben?"

Sarah schüttelte den Kopf. „Noch nicht."

Hannah klappte ihr Handy zu und überlegte, was sie jetzt tun sollte. Sie konnte etwas erreichen, wenn sie ihrem *Daed* gegenüber ruhig und respektvoll bliebe. Um ihn dazu zu bringen, dass er ihr in irgendeiner Sache zustimmte, wäre mehr als nur Höflichkeit nötig.

Er deutete auf ihr Telefon. „Du kannst wohl nirgendwohin gehen, ohne an dieses Ding gebunden zu sein? Alle Kirchgänger in der Welt geben in einem Monat mehr Geld für eitle Sachen aus, als sie in einem ganzen Jahr für Gott ausgeben."

„Das trifft bei einigen sicher zu." Sie schob ihr Handy in ihre Kleidtasche und ärgerte sich über die negative Einstellung, die ihr Vater ständig verbreitete. „*Daed*, das war Paul. Sarah ist bei Mrs Waddell."

Er fuhr hoch und schaute sich um. „Ruth!" Er lief zum Haus. Luke und Mary kamen aus der Scheune.

Hannah hörte, wie die benzinbetriebene Wäschepresse stehen blieb.

„Ruth!", schrie ihr Vater wieder.

Ihre Mutter kam herausgelaufen und blieb stehen, als sie Hannah sah. Ein erfreuter Blick trat in ihre Augen. „Guten Morgen."

„Hallo, *Mamm*."

Daed fuchtelte mit der Hand durch die Luft. „Ist Sarah nicht im Haus? Du behältst sie im Auge, oder?"

Entsetzen zog über *Mamms* Gesicht. „Als ich sie das letzte Mal sah, war sie bei dir. Ist sie verschwunden? Müssen wir sie suchen?"

Daed öffnete den Mund, aber Hannah kam ihm zuvor. „Nein, sie ist bei Großmutter Waddell. Ich muss zu ihr."

„Ich komme mit", erklärte *Daed.*

Mamm wischte sich die Hände an ihrer Schürze ab. „Soll ich auch mitkommen?"

Daed schritt eilig zum Auto. „Du bleibst hier und passt auf die Kinder auf."

Ihr Vater setzte sich auf den Beifahrersitz und schloss die Tür.

Hannah ließ den Motor an. „Du wolltest nicht, dass sie das sieht, was uns vielleicht erwartet, nicht wahr?"

Er schüttelte den Kopf. „Das ist zu schwer für sie."

Sie fuhr rückwärts aus der Auffahrt und steuerte auf die Asphaltstraße zu, die zu Großmutter führte. „Schwerer, als zu Hause zu warten?"

Er starrte durch die Windschutzscheibe. „Es ist falsch, dass du immer jede Entscheidung, die ein Mann trifft, infrage stellen musst."

Hannah erkannte, dass sie nie wieder wirklich eine Beziehung zu ihrem Vater haben würde, und schaltete in den nächsten Gang. „Und du hast recht, nur weil du das Familienoberhaupt bist?"

„Du redest feministisches Geschwätz. Das ist ein Gräuel, und das weißt du!"

„Ein schlimmeres Gräuel als dein Verhalten damals? Du hast mich wenige Minuten nach der Vergewaltigung gesehen und dann später entschieden, ich hätte gelogen."

Ihr Vater verschränkte die Arme vor seiner Brust und schwieg verärgert. Das war ihr ganz recht. Sie war an vielem, was damals passiert war, schuld, aber sie würde nicht seinen Teil der Schuld übernehmen, nur weil er das Oberhaupt der Familie war.

Sie trat aufs Gaspedal und ließ ihren Vater schweigend neben sich sitzen. Schließlich bog sie in Großmutters Einfahrt, fuhr zum Haus hinauf und brachte dort das Auto zum Stehen. Während sie über den Hof und zum Stall lief, fragte sich Hannah, was ihre Schwester im Sinn hatte.

Sie erblickte Paul, aber Sarah sah sie nicht.

Hannah verlangsamte ihre Schritte. „Wo ist sie?"

Er nickte in Richtung Stall.

Als sie den Benzinkanister neben Sarahs Füßen und ihren nassen Rocksaum sah, brauchte Hannah nicht lange, um zu begreifen, was sich hier abspielte. Da sie keine Ahnung hatte, was sie in diesem Moment zu ihrer Schwester sagen sollte, schaute sie Paul fragend an. *Daed* kam hinter ihr näher und schnaufte schwer, weil er über den Hof gelaufen war.

„Das in ihrer Hand sind Streichhölzer", sagte Paul leise. „Wenn ich nahe genug an sie herankommen kann, halte ich sie fest und nehme sie ihr ab, aber bei dieser Entfernung könnte sie einen Funken auslösen, während ich auf sie zulaufe. Die Benzindämpfe würden sofort explodieren. Wenn sie ein Streichholz anzündet ..."

„Hört auf zu flüstern!", rief Sarah. „Ich hasse das ganze Gemurmel, das hinter meinem Rücken abläuft! Es ist überall, wohin ich gehe ... sogar im Haus."

Paul richtete seine Aufmerksamkeit auf Sarah. „Okay, wir flüstern nicht. Können wir ein wenig näher kommen, damit wir miteinander reden können, ohne schreien zu müssen?"

„Ein wenig."

Alle drei gingen langsam vor.

„Stehen bleiben."

Hannah ging ein paar Schritte weiter. „Sarah, was willst du denn?"

„Ich will wissen, was du mit dem Baby gemacht hast."

„Das habe ich dir alles erklärt. Kannst du mir nicht glauben?" Hannah bewegte sich vorsichtig näher auf sie zu. „In der Nacht, nachdem ich vor *Daed* und den Kirchenältesten der Sünde beschuldigt wurde, habe ich entbunden. Das war zwei Monate zu früh und das Baby starb. Ich lüge dich nicht an."

Daed nahm seinen Hut ab. „Willst du damit sagen, es sei meine Schuld gewesen, dass du in jener Nacht Wehen bekamst?"

Sarahs blasses Gesicht ließ ihre dunklen Augen noch weiter hervortreten. „Nein! Das Baby ist nicht tot! Es lebt!"

Paul ging ein paar Schritte weiter vor. „Sarah, alle hier wissen, was passiert ist. Was ist nötig, damit du uns glaubst?"

„Du weißt nur das, was sie gesagt hat. Und *Daed* auch."

Hannah trat näher. „Das Baby starb in meinen Armen. Sie hat so lange gelebt, dass ich ihr einen Namen geben konnte, während sie verzweifelt um Luft rang, aber ihre Lungen waren noch nicht so weit ausgereift, dass sie richtig atmen konnte. Ich habe so lange geweint, dass ich fast den Verstand verloren hätte. Aber dann musste ich aufhören zu weinen. Ich musste suchen, was noch von mir übrig war, und ich musste lernen weiterzuleben."

Paul ging wieder ein paar kleine Schritte näher auf Sarah zu. „Was sollen wir tun, Sarah?"

Sarah drückte vier Streichhölzer an die Reibefläche der Schachtel. „Dann ist es meine Schuld!"

Er stellte sich vor Hannah. „Warum ist es deine Schuld?"

Sie trat neben Paul, sodass er sie nicht mehr mit seinem Körper abschirmen konnte. „Ich bin nicht sicher, ob du wirklich diesen gefährlichen Weg einschlagen willst. Nicht jetzt."

„Wir müssen sie ablenken, damit wir die Streichhölzer bekommen."

„Das ist mir klar, aber …"

„Vielleicht weiß sie etwas, das wir nicht wissen. Ich finde, sie sollte uns sagen, warum es ihre Schuld ist."

„Du öffnest die Büchse der Pandora", knurrte Hannah zähneknirschend.

Ohne auf ihre Bemerkung einzugehen, bewegte er sich weiter vor. Sarah hob die Streichhölzer und die Schachtel hoch. „Nicht näher."

„Hast du E und L in Brand gesetzt?", fragte *Daed*.

Sarah warf die Schultern zurück. „Ja, das habe ich getan."

Ihr Vater stöhnte auf und sackte sichtlich zusammen.

Paul deutete auf den Benzinkanister. „Hast du Streichhölzer und Benzin benutzt?"

„‚Die Zunge ist ein Feuer, eine Welt voll Ungerechtigkeit … sie zündet die ganze Welt an.' Sie braucht keine Streichhölzer und kein Benzin."

Etwas überrascht, dass Paul es geschafft hatte, die Sache auf den Punkt zu bringen, überlegte Hannah, dass seine andere Frage vielleicht doch mehr helfen würde, als sie gedacht hatte. „Warum ist der Tod … meines Babys deine Schuld?"

„Wie heißt sie?", fragte Sarah.

nommen." Sie holte tief Luft und zwang sich zu einer freundlichen Stimme.

Paul verlagerte sein Gewicht. „Hör zu, ich hätte das über deinen *Daed* und dich nicht sagen dürfen. Und du hast jedes Recht, auf mich wütend zu sein."

„Auch wenn es vielleicht anders klingt, habe ich wirklich kein Interesse daran, meinen Ärger an dir auszulassen. Ich will lediglich Sarah helfen und dann von hier verschwinden, aber du hattest kein Recht, meine Telefonnummer weiterzugeben, ohne mich vorher zu fragen."

„Dein Vater ließ mir durch Luke ausrichten, dass sie dich suchten. Er hatte einen Brief bekommen, als deine Tante starb, der ihm einen Hinweis gab, wo du sein könntest. Da ich wusste, wie man diese wenigen Informationen nutzen kann, um dich zu finden, habe ich das gemacht."

Sie blinzelte. „Mein *Daed?*"

Paul nickte. „Ich war auch überrascht. Hör zu, es war falsch von mir, dich in jener Nacht zu verlassen, ohne dich anzuhören. Ich bitte dich, mir zu vergeben."

Sie zuckte die Achseln. „Bisher hatte ich gedacht, ich hätte dir vergeben. Aber wenn du jetzt so vor mir stehst ..."

„Ich bin zu dir zurückgekommen."

„Hör auf." Sie hob abwehrend die Hand. „*Falls* du zurückgekommen bist, dann bist du zu spät gekommen."

Sie standen in Großmutters Hof und schauten sich an, als wären sie Fremde.

Er zog seine Brieftasche heraus und reichte ihr eine Visitenkarte. „Ich bin Psychotherapeut und arbeite bei *Better Path*. Die Klinik bietet Menschen wie Sarah vielfältige Hilfsmöglichkeiten."

„Du bist Therapeut?" Sie kniff die Augen zusammen und bemühte sich, ihn nicht ungläubig anzustarren. „Das ist also der Beruf, der in den Augen deiner Kirche besser geeignet ist und den sie erlaubt? Du hast dich mehr auf Psychologie konzentriert, und das gefällt ihnen besser als Sozialarbeit?" Das letzte Mal, als sie versucht hatte, Kontakt zu Paul aufzunehmen, hatte eine junge Frau, vielleicht sogar Dorcas, ihr gesagt, dass er seine Berufsvorstellungen ändern müsse, um den Segen der Kirchenältesten zu bekommen. Die Ungläubigkeit in ihrer Stimme verhöhnte seine Berufswahl und sie versuchte nicht einmal, sie zu verbergen.

Paul schüttelte den Kopf. „Weißt du, ich versuche wirklich …" Er brach ab, als ihr Telefon klingelte.

Sie zog es aus ihrer Kleidtasche. Es war Martin. Ohne Rücksicht auf Paul nahm sie den Anruf an. „Hallo."

„Hallo, Liebling, ich habe über unsere ganzen Probleme nachgedacht. Hast du schon eine Lösung gefunden?"

Wärme und Geborgenheit zogen über Hannahs Rücken. Sie drückte sich das Telefon noch fester ans Ohr. „Ich habe keine Ahnung."

„Ich schon: Wir hätten beide nie eine Schwester bekommen sollen."

Ein befreiendes Lachen riss sie aus ihrem Elend und eine Träne lief über ihre Wange. Bei der Zärtlichkeit in seiner Stimme wollte sie ihm am liebsten erzählen, was sie heute Schreckliches erlebt hatte, wie sie sich Paul gegenüber benommen hatte und dass sie ihn unfair angefahren hatte … und dass sie ihn am liebsten immer noch anfahren würde.

Sie sah ein schwaches Lächeln, das Pauls Selbstbeherrschung durchbrach, bevor er den Benzinkanister nahm und ihn in den Stall brachte, damit sie ungestört telefonieren konnte.

Sie schlenderte die Anhöhe hinauf und ließ ihren Blick über die friedlichen Felder schweifen. „Ich habe mich heute so falsch benommen. Du würdest mich nicht wiedererkennen. Ich habe Leute angekeift und … ich hatte keine Ahnung, dass in mir so viel Wut und Bitterkeit stecken."

„Sei nicht zu streng zu dir selbst. Es ist normal, dass man gegenüber Menschen die Nerven verliert, die sagten, sie würden dich lieben, und die dir dann nicht einmal einen Rettungsring zuwarfen, als du am Ertrinken warst."

Eine weitere Träne glitt über ihre Wange. Sie holte tief Luft. „Danke."

„Es tut mir wirklich leid, wie ich mich neulich abends benommen habe."

„Ich weiß, aber jetzt ist kein guter Zeitpunkt, darüber zu sprechen. Ich rufe dich später an, ja?"

„Klar. Lass dich nicht unterkriegen. Wir sprechen später weiter."

„Tschüss." Sie klappte das Handy zu. Zum Stall zu gehen, Paul zu sehen, hier zu sein … in dieser Situation war es irgendwie unmöglich, vernünftig und nüchtern zu bleiben. „Ich … bin mit dem Telefonieren fertig."

Er warf gerade mit einer Heugabel das mit Benzin getränkte Heu in eine riesige Metalltonne. Er blickte auf. In seinem Gesicht war weder Verurteilung noch Enttäuschung oder Wut zu sehen. Das konnte sie nicht begreifen. War er der gemeine Kerl, der sie im Stich gelassen hatte, der ihren Teil des Geldes genommen und sich geweigert hatte, sie zurückzurufen?

Er spießte noch mehr Heu auf und lud es in die Tonne. „Ich wollte dein Vertrauen nicht missbrauchen, als ich den Namen des Babys verriet."

Sie wusste beim besten Willen nicht, was sie von diesem Mann halten sollte, der hier vor ihr stand, und bemühte sich, ihre Antwort zu mäßigen. „Ich schätze, ich hätte es ihr einfach sagen sollen, als sie fragte. Ich kann manchmal ein wenig starrköpfig sein."

Paul nickte nicht, er verzog nicht hämisch das Gesicht und ließ keine spitze Bemerkung fallen.

„Das war das Stichwort für dich, ‚Meinst du wirklich?' zu sagen."

Er stellte die Spitzen seiner Heugabel auf den Boden. „Der Anruf hat dir anscheinend geholfen, ein wenig Perspektive für diesen Tag zu finden."

„Ja." Sie drückte das Telefon in ihrer Handfläche. „Martin." Sie schob das Handy in ihre Tasche und fuhr mit den Fingern über den Ring, den Martin ihr geschenkt hatte. „Als ich ihn kennenlernte …" Sie lachte leise. „War das *nach* einem ziemlich hässlichen Streit."

„Du hast also zuerst mit ihm gestritten und ihn dann kennengelernt?"

„Ja. Aber der Streit war nicht meine Schuld."

Er verkniff sich ein Lächeln und antwortete: „Äh, ja, ich … ich bin sicher, dass es nicht deine Schuld war."

Sie blinzelte und starrte ihn an, bevor ihr ein leises Lachen entfuhr. Er stimmte in ihr Lachen ein. Das längere Schweigen, das folgte, läutete einen willkommenen Waffenstillstand ein. „Und was jetzt?"

„Hörst du mir zu, wenn ich dir noch einige Gründe nenne, warum *Better Path* für Sarah die beste Lösung wäre?"

„Überspringen wir das im Moment und nehmen wir an, dass ich von dir und Sarah überstimmt werde, was passiert dann?“

„Du bringst sie dorthin und sorgst dafür, dass die nötigen Papiere ausgefüllt werden. Ich folge dir in meinem Auto und versuche, einen Psychiater zu erreichen. Vielleicht nicht heute, aber bis morgen Nachmittag müssten einige psychiatrische Untersuchungen vorgenommen werden und ein Therapieplan erarbeitet werden. *Better Path* bietet eine stationäre Kurzzeitpflege an. Sie wird nachts sediert, ihr Zimmer wird zugesperrt und sie wird überwacht, damit sie nicht mehr davonlaufen kann.“

„Was ist, wenn sie an den Bränden und an Davids Tod schuld ist?“ Hannahs Worte waren nicht viel lauter als ein Flüstern, als sie sich zwang, ihre schlimmsten Befürchtungen auszusprechen.

„Normalerweise ist das etwas, mit dem weder ich noch irgendein Psychologe sich befasst, aber da es für die Sicherheit von allen in dieser Gegend wichtig ist und auch dafür, dass sie selbst Frieden findet, werde ich mich bemühen, Antworten zu finden, solange sie überwacht wird.“

Hannah fragte sich im Stillen, wie teuer das werden würde, nickte aber nur. Trotz ihrer widerstreitenden Gefühle hatte sie mit *Better Path* etwas gefunden, wo Sarah vielleicht Hilfe fand.

Kapitel 10

Hannah stand in Dr. Stones Büro am Fenster und wartete darauf, dass sie zurückkäme, nachdem sie Sarah in ihr Zimmer gebracht hatte. Bevor er vor über zwei Stunden *Better Path* verlassen hatte, war es Paul gelungen, die Psychiaterin zu erreichen und sie zu überreden, noch heute zu kommen und mit Sarah zu sprechen und nicht erst morgen. Dafür war Hannah dankbar.

Die Starrköpfigkeit ihres Vaters schien in den zweieinhalb Jahren, die sie fort gewesen war, nicht besser geworden zu sein. Trotzdem brauchte sie, unabhängig davon, was Dr. Stone empfahl, seine Zustimmung. Sarah brauchte ihre Familie und ihre Gemeinschaft, einen Platz, wo sie leben konnte, und Menschen, die für sie sorgten, wenn sie aus dieser Klinik entlassen würde. Das bedeutete, dass sie alles in ihrer Macht Stehende tun müsste, damit Sarah bei ihrem *Daed* nicht in Ungnade fiel.

Die Sekretärin am Empfang war vor einer halben Stunde gegangen und außer Hannah war jetzt niemand mehr im Hauptgebäude von *Better Path*. Eine Krankenschwester, Dr. Stone und Sarah waren im Patientenwohnbereich im hinteren Teil, der aussah, als wäre er früher ein *Daadihaus* eines amischen Wohnhauses gewesen. Diese Gebäude waren anscheinend älter als Dr. Lehmans Entbindungszentrum, aber sie waren mit ihren Hartholzböden, den sanierten Innenräumen und der gemütlichen Ausstattung freundlicher eingerichtet. Dr. Lehmans Kliniken waren spärlich möbliert, funktionell und hatten alte Linoleumböden. Sie hatte bis jetzt nie wirklich darüber nachgedacht, aber vor den Fenstern in ihrer Klinik waren Aluminiumjalousien, um die Privatsphäre der Frauen zu schützen. Hier hingegen waren die Fenster mit Bambusjalousien zum Hochziehen und Spitzenvorhängen verziert.

Der Tuscarora Mountain war in der Ferne zu sehen und vor dem Berg war das Land von riesigen Eichen übersät, die sie daran erinnerten, wie sehr sie früher die Schönheit von Owl's Perch geliebt hatte. Aber sie fühlte sich hier nicht mehr zu Hause, obwohl während ihres Besuchs hin und wieder eine bittersüße Sehnsucht in ihr erwacht war. Aber die meiste Zeit war sie von einer tiefen Wut erfüllt. Sie hoffte, sie könnte ihre Reaktionen in Zukunft besser mäßigen, und schaute zu, wie Paul in die Auffahrt hinter der Klinik fuhr und zum *Gästehaus*, wie es bezeichnet wurde, schritt.

Dr. Stone kam aus dem kleinen Haus und traf sich mit Paul, als hätten sie abgesprochen, wann er in die Klinik zurückkäme und Sarah in die Obhut der Krankenschwester übergeben würde. Die ungefähr vierzigjährige Ärztin war attraktiv gekleidet und hatte die Nägel in einer Farbe lackiert, die genau zu ihrer Kleidung passte. Ihr kurzes, braunes Haar war perfekt geschnitten. Sie reichte Paul eine Akte. Hannah hatte Mühe, sich angesichts der Absurdität dieser Situation nicht aufzuregen. Paul schaute zum Fenster hinauf, an dem sie stand, bevor er seine Aufmerksamkeit wieder auf Dr. Stone richtete und mit ihr zur Klinik schritt. Ihre gedämpften Stimmen waren zu hören, als sie das Gebäude betraten und die Treppe hinaufstiegen und in das Büro kamen, in dem Hannah wartete.

Dr. Stone bedeutete Hannah mit einer einladenden Handbewegung, Platz zu nehmen, während sie zu ihrem Schreibtisch ging und sich daran lehnte. „Sarah hat beschlossen, in den nächsten Wochen bei uns zu bleiben. Es dauerte eine Weile, bis sie einsah, dass das nötig ist, aber bei volljährigen Patienten ist es am besten, wenn sie sich aus freien Stücken entscheiden, hierzubleiben. Sonst könnte es passieren, dass wir einen Gerichtsbeschluss brauchen. Wenn Sie ihr einige Kleidungsstücke und persönliche Dinge bringen, die sie will, können Sie heute Abend ein wenig bei ihr bleiben, aber danach wäre es am besten, wenn mindestens eine Woche kein Besuch kommt." Sie tippte mit ihren langen, unechten Fingernägeln auf den Schreibtisch. „Auf mich warten heute noch viele Patienten in meiner Praxis. Ich muss jetzt also fahren, aber Paul kann Ihnen alles erklären, was Sie wissen wollen."

Da sie sich beim Vorschlag der Ärztin, Paul solle ihr erklären, was mit ihrer Schwester los sei, nicht wohlfühlte, beschloss Hannah, sie direkt zu fragen. „Was hat meine Schwester?"

„Sie scheint vier Probleme zu haben, die sich überlappen. Keines davon ist für sich allein genommen zu ernst und auch die vier sind mit etwas Hilfe gewiss in den Griff zu bekommen, aber sie leidet schon sehr lange daran, ohne dass jemand etwas unternommen hat."

„Uns war einfach nicht bewusst, dass ihre Probleme so ernst sind."

Die Ärztin nickte. „Familienmitglieder neigen dazu, das sonderbare Verhalten ihrer Angehörigen als einen Teil ihrer Persönlichkeit zu akzeptieren, und die Auffälligkeiten nehmen oft im Laufe der Jahre langsam zu." Sie warf einen kurzen Blick auf Paul. „Ich habe gehört, dass Sie in den letzten zweieinhalb Jahren fort waren."

„Ja, das stimmt."

„Ohne irgendeinen Kontakt?"

Hannah hatte plötzlich das Gefühl, ihr Leben stehe auf dem Prüfstand. Sie antwortete: „Ich habe meiner Familie keine Möglichkeit gegeben, Kontakt zu mir aufzunehmen, ich schrieb nur sehr selten und meine Briefe waren kurz und sehr allgemein gehalten. Hat das Sarahs Probleme verstärkt?"

„Sie weist unter anderem Symptome von Trennungsanpassungs- und Angststörungen auf."

„War das ein Ja oder ein Nein auf meine Frage?"

„Keines von beidem. Es ist möglich, dass Ihre Abwesenheit zu Sarahs Verfassung beigetragen hat. Es ist aber auch möglich, dass sie nichts damit zu tun hat." Dr. Stone zog ein Blatt Papier aus einem Stapel auf ihrem Schreibtisch. „Sie bittet darum, dass Paul sie als Therapeut betreut."

„Nein." Hannah warf ihm einen finsteren Blick zu. „Auf keinen Fall."

Die Ärztin runzelte die Stirn. „Gibt es einen Grund, warum Sie glauben, er wäre nicht geeignet, um mit Sarah zu arbeiten? Er ist Mennonit und kann dadurch einiges besser verstehen."

Hannah hatte jede Menge Gründe. Trotz seines hilfsbereiten Verhaltens bei seiner Großmutter traute sie ihm einfach nicht. „Aber er kennt sie schon so lange. Er ist mit unserem Bruder befreundet und hatte Auseinandersetzungen mit unserem *Daed*. Disqualifiziert ihn das nicht für Sarahs Fall?"

Dr. Stone beugte sich vor. „Sie finden also, er ist emotional zu sehr verwickelt, um ihr ohne Vorurteile zuhören zu können?"

Hannah schluckte und bemühte sich, eine gewisse Professionalität zu wahren. „Sie treffen diese Entscheidung, weil Sarah gesagt hat, dass sie das will. Vor ein paar Stunden *wollte* sie sich selbst anzünden. Vielleicht ist es falsch, zu sehr auf das einzugehen, was Sarah will.“

Die Ärztin nickte unverbindlich und reichte ihr das Papier. „Hier ist eine Liste mit unseren Therapeuten. Es ist eine kurze Liste, aber bei jedem Namen stehen ein paar Informationen über den jeweiligen Therapeuten. Nur Paul arbeitet fest hier. Die anderen kommen nur einige Male in der Woche in die Klinik. Wenn Sie sich also gegen Paul entscheiden, muss Ihnen klar sein, dass Sie Sarahs Therapiemöglichkeiten damit erheblich einschränken. Sie können das mit Ihrer Familie besprechen und dann Paul Bescheid geben. Egal, ob er ihr Therapeut ist oder nicht, ist es sehr wichtig für sie, das Gefühl zu haben, dass sie nach Hause zurückkehren kann, wenn ihre Zeit hier vorbei ist.“ Sie deutete auf Paul. „Das bedeutet, dass Sie mit Ihrer Familie sprechen müssen, wenn Sie ihre persönlichen Sachen von zu Hause holen.“ Sie warf einen Blick auf ihre Uhr. „Ich fände es aus mehreren Gründen besser, wenn Paul bei diesem Gespräch zugegen wäre. Aber ich habe jetzt nicht die Zeit, Ihnen diese Gründe zu erklären. Wenn Sie mit Sarahs Sachen zurückkommen, haben Sie hoffentlich gute Nachrichten für Ihre Schwester. Wenn nicht, kann Paul Sie beraten, wie Sie die Dinge formulieren, damit Sarah sich nicht aufregt.“

Hannah warf einen Blick auf Paul. *Daed* musste um Sarahs willen diesem Plan zustimmen, aber wie sollten Hannah und Paul es schaffen, ihren Vater zu überzeugen?

„Haben Sie Telefonnummern oder Adressen, unter denen wir Sie, wenn nötig, erreichen können?“

Hannah zog die letzten zwei Visitenkarten, die sie dabei hatte, aus ihrer Tasche und reichte eine Karte Dr. Stone und die andere Paul.

Dr. Stone nickte. „Gut.“ Sie tippte auf ihre Uhr. „Ich muss jetzt wirklich los. Paul, wir treffen uns morgen um zehn zur Besprechung. Ich denke, alle anderen Aspekte haben wir schon am Telefon besprochen. Habe ich noch etwas vergessen?“

Paul schüttelte den Kopf. „Wir haben alles geklärt. Ich weiß, wie ich Sie erreiche, falls das nötig sein sollte.“

Dr. Stone schaute Hannah an. „Egal, wer als Therapeut ausgewählt wird, Paul wird im nächsten Monat auf jeden Fall alle Fragen im Zusammenhang mit Sarah koordinieren. Danach kann er diese Aufgabe an jemand anderen abgeben." Dr. Stone hielt Hannah die Hand hin. „Wir werden in ein paar Wochen bestimmt wieder miteinander sprechen."

Die Ärztin verließ das Büro.

Paul hielt Sarahs Akte hoch. „Wir müssen auf dem Weg zu deinem *Daed* ein paar Dinge besprechen."

Auch wenn sie ihm widersprechen und lieber allein fahren wollte, nickte sie nur. Das war unglaublich. Lästig. Ärgerlich. Und … vielleicht ihre einzige Möglichkeit, von hier fortzukommen und zu Martin zurückzukehren, bevor sie ihre Chance auf das Examen an der Krankenpflegeschule endgültig verspielt hatte.

„Bist du bereit?"

Sie wäre nie bereit, mit ihm zu ihrem Vater zu fahren, aber es ließ sich nicht umgehen. „Ja."

Paul ging zu seinem Auto und sie steuerte auf ihres zu.

„Han … ähm, Mrs Lawson, wir sollten zusammenfahren. Je weniger Autos in der Auffahrt deines *Daed*s auftauchen, umso besser. Außerdem müssen wir während der Fahrt darüber sprechen, wie wir das Gespräch anpacken wollen."

Sie hatte ihm gesagt, dass er sie nicht anreden solle, als wären sie Freunde, aber Mrs Lawson zu ihr zu sagen, war auch nicht die Lösung.

„Dann fahre ich."

Er runzelte die Stirn.

„Hast du ein Problem damit?"

„Nein, ich glaube nicht … außer dass ich heute Morgen gesehen habe, wie du diesen Reifen gewechselt hast und …"

Seine Bemerkung überrumpelte sie. Sie musste unwillkürlich lachen. Sie schaute ihm in die Augen und zum zweiten Mal glimmte etwas anderes als Anspannung zwischen ihnen auf. Dafür war sie dankbar. „Oh, halt den Mund und steig ins Auto, Waddell."

Er zuckte die Achseln. „Ich habe wirklich Hunger und bin müde. Ich will nicht ohne Reserverad auf der Straße liegen bleiben."

Sie öffnete ihre Autotür. „Ich habe im Kofferraum genug zu essen." Sie stiegen beide ein und Hannah drehte den Schlüssel herum. „Du wirst also nicht verhungern, falls wir liegen bleiben."

„Woran dann?“

Hannah schmunzelte und erinnerte sich, wie locker sie früher miteinander geredet hatten. „Ich werde mich keines Verbrechens schuldig machen.“

Paul lachte und schlug seinen Ordner auf. „Dann kann es ja losgehen.“

Hannah bog in die Auffahrt ihrer Eltern, brachte das Auto zum Stehen und schaltete den Motor ab.

Paul schob die Akte zwischen den Sitz und die Konsole. „Es ist wahrscheinlich besser, wenn wir unsere Handys im Auto lassen.“

Sie hätte ihm gern widersprochen, aber Paul hatte recht. Sie wollten ihrem Vater so wenige Angriffspunkte wie möglich geben. Sie ließ ihr Handy im Auto, bevor sie ausstieg. Da sie wusste, dass sie nicht ins Haus gehen durfte, ging sie nicht zur Hintertür, sondern steuerte auf die vordere Haustür zu. Ohne sie zu fragen, warum sie das machte, folgte Paul ihr. Sie klopfte und wartete.

Ihr Vater öffnete die Tür.

„Hallo, *Daed*. Sarah geht es heute Abend schon viel besser und wir sind gekommen, um mit dir darüber zu sprechen, wo sie ist und was für sie getan werden kann.“

Ihr *Daed* nickte. Dann drehte er sich zum Wohnzimmer um. „Luke, hol ein paar Küchenstühle und bring sie auf die vordere Veranda. Du musst dich zu uns setzen. Ruth, sag Mary, sie soll Esther, Rebecca und Samuel die Kätzchen im Stall zeigen, bis wir sie rufen.“ Dann trat er hinaus und deutete zur Schaukel auf der Veranda.

Nach dem, was Luke und *Mamm* gesagt hatten, klang es, als hätten *Daed* und Paul sich schon kennengelernt, aber wenn Hannah verriet, dass sie das wusste, konnte sie wieder den Unwillen ihres Vaters heraufbeschwören. Heute Mittag hatten sie sich eindeutig gesehen; trotzdem hielt sie eine formelle Vorstellung für angebracht. „*Daed*, das ist Paul Waddell. Paul, das ist mein *Daed*, Zeb Lapp.“

Paul hielt ihm seine Hand hin und *Daed* gab ihm die Hand. „Mr Lapp.“

Ohne zu sprechen oder irgendetwas Freundliches zu tun, setzte ihr Vater sich neben Hannah. Das überraschte sie. Luke kam mit zwei Stühlen heraus und *Mamm* war hinter ihm.

Als *Mamm* zu ihr kam, stand Hannah auf. Ihre Mutter umarmte sie vor den Augen ihres Vaters. „Hast du Hunger?"

Es war fast Abendessenszeit, und sie hatte seit dem frühen Morgen nichts gegessen, aber sie hatte keinen Hunger. *„Denki, ich bin ganz gut."*

Als sie in ihrer Muttersprache antwortete, fühlte sich das ein wenig ungewohnt an. Außer wenn sie mit den amischen Frauen in der Entbindungsklinik sprach, sprach sie diese Sprache nicht mehr. Zabeth hatte sie kaum gesprochen und Hannah war ihrem Beispiel gefolgt. Dadurch, dass sie wie eine Englische gekleidet war, vermied es anscheinend jeder, mit ihr Pennsylvania Dutch zu sprechen, sogar Mary.

Mamm nahm Hannahs Gesicht liebevoll in die Hände. *„Liewi …"* Ihre Augen wurden feucht, aber sie konnte nicht mehr sagen.

„Ich habe dich auch lieb, *Mamm*."

Ihre Mutter schluchzte und zog sie zu sich heran. *Daed* blieb schweigend sitzen und beobachtete die beiden. Zitternd trat *Mamm* von ihr zurück und setzte sich auf einen Stuhl. Hannah setzte sich wieder neben ihren Vater. Er beugte sich vor und tätschelte ihre Hand. Wollte er sich damit bei ihr entschuldigen? Oder bedankte er sich einfach dafür, dass sie *Mamm* ein wenig Frieden gebracht hatte?

Paul begann: „Mr Lapp, hatten Sie Zeit, um Ihrer Frau und Luke zu berichten, was heute passiert ist, oder soll ich kurz die Vorgeschichte schildern?"

„Ich habe ihnen genug erzählt. Sag, was gesagt werden muss."

Paul blieb vom scharfen Ton ihres Vaters unbeeindruckt. „Gut, kein Problem. Das, was mit Sarah heute passiert ist, war wahrscheinlich sehr aufwühlend, aber ich glaube, ihr Verhalten war mehr ein Hilfeschrei als ein echtes Anzeichen für eine geistige Labilität."

Luke stützte die Unterarme auf seine Knie und starrte Paul an. „Du kannst ihr helfen?"

„Es sieht so aus, als könnte man Sarah sehr gut helfen. Wir haben die Laborergebnisse noch nicht und können deshalb nicht sicher sein, ob Hormonstörungen oder eine körperliche Krankheit zu ihren Problemen hinzukommen, aber die Ärzte und Therapeuten bei *Bet-*

ter Path können ihr auf jeden Fall helfen. Sie ist freiwillig in die Klinik gegangen und will ein paar Wochen dort bleiben, aber sie muss wissen, dass sie wieder nach Hause kommen und hier leben kann und dass ihr niemand böse ist, weil sie Hilfe in Anspruch nimmt."

Hannah war sich bewusst, dass Paul es vermied zu sagen, *er* könne ihr helfen. Sie schaute ihren Vater an. „*Daed*, Sarah braucht professionelle Hilfe, die wir ihr nicht geben können."

Er starrte auf den Verandaboden und verschränkte die Arme vor seiner Brust. „Wir? Es gibt kein ‚Wir'. Du bist weggegangen und hast vor, wieder wegzugehen."

Alle Anzeichen, dass ein Neuanfang doch möglich sein könnte, waren mit diesen Worten wie weggeblasen. Zehn Gründe dafür, warum sie nicht Teil dieses „Wir" war, schossen ihr durch den Kopf, aber sie behielt sie für sich.

Daed schob seinen Strohhut ein wenig zurück. „Ich dachte, wenn sie mit dir sprechen könnte, würde sie diesen Unsinn ablegen. Ich habe mich gefragt, ob sie nur versucht, Aufmerksamkeit zu erregen, und Paul hat das gerade bestätigt. Ich lasse nicht zu, dass meine Tochter mit den Englischen zusammen ist, wenn diese Ärzte nur Psychologieunsinn verbreiten und versuchen, Einfluss auf ihr Denken auszuüben, statt ihr Denken von Gott steuern zu lassen."

Hannah wollte am liebsten aufstehen und schreien, aber sie beherrschte sich und zwang sich, ruhig zu sprechen. „Das hat er nicht gemeint, als er von einem Hilfeschrei sprach. Ihre Reaktion heute war wie ein Reflex. So etwas ist dieser Hilfeschrei." Sie schaute Paul an. „Ist das richtig?"

Er nickte. „Ja, aber wenn wir Sarah auf diesem Weg weitergehen lassen, werden ihre Reflexe sozusagen immer mehr die Oberhand in ihrem Leben gewinnen, und die Chance, die Kontrolle über ihr Leben wiederzubekommen, wird immer geringer."

Daed fuchtelte mit der Hand, als wolle er sie wegscheuchen. „Das ist lächerlich. Gott weiß, was er tut."

Hannah nickte. „Ja, aber *er* zeigt dir, dass Sarah ein Problem hat. Er bringt dir Leute, die ihr helfen können. Ich weiß, dass du misstrauisch bist, und das zu Recht. Viel zu viele Menschen folgen den Trends, statt Dinge zu durchdenken, aber wenn du ignorierst, was du heute gesehen hast, wird es nur noch schlimmer werden. Das kann Sarah ihre Zukunft kosten."

„Sie hat auch nicht mehr Zukunft als du, nachdem das Unaussprechliche passiert war."

Seine letzten Worte hingen in der Luft. Entrüstung erfüllte Hannah, aber sie schluckte die Worte hinunter, die sich ihr aufdrängten.

Pauls Blick wich nicht von ihr, bevor er sich räusperte. „Mr Lapp, Sarahs Prognose ..."

„Ach so", fiel Hannah Paul ins Wort und schaute ihren Vater an. „*Daed*, du entscheidest also, wer eine Zukunft hat und wer nicht. Jetzt kapiere ich es endlich. Wenn ich das nur gewusst hätte! Dann hätte ich ja schon vor Jahren aufgeben können!" Sie schlug sich mit der flachen Hand an die Stirn. „Wie dumm ich doch war!" Sie stand auf und warf einen halb entschuldigenden Blick auf *Mamm*, weil sie *Daed* so vehement widersprach. „Ich lasse auf keinen Fall zu, dass du in deinem begrenzten Denken entscheidest, ich sei zu nichts mehr zu gebrauchen, und ich werde auch nicht zulassen, dass du so etwas für Sarah entscheidest." Sie ging aufgewühlt hin und her und blieb einen Moment stehen, bevor sie ihren Vater wieder anschaute. „Deine Schwester hat verstanden, dass Liebe anderen eine Chance gibt, auch wenn die Umstände und die Logik etwas anderes sagen. Ich habe von ihr so viel über Freiheit und Hoffnung und Glauben gelernt. Warum kannst du nicht verstehen, dass Menschen und Umstände nicht an das gebunden sind, was du heute in ihnen siehst? Wenn das so wäre, bräuchte man keinen Glauben." Hannah ging aufgebracht die Verandastufen herunter.

Das Klappern von Pferdehufen unterbrach das Gespräch. Matthew Esh kam näher und brachte sein Pferd und seinen Einspänner zum Stehen.

Er begrüßte sie alle mit einem Kopfnicken. „Hallo."

Alle außer Hannah sprachen mit ihm. Sie war unsicher, ob er mit ihr sprechen wollte, und wartete. Seine Augen wanderten zu Paul und sie konnte sich denken, dass er gern eine Bemerkung dazu gemacht hätte, dass er hier bei den Lapps war.

Dann schaute Matthew sie an. „Ich bin gekommen, weil ich dachte, wir könnten ein wenig spazieren fahren und uns unterhalten."

Ohne einen Moment zu zögern, kam Hannah näher und blieb

erst neben seinem Pferd stehen. Matthew betrachtete sie. „Aber ich muss sagen, genauso wie das letzte Mal, als wir so hier zusammen waren, lässt deine Kleidung einiges zu wünschen übrig."

Sie brauchte ihr Kleid nicht anschauen, um zu wissen, dass es völlig verschmutzt war. Sie lächelte. „Willst du damit sagen, ich wäre nicht gut genug angezogen, um neben deinem Pferd zu stehen?" Sie senkte den Kopf und hoffte, ihre Stimme klinge dadurch ein wenig tiefer. „Wenn das nagelneue Hufeisen gut passt, Hannah Lapp …"

Sie lachten beide, was bedeutete, dass er sich auch an dieses Gespräch von damals erinnerte. Aus Matthews Augen sprach Weisheit und sein Körperbau verriet, dass er ein Mann war, der für seinen Lebensunterhalt körperlich hart arbeiten musste.

„Hannah", rief Luke.

Sie drehte sich um.

„Sarah kann bei uns wohnen, wenn sie entlassen wird. Ich spreche das mit Paul ab und tue, was ich kann, um ihr zu helfen."

Sie warf einen Blick auf Paul. Lukes Worte taten ihr sehr gut, bis auf den Teil mit Paul. „Es gibt noch andere Therapeuten in der Klinik."

„Ja, aber keiner von ihnen versteht so gut, was es heißt, amisch zu sein, wie ein Mennonit. Es wird Sarah helfen, wenn sie einen nicht ganz so weltlichen Therapeuten hat, nicht wahr?" Luke schaute von Hannah zu Paul.

Paul schwieg zu dem Thema, aber sie spürte, dass sie an Boden verlor.

Sie versuchte, einen professionellen Ton anzuschlagen, als sie sagte, was sie fühlte. „Mir wäre es viel lieber, wenn sie mit einem anderen Therapeuten arbeiten würde."

Ihr Vater stand auf und lehnte sich an das Verandageländer. „Ich gebe Luke recht. Wenn Sarah diese sogenannte professionelle Hilfe bekommen soll, dann soll sie wenigstens mit jemandem zusammen sein, der nicht so sehr in der Welt lebt wie die anderen alle."

Mamm nickte.

„Wir müssen miteinander reden." Matthews leise Worte waren eindeutig nur für Hannahs Ohren bestimmt.

Hannah drehte sich um und schaute ihn einen Moment an.

Er zog die Bremse an und beugte sich zu ihr vor. „Ich weiß Dinge, die du nicht weißt. Komm, steig ein, dann fahren wir spazieren und ich erzähle es dir."

Hannah zog die Autoschlüssel aus ihrer Tasche und ging zur Veranda zurück. „*Mamm*, packst du alles ein, was Sarah für ein paar Wochen in *Better Path* braucht?"

Ihre Mutter nickte. Da sie Paul so sehr vertrauten, konnte er ihnen alles andere erklären, was es zu Sarahs Behandlung zu sagen gab, und dann ihre Sachen mitnehmen.

Sie drückte auf die Fernbedienung, um ihre Autotür aufzusperren. Nachdem sie zum Auto gelaufen war und sich ihr Handy geschnappt hatte, warf sie Paul die Schlüssel zu. Sie landeten fast bei ihm. „Für den Fall, dass du schon früher fahren musst."

Er hob sie vom Betonboden der Veranda auf. „Ja, ich werde bald zur Klinik zurückfahren."

Matthew löste die Bremse. „Ich setze sie dort ab, wenn wir fertig sind."

Das war ein weiter Weg mit dem Pferd und Einspänner. Sie vermutete also, dass es ziemlich viel gab, über das Matthew mit ihr sprechen wollte. Sie ging zur Beifahrerseite des Einspänners und stieg ein.

Paul setzte sich hinter das Lenkrad von Hannahs Auto und konnte seine Beine erst in dem Fahrzeug unterbringen, nachdem er herausgefunden hatte, wie er den Sitz verstellen konnte. Dann fuhr er rückwärts aus der Auffahrt auf die Hauptstraße. Sarah bekam endlich die Hilfe, die sie benötigte. Dazu wäre es sicher nicht gekommen, wenn Hannah nicht nach Hause zurückgekehrt wäre. Sie und ihr *Daed* kamen nicht gut miteinander aus, aber sie hatte mehr Macht über ihn, als ihr bewusst war. Wenn Paul mit seiner Vermutung richtig lag, veranlasste allein das schon Zeb Lapp, sie mit allen Mitteln zu bekämpfen.

Löwenherz.

So hatte er sie vor mehreren Jahren genannt, weil sie das Edle, die Stärke und die Furchtlosigkeit eines Löwen besaß. Dieser Name hatte besser zu ihr gepasst, als wenn er sie Liebling genannt hätte. Es war nicht so, dass sie nicht lieb war, obwohl er davon heute nicht viel erlebt hatte. Nach allem, was er heute gesehen hatte, war ihre treibende Kraft die unumstößliche Entschlossenheit, die ihr Herz bestimmte. Aber er war sich nicht sicher, ob der Name Löwenherz noch für sie passte.

Sie war eher wie ein Wachmann, der anstelle eines Schwertes schneidende Worte als Waffe benutzte. Unter ihrer ganzen Wut schien eine unerschütterliche Entschlossenheit zu liegen. Es gab einige Punkte, an denen sie noch arbeiten musste, aber er hoffte, sie brächte die Kraft auf, anderen Menschen zu vergeben. Nachdem sie so viel Schweres in ihrem Leben überwunden hatte, würde sie sicher auch das schaffen.

Sein Handy klingelte. Er klappte es auf und drückte auf die Taste mit dem grünen Zeichen, ohne dabei den Blick von der Straße abzuwenden. „Paul Waddell."

Als am anderen Ende niemand etwas sagte, versuchte er es noch einmal. „Paul Waddell."

„Ja, ich habe Sie beim ersten Mal verstanden", fauchte eine Männerstimme. „Und Sie haben Hannahs Telefon, weil …"

Paul nahm das Telefon von seinem Ohr und schaute es an, als enthielte es eine Antwort auf die Frage des Mannes. „Als wir mit Hannahs Familie einige Dinge wegen Sarah geklärt haben, müssen wir wohl unsere Handys vertauscht haben."

„Wo ist Hannah?" Der Ärger in der Stimme des Mannes wich einer leichten Besorgnis.

„Sie ist …" Paul wusste nicht, ob er ihm sagen sollte, dass sie mit Matthew unterwegs war, oder nicht, und antwortete ausweichend. „Nicht hier."

Schweigen antwortete am anderen Ende der Leitung, aber die Frustration dieses Mannes war unüberhörbar.

Da er in einen anderen Gang schalten musste, verlagerte Paul das Handy an sein anderes Ohr. „Martin, richtig?"

„Ja."

„Ich sage ihr, dass Sie angerufen haben, wenn wir die Telefone wieder tauschen."

„Ja, danke."

Er musste dem Mann zugutehalten, dass er Paul nicht mit Fragen löcherte. Dafür war er dankbar, denn er wollte auf keinen Fall, dass Hannah wegen ihm Schwierigkeiten bekäme, obwohl sie in der Lage zu sein schien, gut damit fertig zu werden.

Kapitel 11

Matthew brachte das Pferd und den Einspänner vor *Better Path* zum Stehen. Die Sonne war schon längst hinter dem Horizont untergegangen. Sie hatten sich stundenlang unterhalten, während das Pferd ruhig über die Straße getrabt war. Sie hatte immer gedacht, dass Matthew einen inneren Kompass habe, der den meisten Leuten fehlte, und sie erkannte dieses Gespür auch jetzt bei ihm, obwohl ihn die Trauer quälte und seine Verwirrung ihn veranlasste, für eine Weile von hier wegzugehen.

Aber seine unerschütterliche Aussage, dass Paul an der ganzen Situation damals unschuldig gewesen sei, einschließlich der Sache mit dem verschwundenen Geld, war schockierend gewesen … und sehr schwer zu glauben. Aber es war Matthew, der ihr das sagte, und sie liebte ihn genauso sehr wie Luke und hatte seinem Urteil immer vertraut, auch wenn es ihr überhaupt nicht gefallen hatte, als er Pauls Reaktion verteidigt hatte, in der Nacht, als er begriffen hatte, dass sie schwanger war.

Die elektrischen Lichter im Inneren von *Better Path* bildeten einen starken Gegensatz zu den amischen Häusern, an denen sie auf ihrem Weg vorbeigekommen waren, bei denen nur der schwache Schein von Öllampen durch die Fenster gefallen war. Die Klinik war inmitten einer amischen Siedlung, die dichter bevölkert war als Owl's Perch. Früher hatte sie diese Klinik nicht gesehen oder wenigstens nicht beachtet, obwohl sie nicht weit von Owl's Perch entfernt war.

Matthew legte die Bremse ein und beugte sich zu ihr herüber. „Ich bin froh, dass wir miteinander gesprochen haben."

Hannah nickte, obwohl er vieles gesagt hatte, was sie nicht hatte hören wollen. „Du solltest das tun, was der Arzt im Krankenhaus dir empfohlen hat. Dein Rücken muss mehrmals debridiert werden und …"

Er schüttelte den Kopf. „Mir geht es gut. Ich habe die Salbe, die

Mamm mir auf den Rücken schmieren kann, und falls irgendwelche Spuren einer Infektion auftauchen, gehe ich zum Arzt."

„Sei doch nicht so eigensinnig. Du bekommst dadurch mehr Narben und es heilt nicht so schnell."

„Du bist ganz schön nervig, weißt du das?" Er hielt die Zügel fester in der Hand. „Mir geht es gut. Glaube mir."

Sie nickte resigniert. „Du hast meine Adresse und meine Telefonnummer. Du kannst mich also jederzeit anrufen oder mir schreiben, wenn du Lust hast."

„Das mache ich. Und sei du nicht so hart zu Paul. Bei der ganzen Tragödie, die du durchgemacht hast, war er auch ein Opfer."

Hannah war sich nicht sicher, ob sie ihm das glaubte, und küsste ihn auf die Wange. „Pass gut auf dich auf und habe keine Angst davor, von hier wegzugehen und das Leben einmal aus einer anderen Perspektive zu sehen. Ich denke, das wird dir nur guttun."

„Glaubst du wirklich?"

„Ich glaube, es wäre ein Fehler, nicht zu gehen, Matthew. Fordere deinen Glauben heraus. Fordere deine Gefühle für Elle heraus. Lass dich nicht von deiner Angst lähmen."

Er rückte seinen Hut zurecht. „Dann befolge ich deinen Rat und fahre eine Weile weg."

Hannah stieg aus. „Gute Nacht."

Er fuhr davon. Sie blieb allein zurück und starrte die Klinik an, während seine Worte, dass er fest an Paul glaube, immer noch in ihren Ohren widerhallten. Obwohl sie ihm nicht gegenübertreten und zugeben wollte, dass sie vielleicht zu hart gewesen war, stieg sie langsam die Stufen hinauf. Durch die Fliegengittertür konnte sie ihn in der Küche sehen. Er stand am Herd. Der verlockende Geruch nach gedünsteten Pilzen, Paprika und Speck wehte durch die Nachtluft. Als sie vorsichtig die quietschende Tür öffnete, schaute er in ihre Richtung.

Keiner von beiden sprach ein Wort, als sie in die Küche trat und sich an eine Arbeitsplatte lehnte.

„Hast du Hunger?" Paul schlug ein Ei an einer Schüssel auf, kippte seinen Inhalt zu einem halben Dutzend anderen Eiern und wischte sich dann die Hände an dem Küchenhandtuch ab, das er über einer Schulter hängen hatte.

Ihr Magen hatte schon vor Stunden aufgehört zu knurren, aber das dumpfe Hungergefühl war geblieben. „Ich brauche nichts."

Er schaute sie mit seinen blauen Augen an und sein Blick verriet, dass er daran seine Zweifel hatte, aber er sagte nichts.

Sie achtete nervös darauf, sich ihm gegenüber nicht verwundbar zu machen. Wenn sie ehrlich war, musste sie zugeben, dass sie lieber in ihrem Irrtum sterben würde, als ihm je wieder irgendeinen Teil ihres wahren Ichs zu zeigen. Dieses Gefühl war wahrscheinlich der Grund dafür, dass sie ihm gegenüber übertrieben ungerecht war … wenigstens fand Matthew, dass sie übertrieben ungerecht war.

Sie nahm Schwung und setzte sich auf die Arbeitsplatte. „Matthew hat gesagt, dass du tatsächlich gekommen bist und mich gesucht hast. Er hat mir vieles erklärt und … vielleicht war ich in meinem Vorurteil, dass du nicht mit Sarah arbeiten solltest, ein wenig ungerecht."

„Dass ich später zurückkam, um dich zu suchen, spricht mich kaum von meiner Schuld frei. Ich hätte dir in jener Nacht zuhören sollen. Ich hätte an dich glauben sollen." Er hielt inne und schaute sie an. „Ich wünschte, ich könnte etwas anderes sagen als: *Es tut mir leid.*"

Sie kannte dieses Gefühl nur zu gut, sie hatte es in Bezug auf Rachel und die Dinge, die sie zu verheimlichen versucht hatte, selbst erfahren. Zum zweiten Mal fragte sie sich, ob der Grund dafür, warum sie von hier weggegangen war, überhaupt etwas mit dem Unrecht zu tun gehabt hatte, das ihr widerfahren war. War sie weggegangen, weil sie nicht damit hatte leben können, wie schlecht sie mit der Situation umgegangen war?

Während sie immer noch über diese Frage nachdachte, kam ihr plötzlich der Gedanke, dass er vielleicht gar nicht erfahren hatte, dass sie bei ihm angerufen hatte, bevor sie in den Zug gestiegen war, weil er in jener Nacht unterwegs gewesen war und sie gesucht hatte. Und später hatte sie ihm keine Möglichkeit mehr gegeben, Kontakt zu ihr aufzunehmen. Warum sie sich so verhalten hatte, müsste sie erst noch begreifen, aber das, was bei ihr persönlich schiefgelaufen war, war nicht Pauls Schuld gewesen. Sie hatten, vorsichtig ausgedrückt, beide nicht richtig reagiert.

„Trotzdem", flüsterte sie.

Paul hielt abrupt in seinen Bewegungen inne.

Hannahs Herz stockte, als sie seinen unübersehbaren Schreck sah. „Weißt du was, ich glaube, ich habe doch Hunger."

„Gut." Ein leichtes Grinsen spielte um seine Mundwinkel. Er deutete zu den Schüsseln mit den verschiedenen Zutaten. „Was magst du in deinem Omelett?"

„Ein wenig von allem, was du da hast, aber geh mit dem Paprika sparsam um."

„Alles klar."

„Matthew sagte, du hast das Geld nicht genommen. Hast du eine Ahnung, was damit passiert ist?"

Paul kippte die Eier in die heiße Pfanne. „Nicht ganz."

Sie hörte es an seiner Stimme; er würde ihr nichts verraten. „Und du willst nicht darüber sprechen."

Er streute die Zutaten über die Eier und schüttelte den Kopf. „Das Geld war nicht wichtig, okay? Ich hatte vor, deinen Teil zu ersetzen, wenn die Gelegenheit ..."

„Nein", fiel ihm Hannah ins Wort und fand selbst, dass ihr Tonfall gemein war. Sie holte tief Luft und mäßigte ihre Worte. „Ich war nur ... neugierig. Bin ich in deinen Augen so schwach, dass du mir nicht zutraust, mit dem, was du weißt, richtig umzugehen?"

Seine Bewegungen stockten. „Nein, natürlich nicht. Ich ... ich wollte nur ..."

„Wer hat unser Geld genommen?"

Paul klappte eine Seite des Omeletts auf die andere Hälfte. „Nicht lange, nachdem du überfallen wurdest, ging eine junge amische Frau oder jemand, der amische Kleidung trug, in die Bank. Sie hatte das Sparbuch und gab sich für dich aus. Ich erfuhr erst, dass das Geld weg war, als du schon fort warst."

„Ich dachte, ich hätte das Sparbuch verloren, aber du glaubst, der Kerl, der mich überfallen hat, hat es in die Finger bekommen und jemanden zur Bank geschickt, um dieses Konto leer zu räumen?"

„Diese Möglichkeit würde zu den Beweisen passen." Er schob ein Omelett auf einen Teller und reichte ihr den Teller und eine Gabel. Ohne zu fragen, schenkte er ihr ein Glas Orangensaft ein und stellte es neben sie. Sie blieb auf der Arbeitsplatte sitzen. Als sein Omelett auch fertig war, lehnte er sich an die Arbeitsplatte neben dem Herd.

„Dr. Stone hat Sarah ein leichtes Beruhigungsmittel gegeben und die Schwester sagt, sie sei in den letzten Stunden immer wieder eingeschlafen und zwischendurch nur kurz aufgewacht. Ich habe ihr die Sachen gebracht, die deine Mutter eingepackt hat, und sie hat gefragt, ob du sie besuchen kommst, wenn du hier bist. Sie wirkte aufgewühlt, weil du mit Matthew unterwegs warst, und dachte, du wärst wieder sauer auf sie. Könntest du mir den Grund dafür verraten?"

Hannah atmete lang und abgehackt ein. „Das wird nicht leicht werden, nicht wahr?"

„Du meinst, dass ich Sarahs Therapeut bin?"

Hannah spießte ein Stück Ei auf ihre Gabel. „Ja."

„Es könnte schlimmer sein." Paul zuckte die Achseln. „Du könntest meine Therapeutin sein."

Sein Scherz rührte sie an. Am liebsten hätte sie gelächelt. Sie schob ein Stück des Omeletts über ihren Teller und hielt dann inne. „Das Gerücht, dass ich mitten in der Nacht in meinem Nachthemd spazieren gefahren bin, erinnerst du dich daran?"

Er nickte.

„Sarah hat die Sache stark übertrieben, ohne zu wissen, dass der Mann, mit dem ich ausgefahren war, Matthew war. Als er erfuhr, dass diese paar Minuten ein böses Gerücht in Umlauf gebracht hatten, hielt er nur den Mund, weil ich ihn darum bat. Niemand zweifelt an dem, was Matthew sagt. Wenn er also der Gemeinde die Wahrheit gesagt hätte, wäre Sarah in wirklich große Schwierigkeiten geraten." Sie nahm einen weiteren Bissen von ihrem Omelett.

„Es liegt nicht in der menschlichen Natur, jemanden zu bitten, ein Geheimnis für sich zu behalten, statt die Wahrheit zu sagen, die ihn reinwaschen würde. Warum hast du nicht zugelassen, dass Matthew etwas sagte?"

„Der Schaden bei meiner Person war nicht mehr rückgängig zu machen und es war nur eines von mehreren Gerüchten. Wenn wir diesen Punkt geklärt hätten, hätte es nur passieren können, dass wir Matthew und Elle geschadet hätten. Ihre Beziehung begann gerade zu der Zeit, als wir diese Fahrt machten." Hannah nahm einen Schluck von ihrem Saft. „Ich kann es nicht erklären, aber Matthew ist wie ein Bruder für mich. Keiner von uns kam auf die Idee, dass diese Fahrt falsch verstanden werden könnte.“ Sie glitt von der Arbeitsplatte und fragte sich, wie Paul so leicht diese ganzen Lügen über sie hatte glauben und sie verlassen können. Sie wollte ihn das aber nicht fragen. Ob aus Angst oder aus irgendeinem anderen Grund, wusste sie nicht. Sie wollte es auch nicht wissen.

Hannah nahm einen weiteren Schluck und stellte das Glas auf die Arbeitsplatte. „Du glaubst also, Sarah könnte Angst haben, dass die Wahrheit bekannt wird?“

„Auf jeden Fall. Ich denke, sie sollte ihr Gewissen erleichtern und die Wahrheit sagen. Nicht diese Woche und nicht nächste Woche, aber bald.“

„Das kann nicht dein Ernst sein.“

„Wir müssen uns unseren Ängsten, den Leichen in unserem Keller und unseren Fehlern stellen, wenn wir uns selbst finden wollen. Wenn wir mit uns selbst leben wollen. Wenn sie das geschafft hat, hört diese Angst auf, und sie wird stärker, weil sie sich damit auseinandergesetzt hat. Sie hat dann mehr Frieden, weil sie nicht das Gewicht dieser Angst jeden Tag und jede Nacht mit sich herumtragen muss.“

Hannah stellte ihren Teller in die Spüle und musste daran denken, wie gut er für diesen neuen Beruf geeignet war. Sein Beruf als Therapeut sollte ihr eigentlich Unbehagen bereiten, sie sollte Angst haben, er würde sie analysieren, aber er schien seine Ausbildung wirklich nur dafür einzusetzen, Dinge richtig zu beurteilen, so wie sie das mit ihren Fähigkeiten als Krankenschwester machte. Er analysierte sie nicht und er spielte sich eindeutig nicht als Richter über sie auf.

Beurteilen. Das machte er sehr vorsichtig. Es war eine Fähigkeit, die Dr. Lehman sie gelehrt hatte, auch auf emotionalem Gebiet, wenn sie die amischen Frauen bei ihren gesundheitlichen Fragen beriet. Sie hatte erwartet, dass Paul auf die Menschen, die er als Patienten hatte, herabblicken würde, als habe er irgendeine heimliche Macht über sie, aber so war er nicht, und sie fand das aus Gründen, über die sie nicht nachdenken wollte, beunruhigend.

„Ich würde jetzt gern Sarah sehen.“

Er stellte seinen Teller in die Spüle. „Ich muss dir vorher noch etwas sagen.“

„Über Sarah?“

„Nein, es hat nichts mit ihr zu tun. Martin hat angerufen.“ Er griff in seine Hosentasche und zog ein Handy heraus. „Du hast das gleiche Handy wie die Klinik.“

„Was?“ Hannah riss das Handy aus ihrer Kleidtasche. „Du bist doch nicht an mein Handy gegangen, oder?“

„Ich dachte, es wäre das Klinikhandy.“

Sie hatte die Absicht gehabt, Martin alles über diesen Tag zu erzählen, aber bis jetzt war keine Zeit dafür gewesen. Hannah seufzte. „Es ist nicht deine Schuld.“ Sie nahm wieder ihr Handy und reichte Paul das Klinikhandy. „Sarah?“

„Hier entlang.“ Er deutete zu einer Hintertür und blieb dann stehen, um sie vorgehen zu lassen. Sie gingen schweigend über den Hof und den schmalen Betonweg.

Sie atmete die kühle Luft tief ein. Es roch wie in ihrer Kindheit – frisch gemähte Wiesen, Vieh und ein Hauch von Geißblatt.

Paul legte die Hand auf den Türgriff und blieb dann noch einmal stehen. „Sie ist sehr ruhig, seit sie hier ist, aber ich vermute, dass sie sich aufregt und versucht, dir einzureden, dass sie nicht überleben kann, wenn du nach Ohio zurückgehst. Bleib ruhig und stehe zu deinem Entschluss, dass du nach Hause fahren musst. Es hilft ihr überhaupt nicht, wenn du das schwache Bild, das sie von sich selbst hat, förderst. Sie braucht Hilfe, aber es wird nicht besser, wenn sie wie ein Baby behandelt wird.“

„Ich bin dir sehr dankbar, dass du das so siehst. Martin wird das auch zu schätzen wissen.“

„Es freut mich, wenn ich helfen kann.“ Paul öffnete die Tür.

Aus einer Tür auf der rechten Seite kam Sarah in den Gang gelaufen. Sie stürzte sich auf Hannah und klammerte sich an sie. „Du bist hier! Du bleibst, nicht wahr? Du bleibst in Owl's Perch und besuchst mich jeden Tag. Wir können uns jeden Tag sehen, ohne dass *Daed* in der Nähe ist.“

Hannah umarmte ihre Schwester. „Nein, Sarah, ich kann nicht bleiben, aber wir können uns schreiben. Du kannst mich anrufen, wenn die Leute hier sagen, dass das geht.“ Sie entzog sich ihren Armen und schaute ihre Schwester direkt an. „Ich habe in Ohio ein ausgefülltes Leben und ich muss zurück.“

„Aber du kommst mich regelmäßig besuchen, ja?"

Hannah warf einen Blick auf Paul. Sie hatte noch nicht so weit in die Zukunft gedacht, um sich zu überlegen, wie sie es mit Besuchen halten wollte. „Ich werde vor Januar kaum Zeit haben."

„Aber …" Aus Sarahs Augen sprach eine große Panik. „Du verlässt mich?"

„Wir können regelmäßig miteinander telefonieren." Hannah schaute Paul an und flehte ihn schweigend um Hilfe an.

„Sarah, sie führt ein eigenständiges Leben und du auch. Erinnerst du dich?" Er legte eine Hand auf Sarahs Handgelenk und bedeutete Hannah zurückzutreten. „Du hast die Kraft, dein Leben selbst in die Hand zu nehmen, ohne Hannah und ohne dich von deinen Gedanken quälen zu lassen. Wir werden viel Zeit miteinander verbringen und beweisen, dass das so ist, und du wirst Frieden finden und immer stärker werden, während sie weg ist."

Sarah schluchzte. „Geh nicht."

„Rita", rief Paul. „Würdest du Sarah bitte zurück in ihr Zimmer helfen?" Eine Frau in Schwesternkleidung kam im nächsten Moment auf den Gang. „Sarah, ich muss noch kurz mit Hannah sprechen. Dann kommt sie zu dir und wünscht dir eine gute Nacht, bevor sie fährt."

Sarah streckte die Hände nach Hannah aus, wurde aber von Rita in ihr Zimmer geführt.

Paul drehte sich mit dem Rücken zu der Tür, durch die Sarah gerade gegangen war. „Ich habe eine Idee, die ihr vielleicht helfen könnte, aber ich bin mir nicht sicher, wie es dir damit geht."

„Und die Hysterie *einer* Lapptochter reicht dir. Du brauchst nicht noch eine zweite, die hysterisch wird." Als die Worte ausgesprochen waren, stellte sie fest, dass ihre sarkastische Seite wieder zum Vorschein kam. Wann war Sarkasmus ein natürlicher Teil von ihr geworden?

„Ich habe dich nie hysterisch erlebt. Berechtigter Ärger ist etwas anderes."

Ihr war Sarkasmus lieber, als besserwisserisch behandelt zu werden. „Deine Idee?"

„Als du weggingst, hat Mary mir die ‚Vergangenheit-und-Zukunft'-Quiltdecke gegeben. Sarah gefiel es nicht, dass ich sie bekam, aber ich habe sie trotzdem behalten." Er zuckte die Achseln. „Da du sie entworfen hast und viel davon mit Stoff aus Sarahs und deiner Kindheit genäht hast, könnte es sein, dass sie die Decke eine Weile als tröstlich empfindet. Ich habe sie in meinem Auto."

„Wie viele Jahre hast du gebraucht, um zu lernen, ein Gespräch so sachlich zu halten? Und warum hat Mary dir die Quiltdecke gegeben?"

„Sachlich?"

„Mir ist nicht ganz klar, was du meinst, aber genau das ist ja deine Absicht. ‚Eine Weile als tröstlich empfinden …' Soll das heißen, dass du sie mir zurückgibst? Wenn du mir etwas sagen willst, dann sag es klar und deutlich."

„Zur Kenntnis genommen."

Sie starrte ihn an. Als sie ihm heute diese knappe Antwort gegeben hatte, hatte sie das nicht im Geringsten gestört; dass sie jetzt selbst diese Antwort bekam, ärgerte sie. „Du hast meine Frage zu der Quiltdecke nicht beantwortet."

„Mary hat sie mir gegeben, um mich zu trösten, weil du fortgegangen warst."

„Sie hat sie dir gegeben?"

„Ja."

„Und sie ist in deinem Auto?"

„Ja."

„Das ist alles? Das ist die ganze Erklärung, die ich bekomme?"

„Ich hoffe, du akzeptierst, was ich gesagt habe, und drängst nicht weiter." Pauls Schultern waren zurückgelegt und seine Haltung war unnachgiebig, auch wenn seine Worte ruhig waren. Das war ein Teil von ihm, an den sie sich gut erinnerte: respektvolle Nichtkooperation. Niemand schien das besser zu beherrschen als Paul Waddell.

Sie lachte leise. „Ich schätze, du hast eine Pause verdient. Die Quiltdecke kann für Sarah eine greifbare Erinnerung daran sein, dass ich immer ein Teil ihrer Zukunft bin, genauso wie ich ein Teil ihrer Vergangenheit war."

„Perfekt formuliert. Erkläre das bitte Sarah, während ich gehe und die Decke hole."

Kapitel 12

Martin lag mit der Fernbedienung in der Hand auf seinem Bett und schaltete in einer Geschwindigkeit, die ihn sogar selbst störte, von einem Programm zum anderen. Die großen, roten Ziffern auf der Digitaluhr schrien ihm entgegen, dass es nach Mitternacht war. Und er hatte immer noch nichts von Hannah gehört.

Paul Waddell.

Abneigung erfüllte ihn. Diese kurze Begegnung – wie auch immer diese ausgesehen hatte – würde doch sicher keine alten Gefühle in ihr wecken. Hannah hatte viel zu lange gebraucht, um Frieden zu finden und von Paul frei zu werden. Als sie zum ersten Mal Interesse an Martin zeigte, hatte er bis zu ihrem zwanzigsten Geburtstag gewartet, bevor sie zusammen ausgegangen waren – hauptsächlich, weil die Vorstellung, dass er selbst schon Ende zwanzig war und mit einem so jungen Mädchen ausging, eine moralische Grenze überschritt.

Jetzt war er mit seiner Nichte und seinem Neffen und ihrem Kindermädchen zu Hause, während sich Hannah irgendwo in Owl's Perch aufhielt und Paul Waddells Handy in der Tasche hatte. Er hätte mit ihr fahren sollen.

Er war stark versucht, sie noch einmal anzurufen, und fuhr hoch, als das Telefon neben ihm klingelte. Auf der Anzeige stand, dass es Hannah war. „Hallo."

„Hallo. Habe ich dich geweckt?"

„Nein, ich habe gewartet, dass du dich meldest."

„Ja, das kann ich mir denken. Ich würde mich furchtbar aufregen, wenn es umgekehrt wäre, aber es ließ sich nicht vermeiden, mit ihm zu sprechen."

Dass sie seinen Gefühlen Rechnung trug und nicht versuchte, den Vorfall abzutun, als wäre nichts gewesen, vertrieb seine Bedenken. „Geht es dir gut?"

„Mir geht es erst gut, wenn ich wieder bei dir und den Kindern bin … morgen."

„Morgen?"

„Ja. Das ist mit ein Grund, warum ‚wie-hieß-er-doch-gleich' zufällig mein Handy hatte. Es war meine Schuld, aber die gute Nachricht ist, dass Sarah jetzt in einer Therapieeinrichtung für psychisch Kranke untergebracht ist und dass ich morgen früh nach Ohio zurückfahren kann. Ich würde am liebsten jetzt gleich losfahren, aber ich hatte heute einen Platten und ich will nicht bei Nacht mit einem Ersatzrad so eine weite Strecke fahren."

„Einen Platten?"

„Der Platten allein genommen war wahrscheinlich der leichteste Teil heute. Ich will nur schnell wieder von hier fort."

Er war dankbar für die Aufrichtigkeit in ihrer Stimme und fühlte sich wieder mehr wie er selbst. „Ich will, dass du morgen früh den Wagen in die Werkstatt bringst und alle Reifen erneuern lässt, bevor du zurückfährst."

„Ich brauche nur einen."

„Wenn einer kaputt ging, müssen wahrscheinlich alle erneuert werden. Bezahle einfach mit der Kreditkarte, ich kümmere mich dann darum."

„Ich lasse mir *einen* neuen Reifen aufziehen und ich bezahle ihn selbst, aber ich weiß deine Großzügigkeit zu schätzen."

Er widerstand dem Wunsch, ihr zu widersprechen, da er vermutete, dass sie am Ende eines schweren Tages nicht noch eine Diskussion mit ihm brauchte. Außerdem würde sie es trotzdem so machen, wie sie wollte, und er würde sich am Ende nur schlecht und gemein vorkommen, obwohl er nur versuchte, sich um sie zu kümmern. Er würde sich nächste Woche irgendwann unter einem Vorwand ihr Auto leihen und dann die Reifen erneuern lassen; und sie würde nie etwas davon erfahren.

Martin wechselte das Thema. „Du wirst dich freuen, wenn du hörst, dass Kevin und Lissa morgen den ganzen Tag schulfrei haben."

Sie räusperte sich und er war sich nicht sicher, ob sie weinte. „Das klingt ja himmlisch."

„Du musst wirklich einen schweren Tag gehabt haben, wenn du denkst, diese zwei wären das Paradies", scherzte er.

„Aber du schaffst es trotzdem immer, ein guter Onkel zu sein." Er hörte sie gähnen. „Ich bin im Hotel und völlig fertig. Wir sehen uns morgen. Okay?"

„Schlaf gut, Hannah."

„Gute Nacht."

Einzelne goldene Strahlen der Morgensonne drangen am nächsten Tag durch den wolkenverhangenen Himmel, als Hannah in Marys Einfahrt bog. Sie hatte nicht geplant gehabt, an diesem Morgen zu ihr zu kommen, aber sie konnte nicht aus Owl's Perch wegfahren, ohne noch ein wenig mit ihrer Freundin zu plaudern. Sie hatte gestern Nacht sogar von ihr geträumt. Sosehr es ihr auch gelungen war, ihre Gefühle für Mary zu unterdrücken, um ein neues Leben in Ohio anzufangen, waren sie doch mit einer starken Sehnsucht neu erwacht.

Als Hannah aus dem Auto stieg, erblickte sie Mary, die im Garten kniete und arbeitete.

Hannah schmunzelte. *Die Kartoffelernte steht an.*

Sie wünschte, sie hätte etwas angezogen, das für Gartenarbeit besser geeignet war, während sie sich die Hand als Schild gegen die Sonne vor die Augen hielt und auf sie zuging. „Betest du für Hilfe, weil du da unten kniest?"

Mary fuhr erschrocken zusammen und lachte dann. „Schau dich nur an … du bist heute ja ganz sauber angezogen."

Ihre Worte waren freundlich, genauso wie gestern, aber etwas in ihren Augen gab Hannah das Gefühl, eine Fremde zu sein. Gestern auf der Straße hatte sie sehr offen gewirkt und sie hatten sich ungezwungen unterhalten, aber das Gespräch hatte sich nur um Sarah gedreht und um alles, was mit ihr los gewesen war, seit Hannah weggegangen war. Aber als sie jetzt hier stand, hatte Hannah das Gefühl, eine dicke Mauer stehe zwischen ihnen, und sie wollte sie gern einreißen, falls das möglich sein sollte.

„Kann ich helfe?" Hannah hoffte, ihr Hilfsangebot in Pennsylvania Dutch würde helfen, die Mauer einzureißen.

„Bischt du zu draus in da Welt?"

Hannah hätte wissen müssen, dass sie zu weltlich aussah, als dass

Mary sich in ihrer Gegenwart wohlfühlen konnte – sie fuhr ein Auto, trug Schmuck, ging ans College, hatte Knöpfe an ihrem hellgelben Kleid.

Hannah drückte sich die Hand aufs Herz. *„Ich bin net zu draus in da Welt.“* Sie tippte mit den Fingern über ihr Herz und versuchte, Mary zu versichern, dass sie nicht zu weltlich sei. „Nicht hier, Mary.“

Mary war immer noch auf den Knien und betrachtete sie. Sie war sichtlich hin und her gerissen zwischen dieser anders aussehenden Hannah und der Freundin, die sie früher sehr gern gehabt hatte.

Mary deutete auf die Erde neben sich. *„Kumm. Loss uns blaudere, bis unsrer Hatzer verbinne.“*

Hannah kniete nieder. Sie hob Marys Hand und drückte sie an ihre Wange. *„Denki.“*

Mary zog die Stirn in Falten und umarmte Hannah herzlich. *„Mei liewi, liewi Hannah.“*

Diese Worte schienen die Mauer zwischen ihnen ganz zum Einsturz zu bringen. Warum hatte sie sich von ihren Ängsten und vielleicht sogar von ihrem Ego dazu bringen lassen, ihren Aufenthaltsort so vollständig zu verbergen? Bevor sie heute abfuhr, würde sie Mary sagen, wie leid es ihr tat, dass sie so egoistisch gehandelt hatte.

Martin saß an der Stirnseite des rechteckigen Tisches und ging mit seinen Projektleitern die Aufgabenliste sorgfältig durch. Diese wöchentliche Besprechung war oft todlangweilig, aber sie war unumgänglich.

„Doug, wie lange dauert es noch, bis das Fundament für das SWG gegossen werden kann?“

„Das hängt davon ab, wann die anderen mit den Vermessungen fertig sind.“

Martin schaute Alex an.

Alex zuckte die Achseln. „Das kann bis Donnerstag erledigt sein, aber Kirk verlangt eine Ortsbesichtigung mit dir und Amy, bevor er die Pläne abzeichnet.“

Martin nickte. „Wann haben wir Zeit, das zu machen, Amy?“

„An Weihnachten."

Die Männer schmunzelten. Amys Anwesenheit heiterte die nüchterne Dienstbesprechung immer ein wenig auf. Alle im Raum flogen mit ihren Familien über Weihnachten nach Hawaii. Seine Angestellten und Amy arbeiteten das ganze Jahr hindurch wirklich schwer, ihr Arbeitstag begann sehr früh und dauerte oft bis spätabends. Dadurch trugen sie maßgeblich dazu bei, dass diese Firma auf ihrem Gebiet führend war. „Geht es vielleicht ein wenig früher, zum Beispiel heute Nachmittag oder morgen?"

„Klar, bei mir geht beides, aber, äh …" Sie drehte ihren Stift auf dem Papierstoß, der vor ihr lag. „Wie sieht der Boden auf der Baustelle aus?"

Doug tippte mit seinem Mittelfinger auf den Tisch. „Auf jeden Fall nach Jeans und Arbeitshemd. Und Stiefeln. Ohne Absätze."

„Damit scheidet Amy aus", grinste Alex. „Aber wenn sie diese schwarze Lederhose und diese Stiefel mit den hohen Absätzen und den Sporen anziehen würde …"

„Die Sporen würden meine Lederhose zerreißen. Danke, Alex."

Martin hatte keine Ahnung, ob sie wirklich eine Lederhose besaß, aber er bezweifelte es. Als einzige Frau bei diesen wöchentlichen Besprechungen konnte sie einige Scherze einstecken.

„Amy?", fragte Martin, der versuchte, das Gespräch wieder zum Thema zurückzuführen.

Sie faltete die Hände vor sich. „Ich ziehe morgen eine alte Jeans an, aber wenn ich mir einen Fingernagel abbreche, will ich einen Extratag auf Hawaii."

Alex stieß einen leisen Pfiff aus und deutete zum Fenster.

Hannah.

Martins Herzschlag beschleunigte sich und er unterdrückte das alberne Grinsen, das über sein Gesicht ziehen wollte. Sie stand vor ihrem Auto, ihr blaugrünes Kleid zeigte ihre schlanke Figur, die an eine Sanduhr erinnerte, während sie ihr dichtes, lockiges Haar wieder nach oben steckte. Das war an manchen Tagen eine vergebliche Mühe, aber sie trug es in der Öffentlichkeit nicht offen.

„Halt die Klappe, Alex. Sie ist schon vergeben."

Alex schaute von Hannah zu Martin. „Sehen wir da draußen gerade ‚deine neue Flamme'?"

Martin hatte vergessen, dass Alex Hannah noch nicht kennengelernt hatte. Amy auch nicht, aber die anderen im Zimmer waren im Laufe des Jahres zu der einen oder anderen Bandprobe gekommen und hatten Hannah schon gesehen. Martin nickte. „Ja, das ist Hannah Lawson, und wenn sie hereinkommt, dann versucht bitte, euch gesittet zu benehmen."

Alex schüttelte den Kopf. „Tust du auch nichts Verbotenes? Ich meine, sie sieht sehr jung aus … für jemanden in deinem Alter."

Doug zerknüllte ein Papier und warf es über den Tisch. „Hör auf mit dem Unsinn. Du siehst da draußen die Mutter seiner zukünftigen Kinder."

Ohne auf die scherzhaften Sprüche einzugehen, stand Martin auf. „Doug, übernimm bitte für mich."

Martin verließ das Zimmer und eilte durch den Korridor zum nächsten Ausgang. Er ging durch die Seitentür hinaus und begann zu sprechen, noch bevor er bei ihr ankam. „Wow, du bist von Pennsylvania nach Ohio und auch noch zu meinem Büro gefahren, und das in ein und derselben Woche."

Sie kam ihm auf halbem Weg entgegen. Ein Lächeln betonte ihre rosigen Wangen und ihren makellosen Teint. „Eine Frau mit grenzenlosen Begabungen."

Sie schob die Arme um seine Schultern und er drückte sie an sich. Ihr Körper zitterte. „Hey, ist alles in Ordnung?"

„Klar."

Aber er war nicht überzeugt davon und bei Hannah konnte er das nie so ganz genau wissen.

Er hielt sie fester und war dankbar, dass sie zu Hause war. „Hast du Kevin und Lissa schon gesehen?"

Sie schuf ein wenig Platz zwischen ihnen und schaute zu ihm hinauf. „Nein, ich bin zuerst hierher gekommen."

„Wirklich? Ich bin beeindruckt." Er nahm ihr Gesicht in seine Hände und wollte sie küssen. „Wenn wir hier nicht genau beobachtet würden …" Er deutete mit dem Kopf zum Fenster, hinter dem die anderen saßen.

Sie legte den Kopf schief. „Dich interessiert, was sie denken, wenn du mich küsst?"

„Nein, aber ich dachte, dir macht es etwas aus."

„Ah, immer der perfekte Gentleman."

Darum bemühte er sich wirklich. Nicht nur wegen ihrer amischen Unschuld, sondern auch weil sie so viel jünger war. Ihr Alter war der einzige Grund, warum er nicht stärker gedrängt hatte, dass sie ihn heiraten sollte. Aber er war sich sicher, dass sie Ja sagen würde, wenn er sie wieder fragen würde, das nächste Mal bei einem romantischen Abendessen am Strand von Hawaii.

Ihr Lächeln wurde unsicher und etwas, das er schon früher gesehen hatte, spiegelte sich in ihren Augen wider, als sie abgehackt einatmete. „Wie wäre es, wenn ich ein paar Sachen zu essen kaufe – vielleicht frisches Obst, einen Laib leckeres Brot und ein gebratenes Hähnchen, und du machst heute früher Feierabend? Wir könnten alle vier zum Blockhaus hinausfahren, bevor ich heute Abend zum Unterricht muss."

„Zum Blockhaus?" Er schüttelte lachend den Kopf. Sein Haus, das eine Million Dollar gekostet hatte, und das schöne Gartenhaus hinten auf seinem Grundstück, das sie für sich allein hatte, reizte dieses Mädchen nicht im Geringsten, aber das armselige, karg eingerichtete Blockhaus, in dem sie vorher gewohnt hatte, hielt ihr Herz immer noch gefangen. „Wäre es nicht leichter, hier auf dem Gelände ein Picknick zu veranstalten?"

Sie schob ihre Unterlippe vor und stellte sich schmollend. Da sie das lange nicht mehr verlangt hatte, konnte er es sicher einen Abend aushalten. „Alles, was dich glücklich macht."

Sie schob ihr Kinn auf eine Weise vor, die ihm verriet, dass ihr Entschluss feststand und sie genau wusste, was sie wollte. Aber warum machte sie das jetzt?

„Du." Sie legte ihre Hände über seine. „Du und Kevin und Lissa, ihr macht mich glücklich."

Ihre für sie untypische Liebeserklärung bedeutete ihm mehr, als sie mit ihren zwanzig Jahren verstehen konnte. Er hatte zu lange als Single gelebt. Es war leicht, sich mit Frauen zu verabreden, aber eine Frau zu finden, die das Leben wertvoller machte, als es ohne sie war, war nicht so einfach. Als Hannah in sein Leben trat, hatte er schon befürchtet, dass ihm das nie passieren würde.

Er konnte nicht länger widerstehen und küsste langsam mehrmals ihre Wange, atmete ihren Duft ein und dachte daran, dass sie seinem Leben eine Tiefe gab, die mit Arbeit und finanziellem Erfolg nicht zu finden war. Er bewegte seine Lippen zärtlich über ihre warme, weiche Haut, bis er ihre Lippen fand. „Ich liebe dich, Hannah."

Kapitel 13

Matthew zündete eine Öllampe an und nahm sie mit nach unten, als er die Treppe hinab ins Erdgeschoss stieg. Der Hahn krähte laut, obwohl die ersten Lichtstrahlen dieses Tages noch auf sich warten ließen. Ein Donner rollte in der Ferne, während leichter Regen im Rhythmus der Großvateruhr gegen die Fensterscheiben schlug. Er stellte die Laterne auf den kleinen Tisch und schnürte seine schwarzen Stiefel.

Gedämpfte Geräusche und eine leichte Bewegung in der dunklen Küche erregten seine Aufmerksamkeit. Als er den letzten Knoten zugebunden hatte, nahm er die Lampe und ging auf das Geräusch zu.

Als der Schein der Laterne ins Zimmer fiel, schaute Kathryn vom Ofen auf. „Hallo, ich habe dich hoffentlich nicht geweckt, oder?"

Er schüttelte den Kopf und stellte die Laterne auf den Tisch. „Was machst du schon so früh?"

„Das Gleiche wie du, nehme ich an. Ich kann nicht schlafen." Sie wischte ihre Hände an einem Geschirrtuch ab und legte es sich über die Schulter. „Was hat der Tod an sich, dass er alles unterbricht, was das Leben ausmacht – Hunger, Schlaf, klares Denken?"

Matthew setzte sich auf einen Stuhl. Kathryn wickelte einen Topflappen um den Griff des Kaffeetopfes, der in der Mitte des Gasofens stand. Sie hob den Topf hoch, um ihn wortlos zu fragen, ob er eine Tasse wolle. Er schüttelte den Kopf und hatte kein Interesse an Essen oder Trinken.

Sie schenkte sich eine Tasse ein, gab Zucker und Milch hinein und setzte sich ihm gegenüber an den Tisch. „Es wird leichter werden, Matthew. Das musst du fest glauben, auch wenn diese Tage von so viel Schmerz und Schuldgefühlen begleitet sind, dass du das nicht für möglich hältst."

Es war schön, in einem ruhigen Raum zu sitzen und mit einem

Menschen zusammen zu sein, der ihn verstand. Sie war der einzige Mensch, der ihn auf seine Schuldgefühle angesprochen hatte. Wenn sie das nicht getan hätte, würde er vielleicht nicht verstehen, was diese schwere Last war, die ihn so niederdrückte, dass er beinahe, daran zu ersticken drohte.

Da er es nicht ertragen konnte, mit dem Rücken die Stuhllehne zu berühren, stützte Matthew die Ellbogen auf den Tisch. „Ich habe Hannah vorgestern Abend gesehen. Sie sagte, ich solle dir Grüße ausrichten."

Kathryn lächelte. „Ich erinnere mich an sie von den jährlichen Schulverkäufen, als wir Kinder waren, aber ich habe sie seit mindestens sechs Jahren nicht mehr gesehen. Wie geht es ihr?"

„Sie hat sich verändert."

„Haben wir das nicht alle?" Es war keine Frage und Kathryn hatte recht. Sie legte die Hände um die Kaffeetasse. „Wir kleiden uns und leben mehr oder weniger genauso wie unsere Vorfahren, und doch sind die Veränderungen und Versuchungen, die in unserem Inneren toben, wahrscheinlich genauso groß wie die der Englischen."

Die Sanftheit ihrer Stimme, ihre Hoffnung und die Wahrheit, die sie aussprach, weckten in Matthew Gefühle, die für einen Moment stärker waren als seine Verwirrung. „Aber ich dachte immer, unser Gemeinschaftssinn und unsere Hingabe an das einfache Leben gäben uns die Kraft, der Versuchung zu widerstehen."

„Und jetzt bist du dir nicht sicher, ob das stimmt?"

Matthew fuhr mit den Händen über den abgenutzten Eichentisch, den sein Urgroßvater gebaut hatte. „Darf ich dir eine Frage stellen?"

Sie schaute ihn direkt an und er bemerkte zum ersten Mal das goldene Funkeln in ihren braunen Augen. „Klar."

Er fühlte, dass er die Freiheit hatte, er selbst zu sein, und die quälenden Gedanken, die an ihm zehrten, auszusprechen, und war dankbar, dass sie eingewilligt hatte, noch eine Weile hierzubleiben. „Was ist damals mit deinem Bruder passiert und wie bist du damit fertig geworden?"

Obwohl er vor ein paar Minuten einen Kaffee abgelehnt hatte, schenkte sie ihm jetzt eine Tasse ein.

Als sie ihm die Tasse hingestellt hatte, setzte sie sich und stellte den Topf auf ein zusammengefaltetes Geschirrtuch auf dem Tisch. „Abram, *Daed* und ich waren seit dem frühen Morgen am Weiher, angelten und sangen laut, weil die Ernte geschafft war und wir in der Stimmung waren zu spielen. *Daed* saß auf dem Steg und Abram und ich waren in einem Boot mitten auf unserem Weiher, der ungefähr einen halben Hektar groß ist." Sie schwieg eine Weile, drehte stumm ihre Tasse herum und war in Erinnerungen versunken. „Abram war ein wenig überdreht und schaukelte das Boot hin und her, während ich wie ein Mädchen schrie."

Matthew lachte leise. „Mädchen machen das meistens ... sie schreien wie Mädchen."

„Sie fanden das beide lustig." Ein Lächeln spielte um ihre Lippen. „Das Wasser funkelte und das Lachen war weithin zu hören. Doch plötzlich änderte sich alles. Grünes, trübes Wasser umgab mich. Das Boot war umgekippt und wir waren beide ins Wasser gefallen. Ich wusste nicht einmal, wo oben und wo unten war, bis ich Abram in der Nähe der Wasseroberfläche mit den Füßen um sich treten sah. Ich schwamm in seine Richtung und hatte das Gefühl, meine Lunge würde platzen, bevor ich oben ankam. Ich kam schließlich an die Oberfläche, hustete und rang um Luft. Er schrie um Hilfe. *Daed* war auf dem Steg. Er zog schnell seine Schuhe aus und schrie mir zu, dass ich ans Ufer schwimmen solle." Sie machte wieder eine Pause. „Ich schwamm auf Abram zu. *Daed* schrie meinen Namen und deutete mit dem Finger auf mich. Er sagte: ‚Du gehorchst mir sofort!' Und das tat ich. Er sprang ins Wasser, aber als er bei Abram ankam, war er untergegangen, und *Daed* konnte ihn erst finden, als es zu spät war." Sie hob den Blick und schaute Matthew in die Augen. „Während ich zum Ufer schwamm und *Daed* zu ihm hinausschwamm, rief Abram immer wieder meinen Namen. Ich war zwölf Jahre alt, konnte mich nur mühsam über Wasser halten und versuchte verzweifelt, ans Ufer zu gelangen, damit mein *Daed* nicht böse mit mir war." Sie rieb sich die Schläfen, als hätte sie Schmerzen. „Ich habe mich lange gehasst und gewünscht ..." Sie nahm einen Schluck von ihrem Kaffee und durchlebte diesen Schmerz erneut.

„Du weißt, warum dein *Daed* dich nicht zu ihm schwimmen ließ, oder?"

Sie wischte sich eine Träne weg und nickte. „Jetzt schon, aber damals habe ich es lange nicht kapiert. Ich erinnere mich nur, dass ich monatelang jeden Tag auf den Schoß meines *Daed* kroch und weinte, bis ich keine Tränen mehr hatte. Er hielt mich einfach fest und versicherte mir, dass Abram im Himmel sei und dass es ihm dort gut gehe, aber es dauerte Jahre, bis ich begriff, dass meine Eltern uns beide hätten begraben müssen, wenn ich nicht gehorcht hätte." Sie holte tief Luft. „Vermutlich dachten sie, ich litte schon genug unter diesem Erlebnis, ohne dass sie mir auch noch sagen mussten, dass ich ebenfalls gestorben wäre. Aber am Ende zählt nur, dass man eine Möglichkeit findet, die Trauer zu überleben und daran zu glauben, dass das Leben trotz des Schmerzes gut ist." Sie legte die Hände zusammen und starrte sie an. „Du hast alles getan, um David zu retten. Du warst ein guter und liebevoller Bruder. Was hättest du noch tun können?"

Matthew nickte, aber er hatte immer noch nicht die Antwort auf die Frage gefunden, die ihn quälte: Wie er *seinen* Weg aus dem dunklen Loch finden sollte, in dem er steckte.

Vielleicht konnte ihm das niemand beantworten, aber es sah so aus, als wäre es Zeit für ihn, nach Baltimore zu gehen und herauszufinden, ob er dort Frieden oder Ablenkung finden konnte. „Ich wäre dir dankbar, wenn du hier bleiben und *Mamm* helfen könntest, während ich in Baltimore bin. Ich bleibe ein paar Tage, höchstens eine Woche."

„Ich … ich kann das schon machen …"

„Aber?"

„Mein *Daed* hat schon vor dem Brand gefragt, wann ich wieder nach Hause komme. Ich könnte noch eine Woche bleiben, aber er hat recht: Meine Familie ist dort. Als der Stall der Bylers abbrannte, bin ich hierher gekommen, um ihnen zu helfen, weil sie Verwandte von uns sind. Und … Joseph verliert allmählich die Geduld."

Er konnte nur schwach nicken.

Ihre Finger berührten seine Handrücken. Er blickte auf. „Geh. Suche Frieden und Klarheit. Ich bleibe hier, bis du zurückkommst."

„Ich denke, ich brauche nur ein paar Tage."

Kapitel 14

Hannah legte die Quiltdecke zur Seite und zwängte ihre Hände in ein Paar Gummihandschuhe. Obwohl es in der Klinik Strom gab, wurden bis kurz vor der Entbindung nur Öllampen verwendet. Das verlieh dem Ort eine gemütliche Atmosphäre, die die Frauen als angenehm empfanden. *„Es wunderbaar Bobbeli iss glei do.“* Leise und beruhigende Worte waren für werdende Mütter zwischen den Wehen sehr wichtig.

Der Schweiß lief Lois übers Gesicht, als sie bei der nächsten Wehe stöhnte: *„Net glei genungk!“*

„Ja.“ Hannah trat ans Fußende des Entbindungsbettes. Es war das fünfte Kind von Lois und die Wehen hatten vor fast sechzehn Stunden eingesetzt. Lois hatte immer leichte, regelmäßige Wehen gehabt. Bei ihrem ersten Kind hatten die Wehen mehrere Tage gedauert.

Als Hannah darauf wartete, dass die Wehe nachließ, um den Beckenboden zu untersuchen, miaute draußen Snickers.

Die Linien über Lois' Gesicht entspannten sich, als die Wehe nachließ. „Wenn diese Katze wieder irgendwo auf einem Baum hockt, könntest du doch hinter ihr her auf den Baum klettern … wie du das schon einmal gemacht hast.“

Bei dieser Erinnerung mussten beide lachen. „Lois, das muss das legendärste Quilttreffen gewesen sein, das wir je hatten: Amische Frauen, die sich über mich lustig machten, während ich auf einen Baum kletterte, um eine Katze zu retten. Aber dieses Mal ist es zu kalt und zu dunkel draußen.“

Lois entspannte sich auf dem Kissen. „Ich weiß noch genau, wie du auf diesen Baum geklettert bist und diese Katze über das ausgebreitete Bettlaken gehalten hast, das wir Frauen unten aufhielten. Als du sie losgelassen hast, flog sie kreischend und mit ausgefahrenen Krallen nach unten.“ Sie begann zu lachen. „Meine Güte,

Hannah, du bist wirklich ein Segen, seit du angefangen hast, hier zu arbeiten.“

„*Denki.*“ Hannah zog eine Braue in die Höhe. „Atme tief ein und halte die Luft an. Ich will nur sehen, ob es schon Zeit ist, Dr. Lehman zu holen.“

„Auf jeden Fall ist es Zeit.“

Hannah untersuchte Lois’ Gebärmutterhals und nickte. „Ich glaube auch.“ Sie zog die Handschuhe aus, wusch sich die Hände und ging zum Telefon.

Obwohl die Wehen lange und mühsam waren und Hannahs Sonntag mit Martin gestört hatten, hatten sie und Lois diese Zeit gut genutzt und sogar an Lois’ halb fertiger Quiltdecke gearbeitet. Das Sternmuster war Lois’ Lieblingsmuster. Bis jetzt hatte sie für jedes ihrer Kinder eine Decke genäht. Aber dieses Mal lag sie weit zurück und hatte sie immer noch nicht fertig. Wenn Lois nicht so vehement dagegen wäre, sich eine Epiduralanästhesie gegen die Schmerzen geben zu lassen, hielte sie ihr Baby wahrscheinlich schon längst in den Armen. Eine Epiduralanästhesie wirkte meistens entspannend auf die Frau und die Wehen erzielten schneller die gewünschte Wirkung.

Hannah war schon gestern gekommen und hatte die ganze Nacht hier verbracht. Wenn Lois in den nächsten ein bis zwei Stunden entband, könnte Hannah danach ein wenig schlafen und dann lernen und schließlich zu ihrem Montagabendkurs gehen, bevor sie kurz vor Mitternacht nach Hause kam.

Die Wiesen verschwanden vor dem Fenster und sein Blick fiel auf immer mehr Asphalt, Glas und Stahl.

Baltimore.

Während sie mit neunzig Stundenkilometern auf die Stadt zufuhren, beobachtete Matthew diese Kulisse und hoffte, die Schwere, die sich über sein Denken und Fühlen gelegt hatte, würde verschwinden. Ein dicker Dunst bedeckte die immer näher kommende Skyline aus Bürogebäuden, Lagerhäusern und Fabriken, die mit ihren hohen Türmen den Himmel berührten. Werbewände säumten den Straßenrand und warben für Telefone, Autos, Fitnessstudios. *Jetzt anrufen, jetzt kaufen.* Sie überquerten eine riesige Betonstahlbrücke und kamen an hohen Gebäuden vorbei, die an mehrspurige Straßen grenzten. Er spürte nichts von der Aufregung, die Elle ihm vorhergesagt hatte, und drehte sich zu seinem Fahrer herum.

„Du warst schon einmal hier, Nate, nicht wahr?"

„Ein paar Mal. Meine Frau liebt das große Aquarium, obwohl wir schon eine Weile nicht mehr dort waren. Falls du eine Gelegenheit bekommst hinzugehen, siehst du vielleicht die Seeotter. Ich glaube wenigstens, dass es Otter sind. Vielleicht sind es auch Seelöwen. Obwohl sie wahrscheinlich nur im Sommer draußen sind. Jedenfalls denke ich, wird dir ein Besuch dort gefallen."

Die großen Gebäude sahen tatsächlich ein wenig interessant aus. Nate lenkte das Auto durch die verschiedenen Straßen, während die Minuten verstrichen und sich der Blick vor dem Fenster ständig veränderte. Lange Ziegelgebäude mit Türen und Fenstern, die Ähnlichkeit mit den Türen und Fenstern eines Wohnhauses hatten, säumten die Straße. Das waren aber doch sicher keine Häuser, in denen Menschen wohnten.

„Reihenhäuser", erklärte Nate, als könnte er Matthews Gedanken lesen.

Bei genauerem Hinsehen erkannte er, dass einige dieser Häuser mit Vorhängen und Blumenkästen vor dem Fenster sogar etwas Heimeliges ausstrahlten. Von anderen blätterte die Farbe ab. Als sie auf der Straße weiterfuhren, kamen sie an Ziegelgebäuden vorbei, bei denen die unteren Fenster und Türbögen mit Hohlblocksteinen zugemauert waren, während die oberen Fenster aussahen, als hätte ein Feuer das Innere der Gebäude verzehrt. Auf der anderen Straßenseite saßen drei Frauen mittleren Alters auf den Stufen vor einem Haus und unterhielten sich. Geparkte Autos säumten die Straße und ließen zwei Spuren für den Verkehr zwischen sich frei. Eine junge Frau in einem engen, kurzen Kleid und einer knappen Lederjacke stolzierte in hochhackigen, glänzenden Stiefeln durch die Straße und schob einen Kinderwagen vor sich her.

Nate fuhr an den Straßenrand. „Hier ist es." Er hielt an.

Matthew stieg aus dem Auto und betrachtete die wenigen Bäume zwischen dem Beton und den Ziegelsteinen. Das dreistöckige Ziegelgebäude mit einer modernen Verzierung entlang der Brüstung, vor dem sie standen, sah eher wie eine Sardine in einer Dose aus – eng eingepfercht – als wie ein Zuhause.

Nate öffnete die verriegelte Kiste hinten auf seinem Wagen. „Du wirst hier auffallen, wenn du den Hut und die Hosenträger nicht ablegst."

„Mehr als dieses Mädchen, an dem wir gerade vorbeigefahren sind?"

Nate zog die Beutel mit Matthews Kleidung von seiner Ladefläche. „Du wirst hier Frauen sehen, die noch ganz andere Sachen und viel weniger anhaben."

Elle sprang zur Tür heraus und kam die Stufen herunter. „Da bist du ja. Ihr seid pünktlich."

Matthew nickte. „Wir sind hier. Das stimmt."

Sie legte den Kopf schief. „Wie wär's mit einer Umarmung?"

„Gern." Er legte die Arme um sie und war froh, dass seine Haut bei Weitem nicht mehr so empfindlich war wie noch vor Kurzem. Als er einen Schritt zurücktrat, ging gerade ein großer Mann in einem schwarzen Anzug und einer Kopfbedeckung, die nur einen kleinen Teil seines Kopfes bedeckte, an ihnen vorbei.

„Nate denkt, ich werde hier auffallen."

Elle schaute den Mann an. „Nein, hier ist alles zu sehen, was es auf der Welt gibt."

Ihre Bemerkung klang seltsam, da sie immer gesagt hatte, sie müsste englische Sachen anziehen, solange sie hier war, aber er wollte nicht gleich zu Beginn seines Besuchs mit ihr diskutieren.

Die halb bekleidete Frau mit dem Kinderwagen kam näher.

Elle zupfte an Matthews Hemd. „Wenn du dich erst einmal an das Neue gewöhnt hast, wirst du es hier genießen."

Nate reichte Matthew die zwei großen Papiertüten, in denen seine Kleidung steckte. „Ich muss fahren. Ich habe mit Kathryn ausgemacht, dass ich sie gegen zwei Uhr abhole."

Matthew nahm die zwei vollen Tüten und überlegte, ob er zu viele Kleidungsstücke mitgebracht hatte. „Wohin musst du sie denn bringen?"

„Zu uns. Da euer Telefon nicht funktioniert, hat meine Frau ihr angeboten, dass sie unseres benutzen kann. Kathryn sagte, sie brauche ein Telefon und einen Schreibtisch, um einiges Geschäftliche zu erledigen. Sie sagte, im Telefonhäuschen der Bylers sei es zu eng."

Matthew nickte. Die Leitungen in seiner Werkstatt waren zerstört. Und solange er kein Geschäft betrieb, würde der Bischof ihm nicht erlauben, ein Telefonhäuschen einrichten zu lassen. Aber er wusste nicht, was Kathryn Geschäftliches zu tun hatte.

Matthew stellte die Tüten auf den Gehweg und bezahlte Nate. „Am Montagvormittag um elf. Wir treffen uns hier …"

„Aber …", unterbrach Elle ihn, „du könntest ihn doch einfach anrufen, wenn du nach Hause möchtest. Ich habe ein Telefon. Er hat eines. Ich hatte gehofft, du würdest länger als nur vier oder fünf Tage bleiben."

„Länger?" Matthew schaute sie an und fragte sich, was sie sich genau erhoffte. „Aber ich habe Kathryn gesagt …"

„Okay", fauchte sie und ihre violettfarbenen Augen funkelten vor Ärger und erinnerten ihn daran, wie wenig Geduld sie für andere Frauen in seinem Leben aufbrachte. „Du kannst am Montag fahren, aber warum rufst du nicht Nate an, um es noch einmal zu bestätigen, statt es starr festzulegen?"

„Das kann ich machen." Matthew steckte den Rest seines Bargeldes in seine Hosentasche und hoffte, es würde ihm reichen. Aber noch während er hier stand, begann er zu begreifen, wie es um ihn und Elle stand: Sie waren ein Paar, das eigentlich nie eine Gelegenheit gehabt hatte, eine lockere, ungezwungene Freundschaft aufzubauen. Seine Zeit in Baltimore könnte das ändern.

Nate schloss seine Kiste. „Das geht klar. Ich warte, bis ich von dir höre. Genieße deine Zeit hier." Er winkte und stieg in sein Auto.

Elle nahm ihm eine der Tüten ab. „Komm. Ich habe dein Zimmer schon vorbereitet."

Während er das große, schmale Ziegelgebäude anschaute, musste Matthew zugeben, dass allein die Fahrt ihn schon ein wenig von seiner Trauer abgelenkt hatte. Vielleicht hatte Elle recht. Es könnte ihm wirklich helfen, eine Zeit lang von zu Hause fort zu sein.

Sie traten durch die Haustür und gingen zwei Treppen hoch, bevor Elle ihn in ein Zimmer führte.

Sie stellte seine Tüte aufs Bett. „Das ist dein Zimmer, solange du hierbleiben willst. Wenn du so weit bist, kannst du kommen. Ich habe das Essen fertig. Ich muss in einer Stunde wieder in die Bäckerei, aber ich hatte gehofft, du würdest mit mir kommen und mir vielleicht helfen, da ich sowieso arbeiten muss. Du könntest unseren Backofen ausprobieren oder die Leute bedienen. Dad hat gesagt, ich kann morgen früher Feierabend machen. Dann kann ich mit dir zum Hafen fahren und dir die Chesapeake Bay und ein bisschen etwas von Baltimores Nachtleben zeigen. Es wird bestimmt lustig."

Spitzenvorhänge zierten das Fenster, ein Fächer mit verschiedenen Lichtern hing von der Decke und ein riesiges Radio mit noch größeren Lautsprechern stand auf einer weißen Kommode. In Matthew regte sich eine gewisse Neugier und er stellte die andere Tüte mit seiner Kleidung aufs Bett. „Klingt, als könnten es ein paar interessante Tage werden, Elle. Ich freue mich darauf."

Sie schaute ihn mit einem Lächeln an, das er seit über zwei Jahren nicht mehr bei ihr gesehen hatte, und küsste seine Wange. „Danke."

Kapitel 15

Dunkelheit lag über den Häusern, als Hannah um halb acht in Martins Einfahrt bog. Die Gespräche beim heutigen Dienstagsquilten mit den amischen Frauen hatten länger gedauert, und dann hatte sie noch einige Papiere zu den Entbindungen der letzten Tage abarbeiten müssen, bevor sie Feierabend hatte machen können. Während sie über den Rasen ging, roch sie Rauch. Sie strengte ihre Nase an: Nein, was sie hier roch, war verbranntes Essen.

Die Hintertür wurde aufgerissen und sie erkannte die Umrisse von Martin und einem rauchenden Backblech, bevor er die qualmenden Dinger schwungvoll in ihre Richtung schleuderte. Sie schrie und machte einen Satz zurück. Der Schrecken war ihm anzusehen, als sich ihre Blicke begegneten.

Er brach in ein herzhaftes Gelächter aus. „Hannah, Schatz, das tut mir so leid.“ Mit dem Blech in der Hand trat er hinaus und ging immer noch lachend auf sie zu. „Aber das kommt davon, dass du nicht hier warst, um das zu verhindern.“

Kevin und Lissa standen im Türrahmen und beobachteten die beiden Erwachsenen. Hannah versuchte, ernst zu bleiben, aber das war ein hoffnungsloses Unterfangen. „Ich weiß nicht, was lustiger ist: verbrannte Plätzchen, die durch die Luft auf mich zugeflogen kommen, oder du mit rosa Ofenhandschuhen und einem ausgefransten Küchenhandtuch, das du dir als Schürze in die Jeans gesteckt hast.“

Er ließ das Blech fallen, riss sich die rosa Dinger von den Händen und warf sie auf den Boden. „Welche rosa Handschuhe?“

„Zu spät! Ich weiß, was ich gesehen habe, Martin.“

„Und wer ist schuld daran, dass es in meinem Zuhause, sprich in einer Junggesellenbude, rosa Ofenhandschuhe gibt?“

„Du. Du hast sie gekauft. Ich dachte, du hättest das für mich getan, aber offensichtlich habe ich mich getäuscht.“ Sie hob ein verbranntes, rundes Etwas vom Gras auf. „Was war das, bevor du es in die Finger bekamst?“

„Schokoladenplätzchenteig“, verkündete Lissa von der Hintertür. Kevin verschränkte die Arme vor seiner Brust und war offensichtlich nicht besonders glücklich über die verbrannten Plätzchen.

Hannah biss sich auf die Unterlippe und genoss den Anblick des Mannes, der hier vor ihr stand, in vollen Zügen. Aus seinen Augen sprach Belustigung und in seinen dichten, dunklen Haaren war ein wenig weißes Mehl zu sehen.

Er kam bis auf wenige Zentimeter auf sie zu. „Hallo.“

„Hallo.“ Sie zog ihm das Küchenhandtuch aus der Jeans. „Brauchst du Hilfe?“

„Immer.“ Er küsste sie auf die Wange, aber aus seiner Miene sprach der Wunsch nach einem richtigen Kuss.

„Was ist denn los?“

Er verdrehte die Augen. „Kevin braucht für morgen sechs Dutzend selbst gebackene Plätzchen.“

„Sechs Dutzend? Für morgen?“

Er nickte.

Sie legte das Handtuch um seinen Hals und zog ihn näher an sich heran. „Warum erfahren wir das erst heute Abend?“

„Ich verweigere die Aussage.“

„Warum überrascht mich das nicht?“ Sie gab ihm einen kurzen Kuss auf die Lippen.

Lissa hämmerte an das Glas der offenen Windfangtür. „Hannah, komm und schau dir an, was Onkel Martin gemacht hat.“

Sie schaute ihn mit zusammengekniffenen Augen an, bevor sie ins Haus trat. Die Arbeitsplatte war mit schmutzigem Geschirr übersät, in der Spüle waren Reste von verbrannten Plätzchen. „Meine Küche!“ Sie schlug die Hände über den Kopf zusammen.

Martin lachte. „Du kannst sie gern haben.“

Kevin schnaubte laut. „Ich werde nie diese Plätzchen zusammenbringen. Und alle anderen werden …“

Martin hob die Hand und beruhigte ihn: „Reg dich ab, Kevin. Ich schaffe das.“ Martin schaute Hannah an. „Wirklich.“

Lissa sah Kevin stirnrunzelnd an. „Ich glaube dir, Onkel Martin.“

Kevin drehte sich um und marschierte brummend aus der Küche. „Ich glaube das erst, wenn ich es sehe."

Lissa folgte ihm mit schimpfend erhobenem Finger und wies ihn streng zurecht.

Martin steckte eine Hand in seine Jeanstasche. „Er ist im Moment ein wenig sensibel. Wenn wir das nicht schaffen, ist das für ihn, als würde er der ganzen Schule lautstark verkünden, dass er keine Mutter hat."

„Soll ich dir ein wenig helfen?"

Er deutete auf die Arbeitsplatte und die Spüle. „Meinst du, dass ich das brauche?" Sein Gesicht wurde ernst. „An manchen Tagen macht mich das, was Faye ihren Kindern angetan hat, so …"

Hannah legte die Finger auf seine Lippen. „Sie haben dich und wir wissen beide, dass das mehr bedeutet, als Kevin und Lissa im Moment begreifen können."

Martin küsste ihre Finger. „Und dich."

„Und mich." Sie warf einen Blick auf den Backofen. „Hey, 240 Grad?"

„Ich hatte gehofft, auf diese Weise würden die Plätzchen schneller fertig."

„Und, werden sie dadurch schneller fertig?"

„Sarkasmus. Weißt du, ich hätte dir nicht beigebracht, sarkastisch zu sein, wenn ich gewusst hätte, dass du das gegen mich einsetzen würdest. Wir brauchen eine frische Kanne Kaffee und müssen die Kinder ins Bett bringen … bitte." Er zog das letzte Wort in die Länge und ließ sie damit wissen, dass er eine Pause von seiner Nichte und seinem Neffen gut vertragen könnte.

„Während du ihnen etwas vorliest, mache ich die Küche sauber. Wenn wir sie schlafen gelegt haben, fangen wir noch einmal von vorne an. Okay?"

„Das ist von einem Mann, der viel lieber einfach mit seiner Freundin zusammen sein will, sehr viel verlangt."

Sie nahm die Kaffeedose. „Normalen oder koffeinfreien?"

„Normalen und sehr stark und sehr viel."

Mit einer langen Holzschaufel zog Matthew zwei Brotlaibe aus dem großen Backofen. Er legte sie zur Seite und zog noch ein paar heraus. Er war seit zehn Tagen in Baltimore und versuchte, seine Trauer abzulegen, aber er war jetzt die meiste Zeit eher apathisch. Trotzdem war ihm das lieber als der fast unerträgliche Schmerz, der sich regte, wenn er daran dachte, was er alles verloren hatte.

Jedes Mal, wenn er daran dachte, dass er sein Versprechen gegenüber Kathryn nicht gehalten hatte, nach wenigen Tagen zurückzukommen, quälten ihn Schuldgefühle. Er hatte angerufen und Nate eine Nachricht hinterlassen und ihn gebeten, ihr auszurichten, dass er noch länger bleibe.

Ihre Stimme ging ihm immer wieder durch den Kopf. *Du kannst alles wieder aufbauen …*

Aber er empfand es als falsch, wieder alles neu aufzubauen. Warum sollte er sein Leben wieder neu aufbauen, wenn Davids Leben vorbei war? Matthew schluckte schwer und fand keine Antwort auf diese Frage.

Die Glocke an der Tür zur Bäckerei klingelte und teilte ihm mit, dass die ersten Kunden für diesen Tag kamen. Eines störte ihn sehr: Wenn er zwischendurch etwas anderes fühlte als Apathie, dann war das meistens Einsamkeit, und das, obwohl er doch bei Elle war. Es wäre nicht fair, von ihr zu erwarten, dass sie seine Trauer und Verwirrung vertreiben konnte, aber er hatte gehofft, dass er sich ihr wenigstens irgendwie nahe fühlen würde.

Elle schien sich hier in der Stadt rundum wohlzufühlen. Sie waren am Sonntag in eine riesige englische Kirche gegangen. Es war … interessant und überwältigend gewesen und er war froh, dass Hannah ihm bei ihrer langen Spazierfahrt von den vielen Unterschieden in der Welt der Englischen erzählt hatte.

Elles Vater, Sid, kam durch die Schwingtür in die Küche. „Hey, Matthew, was hältst du davon, wenn du diese Schürze ablegst und die Kunden bedienst, während ich hier hinten weitermache?"

Matthew nahm die Schürze ab und ging zur Theke, deren Glasauslage mit Backwaren gefüllt war. Sid hatte mehrmals Bemerkungen fallen lassen, wie viele Kunden kämen, seit er in der Bäckerei war. Obwohl er es für möglich hielt, dass Elle das nicht bewusst war, war er nicht dumm. Sid wollte ihn in der Bäckerei haben, nicht weil er seine Hilfe brauchte, sondern weil seine amische Kleidung und sein amischer Akzent Kunden anlockten.

Matthew arbeitete im Laden und bediente die Kunden. Sid lieferte ständig frische Backwaren, bis es Zeit war, die Öfen auszuschalten und die Küche sauber zu machen. Als es am Nachmittag im Laden schon ruhiger geworden war, klingelte plötzlich die Glocke an der Tür.

Elle huschte herein und lächelte, während sie aus ihrer Jacke schlüpfte. „Entschuldigt, die Aufnahmen haben länger gedauert, als wir geplant hatten."

Sid kam aus der Küche und schaute Matthew an. „Du hast gewonnen."

Matthew nickte. „Ja."

Elle schnaubte. „Was hat er gewonnen?"

Sie wischte mit einem nassen Tuch über die Arbeitsplatte. „Er hat gesagt, dass du gegen zwei Uhr hier bist. Ich sagte, es würde wahrscheinlich eher vier werden. Du kommst immer zu spät. Wir haben nur gewettet, um wie viel du zu spät kommst. Du kommst bei Weitem nicht mehr so spät, seit Matthew hier ist."

Elle schob sich die Schürzenbänder über den Kopf. „Du wettest, Matthew?"

„Ich habe einen Laib altes Brot gewonnen, das ich an die Enten verfüttern kann, und das Recht, eine halbe Stunde früher Feierabend zu machen."

„Gut gemacht." Elle küsste ihn auf die Wange.

„Findest du? Es ist doch ein bisschen wenig für einen Mann, der eigentlich gar nicht bei deinem Vater angestellt ist."

Sie kicherte. „So habe ich es gar nicht gesehen."

Sid reichte Elle das feuchte Tuch und schaute sie mit einem neckenden Blick an. „Aber *du* musst länger bleiben, um die Zeit gutzumachen, die du zu spät gekommen bist."

Sie streckte ihm die Zunge raus. „Sei nett, Dad. Wir haben Besuch."

Er ging zu einem Tisch und setzte sich. „Matthew, ich weiß, dass es dir nicht gefallen hat, als Elle aus Owl's Perch wegging, und ich hätte die Sache wahrscheinlich besser anpacken sollen, aber ich finde, du solltest dir überlegen, ob du nicht zu uns ziehen willst. Wir haben hier genug Platz und genug Arbeit."

Matthew zog einen Stuhl von einem anderen Tisch heran, drehte ihn um und setzte sich verkehrt herum darauf. „Warum ich?"

Sid runzelte die Stirn. „Was?"

„Warum ich? Es gibt viele Menschen, die eine Arbeit suchen."

„Weil es Elle glücklich machen würde."

Sie nickte kräftig und lächelte so breit, dass Matthew sich fragte, ob sie das mit ihrem Vater abgesprochen hatte oder ob sie nur unschuldig daneben stand.

Wie dem auch sei, sie wussten beide, dass er ein getauftes Mitglied der amischen Kirche war. Diese Anfrage bedeutete also, dass er die Kirche und damit seine Gemeinschaft verlassen sollte. Er legte die Arme über die Rückenlehne des Stuhls. „Warum willst du, dass ich hierher komme, statt dass Elle nach Owl's Perch kommt und in die Kirche eintritt, so wie sie es versprochen hat?"

„Ich überlege schon seit über einem Jahr, dass es eine gute Idee wäre, wenn du zu uns kämst, und als deine Werkstatt abbrannte, dachte ich, du wärst vielleicht offen für diese Idee."

Der Mann ließ es so klingen, als hätte er mit diesem Angebot hauptsächlich Matthews Gefühle und Interessen im Blick, aber er bezweifelte, dass Sid irgendjemandes Freund war. Dieser Mann war äußerlich ganz nett, aber aus Matthews Sicht standen hinter seiner Freundlichkeit egoistische Motive. Er schien die Kunst, Menschen zu benutzen, gut zu beherrschen. Er hatte seine Tochter im Stich gelassen und sie von einer amischen Familie, die sich vor ihrem Tod mit ihrer Mutter angefreundet hatte, aufziehen lassen. Kein einziges Mal hatte er sich gemeldet oder den Zooks irgendetwas dafür gezahlt, dass sie sein Kind bei sich aufgenommen hatten. Dann, als er Elles Hilfe in der Bäckerei brauchte, war er plötzlich aufgetaucht, und jetzt …

„Du willst, dass ich bei euch einziehe?"

Sid nickte. „Ja. Das fände ich schön."

„Und wenn ich mich so anziehe, dass ich nicht mehr amisch aussehe, fändest du das auch schön?"

Elle fuhr herum und schaute ihn mit einem entsetzten Blick an. „Matthew."

Matthew zuckte die Achseln. „Das ist eine faire Frage."

Sid spielte mit den Fingern auf der Tischplatte und sah aus, als hätte er mit diesem Gespräch gerechnet. „Diese Bäckerei ist ein gutes Geschäft und ich bin bereit, dich hereinzuholen, weil Elle dich liebt. Du kannst kostenlos bei uns wohnen und so viel Zeit mit meiner Tochter verbringen, wie du willst. Da ist es doch wirklich nicht zu viel verlangt, wenn du deine amischen Sachen anziehst."

„Dad, du gehst davon aus, dass ich hierbleibe. Ich habe Matthew eingeladen, damit wir ein wenig Zeit miteinander verbringen können, aber ich könnte auch zurückgehen und amisch werden."

Sid stand auf. „Das sagst du seit über zwei Jahren, Elle. Sieh den Tatsachen ins Auge: Dir gefällt das Leben hier besser als das schlichte amische Leben. Aber die Entscheidung liegt natürlich bei dir."

Sie schaute ihren Dad finster an, bevor sie Matthew die Hand hinhielt. „Wir machen für heute Feierabend, okay?"

„Viel Spaß euch beiden."

Matthew stand auf und half Elle in ihre Jacke, bevor er selbst in seine Jacke schlüpfte. Sie traten auf den Gehweg und Elle schob ihre Hand in seine. „Entschuldige bitte. Er hat vor ein paar Monaten erfahren, dass die amischen Bäckereien viel mehr Umsatz machen. Ich schätze, er denkt, wir sollten das ausnutzen. Er würde von mir verlangen, mich amisch zu kleiden, aber das will ich nicht. Wenn ich mich jetzt so kleiden würde, nachdem mich alle als nicht amisch kennen, empfänden unsere Kunden das als Betrug und als Beleidigung."

Matthew war von ihrer Entschuldigung nicht beeindruckt. Sie hatte gewusst, wie ihr Vater dachte und welche Motive er hatte, als sie ihn hierher eingeladen hatte. Er löste seine Hand und steckte sie in seine Jackentasche.

Sie hielt ihn am Arm fest, um ihn am Weitergehen zu hindern, und schaute ihm direkt in die Augen. „Ich … ich wollte dir so viel Zeit wie möglich hier lassen, bevor wir miteinander sprechen, aber wenn es dir hier nicht gefällt und wenn du willst, dass wir nach Owl's Perch zurückgehen, bin ich bereit, in die Kirche einzutreten und mich taufen zu lassen."

Eigentlich müsste er jetzt vor Begeisterung ganz aufgeregt sein. Doch wenigstens wurde er für einen Moment aus dem Nebel der Verwirrung und Apathie gerissen.

„Matthew?"

Er schaute ihr in die Augen. Früher hatte er darin Hoffnung und eine gemeinsame Zukunft gesehen, doch jetzt riss er sich von ihrer Hand los und ging wieder weiter, und sie schritt stumm neben ihm her. Er war hierher gekommen, weil er auf der Suche nach etwas war: Liebe zu Elle. Aber je länger er blieb, desto klarer wurde ihm: Egal, ob sie hier war oder in Owl's Perch, ob als Englische oder als Amisch, er hatte nicht mehr den Wunsch, sie zu heiraten.

Er war es müde, auf sie zu warten. So seltsam es ihn auch anmutete, er hatte fast den Eindruck, er *höre*, wie etwas *klick* machte. Vielleicht hatte er in Wirklichkeit gar nicht darauf gewartet, dass Elle zurückkam, sondern das nur gedacht. Vielleicht war das die Ablenkung gewesen, die Gott zugelassen hatte, aber in Wirklichkeit wartete er auf etwas ganz anderes.

Auf jemand anderes.

Elle zog an seinem Arm. „Hey, wir könnten doch heute Abend zum Hafen gehen."

Er schaute die schönste Frau an, die er je gesehen hatte, und wusste ganz genau, dass er mehr wollte, als sie ihm geben konnte. „Elle, wir müssen reden."

Kapitel 16

Mary hängte das letzte nasse Handtuch mit der Wäscheklammer auf, bevor sie sich bückte, um den leeren Wäschekorb hochzuheben. Ein stechender Schmerz bohrte sich in ihre Seite und raubte ihr den Atem. Kalte Angst erfüllte sie, als sie den Korb losließ und nur wünschte, der Schmerz würde verschwinden. Mary bemühte sich, klar zu denken. Die Hebamme hatte gesagt, dass das Baby Mitte November käme. Aber heute war erst der achte Oktober.

Was habe ich nur getan?

Die Warnung des Arztes, nicht so schnell nach ihrem schweren Verkehrsunfall ein Kind zu bekommen, hallte in ihrem Kopf wider. Obwohl für sie ein hohes Risiko bestand, hatte er gesagt, dass es dem Baby gut ginge, nicht wahr?

Mary lehnte sich an die Wäschestange. Wie hatte sie nur so eigensinnig sein können?

Der Gedanke, diese schwere Last bei Hannah abzuladen, vertrieb ihre Angst ein wenig. Sie hatte den Kontakt zu dem Arzt abgebrochen, weil er über ihr Leben hatte bestimmen wollen. Die Hebamme … na ja, niemand wollte es laut sagen, aber die Frau war eine Klatschtante. Mary konnte ihr nichts anvertrauen. Aber Hannah vertraute sie vorbehaltlos. Und wenn es jemanden gab, der die Situation verstehen würde, dann war das Hannah. Sie richtete sich mühsam auf und schaute sich nach ihrem Mann um. Als sie keine Spur von ihm erblickte, ging sie zum Telefonhäuschen. Mit Hannahs Visitenkarte in der Hand wählte Mary ihre Handynummer.

„Hier ist der Anschluss von Hannah Lawson. Bitte hinterlassen Sie eine Nachricht."

„H-hier ist Mary. Ich … ich muss mit dir sprechen, sobald du Zeit hast." Mary wollte schon auflegen, überlegte es sich aber anders. Sie warf noch einmal einen Blick über den Hof, um sich zu vergewissern, dass sie allein war. „Ich habe furchtbare Angst, Hannah." Ein stechender Schmerz bohrte sich in ihre rechte Seite, als sie auflegte. Vielleicht sollte sie die Hebamme anrufen. Sie dachte daran, zu ihrem Arzt zu gehen, der sie nach den schweren Unfallverletzungen behandelt hatte, aber er wäre wütend, wenn er erfuhr, dass sie seine Anweisungen nicht beachtet hatte. Außerdem hatte sie immer das Gefühl gehabt, er halte Informationen vor ihr zurück, als wäre es seine Sache, ihr Leben zu verstehen und darüber zu entscheiden.

Ihr damaliger Wunsch, mit Luke vor dem Traualtar zu stehen, erschien ihr plötzlich sehr egoistisch und was sie getan hatte, erdrückte sie fast. Hannah wüsste bestimmt eine Lösung und könnte ihr und ihrem Baby sicher aus dieser Situation heraushelfen, ohne dass Luke etwas erfuhr. Ganz bestimmt. Wie hatte sie in ihrer Entscheidung nur so selbstsüchtig sein und Geheimnisse für sich behalten und sich einreden können, sie tue das, weil sie ihr Vertrauen auf Gott und nicht auf die Ärzte setzte?

Es war nicht das erste Mal, dass sie Zweifel an der Richtigkeit ihres Tuns hatte, aber jetzt war klar, dass für sie und das Baby Gefahr bestand. Da ihr nichts anderes einfiel, was sie tun könnte, ging sie zum Haus. Als sie das Fenster, das dem Telefonhäuschen am nächsten war, aufgemacht hatte, legte sie sich aufs Sofa und wartete auf Hannahs Rückruf.

Sie schloss die Augen und zählte die Schläge der Uhr, das einzige Geräusch im Haus ihrer *Mammi* Annie.

Das Telefon klingelte. Sie richtete sich auf und versuchte, sich zu beeilen und trotzdem vorsichtig zu sein. Gerade, als sie um die Hausecke bog, sah sie, wie Luke das Telefon abhob.

Er winkte Mary herbei und trat zur Seite, damit sie sich auf die kleine Bank im Telefonhäuschen setzen konnte. „Als ich das letzte Mal mit Paul sprach, ging es Sarah schon viel besser, aber ich habe heute Morgen mit *Mamm* gesprochen und sie sagte, dass *Daed* morgen mit den Kirchenältesten zu *Better Path* fahren wolle, um mit Sarah zu sprechen. Ich werde versuchen, von Paul zu erfahren, wie es lief, wenn er später hier vorbeikommt.“ Luke sprach weiter und die Angst in Mary wurde immer stärker.

Es hatte eine Zeit gegeben, als Hannah Marys Hoffnungen und Träume gekannt hatte, ohne dass sie etwas hatte sagen müssen, aber standen sie sich auch jetzt noch so nahe? Hannah würde Luke doch sicher nicht fragen, warum Mary sie angerufen hatte. Sie rieb sich den Bauch und wollte sich einreden, dass alles gut war. Als sie schon fürchtete, sie würde ihm gleich schreiend das Telefon aus der Hand reißen, reichte er es ihr endlich.

Mary hoffte, ihre Stimme würde ihrem Mann nichts verraten, und hielt sich das Telefon ans Ohr. „Hallo, Hannah."

„Mary, geht es dir gut?"

„Klar, mir geht es bestens. Wie geht es dir?" Hannah musste glauben, sie hätte den Verstand verloren. Mary wünschte sich in diesem Augenblick nichts mehr, als dass ihr Mann wieder seiner Arbeit nachging und sie ein paar Minuten mit Hannah allein sprechen ließ. Natürlich wäre das bei Weitem nicht genug, um ihr zu erklären, was los war, aber dann konnte sie sich wenigstens Rat von ihr holen, was sie wegen der Schmerzen in ihrer rechten Seite tun sollte.

Gott, bitte lass nicht zu, dass meine Sünde unserem Baby schadet.

„Mary, was ist los? Du machst mir Angst."

„Ich ... ich nehme an, du hast viel zu tun, seit du wieder in Ohio bist, ja?"

Hannah zögerte. „Ja, hier ist viel los." Ihre Stimme war eine Mischung aus Sanftheit und Sorge. „Ist Luke noch da?"

„Ja. Willst du noch einmal mit ihm sprechen?"

„Nein, gib ihm einfach einen Kuss von mir. Mary", sagte Hannah leise. „Wenn du irgendwelche Schwierigkeiten hast, musst du die Hebamme anrufen. Hörst du mich?"

„Ja. Es war schön, mit dir zu sprechen. Tschüss." Mary legte auf und war vor Angst fast starr, aber wenigstens hatte Hannah ihre nicht ausgesprochenen Worte verstanden.

Paul saß in seinem Büro bei *Better Path* und las die Notizen der letzten zwei Wochen über Sarah noch einmal durch. Er arbeitete sehr intensiv mit ihr, und auch wenn sie noch einen weiten Weg vor sich hatten, war ihre Zukunft verheißungsvoll. Das war die gute Nachricht. Die schlechte Nachricht war, dass die Grenzen in Sarahs Kopf, die die Wirklichkeit von Gedanken, Träumen oder Gefühlen trennten, mehr als fließend waren. Sie bestimmten ihr Handeln und ihr Denken. Als Sarah erfahren hatte, was ihre Schwester durchgemacht hatte und dass ihr Baby gestorben war, hatte sie dieses Trauma emotional durchlebt, als wenn es ihr selbst widerfahren wäre. Und sie trug große Schuldgefühle mit sich herum. Die Medikamente, die Dr. Stone ihr verschrieben hatte, halfen, aber vor ihr lag immer noch ein weiter Weg.

Hannahs Visitenkarte verriet ihm ihre E-Mail-Adresse und er schickte ihr jede Woche einen Bericht. Ohne ihr irgendetwas Vertrauliches mitzuteilen, ließ er sie wissen, dass es Sarah gut ging und dass sich ihr Zustand immer mehr besserte. Hannah schrieb drei Worte zurück: „Nachricht erhalten, danke." Luke und Mary hatte er persönlich ähnliche Informationen mitgeteilt und er freute sich darauf, die beiden heute Abend wiederzusehen. Da Sarah bald bei ihnen einziehen würde, sollte ein Gespräch in ihrem Haus Sarah helfen, sich leichter wieder an ihre Welt zu gewöhnen.

„Paul." Halleys Stimme kam durch die Sprechanlage.

„Ja."

„Mr Zeb Lapp ist hier und möchte dich sprechen."

Er hätte wetten können, dass dieser Tag kommen würde. „Schick ihn bitte hoch." Er legte Sarahs Akte weg und ging zum Treppenabsatz direkt vor seiner Tür, um Mr Lapp zu begrüßen.

„Mr Lapp." Paul deutete zu seinem Büro, folgte dem Mann und schloss die Tür. „Was kann ich für Sie tun?"

„Ich will Sarah sehen."

Paul setzte sich an seinen Schreibtisch. „Damit würde ich gern noch ein wenig warten. Sie ist nicht mehr so stark verwirrt und macht Fortschritte. Leider kann das, was wir in Bezug auf unsere Verwandten empfinden, auch in Bezug auf Menschen, die wir sehr gern haben, viele verwirrende Gefühle erzeugen."

„Wir haben nicht vor, sie zu verwirren. Ganz im Gegenteil. Wir wollen sie bitten, einige Dinge klarzustellen. Das wird ihr sicher helfen."

„Ist Ihre Frau mitgekommen?"

„Nein."

„Wen meinen Sie dann mit ‚wir'?"

„Sie ist meine Tochter, und das geht dich wirklich nichts an."

Paul stand auf und ging ans Fenster. In einem Einspänner saßen drei schwarz gekleidete, steif aussehende amische Männer. Er kehrte zu seinem Platz zurück. „Wie ich schon sagte, Sarah zeigt in den zwei Wochen, die sie hier ist, große Verbesserungen, aber sie ist noch nicht bereit für Besucher. Meine berufliche Erfahrung sagt mir, dass es keine gute Idee ist, dass Sie und die Kirchenältesten in nächster Zeit mit ihr sprechen, es sei denn, Sie erlauben, dass ein Außenstehender als Moderator anwesend ist."

„Wir sprechen heute mit ihr, ohne dass sonst jemand dabei ist. Die anderen haben extra ihre Arbeit liegen gelassen, um hierher zu kommen, und du wirst mich zu ihr lassen."

Die Männer im Einspänner waren also die Kirchenältesten. „Mr Lapp, es tut mir leid, dass Sie Unannehmlichkeiten haben, aber hier geht es darum, was für Sarah das Beste ist. Ich werde von meinem Standpunkt nicht abrücken, solange sie hier ist." Das Gespräch mit Sarahs *Daed* und den Kirchenältesten ließ sich anscheinend nicht vermeiden, aber er brauchte Zeit, um mit Sarah zu sprechen und sie darauf vorzubereiten. „Falls es sonst nichts mehr gibt … "

„Und wann soll sie entlassen werden?"

„Ursprünglich dachten wir an morgen, aber das scheint momentan nicht im besten Interesse Ihrer Tochter zu sein." Nicht, wenn ihr Vater und die Kirchenältesten vorhatten, sie zu verhören.

„Kann ich als ihr Vater nicht bestimmen, dass sie früher entlassen wird?"

Paul schüttelte den Kopf. „Nein. Sie ist erwachsen und die Entscheidung liegt allein bei ihr."

„Dann will ich mit ihr sprechen."

„Es tut mir leid. Das ist für heute keine gute Idee. Ich glaube nicht, dass sie jetzt schon bereit dafür ist."

Mr Lapp stand auf. „Ich bin im guten Glauben hierher gekommen und wollte mit meiner Tochter sprechen, bevor sie entlassen wird und neue Brände legt." Zeb Lapp stand auf. „Wir kommen wieder." Er drehte sich um und ging hinaus, ohne noch mehr zu sagen.

Paul war sich nicht sicher, wie er mit dieser Situation umgehen sollte. Er schaute auf seine Uhr, packte seine Akten und seinen Terminplaner zusammen und ging zur Mitarbeiterbesprechung, die vor fünf Minuten begonnen hatte. Wenn er wollte, dass Sarahs Aufenthalt hier verlängert wurde, brauchte er sehr große Überredungskünste. Da *Better Path* selten Patienten hatte, die so viel Überwachung brauchten wie Sarah, wollten die Mitarbeiter, dass sie so schnell wie möglich entlassen wurde. Obwohl Rita gelegentlich über Nacht blieb, wenn das bei bestimmten Patienten erforderlich war, war die langfristige Betreuung von Sarah für Ritas Familie schwer. Aus moralischen und aus rechtlichen Gründen war es nicht möglich, dass Männer bei weiblichen Patienten blieben. Somit konnte Paul seine Kollegin nicht ablösen und sonst war niemand verfügbar, der die nötige Ausbildung besaß.

Ohne zu klopfen, marschierte Paul in die Besprechung und setzte sich.

Bob schob ihm einen Zettel über den Tisch zu. „Paul, hier ist der Terminplan für heute. Wir haben nicht ohne dich angefangen, da wir hofften, du hättest einige Ideen …"

Ein Piepsen kam durch die Sprechanlage. „Paul, ein Anruf von Hannah Lawson auf Leitung drei. Ich habe ihr gesagt, dass du in einer Besprechung bist, aber sie besteht darauf, dass du den Anruf trotzdem entgegennimmst."

Paul schob die Papiere zu einem Stapel zusammen und ließ sie auf dem Tisch liegen. „Kein Problem, Halley. Leg den Anruf in mein Büro. Danke." Er stand auf. „Es wird bestimmt nicht lange dauern, aber ich muss den Anruf entgegennehmen."

Bob lehnte sich auf seinem Stuhl zurück. „Okay."

Paul ging in sein Büro und schloss die Tür. „Paul am Apparat."

„Hör zu, ich habe gerade mit Luke telefoniert. *Daed* ist mit den Kirchenältesten unterwegs und will mit Sarah sprechen. Lass das nicht zu."

„Ich habe es nicht zugelassen. Er war schon hier und ist wieder gefahren. Als dein Anruf kam, war ich gerade in einer Besprechung mit den anderen Mitarbeitern, bei der ich erreichen will, dass Sarahs Aufenthalt verlängert wird, damit ich dafür sorgen kann, dass sie sich in einer kontrollierten Umgebung befindet."

Am anderen Ende der Leitung blieb es still.

„Mrs Lawson?"

„Dafür bin ich wirklich sehr dankbar … und du … solltest Hannah zu mir sagen."

„Sarah ist in Sicherheit, Hannah."

Es folgte eine weitere Pause, bevor sie sich räusperte. „Ich bitte dich nur ungern und du tust ohnehin schon sehr viel, aber ich … ich müsste dich um einen Gefallen bitten. Wenn ich jemand anderen wüsste, den ich fragen könnte, dann würde ich das tun."

„Sprich."

„Mary hat mich auf meinem Handy angerufen und eine Nachricht hinterlassen. Sie klang wirklich aufgeregt, aber als ich sie zurückrief, benahm sie sich, als ob nichts wäre. Luke war bei ihr und ich habe das Gefühl, dass sie ihm nicht verraten wollte, worum es ging, auch wenn ich keine Ahnung habe, weshalb sie mich angerufen hat." Sie seufzte. „Ich weiß, wie sich das anhört, aber es ist wirklich keine typische Angewohnheit von amischen Frauen, Dinge vor ihrem Mann zu verbergen oder … vor ihrem Verlobten."

„Ich bin niemandes Richter, und das habe ich auch nicht gedacht."

„Es ist nur so, dass sie, falls mit der Schwangerschaft etwas nicht gut laufen sollte, Luke bestimmt nicht beunruhigen will, und sie vertraut englischen Ärzten auch nicht mehr als die meisten anderen Amisch und …"

„Ja, ich habe in den letzten Wochen begriffen, dass das hier weitverbreitet ist." Paul schaute auf seine Uhr. „Ich wollte heute Abend wegen Sarah mit ihnen sprechen. Aber ich fahre gleich nach diesem Anruf zu Mary."

„Dann hast du keine Chance, eine Verlängerung für Sarah zu erreichen."

„Ich kriege das schon hin."

„Ich komme morgen. Ich will mit *Daed* und den Kirchenältesten sprechen, um diesem Gespräch mit Sarah einen Riegel vorzuschieben. Ich dürfte mittags da sein, aber falls Mary irgendwelche Krämpfe im Bauch oder irgendwelche anderen Symptome hat, muss sie sofort die Hebamme anrufen."

„Ich werde dafür sorgen, dass ich ein paar Minuten mit ihr allein habe und ihr ausrichten kann, was du gesagt hast. Falls ich den Eindruck bekomme, dass sie irgendwelche Symptome verschleiern will, rufe ich selbst die Hebamme an."

Sie schwieg wieder und er wartete.

„Wenn du mit ihr sprichst und sie mich früher braucht …"

„Dann rufe ich dich an und lasse es dich wissen. Noch etwas?"

„Irgendetwas Neues, was die Ursache für die Brände betrifft?"

„Noch nicht. Ich denke, wir werden in den nächsten Wochen noch nichts hören." Paul öffnete die Schublade und holte Sarahs Akte heraus. „Solange du hier bist … ich meine, da du sowieso kommst, gibt es ein paar Dinge, die wir – du, Luke und ich – in Bezug auf Sarah klären müssen."

„Oh … ja, klar, das ist gut. Tschüss."

„Tschüss." Paul nahm den Hörer vom Ohr.

„Paul, warte."

Endlich hatte sie seinen Vornamen gesagt. Und das, ohne sich daran zu verschlucken. Er hielt sich den Hörer wieder ans Ohr. „Ja."

„Danke."

„Gern geschehen, Hannah."

Kapitel 17

Hannah beendete das Gespräch mit Paul und starrte die lange To-do-Liste an, die sie noch abarbeiten musste. Sie wollte nicht in Dr. Lehmans Büro gehen und ihm sagen, dass sie noch mehr Tage frei bräuchte, um sich um eine andere Familienangelegenheit zu kümmern. Noch schlimmer war, dass sie Kevin und Lissa erneut allein lassen und Martin sagen müsste, dass sie schon wieder nach Owl's Perch fuhr. Sie wollten morgen Abend Martins Geburtstag feiern. Aber das, was sie am dringendsten hatte vermeiden wollen – *Daed* und den Kirchenältesten gegenüberzutreten – stand ihr erneut bevor.

Die friedliche Stille hier in der amischen Entbindungsklinik war ein Teil von ihr geworden. Die Klinik war einer der Orte in ihrem neuen Leben, die sie am meisten liebte. Der Respekt, den sie sich durch ihre Arbeit und Ausbildung erwarb, trug dazu bei, dass sie sich nicht mehr wie das zittrige, inkompetente Mädchen fühlte, das vor zweieinhalb Jahren in Winding Creek gestrandet war. Aber diese Rückkehr nach Owl's Perch und die bevorstehende Auseinandersetzung mit ihrem *Daed* und den Kirchenältesten brachten ihre Nerven fast zum Zerbersten. Da sie ein wenig väterliche Unterstützung brauchte, ging Hannah durch den Gang, um Dr. Lehman zu suchen. Im Laufe der Jahre hatte sich zwischen ihr und ihrem Wohltäter eine gute Beziehung entwickelt. Sie sprach mit ihm über alles und er war für sie wie der Vater geworden, den sie sich gewünscht hätte.

Sie nahm die Laborberichte aus ihrem Postfach und vergewisserte sich, dass das Wartezimmer leer war, bevor sie an seine Tür klopfte.

„Kommen Sie herein, Hannah."

Sie öffnete die Tür. „Wie machen Sie das?"

Er lachte. „Wenn Sie das immer noch nicht wissen, sollte ich es

Ihnen nicht verraten." Seine grauen Haare schimmerten unter dem elektrischen Licht und seine unzähligen Falten wurden mit jedem Wort, das er sagte, tiefer. „Sie haben einen ganz eigenen Stil, selbst darin, wie Sie an eine Tür klopfen." Er lehnte sich auf seinem Stuhl zurück. „Haben Sie die Entbindungsberichte schon alle geschrieben?"

„Fast, aber ... ich brauche noch einmal frei, um nach Pennsylvania zu fahren."

Er legte seinen Stift weg. „Probleme in Owl's Perch?"

„Ja, ich bin rechtzeitig zu meinem Kurs am Montagabend zurück und mache nächste Woche Überstunden, um alles aufzuarbeiten."

Er deutete auf den gepolsterten Stuhl vor seinem Schreibtisch. „Wir haben nicht richtig miteinander gesprochen, seit Sie zurück sind. Wie lief es, als Sie zu Hause waren?"

Sie setzte sich und war dankbar für die Freundschaft, die sie miteinander verband. „Nicht besonders gut. Ich habe zu oft die Beherrschung verloren, aber Sarah ist nun an einem sicheren Ort, wo sie allmählich gesund werden kann."

„Ich an Ihrer Stelle hätte wahrscheinlich auch die Beherrschung verloren."

„Am schlimmsten habe ich Paul angefahren."

„Ah, wir wollen jetzt nicht analysieren, warum Sie ausgerechnet auf ihn losgegangen sind, obwohl er mehr oder weniger nur unschuldig am Rand stand." Dr. Lehman legte die Hände auf dem Schreibtisch vor sich zusammen. „Wo ist Sarah?"

„In einer Einrichtung, die viel Ähnlichkeit mit dieser hier hat, nur dass es ein Therapie- und kein Entbindungszentrum ist. Es heißt *Better Path.*"

Er schaukelte auf seinem Bürostuhl zurück und sah gleichzeitig entspannt und nachdenklich aus. „Ich finde es richtig, dass Sie wieder Kontakt zu Ihrer Familie aufnehmen. Das hatte ich schon gehofft, als ich Ihnen half, Ihre Tante zu finden und hier in Ohio zu bleiben. Lassen Sie sich so viel Zeit, wie Sie brauchen, aber Sie sollten die Dienstagsquilterinnen wissen lassen, was los ist."

„Das ist sicher das letzte Mal, dass ich unerwartet wegfahren muss."

„Vielleicht. Es wäre aber trotzdem besser, wenn Sie ihnen erklären, dass Ihre kurzfristige Abwesenheit mit den Bedürfnissen Ihrer amischen Familie zu tun hat. Sie sprechen am Dienstag beim Quilten darüber, okay?“

Sie stand auf. „Okay.“

Hannah stand in der Autoschlange und wartete darauf, Kevin an der Schule abzusetzen. Martin war nicht übermäßig begeistert, dass sie schon wieder nach Owl's Perch fahren wollte, aber nach einem kleinen Wutausbruch hatte er ihr sogar packen geholfen. Um es ihm dieses Mal leichter zu machen, hatte sie vorgeschlagen, Lissa mitzunehmen.

Martin zögerte nicht und sagte, Kevin mache dem Kindermädchen und ihm keine Probleme, während Hannah fort sei, aber bei Lissa sei das anders. Da sie noch im Kindergarten war, könnte sie problemlos einen oder zwei Tage versäumen, und Hannah wäre bis Montagabend zu ihrem Unterricht an der Krankenpflegeschule zurück.

Während eine Tutorin Kevin beim Aussteigen half, ging Hannah um das Auto herum. Die Tutorin ging weiter und öffnete beim nächsten Auto in der Schlange die Tür. Hannah hockte sich vor ihn und rückte sein Hemd gerade. „Ich bin in ein paar Tagen wieder da. Du musst also aufpassen, dass Onkel Martin abends nicht zu lange aufbleibt und nicht zu viel ungesundes Zeug isst.“ Sie raufte ihm die Haare. „Okay?“

„Ach, Hannah, es ist Freitag. Lang aufbleiben, Kartoffelchips und Spongebob machen das Wochenende doch erst richtig lustig.“

Sein Onkel hatte das offensichtlich schon mit ihm besprochen. Sie küsste Kevin auf die Wange. „Ein Männerwochenende, was?“

„Ja.“ Er legte seine kleinen Arme um ihren Hals und drückte sie. „Lissa hat es beim letzten Mal kaputt gemacht, aber ich habe nichts zu ihr gesagt.“

„Du bist ein guter, großer Bruder.“ Sie zwinkerte ihm zu und eilte wieder um das Auto herum auf die Fahrerseite. Er wartete auf dem Gehweg, bis sie hinter dem Steuer saß. Dann winkte er und ging in die Schule.

Während Lissa endlos über Cartoons, Freundinnen im Kindergarten und die Unterschiede zwischen den amischen und englischen Häusern plauderte, fuhr Hannah nach Owl's Perch. Ihre Gedanken rasten in ein Dutzend Richtungen, aber sie hatte wenigstens entschieden, zuerst Mary zu besuchen und sich erst danach um Sarah zu kümmern. Hannah fuhr langsamer, als sie zu der Kreuzung vor *Better Path* kam. Warum waren das Pferd und der Einspänner ihres Vaters im Schatten eines Baumes hinter dem Gebäude abgestellt?

Sie bog in die Einfahrt und parkte ihren Wagen. „Komm mit, Liebes." Sie schnallte Lissa ab, nahm sie auf den Arm und marschierte in die Klinik. Die Frau am Empfang schaute von ihrem Computer auf. „Mrs Lawson, richtig?"

„Ja." Hannah stellte Lissa auf den Boden und das kleine Mädchen lief geradewegs zu den Spielsachen in der Ecke neben dem Schreibtisch. „Ich habe draußen ein Pferd und einen Einspänner gesehen. Wissen Sie, wer hier ist?"

„Sarahs Vater und ein paar andere Männer. Sie sind in einer Besprechung ..." Sie deutete zu einer geschlossenen Tür.

Hannah marschierte eilig darauf los.

„Warten Sie, Mrs Lawson."

Hannah deutete auf Lissa. „Sorgen Sie bitte dafür, dass sie hier bei Ihnen bleibt." Ohne auf eine Antwort von der Frau zu warten, öffnete sie die Tür. Sarah saß mit Paul, einem Fremden, ihrem *Daed*, dem Bischof, einem Prediger und dem Diakon am Tisch. Hannahs Brustkorb zog sich zusammen. Warum in aller Welt hatte sie Paul vertraut?

„Was ist hier los?"

Ihr Vater schaute sie stirnrunzelnd an. „Hast du dir angewöhnt, jeden Mann infrage zu stellen?"

„Hast du dir angewöhnt, jede Tochter zu verhören?"

Paul stand von seinem Platz auf und kam auf sie zu. „Komm bitte kurz mit nach draußen."

Sie beachtete ihn kaum. „*Daed*, du bist doch sicher nicht so blind, dass du so ein Verhör noch einmal zulässt."

Paul tippte ihr auf die Schulter. „Komm mit. Ich erkläre dir alles draußen."

Ohne ihn zu beachten, schaute sie dem Bischof direkt in die Augen. Er war nicht halb so einschüchternd, wie sie ihn in Erinnerung gehabt hatte. „Und ich sehe keinen Grund, warum Sarahs Gesundheitszustand die Kirche etwas anginge."

Paul legte die Hand um ihren Oberarm. „Roger, unterbrechen Sie bitte alle Gespräche, bis ich zurück bin." Er zog sie aus dem Zimmer und schloss die Tür hinter ihnen.

Sie riss sich von ihm los. „Lass mich los."

Er ließ sie los und hielt die Hände hoch, wie um zu beweisen, dass er getan hatte, was sie verlangte.

Sie deutete anklagend mit dem Finger auf ihn. „Du hast mir dein Wort gegeben, dass du das nicht zulassen würdest."

„Hannah, ich bin mit ihr da drinnen und jederzeit bereit, sie zu verteidigen oder das Gespräch zu beenden, wenn es nötig ist. Roger, ein Brandermittler, ist da. Er hat die Ergebnisse, wie es zu den Bränden kam. Sarah hat sich gut gemacht. Lass uns bitte das Gespräch zu Ende führen."

„Du bist ein Idiot, wenn du denkst, du würdest verstehen, was da gesagt oder unterschwellig angedeutet wird. Ich … ich habe etwas Ähnliches durchgemacht und ich habe ein Jahr gebraucht, um über diese paar Stunden hinwegzukommen."

„Es tut mir wirklich leid, dass das passiert ist, aber das, was heute hier geschieht, hat nichts mit dir zu tun."

Eine kleine, warme Hand schob sich in Hannahs Hand. Als sie nach unten schaute, sah sie zwei große, dunkelbraune Augen, die zu ihr hinaufstarrten. Aus Lissas Gesicht sprach Angst und Hannah zwang sich zu einem Lächeln.

Sie beugte sich zu ihr herunter und wischte ihr ein paar Haarsträhnen aus dem Gesicht. „Ist schon gut, Lissa. Nur eine kleine Diskussion unter Erwachsenen."

Lissa schaute mit einem Stirnrunzeln zu Paul hinauf. „Du darfst nicht gemein sein, wenn jemand dich besuchen kommt."

Wenigstens hatte sie die Loyalität des kleinen Mädchens. In den Augen dieses Kindes konnte Hannah mit ihrem Gefühlsausbruch unmöglich etwas Falsches getan haben. Trotzdem war Hannah im Moment ein furchtbares Vorbild.

„Ich entschuldige mich." Paul neigte den Kopf, als beuge er sich ihren Wünschen. „Ich werde besser aufpassen. Halley, willst du Lissa nicht das neue Fohlen auf der Koppel der Nachbarn zeigen?"

Halley stand auf und ging um ihren Schreibtisch herum. Sie hielt Lissa die Hand hin und wartete. Lissa schaute Hannah fragend an.

Sie zwinkerte. „Es ist okay. Ich bin hier, wenn du zurückkommst. Du kannst gern mitgehen."

Lissa ließ Hannah los und ergriff Halleys Hand.

Sie waren kaum durch die Haustür hinaus, als Hannah sich wieder zu Paul umdrehte. „Das ist nur wieder ein Fall, in dem *Daed* nicht das tut, was für seine Töchter richtig ist. Und du hast gesagt, dass du so ein Treffen nicht zulassen würdest."

„Dieses Treffen war unvermeidlich. Als Roger heute Morgen den Brandbericht fertig hatte und Sarah den Anschein erweckte, dass sie damit umgehen könnte, nachdem ich mit ihr gesprochen habe, wurden die Pläne geändert. Dieses Gespräch findet besser in einer kontrollierten Umgebung statt."

„Ich habe erwartet, dass du nicht nachgeben und das hier nicht erlauben würdest, obwohl ich nicht ganz sicher bin, warum."

„Hannah." Er rieb sich die Stirn. „Ich habe nichts Falsches getan. In den letzten zwei Wochen hat Sarah mithilfe der Therapiegespräche und der Medikamente allmählich gelernt, den Unterschied zu erkennen zwischen dem, was sie tatsächlich getan hat, und dem, was sie sich nur eingebildet hat. Dein *Daed* ist mit seinen Worten ruhig und vorsichtig und steht die ganze Zeit auf Sarahs Seite. Das überrascht mich selbst. Aber wenn Sarah entlassen wird, wird sie trotzdem eine Weile zu Luke und Mary ziehen. Ich kann Sarah helfen und vielleicht auf einer gewissen Ebene sogar deinem *Daed*, aber ich kann nichts tun, damit du mir vertraust, und ich kann nicht zulassen, dass du Sarahs Fortschritte unterminierst."

Ein Teil von ihr sah trotz ihrer Zweifel und Wut die Wahrheit in seinen Augen und sagte ihr, dass sie Paul zu Unrecht beschuldigte. Wieder einmal. Sie sank aufs Sofa und vergrub den Kopf in ihren Händen und versuchte, ein wenig Haltung zu gewinnen. Sie hörte, dass Pauls Schritte sich entfernten, aber ihre Verlegenheit, weil sie sich wie eine Irre benommen hatte, verschwand nicht. Wenigstens konnte nun das Gespräch in dem Raum in seinem Beisein weitergehen und war dadurch schneller vorbei, damit sie Mary besuchen und wieder aus Owl's Perch verschwinden konnte, den Ort, an dem ihre Gefühle ständig überschäumten.

Das Geräusch von Eiswürfeln in einem Glas riss sie aus ihren Gedanken. Sie schaute auf.

„Hier, das hilft dir vielleicht." Paul hielt ihr ein Glas Wasser hin.

Sie nahm es, nippte an der kühlen Flüssigkeit und stellte das Glas auf den kleinen Tisch vor sich.

Paul blieb vor ihr stehen. „Die Ermittlungen haben bestätigt, dass Sarah an den Bränden unschuldig ist."

Sie schaute auf. „Was? Bist … bist du dir ganz sicher?"

Die Linien in Pauls Gesicht wichen einem bekannten Lächeln. „Ja. Roger ist der Vater eines guten Freundes von mir und ist seit über zwei Jahrzehnten Brandermittler. Da keine Versicherung damit zu tun hat, hat er die Untersuchung kostenlos gemacht. Auch wenn der Stall der Bylers schon vor einer ganzen Weile niedergebrannt ist, hat Roger herausgefunden, dass brennende Zigaretten die Brandursache waren. Dann hat er ein wenig nachgebohrt und herumgefragt, bis ein paar Jugendliche, die das Gewissen plagte, gestanden, dass sie nur wenige Stunden, bevor der Stall abbrannte, auf dem Speicher geraucht hatten. Er sagte, die Brandursache bei Matthews Werkstatt zu finden ging schnell und war leicht. Jemand hatte Benzin in einem lecken Kanister auf den Dachboden gestellt und dann eine brennende Öllampe in der Nähe stehen gelassen. Seine Gespräche mit Davids Familie bestätigten, dass David den Kanister einige Zeit vorher hinaufgebracht hatte, damit ein paar Kinder, die mit Kunden gekommen waren, nicht an ihn herankamen. Dann zündete er auf dem Speicher eine Öllampe an, weil er etwas suchte, und muss vergessen haben, sie wieder zu löschen. Einige Stunden später kam es zu der Explosion."

„Paul …" Er hatte großartige Arbeit geleistet, aber sie konnte sich nicht überwinden, das auszusprechen. „Ich hätte nicht so wütend und anklagend hineinstürmen sollen. Es ist nur so, wenn es um … na ja, dann passiert es leicht, dass man das Schlimmste annimmt."

„Das verstehe ich."

„Hast du denn noch nie die Beherrschung verloren?"

Paul setzte sich vor ihr auf den niedrigen Eichentisch. „Einmal." Er schob seine Finger ineinander und stützte die Ellbogen auf die Knie. „Das hat mich alles gekostet."

Sie konnte ihm nicht in die Augen schauen, wollte aber gern etwas sagen, eine mitfühlende und verständnisvolle Bemerkung machen, aber kein Wort kam über ihre Lippen.

Er reichte ihr das Wasserglas. „Hör zu, was dieses Gespräch da drinnen angeht, wäre es angesichts der Spannungen zwischen dir und deinem *Daed* für Sarah am besten, wenn du mir die Sache überließest."

„Okay." Sie trank einen Schluck Wasser. „Jedes Mal, wenn ich dich sehe, benehme ich mich wie eine unbeherrschte Idiotin."

„Nachdem du weggegangen warst, waren Luke und ich uns einig, dass du die Vergangenheit überwunden hättest, wenn du zurückkommst … und dass du denen von uns, die sich dir gegenüber falsch verhalten haben, deine Meinung sagen würdest." Er zuckte die Achseln und ein schwaches Lächeln spielte sich um seine Lippen. „Wir haben nur nicht gedacht, dass es zwei Jahre dauern würde, bis du zurückkommst, und dass du dann einen Mann hast."

Hannah stellte das Glas auf den Tisch und starrte ihn an.

Einen Mann?

Eine Tür wurde aufgerissen und ihr Vater kam heraus. „Roger lässt niemanden ein Wort zu Sarah sagen, solange du nicht zurück bist."

Paul drehte den Kopf und schaute ihn an. „Ich bin in einer Minute zurück." Er drehte ihrem Vater den Rücken zu. „Ich konnte gestern Abend kurz mit Mary sprechen. Ihr schien es sehr wichtig zu sein, mit dir allein zu sprechen, und sie bittet dich, ob du sie heute so früh wie möglich abholen könntest. Wenn du einen Platz brauchst, wo du dich ungestört mit ihr unterhalten kannst, kannst du sie gern hierher bringen. Niemand in der Gemeinde wird es seltsam finden, wenn ihr zwei hier seid, da Sarah nach ihrer Entlassung ja bei ihr einzieht." Er deutete zur Treppe. „Oben hinter der ersten Tür links ist ein freies Büro. Darin sind zwei Sofas und alles mögliche andere Zeug. Häng einfach das ‚Nicht-stören'-Schild an die Tür und es wird nicht einmal jemand klopfen. Ich muss jetzt wieder zu Sarah und den anderen."

Stumm sank sie aufs Sofa zurück.

Er denkt, ich bin verheiratet. Sie stöhnte und wusste, dass sie auf diese Idee schon vorher hätte kommen müssen.

Kapitel 18

Matthew bezahlte Nate und stieg aus dem Auto. Das weiße Schindelhaus mit den grünen Fensterläden war ein willkommener Anblick. Der Geruch nach verbranntem Holz wehte durch die Luft und er wand sich innerlich. Wenigstens wusste er dieses Mal, warum der Geruch ihm seinen Wunsch, alles wieder neu aufzubauen, geraubt hatte.

Er vernahm das bekannte Geräusch von nasser Wäsche, die in der Luft ausgeschlagen wird, und ging um das Haus herum. Die Morgensonne glänzte auf Kathryns weißer Gebetshaube und ihre hellbraunen Haare waren deutlich darunter zu sehen. Ihre gebräunten Arme streckten sich, um die nasse Wäsche aufzuhängen. Seine plötzliche Faszination von der Frau, die hier vor ihm stand, überraschte ihn. Sie bemerkte ihn nicht einmal, aber er konnte nicht leugnen, dass sie eine wichtige Rolle in seinem Leben spielte.

Von Anfang an war seine Beziehung zu Kathryn anders gewesen als alles, was ihn mit Elle verbunden hatte. Ihre Beziehung war auf etwas aufgebaut, das sie an Werktagen gemeinsam erlebten, auf echter Freundschaft. Er fragte sich, wie viel Joseph ihr bedeutete und ob er eine Chance hatte, sie für sich zu gewinnen. Sie dafür zu bezahlen, dass sie hierblieb und seiner Familie half, während er zu einem Mädchen fuhr, das er früher einmal hatte heiraten wollen, war wahrscheinlich das Dümmste, was er je gemacht hatte. „Hallo“, sagte Matthew.

Sie blickte auf. Der Ernst in ihrem Gesicht war nicht die Begrüßung, die er sich erhofft hatte, aber was konnte er schon erwarten?

Sie nickte und wollte an ihm vorbeigehen.

Er trat vor sie. „Ich bekomme nicht einmal ein Hallo?“

„Hast du deine Zeit in Baltimore genossen? Ich hoffe es doch sehr, denn dadurch hast du mich gezwungen, mein Wort zu brechen.“

„Das … das tut mir leid. Ich bringe das für dich wieder in Ordnung.“

Kathryn reichte ihm den Wäschekorb, bevor sie in ihre Schürze griff und einen Brief herauszog. „Das ist meine Kündigung."

Er schüttelte den Kopf. „Die nehme ich nicht an."

Sie legte den Brief in den Korb und marschierte davon. „Ich habe gekündigt, egal, ob du die Kündigung liest oder nicht."

„Kathryn, warte." Er lief hinter ihr her und baute sich vor ihr auf. „Lass mich es dir doch wenigstens erklären. Ich habe wie in einem Nebel gelebt und war so durcheinander, dass es mich nicht interessiert hat, ob ich mein Wort, das ich dir gegeben habe, halten kann."

„Du hattest kein Recht, einfach anzurufen und uns ausrichten zu lassen, dass du nicht wie versprochen zurückkommst."

„Kathryn ..." Matthew nahm den Brief. „Gib mir noch eine Chance. Ich bin zurück und will hierbleiben, ich will wieder neu aufbauen. Ich habe, während ich fort war, Entscheidungen getroffen. Gute Entscheidungen."

Sie schirmte ihre Augen vor dem Sonnenlicht ab und starrte ihn an. „Elle steht bei deinem Plan, wieder aufzubauen, hinter dir?"

Matthew zuckte die Achseln. „Ich habe mit ihr Schluss gemacht. Zwischen uns besteht nicht einmal mehr Freundschaft. Wie sollten wir da eine gute Ehe führen können?" Er verlagerte sein Gewicht und spendete ihr mit seinem Körper Schatten. „Wer weiß, ob sie jemals in die amische Kirche eintritt? Ich wünsche ihr alles Gute, aber egal, wofür sie sich entscheidet, ich bin froh, dass es vorbei ist. Trotz des Versprechens, das ich ihr einmal gegeben habe."

Kathryn stemmte die Hände in die Hüften und schaute ihn direkt an. „Wenn du zu mir jemals das eine sagst und dann das andere tust, dann werde ich ..."

Matthew war neugierig und fragte sie neckend: „Dann wirst du was?"

Das Lächeln in ihrem Gesicht verriet, dass ihre Enttäuschung verschwunden war. „Dann verrate ich es deiner *Mamm*."

Matthew schmunzelte. „Und was soll sie dann machen?"

Sie lachte. „*Daed* will, dass ich nach Hause komme, und ... und Joseph auch."

Mit zweiundzwanzig war sie eigentlich alt genug, um sich den Wünschen ihres Vaters zu widersetzen, aber das würde sie nicht tun. „Glaubst du nicht, dein *Daed* wird dir mehr Zeit lassen, wenn ich mit ihm spreche?"

Sie verschränkte die Arme und sah aus, als würde sie ernsthaft über seine Frage nachdenken.

Immer noch dem Brief in der Hand hob Matthew den Wäschekorb auf. „Ich schätze, als Erstes hätte ich dich fragen sollen, ob du überhaupt bereit bist zu bleiben."

Selbst wenn du dadurch mit Joseph Schwierigkeiten bekommst?

Aber diesen letzten Teil würde er nicht laut aussprechen. Warum sollte er sich unnötig Schwierigkeiten aufhalsen?

Sie schaute dorthin, wo die Werkstatt gestanden hatte. Man sah nur abgebrannte Balken und ein eingefallenes Dach. „Um mitzuerleben, wie E und L zu neuem Leben erwacht? Ja, ich bin bereit, *dich* mit meinem *Daed* darüber sprechen zu lassen."

Matthew schmunzelte. „Er ist doch ein vernünftiger Mann, oder?"

„Zweifellos."

„Und warum drängt er dann seit einiger Zeit, dass du nach Hause kommen sollst?"

„Ich bin mir nicht sicher. Ich kann mir nur vorstellen, dass Joseph langsam ungeduldig wird. Mein *Daed* hat von Anfang an gesagt, dass ich nicht so lange hier bleiben soll, dass ich in Versuchung geraten könnte, in einer Gemeinde Wurzeln zu schlagen, die so weit weg ist von zu Hause."

„Das kann ich verstehen."

„Ich würde gern einen Weg finden, beides unter einen Hut zu bekommen: Hier sein und bei E und L helfen, wenn ich gebraucht werde, und ein paar Tage nach Hause fahren, wenn ich nicht gebraucht werde. Es ist teuer, mich von einem Fahrer die zwei Stunden nach Hause bringen zu lassen, wenn er dann leer zurückfährt. Aber zu Hause gibt es weit und breit keine Arbeit für mich, die mir so viel Freude macht wie die Arbeit in deinem Büro."

„Ich spreche mit deinem *Daed*."

„Ich bin die Akten durchgegangen, während du fort warst. Viele Papiere waren nur teilweise verbrannt und ich konnte herausfinden, wer die Bestellungen aufgegeben hat, und habe mehrere Anrufe getätigt und habe jetzt einen großen Stoß Aufträge für dich."

„Du hast anhand dessen, was von den Papieren übrig geblieben ist, herausgefunden, von wem die Aufträge kamen?"

„Ja, und ich habe mich an einige Aufträge erinnert und die Liste mit den eingegangenen und den gewählten Telefonnummern im Telefon war immer noch intakt, auch nach dem Brand. Ich habe es geschafft, über dreißig Nummern zu retten, und habe Leute zurückgerufen, um mir ihre Bestellungen noch einmal durchgeben zu lassen."

„Und was wäre gewesen, wenn ich mich nicht entschieden hätte, neu aufzubauen?"

„Dann hätte ich die Aufträge an eine Firma in Indiana weitergegeben. Wir können die Leute nicht einfach sitzen lassen. Das wäre nicht richtig. Da wir gerade davon sprechen, was richtig ist und was nicht: Du schuldest mir keine Versprechen, aber wenn du mir dein Wort gibst, solltest du es lieber halten."

„Oder du erzählst es *Mamm*."

Belustigung lag auf ihrem Gesicht. „Weißt du eine bessere Drohung?"

„Ja, aber die verrate ich dir nicht."

Sie lachte. Dann nahm sie ihm den Brief aus der Hand und zerriss ihn, bevor sie ihn in ihre Kleidtasche steckte. Ein tiefer Ernst trat an die Stelle ihres Lächelns. „Es tut mir leid, dass du jetzt bestimmt noch trauriger bist, aber ich hatte meine Bedenken, ob du mit Elle glücklich werden würdest."

„Aber du hast doch gesagt, dass du für uns beten wolltest."

„Ich habe dafür gebetet, was für euch zwei das Beste ist. Die Ehe ist nicht immer das Beste."

Ihre Worte gingen ihm durch den Kopf und Matthew hoffte, dass Joseph vielleicht auch nicht der richtige Mann für Kathryn war.

Er nahm den Korb und sie gingen zum Haus. „Auf uns wartet viel Arbeit und wir haben viel verloren und werden lange brauchen, bis wir diesen Verlust verarbeitet haben, aber die Traurigkeit über die geplatzte Beziehung zu Elle ist längst vergangen."

Hannah saß am Küchentisch, schaute Mary in die Augen und wünschte, sie wären allein. Sie wusste nicht, was ihre Freundin beschäftigte, und hatte keine Möglichkeit, es zu erfahren, solange sie nicht irgendwo ungestört miteinander sprechen konnten. Bis jetzt wusste Hannah nur, was sie auch vorher schon gewusst hatte, bevor sie hierher gekommen war: Mary hatte ein Geheimnis und sie hatte Angst. *Mammi* Annie saß im Wohnzimmer und achtete aufmerksam auf jedes Wort, das sie sprachen.

Hannah nippte an ihrem Kaffee. Endlich durfte sie bei jemand ins Haus. Der Schaukelstuhl in der Zimmerecke, auf dem Lissa mit einem Sandwich in der Hand vor- und zurückschaukelte, knarrte. Die Uhr tickte weiter. Es erstaunte Hannah, wie deutlich die Geräusche in einem amischen Haus zu hören waren. Ohne das elektrische Surren von Waschmaschinen, Wäschetrocknern oder Spülmaschinen und gewiss nicht von Fernsehgeräten, Radios, Stereoanlagen und Computern herrschte in jedem Haus ein Friede, den Hannah liebte – trotz der stoischen Zurückhaltung, die sie umschiffen musste. Aber jetzt war es schon fast drei Uhr nachmittags und sie mussten etwas unternehmen.

„Wir könnten spazieren fahren, aber ich habe das Gefühl, dass wir nicht über das sprechen können, was los ist, da die Kleine dabei ist." Ihre Worte waren leiser als die alte Uhr, die im Wohnzimmer an der Wand tickte. Hannah wollte nicht das Risiko eingehen, dass Lissa etwas aufschnappte, was sie womöglich vor Sarah wiederholte. Sarah hatte schon genug emotionale Probleme mit Babys und ihre Neigung, Dinge weiterzuerzählen, die sie lieber für sich behalten sollte, und konnte Mary in große Schwierigkeiten bringen.

Marys schwaches Lächeln zitterte und an ihrem Kinn erschienen unzählige winzige Grübchen. „Wir müssen etwas unternehmen."

Hannah fiel nichts anderes ein als zu *Better Path* zurückzufahren. Obwohl sie ein wenig unsicher war, was sie mit Lissa tun sollten, während sie offen miteinander sprachen, schien das ihre beste Möglichkeit zu sein, sich auszutauschen. Da *Mammi* Annie zuhörte, konnten sie nicht einmal flüstern, ohne Gefahr zu laufen, gehört zu werden.

Wenn *Mammi* Annie ein wenig freundlicher wäre, hätte Hannah vielleicht überlegt, Lissa bei ihr zu lassen, während Mary und sie einen Spaziergang machten. Aber sie hatte Bedenken, dass *Mammi* Annie das Kind womöglich ausfragte und Lissa ihr antworten würde. Obwohl Hannahs Ruf in Owl's Perch nicht der beste war, musste sie ihn um Sarahs und Marys willen unbedingt schützen.

„Komm mit. Es wird Zeit, dass wir zu *Better Path* fahren. Du musst mit Paul wegen Sarahs Entlassung sprechen, nicht wahr?"

Mary warf einen Blick ins Wohnzimmer und stand auf. Hannah hob Lissa auf den Arm und die drei verließen den Hof der Yoders. Während sie über die schmalen Asphaltstraßen fuhren, rieb sich Mary immer wieder den Bauch.

„Hast du Schmerzen?", fragte Hannah.

„Nein. Gestern hatte ich starke, stechende Schmerzen. Das war, als ich dich angerufen habe. Dann hörten sie wieder auf."

„Was für eine Art von Schmerzen?"

„Die Art, die wehtut. Was ist das für eine Frage?"

Hannah lachte. „Eine unklare Frage, fürchte ich. Wo waren die Schmerzen?"

„Genau hier." Mary rieb sich die rechte Seite über dem oberen Teil ihres Hüftknochens.

„Wie tief drinnen hast du diese Schmerzen gefühlt? Nur oberflächlich, als würde die Haut überdehnt, oder tiefer, als würde an einem Muskel gezogen, oder wirklich tief wie einen Schmerz in den Knochen?"

Hannah hörte aufmerksam zu, als Mary ihre Fragen beantwortete, denn sie wusste, dass Dr. Lehman einen vollständigen Bericht haben wollte, wenn sie ihn anrief und ihn nach seiner Meinung fragte. Als *Better Path* vor ihnen auftauchte, war von *Daed* und den Kirchenältesten nichts mehr zu sehen. Hannah und Mary gingen mit Lissa an der Hand hinein.

Vielleicht hatte Hannahs Auseinandersetzung mit Paul Lissa mehr aufgewühlt, als Hannah bewusst gewesen war, denn das Mädchen klammerte sich an Hannahs Kleid, als sie das Gebäude betraten. Lissa war nicht oft anhänglich und würde sich bestimmt in ein paar Minuten in dieser neuen Umgebung wohlfühlen, aber Hannah nahm das kleine Mädchen auf den Arm. Das Gespräch mit Mary musste so lange unverfänglich bleiben, bis Lissa sich wieder so wohlfühlte, dass sie auf der Reifenschaukel spielen oder sich mit etwas Ähnlichem ablenken ließ.

Sie betraten den offenen Raum, zu dem ein großes Foyer, das Wohnzimmer und die Küche gehörten und von dem viele Bürotüren und eine Treppe nach oben abgingen. Fünf Menschen, darunter Paul, saßen in der Küche. Ein frisch angeschnittener Kuchen stand auf dem Tisch und jeder hatte einen Teller und ein Stück Kuchen vor sich. Die leisen Stimmen und das fröhliche Lachen verstummten, als aller Augen zu Mary und Hannah wanderten. Offenbar fand hier gerade eine kleine Feier statt. Das war nicht die ruhige Atmosphäre, auf die Hannah gehofft hatte.

Paul entschuldigte sich und stand auf. „Hannah, Mary, hier entlang." Er ließ sein angebissenes Kuchenstück stehen und ging vor ihnen die Treppe hinauf. Als er oben angekommen war, hielt er ihnen eine Tür auf. „Wenn ihr euch in mein Büro setzt, wird jeder denken, Mary wäre hier, um wegen Sarahs Entlassung einige Papiere zu lesen. Da sie vom Verdacht der Brandstiftung völlig frei ist und zwischen ihr und der Gemeinde alles in bester Ordnung ist, wird sie morgen entlassen, obwohl Samstag ist."

Hannah, Mary und Lissa betraten das Büro.

Er warf einen Blick auf seine Armbanduhr. „Ich brauche mein Büro frühestens in einer Stunde wieder." Er schaute Lissa an. „Hast du Hunger?"

Lissa zuckte die Achseln, aber Hannah wusste, dass sie Hunger hatte, auch wenn sie bei Mary ein Sandwich gegessen hatte. Das schmächtige Mädchen konnte mehr essen als der Rest der Familie und war trotzdem rappeldürr.

Paul steckte eine Hand in seine Hosentasche. „Ich möchte wetten, dass du uns beiden ein Sandwich mit Erdnussbutter und Marmelade machen kannst."

Ihre Augen leuchteten auf. „Hast du auch Hunger?"

Paul nickte. „Und Halley hat einen selbst gebackenen Kuchen mitgebracht."

Lissa schaute zu Hannah und flehte sie stumm an, ihr zu erlauben, mit Paul zu gehen. Paul hatte einen Weg gefunden, Lissa von Hannahs Seite zu locken. „Geh ruhig."

Bevor er die Tür schloss, schaute er Hannah an. Sie flüsterte tonlos: „Danke", und er nickte.

Mary ging zur Tür, um sich zu vergewissern, dass sie tatsächlich zu war, und lehnte sich dann dagegen. Tränen traten ihr in die Augen und liefen ihr übers Gesicht.

„Was ist los?"

Sie wischte sich die Tränen ab und schaute Hannah in die Augen. „Ich habe einen riesengroßen Fehler gemacht. Wenn du mir nicht helfen kannst …"

„Ich bin hier, um alles zu tun, was ich kann." Sie berührte Mary an den Schultern und drückte sie sanft, bevor sie ihre Hände wieder wegnahm. „Erzähle mir, was los ist."

„Als ich mit Luke verlobt war, hat der Arzt mir gesagt, dass ich noch nicht heiraten soll, damit ich nicht schwanger werde. Ich habe es Luke nicht gesagt und …" Sie bewegte ihre Hand über ihren vorstehenden Bauch. „Ich wollte ihn nicht verlieren …"

Hannah wusste nur zu gut, wie es war, wenn man jemanden nicht verlieren wollte und ihm deshalb nicht die Wahrheit sagte. „Was hat der Arzt als konkreten Grund genannt, warum du nicht schwanger werden solltest?"

„Er sagte, dem Baby ginge es gut, aber die Wehen und die Entbindung könnten für mich gefährlich werden."

„Mary, wie konntest du das tun?"

„Sie ließ die Schultern hängen und schüttelte den Kopf. „Aber du hast doch auch deine Schwangerschaft vor Paul geheim gehalten."

„Meine Güte, hast du gesehen, was dabei herausgekommen ist?"

„Aber bei mir ist es etwas anderes und ich dachte, alles würde gut werden. Bitte, wir müssen eine Lösung finden. Ich habe so große Angst um das Baby und Luke und mich."

Hannah bemühte sich, ihr nicht zu zeigen, wie ungehalten sie war, und nickte. „Hast du irgendwelche anderen Symptome? Blutungen oder so etwas?"

„Nein."

„Irgendwelche Krämpfe im Bauch?"

„Nein."

„Okay, wir beginnen mit einer Untersuchung deiner Vitalwerte. Ich brauche meine Schwesterntasche aus dem Auto. Wir müssen einen Frauenarzt hier in der Gegend für dich finden. Das dürfte in diesem Schwangerschaftsstadium wahrscheinlich nicht leicht sein."

„Ich … ich gehe nicht zu irgendeinem Arzt. Dadurch bin ich überhaupt erst in diese Bredouille geraten. Sie sind arrogant und rechthaberisch und schauen auf uns Amisch herab. Du weißt, dass sie so sind."

„Nicht alle, nur ein paar." Hannah schüttelte den Kopf. „Ich habe noch nicht einmal meine zweijährige Schwesternausbildung abgeschlossen. Wenn du denkst, ich wäre die Antwort, irrst du dich."

„Diesen Ärzten kann man heute auch nicht mehr trauen als damals, als meine Mutter sich weigerte, zu ihnen zu gehen. Sie marschieren einfach herein, erteilen Befehle und entweder machst du es so, wie sie wollen, oder du kannst sofort wieder gehen." Sie schüttelte den Kopf. „Ich habe wirklich Angst, Hannah, aber ich höre immer wieder von schlechten Ärzten, die gern amische Patienten behandeln, weil wir sie nicht anzeigen, und es ist jedes Mal besser, sofort wieder zu gehen."

Marys starrer Eigensinn erinnerte Hannah an ihr eigenes Verhalten. Kein Wunder, dass sie sich als Kinder so gut verstanden hatten. Sie waren wie zwei Maultiere, die sich entgegen alle Vernunft völlig einig waren. „Mary, damit bindest du mir die Hände und deine Sicherheit und die Sicherheit des Babys sind in Gefahr."

„Ich dachte ..." Sie ging zu einem Stuhl und setzte sich. „Kennst du einen Arzt hier in der Gegend, dem wir vertrauen können?"

„Nein, aber vielleicht ..." Hannah kniete vor ihr nieder. „Würdest du Dr. Lehman vertrauen und dich von ihm untersuchen lassen? Er kann uns helfen, einen Arzt hier zu finden. Er kennt bestimmt jemanden."

„Würde er das tun?"

„Er hat mir, kurz nachdem ich in Ohio ankam, das Leben gerettet. Er ist vertrauenswürdig, aber es ist viel von ihm verlangt, wenn ich ihn bitte, hierher zu kommen."

Mary stand auf, nahm das Telefon von Pauls Schreibtisch und hielt es Hannah hin. „Bitte?"

Sie nahm das Telefon und legte es wieder in die Aufladestation zurück. Wie lange hätte Mary dieses Geheimnis für sich behalten, wenn Hannah nicht nach Owl's Perch gekommen wäre? „Wenn wir wissen, was los ist, musst du Luke alles sagen."

Mary wich zurück. „Das kann ich nicht."

„Ich beteilige mich nicht wieder an Unwahrheiten."

„*Unwahrheit* ist ein sehr hartes Wort."

„Was du getan hast, ist sehr hart. Ich weiß nicht, ob dir das bewusst ist."

Mary schürzte die Lippen und Hannah befürchtete, wenn sie nicht aufpasste, würde Mary sie auch von sich wegstoßen. Da sie sich wünschte, Mary würde erkennen, was sie getan hatte, legte Hannah eine Hand auf Marys Wange. „Machst du dir mehr Sorgen darum, dass du von dem Podest fallen könntest, auf das Luke dich gestellt hat, oder geht es dir darum, das zu tun, was richtig ist?“

„Er wird so sauer auf mich sein.“

„Äh, ja.“ Hannah bereute ihren sarkastischen Tonfall sofort. „Aber du wärst auch sauer, wenn er dir so etwas verheimlicht hätte. Und je länger er das Geheimnis für sich behalten hätte, umso ärgerlicher wärst du.“

Ihre Freundin drehte den Kopf zur Seite. Schließlich nickte sie. „Okay, ich sage ihm alles, wenn wir vom Arzt mehr wissen.“

Kapitel 19

In der Stille ihres Hotelzimmers, in dem Lissa neben ihr im anderen Bett schlief, beendete Hannah das Telefongespräch mit Dr. Lehman. Sie konnte nicht mehr schlafen und hatte ihn deshalb so früh angerufen. Seine Meinung deckte sich mit Hannahs Vermutungen: Marys Schmerzen waren auf eine Überlastung der Bänder zurückzuführen. Er hatte am Montag frei und sagte, es sei ohnehin höchste Zeit, seine Mutter in Lancaster wieder einmal zu besuchen, und es mache ihm nichts aus, die sechzig Kilometer zusätzlich zu fahren, um Mary zu untersuchen. Er sagte, er sei sogar dankbar für die Einladung, da er Hannahs Owl's Perch schon längst einmal sehen und einige Leute aus ihrer Vergangenheit kennenlernen wollte.

Seine Bereitschaft, sie zu unterstützen, überraschte sie immer wieder. Sie lehnte sich entspannt zurück und hatte die Bibel aufgeschlagen auf ihrem Schoß liegen. Ihr nasses Haar trocknete nach der Dusche, die sie vor zwei Stunden genommen hatte, an der Luft. In der ganzen Zeit, die sie ihn kannte, hatte Dr. Lehman sie nie im Stich gelassen. Er unterwies sie ständig, damit sie immer mehr Verantwortung als Schwester in seiner Klinik übernehmen konnte, und manchmal schien er von ihr mehr zu erwarten als von seinen Krankenschwestern, die eine vierjährige Ausbildung hinter sich hatten, aber vor allem war er für sie mehr wie ein Vater als ihr eigener Vater.

Lissa setzte sich auf und rieb sich die Augen. Ohne ein Wort zu sagen, schlüpfte sie zu Hannah ins Bett und kuschelte sich an sie. Hannah war so dankbar für die Liebe, die Kevin und Lissa in ihr Leben brachten, und streichelte dem kleinen Mädchen über die Haare und küsste sie auf den Kopf. „Wie geht es dir heute Morgen?"

„Ich habe Hunger."

Hannah streichelte ihren Rücken und genoss die wenigen Minuten, in denen sie ein Kind in den Armen halten konnte. „Dagegen müssen wir sofort etwas unternehmen, findest du nicht?“ Hannah klappte die Bibel zu.

Lissa legte die Hand auf das Buch. „Was stand heute Morgen darin?“

„Wenn jemand gegen mich sündigt und mich um Vergebung bittet, dann soll ich ihm vergeben.“

„Hat jemand gegen dich gesündigt?“

Hannah legte die Hand auf Lissas Kopf. „Ich dachte es und ich war nicht besonders nett zu diesem Menschen, aber jetzt bin ich nicht mehr sicher, ob er wirklich das getan hat, was ich ihm vorgeworfen habe.“

„Du warst sauer auf jemanden, der nichts Schlimmes gemacht hat?“

Hannah glitt aus dem Bett und wünschte, sie hätte sich besser im Griff gehabt, anstatt Paul so anzuschreien. „Sieht so aus.“

„Dann musst du jetzt um Vergebung bitten?“

Bei diesem unangenehmen Gedanken wand sich Hannah innerlich. „Jetzt werde ich dir erst einmal helfen, dich anzuziehen, und dann besorgen wir dir ein Frühstück.“

Nachdem Lissa Obst, einen Joghurt, ein halbes Brötchen und sogar etwas Müsli vom Frühstücksbüfett, das es im Hotel gab, gegessen hatte, gingen sie zum Auto und fuhren los, um Mary zu besuchen. Sarah müsste vor ungefähr einer Stunde aus der Klinik entlassen worden sein und dürfte inzwischen schon bei Luke und Mary angekommen sein. Hannah musste Mary berichten, was Dr. Lehman gesagt hatte, und dann wollte sie an diesem Wochenende mit Sarah so viel Zeit wie möglich verbringen, denn sie hatte nicht vor, in den nächsten paar Monaten wieder nach Owl's Perch zu kommen.

Sie ließen das Gebiet von Harrisburg hinter sich ließ und näherten sich Owl's Perch. Nach einer Weile tauchte Großmutter Waddells Haus vor ihr auf. Es hatte eine Zeit gegeben, in der sie dieses Haus mehr als alles andere geliebt hatte. Während sie ihren Blick über die Wiesen schweifen ließ und darüber staunte, wie schön das Haus und das Gelände in Ordnung gehalten wurden, entdeckte sie Paul, der damit beschäftigt war, einen Zaun zu reparieren.

Statt anzuhalten, drückte sie stärker aufs Gaspedal.

Sie schuldete ihm keine Entschuldigung. Er schuldete ihr eine.

Ihr Gewissen regte sich und ihre Haut prickelte, als würde sie mit stumpfen Nadeln gestochen. Er hatte sich bei ihr entschuldigt, mehrere Male sogar, und seine Worte hätten nicht aufrichtiger sein können. Sie hatte Entscheidendes vor ihm verheimlicht und ihm dann die Schuld gegeben, als er darauf reagierte. Sie schnalzte mit der Zunge und schnaubte.

Lissa ahmte sie nach und kicherte. Hannah schaute in den Rückspiegel. Lissas unschuldiges Lächeln warf ihre Ausflüchte über den Haufen. Was würde sie Lissa raten, wenn sie sich so benähme, wie Hannah das getan hatte – auch wenn sie ihre Reaktion als gerechtfertigt empfunden hatte?

Hannah setzte den Blinker, verlangsamte ihre Geschwindigkeit, wendete in einer Einfahrt und fuhr zu Großmutter zurück. „Lissa, ich muss kurz mit Paul sprechen, okay?"

„Glaubst du, er hat wieder Hunger und braucht ein Sandwich?"

„Nein, aber in der Nähe von dem Zaun, den er gerade repariert, ist eine Brücke, die über einen kleinen Bach führt. Du kannst dort spielen und Steine ins Wasser werfen, während ich mit ihm spreche, ja?"

Ihr Gesicht strahlte auf. „Eine überdachte Brücke?"

„Nein, aber sie ist von Bäumen umgeben."

Lissa war begeistert.

Hannah bog in Großmutters Einfahrt und hoffte, Dorcas wäre heute nicht da. Nicht weit hinter dem Haus kämpfte Paul gerade mit einem Zaunpfosten.

Sie stieg aus dem Auto und half Lissa, sich abzuschnallen. Dann gingen sie über den Hof. Bei jedem Schritt fragte sich Hannah, ob sie das Richtige tat. Erinnerungen an ihre gemeinsame Vergangenheit holten sie ein. Das konnte gar nicht anders sein. Was hatte sie sich nur dabei gedacht, hierher zu kommen? Außer einigen sehr kurzen Besuchen hatte sie ihn nie irgendwo anders als hier gesehen. Hier waren sie sich das erste Mal begegnet. Hier hatten sie miteinander gearbeitet. Hier waren sie Freunde geworden. Hier hatte sie sich in ihn …

Hör auf, Hannah.

Aber die Erinnerungen waren sehr lebendig. Ein seltsames Gefühl beschlich sie, als sie zwischen den tanzenden Schatten der umliegenden Bäume einen Blick auf die Brücke erhaschte. Als könnte sie in diesem Wald erneut Paul sehen, wie er damals vor ihr gestanden hatte: mit breiten Schultern, die Haare in der Farbe von Heu, blaue Augen, die sie bis in ihre Träume verfolgten.

Sie schaffte es einfach nicht, die Erinnerungen daran abzuschütteln und konnte keinen Schritt weitergehen. Sie erkannte, dass es keine gute Idee gewesen war, hierher zu kommen. Sie musste verschwinden, bevor er sie bemerkte, und griff nach Lissas Hand. „Komm, Lis …"

Lissa riss sich von Hannahs Griff los. „Hallo", schrie sie in Pauls Richtung.

Paul blickte auf.

Er richtete sich zu seiner vollen Größe auf und zog die ledernen Arbeitshandschuhe aus, bevor er sich über die Stirn wischte. Die Oktoberluft war kühl und Hannah und Lissa trugen dicke Strickpullover, aber Paul schien der Schweiß auf der Stirn zu stehen.

Lissa kam direkt vor ihm zum Stehen. „Brauchst du Hilfe?"

„Hallo, guten Morgen, Lissa." Pauls Blick wanderte zu Hannah und er schaute sie fragend an.

Sie atmete stockend ein, da sie beim besten Willen nicht imstande war, tief Luft zu holen. „Ich … wir … müssen reden."

„Klar. Wir hatten nie Zeit, um darüber zu sprechen, welche Fortschritte Sarah gemacht hat, oder welche Vorschläge ich hätte, wie man ihr weiterhelfen kann."

Hannah merkte es sofort, wenn jemand auf Distanz ging und bewusst nur berufliche Themen ansprach. „Es geht nicht um Sarah. Ich hatte gehofft, wir könnten einige Dinge klären, die …" Sie schaute zu Lissa hinunter. „Schau, gleich dort zwischen diesen Bäumen." Hannah ging in die Hocke und deutete zu der Brücke. „Siehst du sie?"

Lissa nickte.

„Du kannst ein paar Steine sammeln und sie ins Wasser werfen, aber du darfst nicht zum Wasser hinuntergehen, okay?"

Lissa drehte sich um und drückte sie ganz fest. Sie warf sie mit ihrer Begeisterung fast zu Boden, bevor sie zu den Bäumen und der Brücke lief.

Hannah hatte schnell die Hand auf die Erde gelegt, um sich abzustützen und ihr Gleichgewicht nicht vollständig zu verlieren. Paul hielt ihr eine Hand hin und sie ergriff sie.

Nachdem er ihr wieder auf die Beine geholfen hatte, deutete er zum Haus. „Warte bitte eine Minute. Ich hole uns zwei Stühle."

Hannah blieb auf der Wiese stehen, wo sie Lissa sehen konnte, die fröhlich dem Bach und den Bäumen ein Lied vorsang. Eine Minute später stellte Paul zwei Gartenstühle neben sie. Sie war zu beschämt und zu nervös, um sich setzen zu können.

Es war Zeit, ihren Teil zu sagen und dann wieder zu gehen. Das klang sachlich und nüchtern, aber in ihrem Kopf drehte sich alles und sie zitterte am ganzen Körper. Noch schlimmer, sie merkte, dass ihr die Tränen in den Augen brannten, was sie wirklich ärgerte, aber sie musste diese Sache hinter sich bringen. „Es war nie meine Absicht, dich zu täuschen, Paul. Nie. Aber es lief leider darauf hinaus. Vieles von dem, was ich dir jetzt sagen werde, hast du wahrscheinlich selbst schon herausgefunden, aber ich muss es trotzdem sagen, okay?"

Er stand nur einen Meter neben ihr. Sein Blick wanderte über die riesige Weide hinter Großmutters Haus bis zu der Schotterstraße. „Das verstehe ich. Es wird uns sicher beiden helfen."

Lissas Stimme drang zu ihnen herüber. Sie sang immer noch. Hannah spürte das schwere Gewicht der zwei Welten, in denen sie lebte, der Welt, die einen Grund hatte zu singen, und der Welt, die sie immer noch traurig machte. Schließlich setzte sie sich.

„Als ich an dem Tag, an dem du mir einen Heiratsantrag gemacht hast, auf der Schotterstraße nach Hause ging, fuhr ein Mann, der ungefähr in deinem Alter war, neben mich, blieb stehen und fragte mich nach dem Weg. Ich erkannte schnell, dass ich verschwinden musste, aber als ich weglaufen wollte …" Sie schloss die Augen und bemühte sich verzweifelt, diese wenigen Minuten nicht erneut zu durchleben. „Daher hatte ich die Narben auf meinen Handflächen, die dir auffielen, als wir uns zwei Monate später das nächste Mal sahen. Erinnerst du dich?"

„Ja." Seine leise Stimme war kaum hörbar.

„Danach … hat er versucht, mich mit seinem Auto zu überfahren, aber irgendwie bin ich ihm entkommen und rannte nach Hause." Hannah starrte auf den Boden und erinnerte sich daran, wie ihre Probleme zu Hause noch schlimmer geworden waren. „Ich wollte dich anrufen, ich wollte mir von dir helfen lassen, das alles zu begreifen, ich wollte von dir hören, dass wir immer noch eine gemeinsame Zukunft hätten …" Tränen liefen über ihre Wangen. „Obwohl sie nichts von dir wussten, sagten *Mamm* und *Daed*, dass niemand mich je heiraten würde, wenn sich herumspräche, dass ich überfallen worden war, und dass ich es niemandem sagen sollte. Nicht einmal meinen eigenen Geschwistern." Sie hob den Blick und sah die tiefe Traurigkeit in Pauls Gesicht. „Und da habe ich mich entschieden, die Vergewaltigung zu verheimlichen. Ich konnte nicht einmal das Wort sagen, bis …" Sie beendete ihren Satz nicht. „Die Wochen, die danach kamen, waren unerträglich. Du hast nicht geschrieben. Meine Eltern verboten mir, wieder zu deiner Großmutter zu gehen. Und ich fragte mich, ob du wirklich gesagt hattest, dass du mich heiraten willst. Heute weiß ich, dass ich unter Schock stand, später litt ich unter posttraumatischem Schock und Depressionen."

Als er sie anschaute, sah sie, dass in seinen Augen auch Tränen standen.

Er stellte den leeren Stuhl direkt ihr gegenüber ins Gras und setzte sich. „Ich weiß, dass wir darüber schon einmal gesprochen haben, aber ich habe dir wirklich geschrieben. Das kannst du mir glauben. Der Brief kam nie bei Großmutter an, und dann hatte sie plötzlich das Gefühl, es sei falsch, uns zu erlauben, über ihren Briefkasten miteinander zu kommunizieren, wenn dein *Daed* nichts von mir wusste. Ich war an der Uni und sehnte mich danach, in Owl's Perch bei dir zu sein … wie wenn ein Teil von mir gewusst hätte, dass du mich brauchst, aber ich zwang mich, mich weiterhin auf unsere Zukunft zu konzentrieren."

Sie begriff, dass sie nicht die Einzige war, die falsche Entscheidungen getroffen hatte und sie nun bereute. Sie begann, den Menschen zu sehen, für den sie ihn früher gehalten hatte. Einen Menschen, der sie nicht belogen oder bestohlen oder gar im Stich gelassen hatte, einen Mann, der einen Fehler gemacht und dafür teuer bezahlt hatte. „Ich klammerte mich an eine einzige Hoffnung. Es war das Einzige, was mir geholfen hat, alles andere zu ertragen. Ich hoffte, dass du es nicht herausfinden würdest und dass ich dich nicht verlieren würde. Aber dann, Ende November, erfuhr ich, dass ich schwanger war."

„Hannah", rief Lissa vom Waldrand. „Kann ich ein Blatt holen und es ins Wasser werfen?"

Hannah zwang sich zu einem schwachen Lachen. „Ja, Lissa, das kannst du."

Er schob seine Finger ineinander, stützte die Unterarme auf seine Knie, beugte sich zu ihr vor und flüsterte: „November?"

Sie nickte. „Unkenntnis, Vertuschen, die Depressionen und dann Marys Unfall, bei dem sie fast gestorben wäre, das alles trug dazu bei, dass ich gar nicht auf diese Idee kam. Erst nach dem letzten Tag, an dem wir uns hier getroffen haben, fand ich heraus, dass ich schwanger war."

Paul streckte seine ineinander verschränkten Finger aus und starrte seine Hände an. „Der Tag vor Thanksgiving."

„Ja. Wir hatten uns so lange nicht gesehen. Meine Eltern wussten nicht, warum ich zu deiner Großmutter gehen wollte, aber ihnen war klar, dass ich dafür alles tun würde, was sie von mir verlangten. Sie bestanden auf einem Schwangerschaftstest zu Hause. Ich machte ihn, lief aber danach sofort los, um hierher zu kommen. Ich verbrachte diesen Tag mit dir und war mir so sicher, dass ich nicht schwanger war, so fest überzeugt, dass Gott das nicht zulassen würde, weil es alles kaputt machen würde. Du hattest recht: Ich war naiv. Ich habe viele Gerüchte, die du gehört hast, ausgelöst, aber ich hatte nie die Absicht, mit irgendjemand zu flirten."

Pauls Fingerspitzen bewegten sich bis auf wenige Zentimeter an ihre heran, bevor er sie zurückzog. „Ich weiß, dass du unschuldig warst, Hannah. Meine Eifersucht und meine Verwirrung waren nur von kurzer Dauer. Meine Verlobte, die mich zum ersten Mal geküsst hat, als wir schon einige Monate verlobt waren, musste unschuldig sein."

„Ich war nicht frei von Schuld. Ich war egoistisch und wollte die Wahrheit, dass ich schwanger war, verbergen. Das hat Rachel vielleicht das Leben gekostet. Erinnerst du dich an die Nacht, in der du zu Mary kamst, um mit mir zu sprechen? Ich wusste es damals nicht, aber später wurde mir klar, dass ich zu dieser Zeit schon Wehen hatte."

Pauls durchdringender Blick vertiefte sich. „Ich dachte, die Wehen hätten vielleicht zu früh eingesetzt, weil ich dich einfach stehen ließ und von dir weglief."

Hannah stockte der Atem. Was hatte sie ihm angetan? „Nein, ich hatte etwas gegen die Schmerzen genommen und lag im Bett, als du bei *Mammi* Annie ankamst. Erinnerst du dich?"

Er nickte.

Sie fuhr sich mit den Fingern durch die Haare und setzte einige lose Strähnen wieder in ihren Knoten zurück. Zum ersten Mal fragte sie sich, was er eigentlich von ihrem modernen Aussehen hielt. Er war der Einzige, der sie deshalb nicht missbilligend angeschaut hatte. „Ich hatte am nächsten Morgen ein Gespräch mit den Kirchenältesten. Meine Hoffnung war, dass sie mir die Vergewaltigung glaubten. Sonst würde mir nicht erlaubt werden, bei irgendjemand innerhalb der Amischgemeinschaft zu leben. Sie zweifelten an dem, was ich ihnen erzählte, und der Bischof bestand darauf, dass ich eine Nacht allein verbrachte, um über meine ‚Geschichte' nachzudenken. In dieser Nacht entband ich das Kind." Hannah machte eine Pause, zwang sich dann aber, weiter zu erzählen. „Matthew hat einen Sarg für Rachel gebaut und wir haben sie begraben. *Daed* ließ mich nicht nach Hause kommen. Marys Eltern sagten, ich könnte nicht länger bei ihnen bleiben. Ich ... ich dachte, dass niemand mich bei sich aufnehmen würde." Sie schloss die Augen und brauchte einen Moment, um neue Kraft zu schöpfen. „Als ich bei der Bank anrief, erfuhr ich, dass das ganze Geld von unserem Konto fort war. Ich ... ich dachte, du hättest es genommen."

„Wenn wir nur miteinander hätten sprechen können ..."

„Zu diesem Zeitpunkt war für mich alles so schlimm, dass Reden nicht geholfen hätte. Ich konnte niemandem gegenüber in Worte fassen, was passiert war. Außerdem hat sich ein Mädchen am Telefon gemeldet, als ich in deiner Wohnung anrief, und nach allem, was passiert war, musste ich mir sagen, dass es keine Hoffnung mehr für uns gab, und ich stieg in diesen Zug."

Der Schmerz in seinem Gesicht sagte mehr als tausend Worte. „Ich wohnte mit drei anderen Studenten zusammen, bei denen immer irgendwelche Mädchen waren, aber mir hat nie jemand ausgerichtet, dass du angerufen hast. Und ich hatte nie etwas mit diesen Mädchen zu tun. In der Nacht, als du mit Naomi Esh und Matthew in Harrisburg warst, war ich hier, um dich zu suchen. Ich habe mir sogar das Handy eines Freundes ausgeliehen und habe dafür gesorgt, dass hier, bei meinen Eltern und in meiner Wohnung Leute am Telefon saßen, falls du versuchen würdest, mich anzurufen."

Sie schaute Paul direkt in die Augen und war nicht in der Lage, den Blick von ihm abzuwenden. Am Abend, bevor sie in den Zug gestiegen war, hatte sie in seiner Wohnung angerufen. Ein Mädchen war ans Telefon gegangen und hatte ihr versprochen, Paul auszurichten, unter welcher Nummer er sie zurückrufen konnte. Er hatte nie zurückgerufen. Neun Monate, nachdem sie nach Ohio gefahren war, hatte sie wieder versucht, ihn zu erreichen. Dieses Mal hatte sie bei seiner Großmutter angerufen. Dieselbe junge Frau war am Telefon gewesen, wahrscheinlich jemand aus seiner Familie oder seinem Freundeskreis. Möglicherweise Dorcas.

Hannah wollte andere nicht beschuldigen. Trotzdem erfüllte sie ein unbehagliches Gefühl, weil Paul von keinem ihrer Anrufe erfahren hatte. Sie zwang sich zu einem Lächeln. Die Frau, mit der sie gesprochen hatte – egal, wer es war –, hatte vielleicht gelogen, aber Hannah war diejenige gewesen, die spurlos verschwunden war und sich versteckt hatte. Sie war diejenige, die sich nicht stärker darum bemüht hatte, ihn zu erreichen, die in einem Dreivierteljahr nur zweimal angerufen hatte und sich danach nie wieder gemeldet hatte.

Sie atmete tief ein und spürte, dass ihre Last trotz der Wahrheit, die sie hier erfuhr, leichter wurde. „Selbst wenn wir vor meiner Abfahrt miteinander gesprochen hätten, hätte ich trotzdem gehen müssen. Luke hat damals meine Entscheidung, von hier wegzufahren, infrage gestellt und gesagt, ich hätte dir keine große Chance gegeben, dich auf diese schockierende Situation einzustellen. Aber, Paul …" Sie legte den Kopf schief und vergewisserte sich, dass er sie anschaute. „Ich musste weg aus Owl's Perch. Selbst wenn wir miteinander gesprochen hätten, hätte ich das Gefühl gehabt, du hättest nur Mitleid mit mir. Ich hätte mich nie wie eine geliebte Verlobte oder Ehefrau gefühlt. Kannst du das verstehen?"

Er nickte. „Ich wusste, dass du Zeit brauchtest. Ich wollte dir das nie nehmen, aber ich hätte dir so gern gesagt, dass ich dir glaube und dass ich das Geld nicht genommen habe und dass ich für dich da bin, wenn du mich brauchst."

Aber Hannah wusste, wenn sie geblieben oder viel früher zurückgekehrt wäre, dann hätte sie sein Leben ruiniert. Seine Eltern und seine Kirche hätten sie nicht akzeptiert, nicht bei dem Ruf, der ihr anhing. Und sie hätte nie geglaubt, dass er sie tatsächlich liebte. Zu jenem Zeitpunkt hatte sie gar kein Selbstwertgefühl und sie war an Geist und Seele zutiefst verletzt gewesen.

Sie stand auf. „Die gute Nachricht ist, dass ich dadurch meine Tante kennenlernte. Ich verdanke ihr so viel. Sie hat mir geholfen, mich selbst und einen Beruf zu finden. Sie hat einen guten Samen in mich gelegt und mir versichert, dass auch eine Frau das Recht hat, ihren Traum zu verfolgen. Sie hat mir vorgelebt, was Vergebung und Hoffnung bedeutet. Ich bereue diese Zeit nicht."

Paul richtete seinen Oberkörper auf. Ihm war anzusehen, dass er ein wenig entspannter war. „Ich ... ich wusste immer, dass du, wenn du zurückkommst, geheilt und erfolgreich bist."

Sie schnaubte. „Stattdessen bin ich streitsüchtig und schwierig."

Ein leises Lachen vertrieb die letzten Sorgenfalten von seiner Stirn. „Darauf hatte ich mich auch eingestellt."

Sie lachten miteinander. Dieses Lachen gab ihr das unerklärliche Gefühl, wieder versöhnt zu sein. So, als ob sie erst wirklich die Vergangenheit hinter sich lassen konnte, wenn sie mit anderen, deren Leben ebenfalls aus der Bahn geworfen worden war, Frieden schloss.

„Hannah." Lissa sang ihren Namen.

„Ja?"

„Kann ich einen Stock ins Wasser werfen?"

„Ja, und du hast ungefähr noch fünf Minuten, okay?"

„Okay."

Hier mit Paul und Lissa bei Großmutter Waddell zu sein weckte in ihr ein Staunen über das Leben, das um sie herumtanzte.

Hannah atmete tief ein und schaffte es, ihre Worte mit ein wenig mehr Stärke zu beenden. „Ich dachte, ich würde den Verstand verlieren, aber mit jeder Kleinstadt, in der der Zug anhielt, keimte neue Hoffnung in mir auf. Ich hatte das Gefühl, immer mehr von dieser erdrückenden Ohnmacht hinter mir zu lassen, und ich konnte endlich wieder atmen."

„Du hast mir den ‚Trotzdem'-Brief geschrieben."

Sie nickte. „Ich wollte etwas von der Last von dir nehmen, genauso, wie es mich befreit hat, von hier wegzugehen, aber dann ..." In ihr regten sich negative Gefühle, weil er anscheinend schnell über sie hinweggekommen war und ein anderes Mädchen gefunden hatte, kurz nachdem er mit ihr Schluss gemacht hatte. Sie schluckte schwer. „Aber später machten sich negative Gefühle in mir breit und ich gab dir die Schuld für Dinge, für die du nichts konntest. Das tut mir leid."

Er legte eine Hand auf ihre Schulter und wartete, bis sie ihn anschaute. „Dir ist vergeben."

Sie verlagerte ihr Gewicht und wünschte, sie hätte schon alles gesagt und könnte jetzt einfach gehen. „Auch wenn ich mich anders benommen habe, bin ich zufrieden und habe normalerweise keine Wutanfälle. Aber ein Grund, warum ich heute zu dir gekommen bin, ist, dass ich nichts mehr verheimlichen und verstecken will."

Paul schüttelte den Kopf. „Ich … ich verstehe nicht, was du damit meinst."

„Wenige Wochen, nachdem ich in Ohio angekommen bin, habe ich meinen Nachnamen in Lawson geändert."

Falten zogen über seine Stirn. „Das ist nicht der Name deines Mannes?"

Sie schüttelte den Kopf. „Ich … ich bin nicht verheiratet."

Er deutete auf ihre linke Hand. „Aber du bist verlobt?"

Mit ihrer rechten Hand legte Hannah die Finger um den Ring an ihrer linken Hand und berührte die Steine – einen Diamanten und einen Rubin. „Er hat gefragt, aber …"

Er stand auf und drehte ihr abrupt den Rücken zu.

Hannah blinzelte und war ein wenig verunsichert. „Ich habe nicht Ja gesagt, aber ich liebe ihn. Wir haben Kevin und Lissa und wir sind eine gute Familie."

Paul drehte sich um und schaute zu Lissa hinüber. Aus seinen Augen sprachen Gefühle, von denen Hannah nichts erfahren würde. „Sie ist ein liebes Mädchen."

„Ja, sie und Kevin sind wirklich wunderbare Kinder." Hannah atmete tief durch. Es war vorbei. Sie hatte getan, was sie hatte tun müssen, und jetzt war es Zeit, zu gehen und sich wieder auf ihr Leben in Ohio zu konzentrieren. „Lissa, wir müssen gehen."

Lissa stand auf der Brücke unter den Bäumen und verschränkte schmollend die Arme vor sich. „Ach, jetzt noch nicht."

„Lissa Ann Palmer."

Das kleine Mädchen kam angelaufen. „Ich komme ja schon." Sie kam unter den Bäumen hervor und wischte sich ihre schmutzigen Hände an ihrem Pullover ab. „Bevor du wieder drohst, mir die Nachspeise wegzunehmen."

Paul schaute Hannah an. „Hannah", schalt er sie im Spaß.

Sie zuckte die Achseln. „Ich brauche ein Druckmittel. Und du hast gesehen, wie sie auf Essen reagiert."

Paul gab ihr recht und schob die Hände in seine Hosentaschen. „Ich bin froh, dass Sarah dich nach Hause geholt hat. Dass wir endlich an diesen Punkt gekommen sind, war jeden Wutausbruch, den du hattest, wert."

Lissa lief singend an ihnen vorbei zum Auto.

Paul ging neben Hannah her. „Wie geht es Mary?"

„Ich habe gestern Abend mit ihr gesprochen. Ich denke, dass bei ihr alles gut wird, aber um das mit Gewissheit sagen zu können, sind noch einige Dinge nötig."

„Ich bin sicher, dass es ihr allein schon deshalb besser geht, weil sie dich hat und mit dir reden kann."

Hannah lehnte sich an ihr Auto und staunte immer noch, dass sie an diesen Punkt gekommen waren. Paul war immer noch derselbe, aber die Abneigung, die sie so lange in sich hatte wüten lassen, war verschwunden und an ihre Stelle waren Ruhe und Frieden getreten. „Ich bin auch dankbar, dass sie wieder zu meinem Leben gehört, aber in ihrer Situation ist mehr nötig als Freundschaft." Sie brach ab und versuchte abzuwägen, wie viel sie ihm verraten sollte. „Paul, es könnte sein, dass ich deine Hilfe brauche."

„Klar. Jederzeit. Was kann ich für dich tun?"

Hannah fühlte sich plötzlich wieder verwundbar und öffnete ihre Autotür. „Ich … ich lasse es dich später wissen … ich rufe dich an … oder ich sage Dr. Lehman, dass er mit dir sprechen soll."

meiste von dem, was ich brauche, habe ich bei mir. Das eigentliche Problem ist, dass ich in Pennsylvania keine Praxislizenz habe. Das spielt zwar innerhalb der Amischgemeinschaft keine Rolle, aber was die Regeln und Bestimmungen in Ihrer Klinik angeht, könnte das ein Problem darstellen."

„Ich werde das mit meinen Vorgesetzten klären. Die Klinik hat keinen fest angestellten Arzt, aber wir haben einen Arzt, den wir unter bestimmten Bedingungen als verantwortlichen Arzt angeben können. Auf diesem Weg könnten wir vielleicht die formalen Probleme umgehen. Bob Marvin ist Eigentümer und Geschäftsführer der Klinik. Von ihm können Sie die nötigen Antworten bekommen, aber er ist an diesem Wochenende nicht in der Stadt und hat mitteilen lassen, dass er nicht zu erreichen ist."

„Ich habe am Montag frei und hatte vor, an diesem Tag nach Lancaster zu fahren, um Verwandte zu besuchen. Ich hatte gehofft, ich könnte dabei einen Abstecher nach Owl's Perch machen. Besteht eine Chance, dass ich irgendwann am Montagvormittag eine Antwort von Ihnen bekomme?"

„Das dürfte kein Problem sein."

„Wenn es vonseiten der Klinik keine Probleme gibt, bin ich am Montagnachmittag dort, denn je früher die Sache geklärt werden kann, umso schneller kann Hannah wieder zum Unterricht gehen."

Paul nahm einen Stift und einen Zettel vom Kühlschrank. „Hannah ist sicher sehr erleichtert, dass Sie Mary helfen können."

„Sie bedeutet mir sehr viel und ich helfe ihr gern, wenn ich kann. Ich gebe Ihnen meine Telefonnummer und Sie rufen mich an, sobald Sie eine Antwort haben."

„Ich habe einen Stift. Sie können mir Ihre Nummer diktieren." Er schrieb die nötigen Informationen auf, verabschiedete sich von Dr. Lehman und fragte sich, wie Hannah die Bekanntschaft dieses Arztes gemacht hatte.

Er steckte den Zettel in seine Hosentasche. Während er aufgewühlt zu seinem Aquarium ging und die Fische fütterte, wünschte er, er hätte die heutige Wanderung mit Marcus, Ryan und Taylor nicht abgesagt. Eine Ablenkung mit seinen Freunden wäre jetzt sehr angenehm.

Er konnte sich nicht konzentrieren. Er konnte nicht essen. Er konnte nicht schlafen. Ja, die Verwirrung wegen Hannah war wieder in sein Leben zurückgekehrt. Er ging zum Sofa und starrte die schwimmenden Fische im Aquarium an. Die Sonne ging unter und bis auf das Licht im Aquarium war es im Zimmer dunkel geworden.

Ein lautes Klopfen riss ihn aus seinen Gedanken.

Er öffnete seine Wohnungstür und sah seinen Vater und Dorcas vor sich stehen. Sie sah zerbrechlich und aufgewühlt aus.

„Was ist passiert?“ Er trat einen Schritt zurück und ließ die beiden eintreten.

Sein Vater legte die Hand auf Dorcas' Rücken und führte sie herein. „Ich habe mehrere Male geklopft. Hast du mich nicht gehört?“

Paul schüttelte den Kopf. „Ich habe niemanden erwartet.“

Sein Vater schaute ihn forschend an. „Ich war unterwegs, um Großmutter zu besuchen. Dorcas hat mich gebeten, sie mitzunehmen und bei dir abzusetzen.“

Dorcas' Gesicht war blass.

„Geht es dir gut?“

Sie zuckte die Achseln.

Sein Vater legte seine Hand auf Pauls Arm und drückte ihn freundlich. „Ich muss los. Deine Großmutter erwartet mich. Bringst du Dorcas später nach Hause oder soll ich auf dem Rückweg wieder vorbeikommen und sie mitnehmen?“

„Ich kümmere mich darum, dass sie nach Hause kommt. Danke, Dad.“

Er schloss die Tür hinter seinem Vater und drehte sich zu Dorcas herum. Er vermutete, dass sie Wind davon bekommen hatte, wie viel Kontakt er zu Hannah hatte. Vielleicht hatte sogar Großmutter ihr erzählt, dass Hannah auf ihrem Hof gewesen war, um mit ihm zu sprechen, aber er war sich nicht sicher, was er Dorcas erzählen sollte. „Was ist los?“

Sie hielt einen weißen Umschlag in die Höhe. „Ich … ich habe das heute mit der Post bekommen.“ Sie brach in Tränen aus und lehnte sich an seine Brust. „Was ist nur mit mir?“

Paul legte die Arme um sie. Sie hatte seit fast zwei Jahren Anfälle von Muskelschwäche und eine überempfindliche Haut und hatte vor einigen Wochen eine Reihe von Untersuchungen durchführen lassen. „Sind das die Ergebnisse?“

Sie nickte und ihr Schluchzen wurde stärker.

Er streichelte ihren Rücken und bedauerte es, dass sie so viel durchmachen musste. „Es wird wieder gut werden, Dorcas. Egal, was passiert, deine Familie und auch meine werden dir beistehen."

Sie weinte und redete stundenlang, bevor der Schlaf sie übermannte. Er ließ sie auf dem Sofa liegen, legte ihre Beine auf die Kissen und deckte sie mit einer Wolldecke zu. Sie hatte zweieinhalb Jahre treu darauf gewartet, dass er über Hannah hinwegkam. Sie hatte bei jedem Schritt in dieser schwierigen Zeit zu ihm gestanden, während er vor Sehnsucht nach Hannah fast vergangen war.

Jetzt brauchte sie ihn. Dringend.

Von seinem Sessel aus betrachtete Paul die Frau, die auf seinem Sofa schlief, und zwang sein Herz, etwas für sie zu empfinden. Er konnte den Gedanken nicht ertragen, wieder jemanden im Stich zu lassen, der in einer schwierigen Situation steckte. Hannah hatte jemanden. Dorcas hatte nur ihn.

Er nahm den offiziellen, mit Maschine geschriebenen Brief vom Wohnzimmertisch, faltete ihn auseinander und lehnte sich in dem Sessel zurück. Ein schwacher Lichtstrahl vom Gang fiel auf die Seite. Jedes Testergebnis war negativ, was eigentlich eine gute Nachricht war, wenn ihre unerklärlichen Symptome nicht wären: die Gelenkschmerzen, die Überempfindlichkeit der Haut, die Unfähigkeit, klar zu denken oder sich von einer Minute auf die andere an etwas zu erinnern.

Da er für sie da sein musste, bemühte er sich, alle Gedanken an Hannah ins rechte Licht zu rücken.

Dorcas schlug die Augen auf.

Paul schob den Brief zwischen das Sofakissen und die Sessellehne. „Hallo. Wie fühlst du dich?"

Sie setzte sich auf. „Ein bisschen dumm, weil ich hierher gekommen bin und in deinen Armen geweint habe, bis ich eingeschlafen bin."

„Das ist kein Problem. Du warst aufgewühlt und es war gut, dass du zu mir gekommen bist."

Dorcas schaute ihn lange an. „Wie spät ist es?"

„Ungefähr zwei Uhr in der Früh."

Sie zuckte zusammen, als sie versuchte, sich aufzusetzen.

Paul ging zu ihr und reichte ihr die Hand. „Ich habe deine Eltern angerufen, damit sie sich keine Sorgen machen. Sie hätten sich gewünscht, dass du ihnen erzählst, was los ist." Er half ihr auf die Beine. „Kannst du stehen?" Bei dem Schmerz, der über ihr Gesicht zog, krampfte sich in seinem Bauch alles zusammen.

Sie nickte und legte die Hände um seinen Arm.

Er streichelte ihre Hand. „Was hältst du davon, wenn ich dir etwas zu essen hole oder einen heißen Tee koche, bevor ich dich nach Hause bringe?"

Sie legte die Arme um ihn. „Ich brauche dich, Paul."

Er legte seinen Kopf an ihren. „Und ich bin für dich da, genauso, wie du für mich da gewesen bist, okay?"

Kapitel 21

Als Matthew die Dusche abstellte, tat ihm der ganze Körper weh, aber trotzdem hatte er so viel Energie wie seit sehr langer Zeit nicht mehr. Die Trauer um David ließ ihn keine Sekunde los, aber er konnte jetzt trauern und trotzdem weiterleben. Das war eine angenehme Verbesserung seines Zustands. Vor ihm und Luke lagen zwei Wochen Schwerstarbeit, um die alten Gebäude abzureißen und die verbrannten Teile fortzuschaffen. Ihm graute davor, da er während dieser Arbeit bestimmt ständig den Tag des Brandes vor sich sähe, den Tag, an dem David gestorben war, aber es musste sein. Sie wollten morgen anfangen. Heute war Gottesdienstsonntag und er hoffte, er würde ihm die Kraft schenken, die nächsten zwei Wochen zu bestehen.

Kaffeeduft lag in der Luft, als er mit dem Rasieren fertig war. Als er wenig später in seine Sonntagskleidung schlüpfte, drang außerdem der verlockende Geruch nach Hackbraten und Zimtschnecken ins obere Stockwerk. Er trat auf den Gang hinaus und stieß fast mit seiner Mutter zusammen, die sich müde aus ihrem Schlafzimmer schleppte.

„*Mamm*, gehst du heute nicht zur Kirche?“

Tränen liefen ihr über die Wangen. *„Ich kann net.“*

„Doch, *Mamm*, du kannst.“ Er küsste sie auf die Stirn. „Wir brauchen dich. *Daed* sehnt sich nach dir. Zurzeit fühlt er sich, als hätte er seinen Sohn und seine Frau verloren. Peter braucht seine *Mamm* auch dringend. Er ist noch ein Kind, aber er wird so schnell erwachsen. Und Kathryn sollte nicht versuchen müssen, auch noch den ganzen Haushalt zu erledigen, während sie mir hilft, das Geschäft wieder aufzubauen.“

„Ach, wenn ich für meinen lieben David doch eine bessere Mutter gewesen wäre.“ Sie wischte sich die Tränen aus dem Gesicht. „Ich hätte so gern eine zweite Chance.“

Schuldgefühle. Diese hoffnungslosen, kräftezehrenden Schuldgefühle.
Er hasste diese niederdrückenden Gefühle.

„*Kumm.*" Er legte ihr den Arm um die Schultern. „Bitte."

Sie nickte schwach und er begleitete sie nach unten.

Kathryn klappte die Ofentür zu und drehte sich ihnen zu. Ihre sanften Augen schauten seine Mutter mit großem Verständnis an, aber als ihr Blick weiter zu Matthew wanderte, funkelte noch etwas anderes in ihnen auf. Vielleicht hoffte er aber auch nur, er würde mehr darin sehen. Sein *Daed* stapfte durch die Hintertür in die Küche und Peter ließ die Vordertür zuknallen, als er eintrat.

„Die Pferde kommen ins Haus, ja?", bemerkte Kathryn lächelnd zu seinem *Daed.*

Peter schaute sie schuldbewusst an. „Entschuldigung, ich bin über den Futtereimer gestolpert."

„Im Haus?" Kathryn bedachte Peter mit einem ungläubigen Kopfschütteln.

„Ja. Tut mir leid."

„Wisst ihr, dass ich für so einen Unsinn nicht genug bezahlt bekomme?" Sie zwinkerte *Mamm* zu und schenkte ihr eine Tasse Kaffee ein.

Als Kathryn zum Herd ging und den Kaffeetopf auf die Ofenplatte stellte, trat Matthew neben sie. „*Mamms* Schuldgefühle werden schlimmer und nicht besser." Er nahm den Teller mit dem Hackbraten.

Kathryn schaute zu ihm auf.

Er zuckte die Achseln. „Ich hatte gehofft, du wüsstest vielleicht, was man ihr sagen kann."

Kathryn nahm die Pfanne mit den abgekühlten Zimtschnecken vom hinteren Ofenrand. „Ich … ich habe keine Ahnung, was man ihr sagen kann. Sonst hätte ich es schon getan."

„Wir müssen etwas unternehmen."

Sie nickte und sie gingen beide zum Tisch und stellten die Sachen in die Mitte.

Kathryn verteilte die Stoffservietten und setzte sich an ihren Platz.

„*Mamm*, du weißt, dass Kathryn auch mit sehr viel Trauer fertig werden musste."

Mamm rührte ihren Kaffee um. „Ja, ich weiß."

Kathryn nahm einen Schluck Kaffee und stellte die Tasse wieder auf den Tisch. „Als mein Bruder starb, hatte ich das Gefühl, nicht zu wissen, wie ich mit der Liebe, die ich nur zu ihm hatte, umgehen sollte. Es war, als hätte sie sich in mir aufgestaut und ich sehnte mich danach, wieder etwas für ihn zu tun. Dann begann ich, ständig die Situationen zu durchleben, in denen ich mit ihm gestritten hatte."

Mamm nickte. „Ja, so geht es mir auch."

Daed setzte sich und schenkte sich einen Kaffee ein. „Ich habe oft das Gefühl, an ihm versagt zu haben. In den letzten Jahren war ich oft wochenlang mit den amischen Zimmerleuten unterwegs und von zu Hause fort." Tränen traten in seine Augen. „Ich vermisse die Tage, in denen die meisten Amisch von der Landwirtschaft leben konnten."

Im Raum wurde es still, wie so oft seit Davids Tod, aber dieses Mal schien ein leichter Hauch von Hoffnung in der Luft zu liegen, ganz ähnlich wie der unsichtbare Duft nach Kaffee und Zimtbrötchen.

Peter schob seinen Stuhl zurück. „Ich hatte ihm versprochen, ihm an jenem Tag in der Werkstatt zu helfen. Wenn ich dort gewesen wäre, hätte ich das Benzin gerochen, bevor es Feuer fangen konnte."

Mamm keuchte und griff nach Peters Hand. Mit dieser abrupten Bewegung warf sie ihren Kaffee um. „Nein! Wenn du dort gewesen wärst, hätte ich dich womöglich auch verloren. Du hast keinen guten Geruchssinn, Kind. Wie kommst du denn auf diese Idee?"

Peter begann zu weinen und gleichzeitig zu lachen. Kathryn wischte den verschütteten Kaffee weg. Matthew entging nicht, dass *Daed* Kathryn zunickte; es war eine leichte Bewegung, die jedoch seine volle Zustimmung verriet.

Als Kathryn sich wieder an den Tisch setzte, schob Matthew den Arm über ihre Rückenlehne und sie flüsterte: „Echte Liebe, sie ist das Beste und Schmerzlichste, was Gott uns schenken kann."

„Dann sollte man also lieber sagen: ‚Ich leide an dir.'" Seine Worte waren leise und er bemühte sich, ein Lachen zu unterdrücken.

„Nur wenn man es mit dir zu tun hat, Matthew Esh."

Er lachte laut. Seine *Mamm* schaute ihn fragend an. Er deutete auf Kathryn. „Das ist ihre Schuld."

Die Augen seiner Mutter zogen sich zusammen, als sie zuerst

Kathryn und dann ihn anschaute. Er lehnte sich so weit wie möglich zurück, damit Kathryn ihn nicht sehen konnte, als er den Zeigefinger auf seine Lippen legte und seiner Mutter zunickte und damit die ganzen Fragen beantwortete, die sie nie zu fragen wagte. Dann zwinkerte er seiner *Mamm* zu.

Kapitel 22

Im *Daadi-Haus,* wo Luke und Mary zusammen mit *Mammi* Annie wohnten, spülte Hannah den Seifenschaum von der letzten Frühstückspfanne und stellte sie in das Abtropfgitter.

Das warme Licht des Herbstmorgens tanzte ins Zimmer und warf immer neue Schatten, während die frische Luft durch das leicht geöffnete Fenster ins Zimmer drang. Luke war wie sie, wenn es darum ging, Fenster aufzumachen. Auch bei kaltem Wetter wollte er immer ein wenig frische Luft im Haus haben.

Sie trocknete ihre Hände an einem Geschirrtuch ab und nahm eine frisch geschrubbte Pfanne, um sie abzutrocknen. In der Küche lag immer noch der Duft des herzhaften Frühstücks, aber die Arbeitsplatten waren jetzt sauber und warteten auf die nächste Mahlzeit. Das waren Dinge, an die sie sich sehr gern erinnerte: der pausenlose, aber ruhige Ablauf der täglichen Arbeiten, die Art, wie das Tageslicht in ein Haus fiel, in dem es kein elektrisches Licht gab, die klar getrennten Zeitabschnitte – Morgen, Mittag und Abend –, die durch gekochte Mahlzeiten und erledigte Hausarbeiten bestimmt wurden.

Sarah kam mit ein paar Gläsern in der Hand in die Küche. Sie wirkte geistesabwesend, deshalb trat Hannah von der Spüle zurück. „Wolltest du die Gläser in die Spüle stellen?"

Sie blinzelte einige Male und nickte dann. „Ich habe sie beim Bettenmachen oben gefunden."

„Okay, danke." Während sie die trockene Pfanne auf die Arbeitsplatte stellte und das Geschirr weiter abtrocknete, fiel Hannahs Blick durch das Fenster auf Lissa. Das kleine Mädchen ahmte jede Bewegung von Mary nach, während die beiden die letzten Kartoffeln dieses Jahres ernteten. Luke war früh am Morgen zu Matthew aufgebrochen, da er hoffte, bei einem vollen Arbeitstag könnten sie einen Teil des ausgebrannten Gebäudes heute abreißen. Als er zur Tür hinausging, waren Marys *Daed* und zwei von ihren Brüdern aufgetaucht und hatten ihn begleitet.

Sarahs Hände zitterten, als sie begann, das Geschirr wegzuräumen. Hannah würde die Zeit, die sie an diesem Wochenende mit ihr verbracht hatte, noch jahrelang in ihrem Herzen bewahren. Sie hatten Plätzchen gebacken, waren über die Felder spazieren gegangen und hatten es sich gemütlich gemacht und Lissa zugeschaut, die am Bachufer gespielt hatte.

Sarah stellte einen Teller geräuschvoll auf die Arbeitsplatte. „Ich will nicht, dass du gehst."

„Ich weiß. Es ist ein wunderschöner Besuch. Ich komme im neuen Jahr wieder." Hannah nahm Sarahs Tablettenschachtel, in der ihre Medikamente für sieben Tage einsortiert waren, und vergewisserte sich, dass ihre Schwester gestern und heute Morgen alles wie vorgeschrieben eingenommen hatte. Sie hatte ihre Tabletten genommen und schien nicht zu bemerken, dass Hannah sie kontrollierte. Trotz ihrer deutlichen Nervosität und obwohl sie manchmal kein Zeitgefühl hatte und ein wenig zerstreut war, waren die Fortschritte, die ihre Schwester machte, bemerkenswert.

Paul verstand anscheinend wirklich sehr viel von seinem Beruf und konnte gut mit Menschen umgehen. Vielleicht hatte er es deshalb geschafft, an einem modernen College zu studieren und gleichzeitig jeden Sommer bei seiner mennonitischen Großmutter zu verbringen und sich in ein amisches Mädchen zu verlieben.

Paul.

Sie atmete langsam ein und versuchte, die aufgewühlten Gefühle zu verdrängen, die sich in ihr regten, als sie an ihn dachte. In dem Versuch, ihre Gedanken in eine andere Richtung zu lenken, schaute sie aus dem Fenster und beobachtete Lissa.

„Wenn du nicht verheiratet bist, kannst du dann nicht hierbleiben?", fragte Sarah.

Hannah hatte klargestellt, dass sie nicht verheiratet war, aber diese Nachricht schien Sarahs Entschlossenheit, sich an sie zu klammern, nur noch zu verstärken. „Nein, ich kann nicht bleiben." Sie nahm eine Handvoll Besteck aus dem Abtropfkorb und trocknete jedes einzelne Teil gründlich ab, bevor sie es in die Schublade legte. Gestern Abend hatten Luke, Mary, Sarah, Lissa und Hannah neben dem warmen Ofen auf dem Boden gesessen und hatten Murmeln gespielt. *Mammi* Annie hatte ihnen vom Schaukelstuhl aus zugesehen und gesagt, sie sei zu alt, um sich auf den Boden zu setzen und zu spielen. Es war fast so, als hätte nie etwas sie auseinandergerissen, aber das Wochenende war von einer schweren Last begleitet gewesen, die Hannah schweigend getragen hatte.

Marys Geheimnis.

Falls Mary tatsächlich begriff, wie ernst ihre Situation war, verbarg sie das sehr gut. Aber das, was sie erwartete, musste offen und ehrlich angegangen werden. Luke musste es erfahren … egal, wie die Prognose lautete.

Wenn es in diesem amischen Bezirk eine medizinische Einrichtung für die Amisch gäbe, ähnlich wie die von Dr. Lehman, dann wäre Mary nicht in dieser schwierigen Situation. Hätte Hannah vor Jahren eine solche Anlaufstelle gehabt, an die sie sich hätte wenden können, wäre ihr Leben völlig anders verlaufen.

Lissa kam glucksend in die Küche gesprungen. Ihre Wangen waren von der kühlen Morgenluft gerötet. Mary folgte ihr lächelnd durch die Hintertür.

„Schaut!" Lissa hielt einen seltsam geformten Stein hoch.

Hannah fragte sich, was Lissa glaubte, gefunden zu haben, und warf einen Blick auf Mary. „Was soll das sein?"

Lissa lachte. „Das ist ein Stein. Weißt du denn nicht, wie ein Stein aussieht?"

Hannah, Mary und Sarah lachten. Einen solchen Scherz hätten sich Hannah und Mary als Kinder auch mit Erwachsenen erlaubt.

Mary legte Lissa eine Hand auf den Kopf. „Sarah, hilfst du Lissa bitte, den Stein und dann ihre Hände zu waschen?"

Sarah lachte immer noch über Lissas Scherz und tat, worum sie gebeten wurde.

Mary wartete, bis die Badezimmertür zu war. „Hast du schon irgendetwas gehört?"

Hannah nahm das Handtuch von ihrer Schulter und hängte es an einen Haken. „Nein. Geht es dir gut?"

Mary schüttelte ihre Hände, als wären sie eingeschlafen. „Ich bin so nervös wie ein Mensch, der wartet, ob er leben oder sterben wird."

„Wie hast du es geschafft, diese Angst so lange zu verdrängen?"

„Es hat eine Weile gedauert, bis ich schwanger wurde, und ich dachte, Gott würde mir kein Baby schenken, solange ich Luke nicht die Wahrheit sage. Als ich dann schwanger war, schwebte ich monatelang wie auf Wolken und war zuversichtlich, dass nichts schiefgehen könne. Wenn sich Sorgen meldeten, gelang es mir ganz gut, sie zu unterdrücken … bis die Schmerzen begannen."

Hannah seufzte. „Im Sorgenunterdrücken … sind wir uns viel zu ähnlich."

Mary nickte. „Das begreife ich auch allmählich."

Das Handy in Hannahs Kleidtasche vibrierte. Sie klappte es auf und sah eine unbekannte Nummer auf der Anzeige. Die Vorwahl zeigte, dass der Anruf aus diesem Bezirk in Pennsylvania kam, deshalb drückte sie auf die grüne Taste. „Hannah Lawson."

„Hallo, hier ist Paul."

Selbst wenn er seinen Namen nicht genannt hätte, bräuchte er nur ein Wort zu sagen und sie würde ihn an seiner ruhigen, tiefen Stimme immer und überall erkennen, auch wenn sie seine Stimme über zwei Jahre nicht gehört hatte.

Hannah signalisierte Mary mit einer Handbewegung, dass sie hinausgehen wolle, und antwortete: „Gibt es etwas Neues?"

„Wir haben die Erlaubnis, dass Dr. Lehman Mary bei *Better Path* untersucht. Ich habe ihn angerufen und es ihm schon mitgeteilt. Er bat mich, dir zu sagen, dass er versucht, bis Mittag hier zu sein."

Sie hatte keine Zweifel, dass Paul alles in seiner Macht Stehende unternommen hatte, damit diese unorthodoxe Untersuchung so schnell genehmigt wurde, aber diese Nachricht machte Hannah nervös. Was wäre, wenn die Prognose nicht gut ausfiel? Hannah schloss die Augen und betete für Mary.

„Hannah?"

„Ich … ich bin noch dran. Ich bin nur, ehrlich gesagt, sehr nervös, aber ich bin dir sehr dankbar." Warum verriet sie ihm, wie sie sich fühlte? Schaffte sie es nicht mehr, den Mund zu halten, wenn sie mit Paul sprach?

„Ich bin auch unruhig, aber es war kein Problem, die Erlaubnis zu bekommen. Gestern Abend hat Kathryn Glick sich bei mir gemeldet. Sie hat fast das ganze Wochenende damit zugebracht, einen Arbeitseinsatz mit vielen Leuten zu planen. Sie hat jede Menge Leute zusammengetrommelt, die heute zum Eshhof gehen, um die verbrannten Werkstattreste abzutragen. Mich hat sie gestern Abend angerufen. Sie sagte, sie wolle Matthew damit überraschen."

„Das erklärt, warum Luke so verdattert war, als Marys *Daed* und ihre Brüder heute Morgen auftauchten, um mit ihm zu Matthew zu gehen. Anscheinend hat sie es auch vor Luke und Mary geheim gehalten."

„Bist du bei den Yoders?"

Hannah ließ ihren Blick über die vertraute Landschaft, die Hügel, die Wiesen und die Ställe schweifen. „Ja."

„Ich habe heute Morgen noch einen Patienten, aber wenn ich von hier wegkann, will ich zu Matthew fahren und mithelfen. Sarah sollte auch hingehen und bei den Essensvorbereitungen helfen."

„Du glaubst, sie verkraftet es, etwas so Aufwühlendes zu sehen? Immerhin wird die Werkstatt niedergerissen, in der David starb."

„Wenn es zu schwer für sie ist, helfe ich ihr, damit fertig zu werden."

„Du bist also da, wenn sie ausflippt?"

„Ausflippt?", lachte Paul. „Ist das so etwas wie YaMama oder Yahoo?"

Sie musste lachen, als er etwas aus einem Gespräch zitierte, das sie vor Jahren beim Scrabblespielen gesagt hatte. Plötzlich war ihr nicht wohl dabei, mit Paul zu lachen, und sie räusperte sich. „Ich ... ich muss jetzt aufhören."

„Bitte sorge dafür, dass es für Mary nur gute Nachrichten gibt, okay?"

„Ich tue mein Möglichstes. Danke." Sie klappte das Handy zu. Paul liebte Brettspiele genauso sehr wie sie. Vielleicht musste man in einer amischen oder mennonitischen Familie aufwachsen, um solche Spiele zu lieben, denn Martin fand sie furchtbar langweilig. Er mochte lieber Computerspiele und Fernsehen und Kino und genoss das alles ausgiebig, während sie in der Schule oder im Krankenhaus war. Aber wenn sie zu Hause war, war ihrer beider Leben so ausgefüllt, dass sie kaum Zeit hatte, etwas so Unwichtiges wie Brettspiele zu vermissen. Sie steckte das Handy in ihre Tasche und ging Sarah suchen.

Nachdem sie ihr erzählt hatte, was heute auf dem Hof der Eshes los war, ging Hannah mit ihr zu Fuß über die Wiesen der Yoders bis dorthin, wo der Grund der Eshes begann.

Sarah schaute Hannah in die Augen. „Wann sehe ich dich wieder?"

„Ich … ich weiß es nicht genau, aber du kannst mich vom Telefonhäuschen der Yoders aus jederzeit anrufen."

Konnte ihre Schwester auch nur annähernd verstehen, wie schwer es für sie war, nach Owl's Perch zurückzukommen, wenn auch nur für einen Besuch?

Dieses Mal war es ein wenig leichter gewesen, da ein paar Leute aus ihrer früheren Gemeinde sie vorsichtig zu akzeptieren schienen. Aber sie vermutete, dass jeder, der dieses Mal offener ihr gegenüber gewesen war, genau wusste, was Hannah selbst auch sehr deutlich erkannt hatte: Sie würde nie irgendwo wirklich ganz dazu gehören. Nicht als Englische und auch nicht als Amisch. Sie hatte zu viel Ähnlichkeit mit Zabeth und war unfähig, wirklich Teil einer der beiden Welten zu sein. Aber genauso wie ihre Tante hatte sie ihre Entscheidung getroffen. Sie hatte sich in einen Englischen verliebt, wie er typischer gar nicht sein könnte, in Martin Palmer, und sie würde bis ans Ende ihrer Tage mit ihm leben. Aber sie konnte nicht weiterhin zwischen den zwei Welten hin und her springen. Es war für sie, als reise sie zu verschiedenen Planeten, und jede Landung war holprig und mit viel Reibung verbunden.

Ihre Gedanken wanderten zu Martin und dem Leben, das sie sich miteinander aufbauen würden. Sie würden ein gutes Paar abgeben und damit würden sie Lissa und Kevin ein liebevolles Zuhause schenken.

Sarah hakte sich bei Hannah unter. „Kannst du an den Weihnachtsfeiertagen wenigstens für einen oder zwei Tage nach Hause kommen?"

Sie schüttelte den Kopf. „An Weihnachten bin ich mit Martin und den Kindern auf Hawaii. Er lädt seine leitenden Angestellten und ein paar Freunde zu einem zweiwöchigen Urlaub dort ein."

„Hawaii?" Sie blieb abrupt stehen.

Hannah zog an ihrem Arm und sie schlenderten weiter. „Anfang Januar komme ich wieder zurück."

Das Runzeln auf Sarahs Stirn war tief und Hannah fragte sich, ob diese Nachricht ein Problem für sie darstellte.

Sie blieb stehen, als die Felder schon fast in den Hof der Eshes übergingen. „Ich gehe jetzt lieber wieder zurück. Ich will nicht, dass sich Matthews Eltern unwohl fühlen, weil ich da bin, und sie gehören nicht zu den Leuten, die mich auffordern würden zu gehen."

„Naomi und Raymond wird es nicht stören, wenn du da bist."

„Vielleicht nicht, aber ich will dieses Risiko nicht eingehen."

Sarah umarmte sie. „Es tut mir leid, dass du und Paul euch gestritten habt, aber ich war dir sehr dankbar, als du in dieses Besprechungszimmer gestürmt kamst, um mir zu helfen." Sie ließ Hannah los und ging einen Schritt zurück. „Du hast mir wirklich vergeben … nicht wahr?"

Hannah wusste, dass sie noch viel über Vergebung lernen musste, dass sie am besten irgendwohin gehen sollte, wo es ruhig war, und dort bleiben sollte, bis sie verstand, was Vergebung wirklich bedeutete. Aber offensichtlich lernte man Vergebung nicht dadurch, dass man sich irgendwo allein zurückzog und betete. Sie begann hier, aber dann machte man wieder etwas falsch, grub tiefer und versuchte es erneut.

Hannah konnte ihrer Schwester keine Antwort geben. Sie umarmte sie ein letztes Mal. „Geh jetzt. Auf dich wartet viel Arbeit."

Kapitel 23

Auf der vorderen Veranda von *Better Path* wartete Hannah auf Dr. Lehman. Er hatte vor ein paar Minuten angerufen, um ihr zu sagen, dass er bald hier wäre. Mary saß mit Lissa im Wartezimmer, aber Hannah wollte eine Minute allein mit Dr. Lehman sprechen. Die Hügel leuchteten in warmen Herbstfarben und in der Luft lag der Geruch nach Rauch von einer Feuerstelle. Die friedliche Umgebung erinnerte sie deutlich daran, dass sie sich in einer amischen Gegend befand.

Warum hatte Paul sich entschieden, so nahe bei Owl's Perch in einer kleinen, abgelegenen Klinik zu arbeiten, obwohl seine Ausbildung und seine Fähigkeiten ihm ganz andere Wege eröffnet hätten? Martin würde niemals darauf verzichten, seine Fähigkeiten mit aller Kraft dafür einzusetzen, seinen Einfluss und sein Ansehen im Leben zu verbessern.

Dr. Lehman bog in die Klinikauffahrt. Hannah eilte die Stufen hinab und lief zu seinem Auto.

Er schaltete den Motor ab und öffnete die Tür. „Hallo."

„Danke, dass Sie gekommen sind."

„Das ist kein Problem, Hannah, besonders da ich diese Woche sowieso meine Mutter besuche." In seiner Stimme lag mehr als nur ein „Es macht mir nichts aus". Er klang, als würde er das wirklich gern für sie tun. Er reichte ihr mit einer Hand seine Aktentasche und nahm mit der anderen seinen großen Arztkoffer vom Beifahrersitz. Er stieg aus dem Auto, schob seine Brille höher auf seine Nase und betrachtete sie. „Wie geht es Ihnen?"

Diese kurze Frage war mehr als eine höfliche Begrüßung.

Hannah rieb sich mit den Fingerspitzen über die Stirn und wünschte, sie könnte ihm eine bessere Antwort geben. „Es war ziemlich gut. Besser als beim ersten Mal."

Dr. Lehman runzelte die Stirn. „Und?"

Sie senkte seufzend den Kopf. „Ich habe es wieder geschafft, Paul anzufahren."

„Mmm-hmm." Sie gingen die Stufen hinauf. „War er wieder unschuldig?"

Sie verdrehte die Augen und nickte.

Das Funkeln in seinen Augen verriet mehr als das verschmitzte Lächeln auf seinen Lippen. „Diese Seite an Ihnen habe ich schon erlebt, als wir das erste Mal im Krankenhaus miteinander sprachen und Sie mich anfauchten, weil ich das Jugendamt einschalten wollte."

„War ich so schlimm?" Sie blieben auf der Veranda vor dem geschlossenen Eingangsbereich stehen.

„Sie waren ziemlich kühn für ein siebzehnjähriges amisches Mädchen, das auf der Intensivstation aufwachte. Sie dachten, ich läge mit meiner Meinung falsch, und Sie hatten keine Scheu, mir das zu sagen … natürlich so respektvoll wie möglich."

„Bei Paul ist das anders. Ich bin alles andere als respektvoll und ich bin die Einzige, die mit ihrer Meinung falsch liegt."

Dr. Lehman schmunzelte. „Sie werden es überleben. Und er auch. So wie ich es sehe, wurden Sie wahrscheinlich für eine Aufgabe geboren, bei der hin und wieder etwas Feuer und Wut nötig sind. Damit rüttelt man hier und da die Dinge ein wenig auf. Daran ist nichts Schlimmes, solange man entweder versucht, das Richtige zu tun, oder bereit ist, Fehler zu erkennen und zu korrigieren."

Sie verstärkte den Griff um seine Aktentasche. „Mein *Daed* würde Ihnen in diesem Punkt vehement widersprechen … und er könnte Ihnen Bibelverse zitieren, die klarstellen, warum es nicht richtig ist, mein falsches Verhalten zu akzeptieren."

„Nun ja, ein solches Gespräch werde ich wohl nie mit ihm führen. Aber wir beide wissen, dass Sie Gottes Dienerin sind, Hannah, und nicht die Ihrer Eltern." Er deutete auf die Tasche, die er ihr gegeben hatte. „Ich habe mit Marys Ärzten gesprochen, aber statt Ihnen zu verraten, was sie gesagt haben, will ich, dass Sie die Faxe lesen, die sie mir geschickt haben, und die Diagnosen zusammenfassen, nachdem ich Mary untersucht habe. Haben Sie eine Blutprobe, eine Urinprobe und einen schriftlichen Bericht über ihre psychische Verfassung und ihre Vitalwerte?"

„Ja. Die Blut- und die Urinprobe sind im Labor."

Er nahm seinen Arztkoffer in die andere Hand. „Wir brauchen die Proben nicht wegzuschicken. Wenn sie nicht sofort stationär behandelt werden muss, was ich bezweifle, sorgen wir dafür, dass sie noch diese Woche einen Frauenarzt findet, der die weitere Behandlung übernimmt."

Sie gingen hinein. Lissa blieb im Wartezimmer und spielte unter Halleys wachsamem Auge in der Spielecke, während Mary, Hannah und Dr. Lehman die Treppe hinauf in das Zimmer gingen, das ihnen zugewiesen worden war. Die Untersuchung dauerte nicht lange. Danach zogen sich Hannah und Dr. Lehman in das daneben liegende Zimmer zurück. Pauls Büro.

Dr. Lehman setzte sich aufs Sofa und wartete, bis sie die Patientenkartei gelesen hatte. „Fassen Sie in zwei Sätzen zusammen, was hier steht, Hannah."

Sie rutschte auf dem Sessel, der neben dem Sofa stand, nach vorne. Das seltsame Gefühl, auf demselben Stuhl zu sitzen, auf dem Paul sonst saß, wenn er mit seinen Patienten sprach, machte es ihr schwer, sich zu konzentrieren. Wie hatte sie sich nur in eine so prekäre Situation bringen können? „Die Gefahr besteht, dass das, was unternommen wurde, um die Blutung in Marys Schädel zu stoppen, als sie ein subdurales Hämatom hatte, dazu führen könnte, dass durch den Valsalva-Pressdruck Gefäße im Kopf platzen."

„Das bedeutet?"

„Es bestehen keine Gesundheitsrisiken bis zu dem Zeitpunkt, wenn die Wehen einsetzen und es zur Entbindung kommt." Tränen brannten in ihren Augen. „Sie ist im Moment nicht in Gefahr."

„Ihr medizinischer Rat?"

„Sie muss ungefähr eine Woche, bevor die Wehen einsetzen könnten, ins Krankenhaus und das Kind durch Kaiserschnitt auf die Welt bringen."

„Genau. Ich suche einen Frauenarzt, der die Behandlung übernimmt, aber Ihre Aufgabe, Hannah, ist es, dafür zu sorgen, dass Mary tut, was er sagt." Dr. Lehman nahm seine Brille ab und schaute sie direkt an.

„Ja, natürlich."

Er setzte seine Brille wieder auf. „Definieren Sie Valsalva."

„Während der Wehen und Entbindung den Atem anhalten und pressen."

„Gut. Warum, glauben Sie, haben Dr. Hill und die anderen Ärzte, die Mary behandelten, ihr das nicht besser erklärt?"

„Den Berichten zufolge forderte der Arzt sie auf, zu einer weiteren CT-Untersuchung ins Krankenhaus zu kommen, was sie nicht tat. Er hat ihr erklärt, dass bei einer Schwangerschaft keine Gefahr für das Baby bestünde, aber dass die Wehen und die Entbindung für sie sehr gefährlich würden. Vielleicht hatte es der Arzt gerade sehr eilig und beabsichtigte, es später genauer zu erklären, aber Mary kam nicht wieder. Oder vielleicht dachte er, ein amisches Mädchen in ihrem Alter würde es ohnehin nicht verstehen. Aber ich glaube am ehesten, dass ihr Arzt es vielleicht nicht guthieß, dass ein so junges Mädchen heiraten will, und sich deshalb absichtlich vage ausdrückte. Das kann einen wirklich wütend …"

Mary klopfte an die Tür und trat ein. Sie schaute zuerst Dr. Lehman und dann Hannah an und hoffte offensichtlich, von ihnen gute Nachrichten zu hören.

Hannah kniff die Lippen zusammen, senkte den Blick auf die offene Kartei und bemühte sich, keine Miene zu verziehen. Es stand ihr nicht zu, irgendetwas zu der Diagnose zu sagen. Professionelles Verhalten war für Dr. Lehman immer sehr wichtig, auch heute.

Dr. Lehman stand auf. „Ich gehe ins Labor und untersuche die Blut- und Urinproben. Sie können inzwischen mit Hannah sprechen."

Er nickte ermutigend Hannah zu, bevor er das Zimmer verließ.

Mary schaute sie durchbohrend an. „Und?"

Hannah stand auf, klappte die Kartei zu und legte sie auf den Stuhl. Sie nahm Mary an den Händen und lächelte so breit, dass ihr fast das Gesicht wehtat. „Dir und dem Baby geht es gut."

Mary fiel ihr um den Hals, klammerte sich an sie und weinte.

„Und dir wird auch nichts passieren, solange du in ein Krankenhaus gehst und das Kind mit Kaiserschnitt zur Welt bringst." Nach einer langen Umarmung trat Hannah ein Stück von Mary zurück und schaute ihr durchdringend in die Augen. „Du musst es Luke sagen. Du musst spätestens eine Woche, bevor die Wehen einsetzen könnten, ins Krankenhaus und einen Kaiserschnitt machen lassen. Verstehst du?"

Sie umklammerte Hannah und drückte sie wieder an sich. „Ich verstehe … dem Baby und mir wird nichts passieren. Ich tue alles, damit das so bleibt."

In diesem Moment wusste Hannah, dass alles, was sie durchgemacht hatte, um bei Dr. Lehman zu arbeiten und ihre Ausbildung zu machen, nicht vergeblich gewesen war.

Hannah schaltete in einen anderen Gang, als sie in die Auffahrt der Yoders bog. „Wenn ich sofort nach Ohio aufbreche, kann ich rechtzeitig dort sein, um heute Abend in den Unterricht zu gehen oder wenigstens noch so viel vom Unterricht mitzubekommen, dass ich als anwesend gelte."

Mary rieb über ihren vorstehenden Bauch. „Ich hatte gehofft, du würdest bleiben und Lukes Fragen beantworten."

„Wie wird er reagieren?"

Mary lehnte sich an die Kopfstütze zurück und schloss die Augen. „Wie reagiert ein Mann, wenn er erfährt, dass seine Frau ihn angelogen hat, um ihn zu heiraten?"

„Du hast gelogen?", mischte sich Lissa ein. „Du sollst nicht lügen."

Hannah tippte Mary auf die Schulter. Als Mary die Augen öffnete, deutete Hannah zu den Feldern hinter den Außengebäuden. Naomi Esh und Luke kamen vom Eshhof zu Fuß auf sie zu. Lukes Kleidung war rußbedeckt und er sah aus, als wäre er fast zu müde, um einen Fuß vor den anderen zu setzen. Naomi wirkte auch ziemlich erschöpft.

Mary löste ihren Sicherheitsgurt. „Warum kommt Luke mitten am Tag mit Naomi von der Arbeit nach Hause?"

„Ich wollte Luke nicht die Überraschung verderben und es ihm überlassen, es dir zu erzählen, aber Kathryn hat heute einen Arbeitseinsatz organisiert und damit Matthew und Luke überrascht." Hannah zog die Handbremse an und schaltete den Motor ab. „Wann willst du es ihm sagen?"

„Bald, aber nicht jetzt. Naomi braucht nicht zu wissen, was los ist. Sie hat zurzeit genug eigene Sorgen."

Luke hielt Mary die Autotür auf. „Wo seid ihr Mädchen denn gewesen?"

„Wir waren bei *Better Path*", plapperte Lissa fröhlich drauflos.

Mary stieg aus dem Auto. „Ich habe die gute Nachricht gehört. Wie läuft der Arbeitseinsatz?"

„Wirklich gut. Aber Naomi will sich Krüge ausleihen und Zucker und ... was noch?"

Naomi hielt eine Liste hoch. „Alles, was ihr davon in der Speisekammer habt, brauche ich." Sie ließ die Liste sinken und schaute Hannah an. Ein langsames, sanftes Lächeln spielte um ihre Lippen, aber sie schwieg. Tiefe Falten zogen über ihr Gesicht.

Hannah zwang sich zu sprechen. „Mein herzliches Beileid."

Naomi umarmte sie. *„Denki."* Sie nahm Hannah an den Schultern und schob sie ein Stück von sich zurück. „Lass dich anschauen, Kind. Ich habe gehört, dass du hier warst, aber es hieß, du wärst schon wieder weg."

Luke zuckte die Achseln. „Ich dachte, du müsstest bald aufbrechen, um pünktlich zu deinem Unterricht heute Abend zu kommen."

„Hannah", rief Lissa vom Rücksitz.

„Oh, entschuldigt mich bitte kurz." Dankbar für diese Unterbrechung, öffnete sie die hintere Tür und befreite Lissa von ihrem Sicherheitsgurt. Sie setzte Lissa auf ihre Hüfte.

Naomi trat näher. „Wie geht es dir, Hannah?"

„Mir ... mir geht es gut." Was sollte sie sagen, um alles zusammenzufassen, was seit dem Tag vor über zwei Jahren geschehen war, an dem sie Owl's Perch verlassen und Naomi geholfen hatte, sie zum Bahnhof zu bringen?

„Ich habe jeden Tag für dich gebetet, seit du weggefahren bist."

Hannah verlagerte Lissa auf ihre andere Seite. „Danke. Ich habe jedes deiner Gebete gebraucht."

Naomi zupfte an Lissas Schuh. „Und wer ist das?"

„Naomi Esh, das ist Lissa Palmer. Sie ist ... die Nichte eines guten Freundes."

Lissa schob sich mit der ganzen Hand Strähnen ihrer seidigen, schwarzen Haare aus dem Gesicht. „Sie und mein Onkel küssen sich."

Hannahs Wangen wurden heiß und sie war ziemlich sicher, dass sich ihr Gesicht knallrot färbte. „Dann muss er ja ein guter Freund sein, nicht wahr?"

„Das hoffe ich doch sehr", fügte Luke hinzu.

Naomi hielt die Liste hoch. „Erinnerst du dich an Kathryn Glick?"

Hannah fragte sich, was Naomi jetzt wohl denken musste, aber es gelang ihr, ein gewisses Maß an Würde zu bewahren. „Ja, ich glaube schon. Ich habe sie jedes Jahr bei den Schulauktionen gesehen, richtig?"

„Ja, das ist richtig. Dort gab es immer viele unbekannte Gesichter. Sie ist ein echter Schatz. Am Freitag hat sie beschlossen, Matthew zu überraschen und heimlich einen Arbeitseinsatz mit vielen Leuten zu organisieren. Sie hat jede Menge Helfer zusammengetrommelt, aber ihr war nicht bewusst, wie viele Lebensmittel man braucht, um alle mit Essen und Trinken zu versorgen."

Mary nahm die Liste und überflog sie. „Luke, wahrscheinlich wäre es am leichtesten, wenn du ein Pferd vor den kleinen Wagen spannst und damit die Sachen zurückbringst."

„Gute Idee." Luke marschierte zum Stall.

Naomi drehte sich zu Hannah herum. „Du kommst auch mit hinüber, nicht wahr?"

„Ich … ich …"

Naomi schob ihren Arm um Hannahs Schultern. „Natürlich wird es schwer und einige – aber nur sehr wenige, vergiss das nicht! – werden flüstern und tratschen, aber es ist mein Haus und ich lade dich ein."

Zig Unsicherheiten regten sich in ihrem Kopf: ihr englisches Kleid, ihr unbedeckter Kopf, der Ring an ihrem Finger, ihre Frisur, Lissa in einer Jeans und einem Pullover, den anderen erklären zu müssen, wer Lissa war, für jeden die richtigen Worte zu finden, die Hoffnung, noch rechtzeitig zum Unterricht zu kommen, ganz aufzugeben …

Aber wie konnte sie Naomi eine Absage erteilen? Sie hatte so viel verloren, und wenn sie sich wünschte, dass Hannah sie besuchte, würde Hannah ihrer Bitte nachkommen. Außerdem brauchte Mary sie.

„Natürlich komme ich."

Sie drehte sich zu Mary herum. „Bis Mitternacht."

Mary nickte. „Bis Mitternacht."
Luke tauchte hinter ihr auf. „Was passiert dann?"
Sie fuhr zusammen. „Ich dachte, du wolltest den Wagen holen."
Luke deutete zu der Stelle, wo das Pferd und der Wagen darauf warteten, beladen zu werden. „Heckt ihr zwei etwas aus?"
„Diese zwei?", lächelte Naomi. „Niemals."
Lukes Gesicht verriet seine Zweifel und sein Blick wanderte von Mary zu Hannah.
Mary deutete zum Haus. „Holen wir die Sachen auf der Liste."
Sie luden die Lebensmittel und das Geschirr in den Wagen und während Luke das Pferd führte, hielt Lissa die Zügel und lenkte den Holzwagen über die holprigen Felder. Hannahs Mund war trocken und ihr war viel kälter, als sich durch die frostige Oktoberluft erklären ließ, aber sie hatte den Eindruck, das Richtige zu tun. Sie saß zwischen Lissa und Mary auf der Bank, war aber alles andere als sicher, ob es tatsächlich angenehmer war, in diesem wackeligen Wagen zu sitzen, als zu Fuß zu gehen. Sie konnte gut verstehen, warum Naomi darauf bestanden hatte, lieber zu laufen. Sie überquerten die Anhöhe und erreichten bald den Hinterhof der Eshes.
Mehrere Dutzend Männer mit Strohhüten, weiten Hosen, Hosenträgern und Arbeitshandschuhen rissen mit Vorschlaghammern die Balken ein und schleppten die verkohlten Holzteile auf die Ladefläche eines großen Wagens. Unter den Leuten waren auch einige Englische: Russ Braden und Nate McDaniel, Fahrer der Amisch, und Hank Carlisle, der Milchmann. Sie alle kannten Hannah und ihre Vergangenheit.
Tische mit Tischdecken waren in langen Reihen auf dem flachsten Teil des Hofes verteilt, wo die vielen Menschen ihr Mittagessen und ihren Kaffee einnahmen. Die Frauen brachten zuerst den Männern das Essen und bedienten sie. Als die Männer von den Tischen wieder aufstanden, brachten die Frauen den Kindern das Essen und erst danach setzten sie sich selbst an den Tisch. Hannah starrte angestrengt geradeaus und versuchte, sich für diesen Nachmittag zu wappnen. Es war nicht so, dass jemand körperlich Hand an sie legen würde, gewiss nicht. Sie würden sie wahrscheinlich nicht einmal direkt fragen oder ihr ihre Meinung ins Gesicht sagen. Aber man würde sie beobachten und über sie flüstern, und wenn die Arbeit

erledigt war, würden sie sich in ihre Einspänner oder Autos setzen und ihre Meinung nicht länger für sich behalten. Sie wüsste gern, warum es so viel Kraft kostete, sich etwas zu stellen, das so zahnlos war.

Hannah betrachtete wieder die verbrannten Gebäude. Matthew hatte in der Zeit, in der sie fort gewesen war, einige neue angebaut. Durch eine baufällige Wand eines fast abgerissenen Gebäudes fiel ihr Blick auf einen breitschultrigen Mann, der half, einen dicken Balken zu tragen.

Paul.

Sie fühlte sich wieder wie in einem Traum. Luke führte den Wagen in den Hof, wo Hannah Sarah erblickte, die gerade Tabletts mit Eis in einen Kühler schob. Hannah stieg aus dem Wagen und half Lissa runter, während Luke Mary beim Aussteigen half.

Mary schaute mit strahlenden Augen zu ihrem Mann auf und legte ihre Handfläche an seine Wange. „Ich liebe dich." Sie flüsterte die Worte nur, aber Hannah hörte die Freude, die Mary ihrem Mann jetzt noch nicht erklären konnte.

Luke warf scherzhaft die Schultern zurück. „Natürlich tust du das."

Mary ließ die Hand sinken. „Du solltest lieber wieder zu den Männern gehen. Den Rest schaffen wir allein."

Luke marschierte zu den verbrannten Gebäuden, aber er drehte sich mehrmals um und schaute Mary an. Hannah glaubte, dass er heute noch verliebter war als damals, als er ihre liebe Freundin geheiratet hatte. Sie freute sich für die beiden. Mary hob einen Topf vom Wagensitz und steuerte auf die Stufen des Eshhauses zu.

Naomi reichte Hannah einen Armvoll Sachen: Krüge, Schöpfkellen und Zucker. Dann reichte sie Lissa einige Kochlöffel und Stoffservietten, bevor sie sich selbst, so viel sie tragen konnte, auf die Arme lud. „Kommt." Naomi nickte zum Haus.

Hannah folgte ihr und sie traten in Naomis Küche. Auf mehreren Arbeitstischen, die mit Stoff bedeckt waren, standen Schüsseln mit Essen. Über zwanzig Frauen waren damit beschäftigt, bis zum Abend die nächste Mahlzeit fertig zu bekommen. Hannah erinnerte sich gut, dass es bei so vielen Mündern, die gestopft werden mussten, zwischen dem Mittagessen und dem Abendessen fast nie genug Zeit, Lebensmittel oder Kraft gab.

Naomi räumte eine kleine Fläche auf dem Tisch frei. „Wir brauchen so viel Brot, wie du backen kannst, Hannah."

Sie wurde den anderen nicht vorgestellt, niemand machte viel Aufhebens darum, dass sie wieder hier war. Falls einige Frauen mit ihr reden wollten, würden sie das schon machen. Wenn nicht, würden sie so tun, als wäre sie nicht da. Als sie durchs Zimmer schaute, wurde sie von mehreren mit einem halbherzigen Lächeln begrüßt. Die harten Blicke der anderen waren alles andere als herzlich oder einladend, aber niemand sprach ein Wort.

Kathryn Glick, eine junge Frau, an die sie sich kaum erinnerte, reichte ihr einen Sack Mehl. „Hallo, Hannah. Ich freue mich sehr, dass du hier bist."

Von irgendwo auf der anderen Seite des Raumes tauchte Hannahs Mutter auf. *Mamms* Augen verrieten Hannah, dass sie ihre Tochter liebte. Ihre Mutter trat auf sie zu und umarmte sie. „Ich bin froh, dass du gekommen bist. Das weißt du, nicht wahr?"

„Ja, das weiß ich." Hannah umarmte sie und Jahre des Schmerzes schmolzen dahin. Als sie die Augen wieder aufschlug, sah sie, dass mehrere Frauen um sie herumstanden. Edna umarmte Hannah und bald standen ihr Tränen in den Augen, als sie von über der Hälfte der Frauen in der Küche umarmt wurde.

Ihre Mutter wischte sich ebenfalls Tränen aus dem Gesicht. „Wenn du das Brot machst, erledigen wir alles andere. Wir decken auch die Tische und bedienen die Männer."

Lissa schaute zu ihr auf. „Ich helfe dir."

Hannah strich dem Kind über den Kopf. Das Mädchen liebte alles Aufregende, obwohl ihre Begeisterung für die Arbeit in der Küche nicht so lange anhalten würde wie ihre Liebe zu Bächen und Wasser. Sie wäre höchstens zehn Minuten bei Hannah, wahrscheinlich nicht einmal so lange.

Hannah war dankbar für die klar festgelegte Arbeit und nickte.

Aber konnte sie immer noch so gut Brot backen wie früher? Es war lange her, seit sie das letzte Mal in einer Küche ohne Elektrizität einen Teig zusammengemischt und geknetet hatte. Sie war fest entschlossen, ihr Bestes zu geben, und ging zur Speisekammer.

Kapitel 24

Die Nachmittagsschatten wurden länger, je weiter die Sonne nach Westen wanderte. Luke blieb einen Moment stehen und versuchte, einen Blick auf Mary zu erhaschen. Sie stellte gerade Krüge mit Wasser auf den Tisch. Er hoffte, sie übernähme sich nicht. Trotz des gemeinsamen Arbeitseinsatzes und der Hoffnung und der Gemeinschaft, die dieser Tag brachte, lastete der Schmerz wegen Davids Tod schwer auf allen, besonders auf den Frauen. Er hatte gesehen, wie Marys Angst um ihr ungeborenes Kind seit der Beerdigung zugenommen hatten. Durch Hannahs Rückkehr hatte Mary jemanden, mit dem sie sprechen konnte. Das war gut. Darüber war er froh. Wirklich. Aber trotzdem hatte er das Gefühl, dass sie wieder Geheimnisse miteinander hatten.

Bis Mitternacht.

Was hatte das zu bedeuten? Er hatte keine Vorbehalte gehabt, als Hannah Mary vor einigen Wochen geholfen hatte, Kartoffeln zu graben. Aber heute waren sie einfach allein weggefahren, ohne sich darum zu kümmern, was der Bischof dazu sagen würde, wenn er davon erführe. Seine Frau und seine Schwester waren sehr viel allein zusammen. Andererseits war es erst Hannahs zweiter Besuch in Owl's Perch nach über zwei Jahren. Mary erblickte ihn und winkte. Er lief zu ihr.

„Hey." Das Wort klang ein wenig atemlos. „Vielleicht solltest du dich ein bisschen hinsetzen."

„Mir geht es gut. Hannah hat mir erzählt, dass Frauen, die viel arbeiten, und sogar die Frauen, die besonders viel Stress in ihrem Leben haben, eher gesunde Babys zur Welt bringen als Frauen, die sich zu sehr schonen und sich zu viel ausruhen. Sie sagte, das Baby ist dann bereit zu kämpfen, wenn es auf der Welt ist."

„Du willst, dass wir einen kleinen Kämpfer bekommen?", lachte Luke.

Mary fuhr mit der Hand über ihren Bauch. „Wenn du es so ausdrückst, dann nicht."

Eine Männerstimme rief Lukes Namen.

„Ich muss wieder gehen. Du passt auf dich auf, ja?"

Sie nickte, aber in ihren Augen lag etwas. Etwas, wonach er sie in den letzten Monaten schon oft gefragt hatte.

„Mary?"

Sie schaute zu ihm auf.

„Stimmt etwas nicht?"

Sie schüttelte den Kopf. „Alles ist in Ordnung, aber ich … muss dir ein paar Sachen sagen. Gute Sachen, wirklich."

„Kannst du sie mir nicht einfach jetzt sagen?"

„Nein, und zu Hause auch nicht. Sarah und *Mammi* Annie brauchen es nicht zu hören."

Luke versuchte, die Gedanken seiner Frau zu lesen. In ihrem Schlafzimmer waren sie ungestört, aber Mary ließe nicht zu, dass dort irgendwelche Meinungsverschiedenheiten ausgesprochen wurden. Das musste anderswo geschehen, normalerweise draußen bei einem Spaziergang, manchmal am Esstisch im Beisein von *Mammi* Annie, aber nie im Schlafzimmer. „Ich … ich dachte, du hättest gesagt, es sei eine gute Nachricht?"

„Ja, schon, aber …"

Mehrere Männer riefen jetzt Lukes Namen. Er drehte sich um. Vier oder fünf Männer warteten auf ihn. Als Miteigentümer von E und L war es seine Aufgabe, die Arbeiten zu koordinieren. „Sobald es heute Abend ruhig wird, suche ich dich und wir reden."

Hannah schob den letzten Laib Brot zum Abkühlen vom Blech und wischte sich dann die Hände am Handtuch ab, das über ihrer Schulter lag. Naomi hatte vor ungefähr einer halben Stunde berichtet, dass die meisten Männer gegessen hätten und dass einige von ihnen schon nach Hause gegangen seien. Nur die jüngeren Männer waren immer noch bei der Arbeit und schlugen mit großen Hämmern die verbrannten Reste ein und brachten sie mit Schubkarren weg.

Rufe von mehreren Männerstimmen waren zu hören und die wenigen Frauen, die noch in der Küche geblieben waren, liefen hinaus. Hannah spähte durch das Küchenfenster, um zu sehen, wo Lissa sich aufhielt. Das Mädchen stand mit mehreren anderen Kindern neben der Reifenschaukel und wartete, bis sie an die Reihe kam. Hannahs Blick wanderte weiter. Sie versuchte herauszufinden, was der Grund für die lauten Rufe war. Sie konnte die Stelle, an der die abgebrannten Gebäude gestanden hatten, nicht sehen, da die ausladenden Äste der Eichen mit ihren Blättern ihr den Blick versperrten, aber Luke kam eilig auf das Haus zu. Als er sie am Fenster stehen sah, winkte er sie nach draußen. Sie lief schnell zu ihm.

Er deutete zur Werkstatt … beziehungsweise zu der Stelle, wo die Werkstatt gestanden hatte. Die Männer hatten an einem einzigen Tag fast den ganzen verkohlten Schutt vom Betonfundament abgetragen. Beeindruckend.

Luke schüttelte den Kopf. „Wir waren zu müde und hätten früher aufhören sollen. Paul ist verletzt, aber er sagt, es sei nicht so schlimm, dass er zum Arzt müsste. Tust du mir bitte den Gefallen und schaust ihn dir an?“

„Wenn er sagt, dass es nicht schlimm ist …“

„Hannah.“ Luke senkte die Stimme und hielt ihr einen ganzen Vortrag darüber, was sie zu tun hatte, indem er nur ihren Namen aussprach.

„Also gut. Wo ist er?“

„Dort.“ Luke deutete über den Hof zu einer Gruppe Männer neben einem Wagen. Ein Haufen verkohlter Holzteile lag um die Füße der Männer auf der Erde.

Sie beschleunigten ihre Schritte. „Was ist passiert?“

„Zwei Männer haben versucht, eine Ladung schwerer Balken oben auf das Holz zu schieben, das schon im Wagen lag. Als die Ladung anfing zu rutschen, fing Paul sie mit seiner Schulter auf und konnte sie lange genug halten, dass Jacob Zeit hatte, sich in Sicherheit zu bringen, bevor die Ladung nach unten knallte.“

Luke und Hannah traten näher. Pauls Hemd war von der Arbeit des Tages rußverschmiert und zerrissen. Trotz der schwarzen Flecken sah Hannah, dass sein Hemd blutgetränkt war, vom Ellbogen an.

„Paul.“ Luke deutete auf sie. „Lass Hannah deine Wunde anschauen.“

Paul warf einen Blick auf sie. „Mir geht es gut. Wirklich."

Hatte er Angst, dass jeder Kontakt zu ihr die positiven Bande, die er während ihrer Abwesenheit zwischen sich und der Amischgemeinschaft aufgebaut hatte, zerstören würde?

„Dann zeig mir deinen Arm." Sie trat näher und zog an den Rändern des zerrissenen Ärmels, um die Stelle zu sehen, aus der das Blut kam.

Ohne auf seine steife Reaktion ihr gegenüber zu achten, riss sie den Ärmel seines Hemdes, der bereits kaputt war, weiter auf und warf einen Blick auf die Verletzung. „Wir müssen die Wunde säubern und desinfizieren. Und du musst vielleicht genäht werden." Als würde sie beim Autofahren in einen anderen Gang schalten, verwandelte sie sich in eine sachliche Krankenschwester. Jemand musste ihre Schwesterntasche holen. „Wo ist Matthew?"

Luke zog seinen Strohhut tiefer in seine Stirn. „Er ist zu den Bylers gegangen, um bei ihnen zu telefonieren. Da wir heute schon so weit gekommen sind, will er sich nach den Preisen und Lieferzeiten für Bauholz erkundigen."

„Das hier ist kein Notfall, aber, Peter, könntest du Luke ein ausgeruhtes Pferd bringen, damit er zu den Yoders reiten und meine Schwesterntasche holen kann? Mit dem Pferd ist er schneller als zu Fuß."

„Klar." Peter eilte zu den Ställen.

Paul drehte seinen Körper von den anderen weg und wollte ihr offensichtlich etwas mitteilen, das nur für ihre Ohren bestimmt war. „Wenn ich du wäre, würde ich mir mehr Sorgen um Jacob machen."

Hannah schaute zu dem jungen Mann hinüber, Marys Bruder und Sarahs früherer Freund. Er war gut fünfzehn Zentimeter gewachsen, seit sie ihn das letzte Mal gesehen hatte, aber im Moment interessierte sie mehr, dass er blass aussah und zitterte und sein Atem ganz flach war.

Sie nahm das Küchenhandtuch von ihrer Schulter und legte es über Pauls Wunde. „Halte das fest und versuche, die Seiten der Wunde zusammenzudrücken, um die Blutung zu stoppen." Dann ging sie zu dem jungen Mann hinüber und fragte: „Jacob, wie fühlst du dich?"

„Ich … ich …"

Hannah nahm sein Kinn und hielt sein Gesicht so, dass sie ihm in die Augen schauen konnte. Seine Pupillen waren geweitet. Sie nahm sein Handgelenk. Sein Puls raste, sein Atem war unregelmäßig und seine Haut war kalt.

War das eine Reaktion darauf, dass er Paul so stark bluten gesehen hatte? Vielleicht war es auch der Schrecken über den Vorfall in Kombination mit dem Blut. Sie konnte sich aber nicht ganz vorstellen, dass er darauf so stark reagieren würde. Vielleicht war er also doch stärker verletzt, als auf den ersten Blick zu erkennen war.

Immer mehr Leute stellten sich um sie herum, um zu sehen, was geschehen war. Hannah drehte sich um und erblickte Kathryn. „Ich brauche bitte ein paar Decken."

Kathryn nickte und ging schnell zum Haus.

Hannah legte die Hand unter Jacobs Arm. „Jacob, du musst dich hinlegen."

Er bückte sich langsam nach unten, doch dann verloren seine Beine anscheinend ihre Kraft, denn er landete unsanft auf dem Hinterteil.

Hannah schaute kurz zu den Frauen hinüber. „Könnte jemand bitte für mich Lissa im Auge behalten?"

Mary meldete sich sofort und sagte, dass sie das übernehme.

Hannah legte die Hand in Jacobs Nacken und auf seinen Kopf und half ihm in eine liegende Position. „Ganz nach unten auf den Rücken legen, bitte."

Er gehorchte.

„Das ist gut." Sie stand auf, ging zu seinen Füßen und hob sie hoch. „Entspanne dich einfach." Mit einem Blick auf die Umstehenden sah sie Jacobs *Mamm*, Becky, hinter den anderen stehen, wo sie versuchte, etwas zu erkennen. „Becky?"

Sie bahnte sich schnell einen Weg durch die anderen und sah sehr besorgt aus, aber je mehr Hannah sie einbeziehen konnte, umso ruhiger würde sie bleiben.

„Wenn du seine Füße ungefähr dreißig Zentimeter über der Erde halten könntest, wäre das sehr gut."

Becky kniete nieder und tat, was Hannah ihr aufgetragen hatte.

Hannah griff in ihre Kleidtasche und holte die Autoschlüssel heraus. „Luke, meine Schwesterntasche ist im Kofferraum meines Autos. Es ist ein brauner Lederkoffer." Sie zeigte ihm die Fernbedienung und deutete auf das Symbol, mit dem er den Deckel öffnen konnte.

Luke starrte sie an, ganz ähnlich wie bei ihrem ersten Besuch in Owl's Perch. „Du hast eine Schwesterntasche?"

„Es war ein Weihnachtsgeschenk von Dr. Lehman. Ich habe sie immer dabei."

Sie zeigte ihm noch einmal das richtige Symbol auf der Fernbedienung. „Wenn du neben dem Auto stehst, musst du zweimal auf diese Taste drücken. Dann drückst du auf das Symbol mit dem Kofferraum und er geht auf."

Luke nahm die Schlüssel und betrachtete skeptisch die Fernbedienung. „Bist du sicher?"

„Ja, wenn es nicht funktioniert, kannst du diesen Schlüssel benutzen." Sie deutete auf den richtigen Schlüssel. „Aber er klemmt manchmal beim Kofferraum und löst die Alarmanlage aus. Falls das passiert, achte einfach nicht darauf und bring mir die Tasche. Okay?"

Peter kam mit einem ungesattelten Pferd und Luke schwang sich auf seinen Rücken und galoppierte davon.

Hannah prüfte Jacobs Puls. Er war schon ein wenig gleichmäßiger. „Du bekommst gleich mehr Decken." Sie fuhr mit den Händen über seine Brust. „Wurdest du getroffen, als der Unfall passierte?"

„N-nur ein bisschen."

„Wo?"

Er deutete oben auf seine Schulter.

Da sie wusste, dass dadurch keine inneren Organe verletzt waren, drückte sie auf seine Seiten und tastete ihn ab. „Bist du an irgendeiner anderen Stelle von den Brettern getroffen worden?"

Er schüttelte den Kopf. Kathryn kam mit den Decken zurück und Hannah breitete sie über ihm aus.

Matthews *Daed* kam mit einem Wasserglas und hielt es ihr hin. „Hier, das wird ihm helfen."

Sie schüttelte den Kopf. „Im Moment ist es nicht so gut, wenn er etwas trinkt, aber danke. Er muss liegen bleiben. Aber ich bräuchte ein Messer, um sein Hemd aufzuschneiden. Ich muss die Wunde sehen."

Jemand reichte ihr ein Messer. Die Sonne stand tief am Himmel und erschwerte ihr dadurch ein wenig die Sicht, aber er hatte keine Schnitte oder offenen Wunden, nur eine beachtliche Schwellung an der Schulter. Sie fuhr mit den Fingern über seine Schulter und tastete nach irgendwelchen Anzeichen dafür, dass er sich etwas ausgerenkt oder gebrochen hatte.

Becky hielt immer noch Jacobs Füße hoch und streichelte seine Hosenbeine. „Was ist mit ihm?"

„Ich glaube, sein sympathisches Nervensystem reagiert auf die Situation. Das ist so ähnlich, wie wenn man einen leichten Schock erleidet. Er scheint bis auf den Bluterguss an seiner Schulter unverletzt zu sein. Aber ich kann nicht sagen, ob etwas gebrochen ist. Vielleicht muss er geröntgt werden."

Becky betrachtete ihren Sohn. „Glaubst du, dass das nötig ist?"

„Das kann ich nicht genau sagen."

„Aber du weißt, was du denkst", mischte sich Jacobs *Daed* ein.

Hannah warf einen Blick auf Paul. Diese Leute wollten nicht die Version der englischen Krankenschwester hören – „Geh und lass dich von einem Facharzt untersuchen, auch wenn du denkst, dass dir nichts fehlt." Sie wollten eine amische Antwort nach dem Motto: Vertraue deinem Gefühl. Wenn er wahrscheinlich wieder gesund wird, ohne zum Arzt zu gehen, dann probieren wir es zuerst ohne Arzt.

Sie zuckte die Achseln. „Es ist noch zu früh, um das mit Bestimmtheit sagen zu können. Ich würde ihm gern ein paar Minuten Zeit lassen, bis sich sein Körper von dem Schock erholt hat, und dann testen, wie er reagiert. Ich untersuche seine Vitalwerte, sobald Luke zurück ist. Aber jetzt legen wir am besten eine Unterlage neben ihn und sorgen dafür, dass er nicht länger auf der kalten Erde liegt, und jemand sollte für Paul einen Stuhl holen."

Mehrere Frauen halfen, Jacob auf die Decken zu legen, und deckten ihn dann zu. Sein Puls und auch seine Gesichtsfarbe wurden allmählich wieder normal. Als Luke zurückkam, untersuchte Hannah Jacobs Blutdruck und seine Pupillenreaktion. Seine Körperfunktionen normalisierten sich langsam.

Jacob zerrte an der Blutdruckmanschette. „Kannst du dieses Ding wegtun und mich aufstehen lassen? Mir geht es gut."

Hannah schüttelte den Kopf. „Du kannst dich aufsetzen, aber das ist alles. Wenn es dir nach ein paar Minuten Sitzen gut geht, sehen wir weiter."

Seine Mutter ließ seine Füße los, damit er sich aufrecht hinsetzen konnte. „Geht wieder und esst etwas oder räumt auf oder ruht euch aus oder macht sonst etwas. Wir kommen klar. Wenn Hannah etwas braucht, rufen wir."

Die Gruppe löste sich langsam auf und ging zum Eshhaus zurück. Paul setzte sich ungefähr zwei Meter entfernt auf einen Stuhl. Jemand hatte zwei Gartenstühle gebracht. Auf einem Stuhl stand eine Wasserschüssel mit sauberem Wasser.

Hannah zwang ihre Beine, sich zu bewegen. Die ungewöhnliche Situation, dass Paul geduldig wartete, war wie ein Spott für sie. Sie atmete tief ein und versuchte, Gefühle zu vertreiben, die ein Betrug an Martin wären. Sie setzte sich neben Paul und deutete auf seine Schulter. „Lass mich bitte deine Wunde anschauen."

Als er seine Hand wegzog, legte sie ihre Hand über das Handtuch.

Sie ignorierte das sonderbare Gefühl, das sich in ihr regte, weil sie so nahe neben ihm war, und konzentrierte sich auf ihre Pflichten. „Nimmst du irgendwelche Medikamente?" Sie sprach leise, weil sie versuchte, seine Privatsphäre zu respektieren, auch wenn Jacob und Becky gleich neben ihnen waren.

„Nein."

„Wann hast du deine letzte Tetanusimpfung bekommen?"

„Vor ungefähr zwei Jahren."

„Gut. Dann musst du nicht geimpft werden. Nimmst du regelmäßig Aspirin oder Ibuprofen?"

„Aspirin?" Er lachte. „Wenn du etwas zu sagen hast, Hannah, dann sag es frei heraus."

Sie verkniff sich ein Lächeln. „Die Antwort ist also Nein?"

„Ja … ich meine, richtig. Die Antwort ist Nein."

Sie schloss die Augen und schüttelte schnell den Kopf, als mache er sie wahnsinnig. Er lachte.

Sie zog vorsichtig das Handtuch von seiner Wunde. „Dein Blut gerinnt schnell. Bei solchen Wunden ist das normalerweise gut, aber ich muss die Wunde noch einmal öffnen, um sie zu säubern, und dann fängt sie wieder an zu bluten. Das tut mir wirklich leid."

„Bist du sicher, dass es dir leidtut?", neckte er.

Sie zwang sich, ehrlich zu sein, und stellte fest, dass ihr Demut nicht leicht fiel. „Manchmal sind Worte einfach nicht genug", flüsterte sie, weigerte sich aber, ihn anzuschauen.

„Das liegt hinter uns, Hannah. Alles ist vergeben. Und jetzt schauen wir nicht mehr zurück."

Ihr Mund wurde trocken und ihr Herz schlug schneller. Sie blickte auf. In diesem kurzen Moment schien ein Teil ihrer Seele ein Teil von ihm zu werden. Sie bemühte sich, sich auf etwas anderes zu konzentrieren, und zog einige Päckchen aus ihrer Schwesterntasche. „Ich war furchtbar und gemein. Fällt dir Vergeben so leicht?" Sie legte die Sachen auf ihren Schoß.

Paul hielt ihr den Arm hin. „Dir zu vergeben ist leicht. Du hast nichts Schlimmes getan. Um mir selbst zu vergeben, ist ein wenig mehr Glaube nötig. Jeden Tag."

Sie zog eine Schere aus ihrer Tasche und entfernte den Stoff vollständig. Sie versuchte verzweifelt, das Gespräch auf ein anderes Thema zu lenken. „Ich ... ich kann gar nicht glauben, wie viel besser es Sarah inzwischen geht." Hannah beugte sich vor und holte eine Flasche Desinfektionsmittel aus ihrer Tasche. Sie goss die Povidon-Jod-Lösung in die Wasserschüssel und rührte sie mit dem Finger um.

„Hey", beschwerte sich Jacob. „Kann ich jetzt aufstehen?"

„Ja, aber steh langsam auf." Sie beobachtete ihn, um zu sehen, ob er schwankte. Er wirkte stabil. „Hast du irgendwie ein flaues Gefühl im Magen oder ist dir übel?"

„Nein, ich habe nur Hunger."

Hannah trocknete ihren nassen Finger an einem Verband ab. „Becky, würdest du dich darum kümmern, dass er eine kleine Portion isst und trinkt ... und natürlich langsam. Und nur als Vorsichtsmaßnahme sollte er sich in den nächsten vierundzwanzig Stunden schonen. Ich schaue mir später an, wie gut er seine Schulter bewegen kann. Dann können wir darüber sprechen, ob er sich röntgen lassen muss."

Becky drückte Hannahs Schulter. „Danke."

„Ich freue mich, wenn ich helfen kann." Hannah riss eine Packung mit einer sterilen Spritze auf und füllte sie mit der Desinfektionslösung. Dann begann sie, Pauls Wunde zu reinigen.

Er legte den Kopf schief und betrachtete die gesäuberte, leicht blutende Wunde. „Darf ich fragen, wie es bei Mary lief?"

Hannah füllte die Spritze erneut und drückte ihren Inhalt in die Wunde. „Gut. Wenn eine schlechte Entscheidung je zu einem guten Ende führte, dann hat das Mary erlebt. Ich würde mir nur wünschen, den Menschen in Owl's Perch würde bei ihren medizinischen Fragen besser geholfen werden."

„Die Amisch hier in der Gegend könnten wirklich eine bessere Beratung und Betreuung brauchen. Das sehe ich auch so."

„Jede Gruppe braucht gezielte medizinische Hilfe: Mütter von Neugeborenen und Vorschulkindern, Jugendliche, Ältere, Sportler, Krebspatienten. Die Liste ist endlos. Zu ihr gehören auch die Amisch, die meiner Meinung nach eine ganz eigene Untergruppe darstellen."

„Und für die dein Herz schlägt, auch wenn du das nicht willst?"

Sie räusperte sich und fühlte sich nicht wohl dabei, dass er sie so gut durchschaute. „Ja." Sie schwieg und versuchte, einen emotionalen Boden zu finden, der es ihr ermöglichte, so nahe bei Paul zu sein und trotzdem Martin nicht zu betrügen. „Die Situation bei Luke und Mary wird viel Geld kosten, aber das eigentliche Problem zu lösen ist so einfach. Ganz oft gibt es für Probleme, die einen Menschen das Leben kosten können, eine relativ einfache Lösung, solange der Patient informiert wird und bereit ist, sich darauf einzulassen."

„Das war wahrscheinlich der Grund, der dich dazu veranlasste, Krankenschwester zu werden."

Sie weigerte sich, ihn anzuschauen, aber sie konnte das Lächeln, das jetzt über ihre Lippen zog, nicht verhindern. „Ich habe dich immer wahnsinnig gemacht, weil ich jeden Sommer deine naturwissenschaftlichen Bücher lesen wollte."

„Das hat uns beiden Spaß gemacht. Hast du dieses Anatomiebuch noch, das Lukes Arzt dir gab?"

Sie schaute von seiner Schulter auf. „Ich habe es immer bei mir." Sie deutete zu ihrer Schwesterntasche. „Es ist da drinnen."

„Der Wunsch, Krankenschwester zu werden, saß immer tief in dir, nicht wahr?"

„Ja, ich glaube schon."

„Erzähle mir von den hohen Kosten, die du erwähnt hast."

Nachdem sie die Spritze neben die Schüssel gelegt hatte, tauchte sie ein Mullstück in die Lösung und säuberte die Haut um die Wunde herum. „Sie muss ins Krankenhaus, bevor die Wehen einsetzen, und das Kind mit Kaiserschnitt zur Welt bringen, dann besteht kein Risiko für sie." Sie zog ein frisches Stück Mullverband aus der Verpackung und tupfte seine Haut ab. Sie zeigte ihm die Packung mit den Klammerpflastern und zog mehrere heraus. „Diese Pflaster müssten die Wunde zusammenhalten, aber um Narben zu verhindern, wäre es besser, wenn du dich nähen ließest." Nachdem sie die Pflasterstreifen auf ihren Schoß gelegt hatte, öffnete sie die Tube mit der antibiotischen Creme und trug sie auf.

„Eine Narbe stört mich nicht." Er streckte mehrere Male seine Finger aus. „Ohne Krankenversicherung wird es für Luke wirklich teuer, den Krankenhausaufenthalt und die Operation zu bezahlen."

Sie nickte, während sie sich die Creme von den Fingern wischte. „Trotzdem ist es ein günstiger Preis im Vergleich zu dem, was passieren könnte. Mary hat mir ihr Wort gegeben, dass sie ihm noch vor Mitternacht alles erzählt." Hannah entfernte den Schutzstreifen von einer Seite des Pflasters. „Ist deine Hand eingeschlafen?"

„Nur ganz leicht." Er bewegte die Hand, machte eine Faust und öffnete sie wieder.

Sie drückte die Haut oben auf der Wunde zusammen und klebte einen dünnen Pflasterstreifen darüber. „Falls eine Rötung oder eine Schwellung auftritt, musst du zum Arzt gehen. Wenn das Kribbeln in deiner Hand oder deinem Arm auch nur ein paar Stunden anhält, musst du zum Arzt. Wenn ..."

Paul hob die Hand. „Ich habe verstanden, Hannah."

Ein schneller Blick in seine Augen verriet ihr eine Offenheit und Geradlinigkeit, die sie nervös machte. Selbstlos. Ehrlich. Und so zuverlässig wie das Ticken der Uhr. Und sie hatte sich jahrelang etwas anderes eingeredet ... Wie dumm von ihr.

Sie wünschte, dem wäre nicht so.

Sie schaute weg und räumte die Sachen wieder in ihre Tasche. Dem Mann so nah zu sein, den sie einmal geliebt hatte und den sie hatte heiraten wollen, setzte jeden Nerv in ihrem Körper unter Hochspannung. Sie sah, warum sie so lange Gefühle für ihn gehabt hatte. Die Schuldgefühle wegen Martin meldeten sich lautstark zu Wort.

„Du frierst", stellte Paul fest.

Die Abendluft war viel kälter als die Wärme in der Küche, wo sie heute die meiste Zeit verbracht hatte. Sie zuckte die Achseln. Während sie den Schutzstreifen vom nächsten Pflaster abzog, ging Paul hinüber, wo Jacob gelegen hatte, und hob eine Vliesdecke auf. Er faltete sie wie ein Tuch zu einem Dreieck und legte sie Hannah über die Schultern, dabei blieben seine warmen Hände länger dort liegen, als nötig gewesen wäre.

„Hannah", rief Lissa von der anderen Seite des Hofes. Sarah war bei ihr. Sie hielt ihre Hand, stand steif da und starrte auf den Boden.

Paul setzte sich wieder.

Hannah schluckte und drängte ihre Gefühle tief in ihr Innerstes zurück. „Ja?" Sie ignorierte das leichte Zittern in ihren Fingern und klebte das dünne Pflaster neben das erste Pflaster und drückte dabei seine Haut so zusammen, wie es beim Nähen auch geschehen würde.

„Kann ich zu euch kommen?"

Hannah blickte auf. Ihre Schwester stand wie angewurzelt da, als läge eine unsichtbare Linie vor ihr, die sie ohne Erlaubnis nicht zu übertreten wagte, aber ihr Blick war auf ihre Handfläche gerichtet, als würde etwas darauf sie verwirren. Vor der jungen Frau lag entweder immer noch ein weiter Weg, bis sie wirklich frei wäre, oder sie würde sich immer ein wenig sonderbar verhalten. Oder beides. „Natürlich."

Sarah ließ Lissas Hand los und das kleine Mädchen sprintete auf Paul zu. „Hast du dich geschnitten?"

„Ein bisschen", antwortete Paul.

„Womit?"

„An einem Nagel, der aus einem Brett ragte."

„Vielleicht brauchst du ein paar Kekse. Ich habe mich vor ein paar Wochen am Bein geschnitten." Sie setzte sich auf die Erde und schob ihr Hosenbein hoch. „Siehst du?"

Hannah klebte die restlichen Klammerpflaster auf die Wunde und hatte es eilig, damit fertig zu werden.

„Wow, das ist aber eine ganz schön große Narbe."

Sarah trat zu ihnen und Paul begrüßte sie mit einem schweigenden Lächeln.

Lissa strahlte. „Ich habe das Glasregal meines Onkels zerbrochen und er hat überhaupt nicht geschimpft. Er hat gesagt, ich war ganz tapfer, als ich genäht wurde. Auf dem Heimweg vom Krankenhaus hat er mir ein paar Kekse gekauft, weil Hannah nicht zu Hause war, um welche zu backen. Sie war hier. Er hat sich richtig gut um mich gekümmert."

Ein Runzeln zog über Pauls Stirn, als er zu Hannah hinaufschaute, aber er verriet nicht, was er dachte.

Hannah strich Lissa die Haare aus dem Gesicht. „Ich glaube, hier vermisst jemand seinen Onkel."

Lissa nickte. Ihre Augen verrieten, wie wahr Hannahs Worte waren. „Wir fahren bald nach Hause?"

„Morgen. Gleich in der Früh."

Lissa stand auf und zog ein zerbrochenes, mit Fusseln bedecktes Plätzchen aus ihrer Hosentasche. „Magst du einen Keks?"

Paul schmunzelte. „Danke."

Sie wischte sich die Hände ab. „Bitte. Darf ich ein wenig schaukeln, Hannah?"

Hannah, die Mary in der Nähe der Schaukel sah, nickte. „Ja." Sie kippte die restliche Desinfektionslösung aus der Schüssel ins Gras und sammelte den benutzten Mullverband und den Abfall in die Schüssel.

Paul lehnte sich auf seinem Stuhl zurück. „Martin ist ihr Onkel?"

„Ja, aber er … wir kümmern uns um sie und Kevin."

Schweigend schaute Paul das entstellte Plätzchen an.

Sarah nahm die Schüssel, aber ihre Augen schossen zwischen Hannah und Paul hin und her. Sie sah verwirrt aus.

„Ich … ich …" Sie zog den Kopf ein. „Ach, nichts."

Paul stand auf und steckte das Plätzchen in seine Hosentasche. „Sie fährt morgen wieder weg, Sarah. Wenn es wichtig für dich ist, dann sprich es aus."

Die Nervosität in Sarahs Gesicht war nicht zu übersehen. „Ich … weiß … aber es würde mir wirklich helfen …" Sarah brach mitten im Satz ab und starrte in die Ferne.

„Sarah", forderte Paul sie auf.

Ihr Blick kehrte langsam aus der Ferne zurück und richtete sich auf ihn.

Er schaute sie an, als wollte er sie zwingen, ihn zu hören. „Konzentriere dich auf das, was du sagen wolltest, und sprich es aus. Lass dir nicht von der Angst deine Fähigkeit rauben, im Hier und Jetzt zu leben."

Sarahs Gesichtsausdruck veränderte sich und nahm langsam wieder ein normales Aussehen an. Sie nickte. „Wenn wir einen Spaziergang zu der Stelle machen könnten, wo Rachel begraben ist …"

Hannah erstarrte. Sie hatte ein Recht darauf, bestimmte Dinge für sich zu haben, aber ihre Schwester machte davor keinen Halt. Privatsphäre. Ein ungestörtes Grab für Rachel. Und dass ihre Vergangenheit ruhen konnte. Sarah hatte nicht einmal gewusst, dass Hannah schwanger war. Sie hatte es erst erfahren, als das Baby schon begraben gewesen war. Warum musste sie das Grab sehen?

Hannah rieb sich die Stirn. „Es ist überhaupt nicht als Grab zu erkennen. Es sieht aus wie die normale Erde unter einer Buche auf dem Feld."

Sarah starrte auf ihre Handfläche und rieb unsichtbare Flecken weg. „Paul wollte es ohne deine Erlaubnis nicht suchen und er hielt es für falsch, wenn ich jemanden gefragt hätte, der weiß, wo das Grab ist."

Seine Loyalität war beunruhigend. Sie zog die Decke enger um ihre Schultern. „Okay, ich gehe mit dir hin."

Sarahs Augen wurden groß. „Ich … ich will, dass Paul mitkommt."

Natürlich wollte sie das. Sarah hatte anscheinend die Gabe, Paul wieder in Hannahs Leben zu ziehen. Froh, dass sie morgen wieder nach Ohio zurückfahren würde, nickte sie.

Hannah hatte die kleine Decke wie ein Tuch über die Schultern gelegt, als sie schweigend neben Paul und Sarah herging, die darüber sprachen, dass man Frieden über der Vergangenheit finden müsse. Die Worte, die Paul zu Sarah sagte, legten sich wie eine warme Decke um Hannahs Herz, und sie erinnerte sich an die verschiedenen Gespräche, die sie mit Paul geführt hatte, seit sie vor drei Wochen das erste Mal nach Owl's Perch zurückgekommen war. Trotz ihrer Entschlossenheit, sein zuverlässiges und einfühlsames Wesen nicht zu beachten, war es einfach nicht zu übersehen.

Die Abenddämmerung legte sich auf die Felder und die Vögel waren verstummt. Als sie auf der Anhöhe ankamen, tauchten die goldgelben Blätter der Buche, die über Rachels Grab thronte, in der Ferne auf. Hannah schluckte schwer und konnte die Worte, die zwischen Paul und Sarah gewechselt wurden, nicht mehr hören.

Aber sie konnte Pauls Stimme hören und sie konnte genauso deutlich vor sich sehen, wie er vor mehreren Jahren ausgesehen hatte, wie sie ihn jetzt sehen konnte, wenn sie sich umdrehte.

Er hatte bei einem der seltenen Male, die sie zusammen gewesen waren, vor ihr gestanden, hatte ihre Handfläche nach oben gedreht und sie geküsst. *„Gespräche stärken eine Beziehung. Leider werden wir in unserer Beziehung eine ganze Weile ohne solche Gespräche auskommen müssen. Aber wir können das ganze Unkraut, das sich in dieser Zeit ansammelt, ausreißen, wenn wir stark und treu bleiben."* Er hatte ihr zugezwinkert. *„Bis zum Mai."* Er hatte ihre Hand gedrückt. *„Acht Monate, Hannah. Das ist für uns kein Problem, oder?"*

Kein Problem.

Wenn ihnen in irgendeinem Bereich eine kleine Pause vergönnt gewesen wäre, wäre es kein Problem gewesen. Nicht für sie. Da Paul auf keinen Fall merken sollte, was in ihr vorging, richtete sie ihren Blick starr auf den Boden, während sie zu dritt weitergingen. Ihr Herz war plötzlich viel zu groß für ihre Brust, als ihr eine Erkenntnis bewusst wurde: Paul hatte an ihre Beziehung geglaubt.

Er hatte an Hannah geglaubt.

Und er hatte gewartet.

Jetzt konnte sie nicht länger widerstehen und hob den Blick: zerrissenes Hemd, verletzter Arm, blondes Haar, breite Schultern und trotz der schweren Arbeit, die er den ganzen Tag geleistet hatte, nicht zu müde. Seine energiegeladenen Schritte bildeten einen deutlichen Kontrast zu der Sanftheit, mit der er mit Sarah sprach.

Wie lange hatte er gewartet?

Das spielte keine Rolle. Er hatte Dorcas. Und Hannah liebte Martin. Als sie daran dachte, wie selten es vorkam, dass man einen wirklich guten Mann fand, war es fast unglaublich, dass sie es geschafft hatte, sogar zwei zu finden. Vielleicht waren gute Männer doch nicht so selten, wie sie gedacht hatte.

Pauls Blick wanderte zu ihren Augen und blieb daran hängen. Ein schwaches Lächeln zog über seine Lippen. Sie kannte dieses Lächeln, das nicht so sehr aus der Freude eines leichten Lebens geboren wurde, als vielmehr aus den kleinen Freuden, die das Leben ihm schenkte.

Sie hatte erneut das Gefühl, Martin zu betrügen, und drehte den Kopf weg, ohne sein Lächeln zu erwidern. Sie ließ ihren Blick über die Felder schweifen und erinnerte sich an das Flüstern, das sie an dem Tag gehört hatte, als Rachel beerdigt worden war. Die flüsternde Stimme, die Hannahs Namen gerufen hatte: *„Hannah, kumm raus."*

Mitten in ihrem tiefen Schmerz hatte die Stimme sie gelockt und die Hoffnungslosigkeit durchbrochen. Am nächsten Tag war sie losgefahren, um eine Frau zu suchen, von der sie nicht einmal sicher gewesen war, dass es sie überhaupt gab. Sie war bis heute noch unsicher, ob die vage bekannte Stimme ihr eigenes Inneres gewesen war, das sich nach Freiheit gesehnt hatte, oder ihre Fantasie oder Gottes Flüstern oder etwas anderes. Aber damals hatte diese Stimme sie davon abgehalten, von ihrer Hoffnungslosigkeit erstickt zu werden, und sie hatte ihr geholfen, den Mut zu finden, von hier fortzugehen.

Sarah packte sie am Arm. Sie zitterte am ganzen Körper. „Schaut."

Keine fünf Meter vor ihnen stand etwas, das wie ein Grabstein aussah.

Sarah verstärkte ihren Griff, blieb wie angewurzelt stehen und zwang die beiden, ebenfalls stehen zu bleiben. „Ich … ich habe es mir anders überlegt. Ich will nach Hause."

Paul legte die Hand auf Sarahs Schulter. „Wir dürfen unsere Gefühle nicht über unseren Verstand setzen. Deine Gefühle haben Angst. Dein Verstand sagt dir, dass es nichts gibt, wovor du dich fürchten musst."

Sarah zog an Hannahs Arm. „Ich will heim. Mir gefällt es hier nicht. Vielleicht ist irgendein Geist aus der Vergangenheit …"

Paul legte die Hand um Sarahs Hand und brachte sie dazu, ihren Griff zu lockern. „Du tust deiner Schwester weh."

Sarah drückte nicht mehr so fest zu, hielt aber Hannah immer noch fest. „Aber wer … wer sollte so etwas machen?"

Hannah starrte das Grab an. Eine Gänsehaut zog über ihren ganzen Körper. Die Umrisse des winzigen Grabes waren von weißen Marmorsteinen in der Größe von Ziegelsteinen umrahmt und die Fläche um das Grab herum war sauber gepflegt, fast wie ein Rasen.

„Jemand, dem Hannah wichtig ist", antwortete Paul.

Hannah zog ihre Decke enger um sich und trat näher. Sarah wollte sie zurückhalten, aber Hannah befreite sich von ihrem Griff und trat einen Schritt vor. Tausend Erinnerungen und Gefühle regten sich in ihr.

„Ich … ich bin noch nicht so weit. Ich kann das nicht!“ Sarahs Schrei hallte über das Feld.

Ohne ihre Schwester zu beachten, ging Hannah zum Grab und war völlig verblüfft von dem, was sie hier sah. Sie dachte an die vielen Jahreszeiten – die schneebedeckten Winter, die verregneten Frühlingsmonate, die heißen Sommer und die leuchtenden Herbsttage. Trotzdem war jemand treu geblieben. Hinter sich hörte sie, wie Paul leise auf Sarah einredete.

Der Schmerz wegen ihres Verlustes saß tief, aber trotzdem konnte sie das Vertrauen fühlen, das sie zu Gott hatte, und den festen Glauben, dass er alles wiedergutmachte. So war Gott, nicht wahr? Diebe kamen und stahlen, aber Gott schenkte Erlösung. Doch als sie jetzt hier stand, fühlte sie sich nicht wirklich erlöst. Sie war von Gott mit vielen Dingen beschenkt worden: Martin, Lissa, Kevin, ihrer Schule, Dr. Lehman, den Quilttreffen jeden Dienstag und ihren amischen Freundinnen. Trotzdem spürte sie immer noch den Schmerz wegen der vielen zerschlagenen Hoffnungen, die sie vor dem Überfall gehabt hatte.

Paul trat leise neben sie. Er hatte die Hände ehrerbietig gefaltet und starrte auf die Erde. „Es tut mir leid, dass du ganz allein damit fertig werden musstest.“

Als hätte die Erkenntnis, dass jemand das Grab pflegte, nicht schon genügt, wurde ihr Herz durch seine Reaktion noch stärker angerührt. Sie hatte die ganzen Jahre gedacht, er wäre … nicht fähig, sie zu verstehen. Aber mit der gleichen Sicherheit, mit der sie wusste, dass er sie einmal genauso geliebt hatte wie sie ihn, begriff sie, dass die Gewalt, die sie erfahren hatte, nicht nur ihr angetan worden war. Sie war ihnen beiden angetan worden.

Das hätte ich eigentlich schon längst begreifen müssen.

Ihr Herz schlug heftig und ihre Augen wurden feucht, als sie ihm die Hand hinhielt. „Trotzdem“, flüsterte sie.

Er legte seine warme, raue Hand um ihre und an dieser Stelle, umringt von den stillen Feldern, die in den warmen Herbstfarben leuchteten, berührte eine unerwartete Heilung ihr Herz. In der Stille hörte man nur das Rascheln der Blätter.

Sie ließ Pauls Hand los und kniete nieder. Diese ungewöhnliche Reise zurück nach Owl’s Perch hatte sie bereit gemacht, die Vergangenheit loszulassen. Sie lief nicht mehr vor ihrer Vergangenheit davon. Sie spürte die Kraft in sich, aufzustehen und weiterzugehen. Diese Erkenntnis erfüllte sie mit einem Gefühl, gesund und ganz zu sein, von dem sie nie gedacht hatte, dass es ein Mensch erleben könnte, und ganz bestimmt nicht jemand, der vergewaltigt worden war.

Sarah trat zum Grab und kniete nieder. „Die ganze Zeit habe ich gewollt, dass das Baby am Leben wäre …"

Hannah legte den Arm um die Schultern ihrer Schwester. „Entscheide dich für die Realität, Sarah. Sie ist der einzige Ort, an dem Kraft und Glauben anfangen können zu wirken."

Sarah legte die Handflächen auf das Grab.

Hannah drückte die Schulter ihrer Schwester. „Es ist Zeit, die Vergangenheit ruhen zu lassen und uns auf das Leben zu konzentrieren."

„Wirst du etwas unternehmen, damit dieser Kerl gefasst und bestraft wird?" Sarahs Stimme zitterte.

Hannah schloss die Augen und stellte sich selbst dieselbe Frage. Die kühle Luft zog durch die Bäume und das Rascheln der Blätter klang wie Regen, als sie zur Erde tanzten. „Nein", flüsterte sie. „Es sind über drei Jahre vergangen, seit das passiert ist. Ich kann ihn nicht identifizieren. Ich habe keine Ahnung, was für ein Autotyp es war, nichts. Die einzige Möglichkeit, wie die Polizei einen Anhaltspunkt hätte, um ihn zu finden, bestünde darin, Rachel aus ihrem Grab zu holen, um einen DNA-Test durchzuführen, aber auch das würde nur etwas bringen, wenn er wegen eines anderen Verbrechens schon einmal gefasst worden wäre. Das will ich Rachel nicht antun … und mir selbst auch nicht." Sie streichelte ihrer Schwester über den Rücken. „Egal, ob es richtig oder falsch ist, ich entscheide mich, loszulassen und nach vorne zu schauen. So wurden wir erzogen, ja?"

Sarah nickte. „Ja."

Hannah nahm ihren Arm von Sarah. Als sie und Sarah aufstehen wollten, hielt Paul beiden eine Hand hin. Sarah ergriff seine Hand und er half ihr auf die Beine. Hannah stand allein auf.

„Ich möchte wetten, dass *Daed* das Grab gepflegt hat."

„Sarah …"

„Nein", sprach sie unbeirrt weiter. „Du weißt nicht, wie er ist, wenn niemand in der Nähe ist. Er hat in ein Tagebuch geschrieben, dass er auf deine Rückkehr wartet. Ganze Seiten voll, aber als ich sein heimliches Versteck fand, hat er alles verbrannt, als dürfe er es zwar denken und fühlen, aber als könne er es nicht ertragen, dass jemand etwas davon weiß."

Hannah hatte keine Lust, darüber zu sprechen, und marschierte los. Den Rückweg zum Eshhof legten sie schweigend zurück. Ein ungewöhnlicher Friede legte sich über sie. Er war stärker als die Dunkelheit der Nacht. Sie zog die Decke enger um ihre Schultern. Sarah schien auch einen gewissen Frieden im Leben gefunden zu haben.

Und jemand hatte Zeit und Geld investiert, um das winzige Grab mit weißem Marmor zu schmücken.

Kapitel 25

Das Klappern von Pferdehufen ließ alle drei aufschauen.

Jacob brachte den Pferdewagen neben ihnen zum Stehen und schaute Hannah direkt an. „*Mamm* hat gesagt, dass ich mich von dir anschauen lassen soll, um dich und Sarah dann zu Luke und Mary zurückzubringen. Von *Mammi* Annie soll ich dir ausrichten, dass Lissa mit ihr nach Hause gehen wollte."

Hannah nahm die Decke von ihren Schultern und reichte sie Paul. „Ich will jetzt noch nicht zurück, aber spring herunter und lass mich noch einmal deine Schulter sehen." Sie forderte Jacob auf, mehrere langsame Bewegungen zu machen. „Wie fühlst du dich, wenn du auf einer Skala von eins bis zehn, auf der zehn am schlimmsten ist, angeben müsstest, wie es dir geht?"

„Ungefähr drei, vielleicht auch weniger."

„Ich denke, du brauchst nicht geröntgt zu werden, aber wenn die Schmerzen schlimmer werden oder du merkst, dass du dich schlechter bewegen kannst, musst du zum Arzt gehen. Und die ganzen Bewegungen, die du gerade mit deinem Arm gemacht hast, solltest du jeden Tag viermal wiederholen. Okay?"

„Natürlich. Danke, Hannah. Es ist wirklich praktisch, dass du Krankenschwester bist, besonders hier draußen in der Pampa, was?"

Sie war nicht sicher, ob er begriff, dass sie noch nicht einmal eine examinierte Krankenpflegehelferin war, entschied sich aber, ihm das nicht genauer zu erklären. „Heute war das wirklich nicht schlecht."

Sarah umarmte Hannah. „Ich bin wirklich müde." Ohne ein Wort zu Jacob, ihrem früheren Freund, zu sagen, stieg sie in den Wagen. „Du weckst mich morgen früh, bevor du losfährst, ja?"

Hannah nickte. „Klar. Gute Nacht, Sarah."

Auf dem Eshhof standen Matthews Eltern und einige andere Männer und Frauen in kleinen Gruppen herum und unterhielten sich. Kathryn stand neben einem Auto und verabschiedete sich von mehreren Männern aus ihrem Dorf, darunter war ein Mann, den Hannah als Kathryns *Daed* erkannte. Und daraus, wie einer der jungen Männer neben ihr stehen blieb, schloss sie, dass er entweder Kathryns Freund war oder es gern wäre.

Näher beim Haus stand Hannahs Vater mit mehreren Männern zusammen. Er blickte auf, tat dann aber so, als hätte er sie nicht gesehen. Sie und Paul schlenderten zum Seitenhof, wo ein Ölofen seinen Lichtschein auf einen Kreis aus mehreren Stühlen warf. Die Tische sahen kahl und abgenutzt aus, wenn keine Tischdecke und kein Essen darauf waren. Mary, Luke und Matthew saßen um den Ofen herum und unterhielten sich. Drei leere Stühle standen in dem Kreis, wahrscheinlich eine Einladung an sie und Paul, sich zu ihnen zu gesellen. Wenn Hannahs Intuition sie nicht täuschte, war der andere Stuhl für Kathryn bestimmt.

Von den ganzen Ereignissen, die sich zugetragen hatten, während sie fort gewesen war, hatte Matthews Trennung von Elle sie am meisten überrascht. Aber Matthew schien darüber Frieden zu haben, er wirkte sogar irgendwie erleichtert.

Hannah konnte es nicht erwarten, ein paar Augenblicke allein zu sein, und drehte sich zu Paul um. „Ich gehe ins Haus. Ich kann in der Küche bestimmt noch ein wenig helfen."

„Danke, dass du das für Sarah getan hast."

Das leise Flüstern, wie ähnlich sie und Paul dachten, war nicht zu überhören. Sie gab ihm keine Antwort, da schon wieder Schuldgefühle wegen Martin an ihr nagten.

Das Haus war leer, als sie eintrat. Ohne die vielen Stimmen, die vorher darin zu hören gewesen waren, strahlte die Küche eine Sicherheit aus, die trügerisch sein musste. Das Muhen der Kühe, die auf ihr Futter warteten, drang durch das leicht geöffnete Fenster in den Raum. Eine Petroleumlampe auf dem Fenstersims über der Spüle gab kein helleres Licht ab als zwei elektrische Nachtlampen. Sie trat an den Wasserhahn, drehte ihn auf und wartete, bis warmes Wasser kam, bevor sie das Spülbecken füllte und Geschirrspülmittel dazugab. Während sie die Bleche schrubbte, kamen hin und wieder Frauen herein und holten ihr sauberes Geschirr. Die meisten verabschiedeten sich beim Hinausgehen freundlich von ihr und sie antwortete ihnen genauso freundlich. Wenn sie nichts sagten, respektierte Hannah ihr Schweigen und war ebenfalls schweigsam.

Die Laterne flackerte unruhig, als das Petroleum langsam ausging. Durch das Fenster sah sie mehrere Familien in ihre Einspänner steigen und losfahren, bis nur noch ein Einspänner zu sehen war, der auf seinen Besitzer wartete: der Wagen ihres *Daed.* Ihre Mutter war schon eingestiegen.

„Hannah."

Ihre Muskeln spannten sich an, als sie hinter sich die Stimme ihres Vaters hörte. Sie drehte den Kopf zu ihm um, hielt aber ihre schaumigen Hände über der Spüle. „Ja?"

Die langen Schatten bewegten sich unruhig in den tanzenden Flammen der Lampe. Ihr Vater sah aus, als hätte er ihr etwas zu sagen, konnte es aber nicht. Sie nahm ein Handtuch vom Haken neben der Spüle und trocknete sich die Hände ab.

Er trat ganz ins Zimmer und zerknüllte die Krempe seines Hutes in seinen Händen. „Du fährst morgen wieder weg?"

„Ja." Sie trat von der Spüle weg.

„Du … du schreibst deiner Mutter dieses Mal mehr, ja?"

Wie konnte so viel zwischen zwei Menschen liegen, dass sie es nicht schafften, normal miteinander zu sprechen? „Ja."

„Gut." Er wandte sich zum Gehen, aber sein gebeugter Kopf und seine hängenden Schultern verrieten, dass er nicht das gesagt hatte, weswegen er gekommen war.

„Daed?"

Er drehte sich um und schaute sie an, als wäre er immer noch nicht sicher, wer sie war.

„Ich war unschuldig."

Er wischte sich mit dem Daumenrücken über die Stirn. „Keiner von uns ist je unschuldig. Ich dachte, das hättest du inzwischen verstanden."

Sie hatte Mühe, ihre Schultern aufrecht zu halten und den Kopf nicht zu senken. Seine Worte waren gleichzeitig wahr und eine Lüge. Aber er würde nie seinen Teil an dem, was geschehen war, sehen, nur ihren. War er deshalb in die Küche gekommen? Um ihr zu sagen, dass ihr trotz der vielen Dinge, die er ihr zu Unrecht vorgeworfen hatte, immer noch der Makel einer Sünderin anhaftete?

Ihr Vater drehte sich um, um das Haus zu verlassen.

„Daed?“

Er schaute sie wieder an.

„Das Grab … es … es wurde gepflegt …“

Er schob das Kinn vor. „Ich bin nicht so unloyal, wie du anscheinend glaubst.“

„Wir sind alle unloyal. Ich dachte, das hättest du inzwischen verstanden.“

Er blieb stehen und starrte sie an. „Du hast gewonnen, Hannah. Ich habe es seit deinem 15. Geburtstag nicht geschafft, dir einen Schritt voraus zu sein. Ich habe nichts richtig gemacht. Aber so wahr Gott mein Zeuge ist: Ich habe es versucht.“

„Ich habe in Bezug auf Paul Geheimnisse gehabt und vielleicht war das falsch von mir, aber du kanntest die Wahrheit über das, was an jenem Abend passiert war, als ich überfallen wurde, und doch hast du es später irgendwie für vollkommen gerechtfertigt gehalten, mich im Stich zu lassen. Nein, noch schlimmer, du hast dich gegen mich gestellt und auch noch die Kirchenältesten mitgebracht.“

Er öffnete den Mund, um etwas zu sagen, aber dann verließ er ohne ein weiteres Wort das Haus und zog die Tür hinter sich zu.

Die Tür ging wieder leise auf und Paul trat ein. „Geht es dir gut?“

Tränen traten ihr in die Augen. „Klar.“ Sie räusperte sich und versuchte, ihre Gefühle wieder in den Griff zu bekommen.

„Alle sind fort außer Luke, Mary, Matthew, Kathryn und uns. Matthews Eltern sind zu den Yoders gegangen, um sich Bauholz anzuschauen, das John gelagert hat und das für den Wiederaufbau verwendet werden könnte. Ich schätze, Mary wird bald mit Luke sprechen, und dann machen wir für heute Feierabend.“ Er ging zum Tisch und nahm eine Scheibe selbst gebackenes Brot vom Schneidbrett. „Da du morgen fährst und wir uns vielleicht nie wieder unter entspannten und freundschaftlichen Umständen treffen, hatte ich gehofft, dass du zu uns nach draußen kommst.“ Er schnupperte an dem köstlich duftenden Brot und schaute sie an. Er hatte immer gesagt, dass er erkennen könne, ob selbst gebackenes Brot von ihren Händen geknetet worden sei oder nicht, weil er die Hitze riechen könne, die ihn an das Feuer in ihrer Seele erinnerte.

Sie drehte ihm den Rücken zu, nahm ein sauberes Blech und begann, es abzutrocknen. Sie waren miteinander zum Grab gegangen und hatten etwas geteilt, das sie nie mit einem anderen Menschen teilen könnte; er verstand Dinge an ihr, die niemand sonst je verstehen würde. Und er vergab ihr auf eine Weise, die sie vorher nicht für möglich gehalten hatte. Aber jetzt brauchte sie Abstand.

„Ich denke, es würde Sarah sehr guttun, wenn du wiederkommen und ihr helfen könntest, etwas zu finden, für das sie sich begeistern kann. Sie ist zu alt, um nicht eine Aufgabe zu haben, die ihr Selbstwertgefühl und Befriedigung gibt. Etwas, das ihr das Gefühl vermittelt, etwas gut zu können."

Hannah schaute ihn an. „Wie ich schon zu Sarah sagte: Ich kann nicht."

Er setzte sich auf die Tischkante und stellte einen Fuß auf einen Stuhl. „Ja, ich weiß, du hast bis zum Januar keine Zeit. Aber vielleicht, wenn der Schnee getaut ist? Ich denke, das wäre wichtig. Es wäre noch besser, wenn es geschehen könnte, bevor der Winter kommt, aber wenn du nicht kannst, dann geht es eben nicht."

„An was genau denkst du dabei?"

„Ich wünschte, ich hätte eine Ahnung, aber ich bin sicher, dass dir etwas einfällt."

Sie lehnte sich an die Spüle. „Sarah hätte Zabeth kennenlernen und mit ihr in der Blockhütte leben sollen."

„Ah, sie lächelt bei diesem Gedanken." Pauls schiefes Grinsen erinnerte sie an hundert andere Male, bei denen er so gegrinst hatte. „Wie war sie?"

Eine Männerstimme ließ sie zusammenfahren. Da sie vermutete, dass die Stimme vom vorderen Teil des Hauses kam, ging sie in den dunklen Flur und schaute durch die offen stehende, vordere Tür hinaus. Paul folgte ihr.

Luke stand am Fuß der Verandastufen. „Was hast du dir nur dabei gedacht?"

Mary fuhr mit den Händen über ihren vorstehenden Bauch und hatte den Blick auf den Boden gerichtet. „Ich hatte Angst, du würdest weggehen, wenn wir nicht sofort heiraten könnten. Dein Vater hat seine Wurzeln verlassen und Hannah auch und du warst so wütend auf deinen *Daed* und die Kirchenältesten, weil sie deine Schwester so behandelt hatten, und so ruhelos und hast davon geredet, dass du nach Lancaster gehen und dort arbeiten wolltest, und …"

„Das sind deine Entschuldigungen, warum du mich angelogen hast?", fiel Luke ihr ins Wort. „Warum du mir gesagt hast, dass der Arzt dir bescheinigt hätte, alles sei in Ordnung? Du hast mir gesagt …"

Sie hielt die Hand hoch, um ihn daran zu hindern, noch mehr zu sagen. „Ich weiß, aber ich habe mich selbst belogen. Ich dachte, ich würde Gott vertrauen, aber jetzt ist mir klar, dass ich das nur als Vorwand benutzte, um das zu bekommen, was ich wollte. Ich … ich wollte dich nicht verlieren."

Hannah schob die Tür zu, lehnte sie aber nur an, um die beiden nicht durch das Klicken zu stören. Im Inneren des Hauses waren ihre Stimmen immer noch zu verstehen, aber sie versuchte, nicht hinzuhören. „Diese Worte sind wie eine Warnleuchte. Sie werden zu oft gesagt, bevor Lügen und Ausreden kommen."

„Schau mich an, Hannah."

„Was?"

„Falls du von dir selbst sprichst, ist es Zeit, es loszulassen", flüsterte Paul. „Lass es einfach los."

Sie konnte nicht länger leugnen, dass sie sich in einer gefährlichen Situation befand – die Dunkelheit, das leere Haus, die Nähe, das Flüstern zwischen ihnen. Sie konnte ihre Stimme nicht finden und hätte sowieso nicht gewusst, was sie sagen sollte. Deshalb stand sie nur da und schaute ihn an. Fühlte er es auch?

Er deutete zur Küche. „Ich … ich denke, ich gehe hinaus und setze mich wieder zu Matthew."

Er drehte sich um und ließ sie allein.

Schwere Schuldgefühle quälten Hannah, als sie in die Küche zurückging, die jetzt vollkommen dunkel war, da das letzte Petroleum in der Lampe verbrannt war. Sie setzte sich auf den Küchenstuhl. Zu den Yoders konnte sie jetzt noch nicht zurückgehen. Sie hatte Mary zugesagt, dass sie in der Nähe bliebe, um die Fragen zu beantworten, die Luke vielleicht hatte. Sie hoffte, Luke hätte Fragen und nicht nur Ärger. Wenn sie das nicht versprochen hätte, wäre sie schon längst nach Ohio zurückgefahren. Dort sollte sie sein, in Ohio bei Martin und nicht hier und viel zu nahe bei Paul.

Matthew kam durch die Seitentür herein und winkte sie nach draußen. „Luke fragt nach dir."

Sie verdrängte ihre Verwirrung, wusste aber, dass sie sich später damit auseinandersetzen musste. „Okay." Sie stand auf und ging schweigend zur Hintertür hinaus, während ihre Gedanken immer noch um Martin und Paul kreisten.

Kathryn, Paul, Luke und Mary saßen um den Ölofen herum. Ein fast greifbares Schweigen lag in der Luft. Außer ihnen war niemand auf dem Eshhof. Hannah setzte sich auf einen Stuhl und Matthew folgte ihrem Beispiel.

„Deshalb bist du also geblieben?" Lukes scharfer Ton riss sie aus ihren Gedanken.

Sie setzte sich auf und räusperte sich. „Ja."

Das Gesicht ihres Bruders war angespannt und er starrte mit zusammengekniffenen Lippen zu Boden. Die tiefe Besorgnis in Marys Augen war unübersehbar. Sie hatte Angst, seine Liebe und seinen Respekt zu verlieren, und befürchtete, dass sie noch jahrelang seinen Ärger zu spüren bekäme.

Kathryn stand auf. „Ich … ich dachte, wir würden über das Geschäft reden. Ich denke, ich gehe schlafen. Gute Nacht." Sie ging zum Haus. Matthew sprang auf und begleitete sie.

Hannah beugte sich vor und schaute Luke in die Augen. „Du hast ein Recht, wütend zu sein, aber bitte lass deinen Ärger los."

„Mary hätte mir die Wahrheit sagen und vertrauen sollen, dass ich die richtige Entscheidung treffe, und sie hätte Gott ihre Zukunft anvertrauen sollen." Luke lehnte sich mit finsterer Miene zurück.

Hannah wärmte ihre Hände vor dem Ofen, da sie nicht ruhig sitzen bleiben und Paul nicht anschauen wollte.

Luke warf die Hand in die Luft. Seine Verzweiflung war unübersehbar. „Und was jetzt?"

Ohne ihre Erlaubnis wanderten Hannahs Augen zu Paul und blieben an seinem Gesicht hängen. Seine blauen Augen schauten sie direkt an, als hinge Lukes Frage zwischen ihm und Hannah in der Luft und nicht zwischen Mary und Luke.

Hannah konzentrierte ihre Aufmerksamkeit wieder auf Luke.

„Dr. Lehman wird einen guten Frauenarzt finden, der die Behandlung übernimmt, obwohl ihr Entbindungstermin kurz bevorsteht und ihr keine Krankenversicherung habt."

„Erkläre mir alles, angefangen damit, warum ihr Arzt nicht wollte, dass sie heiratet."

Hannah erklärte alles und bemühte sich so oft wie möglich, ermutigende Worte einfließen zu lassen.

Luke betrachtete seine Frau. Er war anscheinend hin und her gerissen zwischen seinem Ärger und einer großen Angst um ihre Sicherheit. „Wie kann er so sicher sein, dass dieser Plan aufgeht?"

„Weil Dr. Lehman unglaublich intelligent ist und Stunden damit zugebracht hat, alle Untersuchungsergebnisse und alle Arztberichte nach dem Unfall zusammenzutragen, die es über Mary gibt."

Luke schaute Mary mit zusammengekniffenen Augen an. Er deutete zu Hannah hinüber. „Schwöre mir, dass ihr zwei nichts anderes mehr verheimlicht."

Hannah streckte die Hände mit den Handflächen nach oben aus. „Sonst gibt es nichts. Das verspreche ich dir."

„Und ihr und dem Baby geht es ganz gut?"

Sie ließ die Hände sinken. „So gut, wie es einer gesunden Frau gehen kann, die mit der Hilfe moderner Technik und eines erfahrenen Arztes ein Kind bekommt."

Luke rutschte auf seinem Stuhl zurück. Sein Ärger war immer noch nicht verraucht. „Ich kann einfach nicht so tun, als wäre nichts gewesen. Wir hätten mit dem Heiraten warten sollen."

Mary brach in Tränen aus. „Du kannst es doch nicht bereuen, dass du mich geheiratet hast. Das kannst du einfach nicht. Das macht alles ..." Sie stand auf und lief aufgebracht über den Hof zu den hinteren Feldern, wo der Grund ihrer Eltern mit dem Eshgrund zusammenstieß. Luke ließ sie gehen.

Paul setzte sich auf seinem Stuhl vor. „Luke."

Er schaute Paul an und die zwei Männer schienen ein schweigendes Gespräch zu führen. Schließlich nickte ihr Bruder. Dann stand er auf und folgte seiner Frau. „Mary, warte."

Hannah spielte nervös mit einem Knopf an ihrem Rock. „Dein Schweigen ist mächtiger als die Worte der meisten Menschen. Diesen Trick würde ich gern lernen."

„Das ist kein Trick. Wir haben einfach miteinander genug aus meinen eigenen Fehlern in der Vergangenheit gelernt."

Hannah schaute auf. „Und du konntest nicht schon früher *nichts* sagen und Mary seinen Ärger ersparen?"

„Luke war vorher nicht bereit, es zu hören."

„Was zu hören? Du hast doch gar nichts gesagt."

„Hannah?"

„Ja?"

„Du machst mich wahnsinnig."

Sie lachten miteinander, bevor Hannah sich auf ihrem Stuhl zurücklehnte und zum ersten Mal feststellte, wie klar der Nachthimmel war. Tausende von Sternen funkelten, als wäre die Oberfläche des Susquehanna River, der von den Sonnenstrahlen beschienen wurde, an den Himmel verteilt worden. Der Erntemond in seinem ganzen orangegoldenen Glanz war ein deutliches Zeichen, dass der Herbst viel mehr mit sich brachte als nur eine gewisse Kühle in der Luft. Trotz des Ofens zitterte sie.

Paul warf ihr eine Decke zu, die noch dalag. „Das wäre unser erster gemeinsamer Abend."

Ohne sich aufzusetzen oder den Blick vom Himmel abzuwenden, breitete sie die Decke über sich aus. „Vielleicht ist es nicht so verwunderlich, dass wir das nicht geschafft haben ... es war bei den ganzen Einschränkungen auch so schon schwer genug."

Paul antwortete nicht und sie war nicht bereit, ihn anzuschauen. Sie hatten heute etwas Besonderes miteinander erlebt und sie waren vor Jahren gegen ihren Willen auseinandergerissen worden, aber sie liebte Martin. Sie konnte all seine positiven Eigenschaften aufzählen und fühlte sich geehrt, dass er sein Leben mit ihr teilen wollte – einem ehemaligen amischen Mädchen, das sich weder so kleidete noch so benahm wie die vielen Hundert Frauen, die er vor ihr gekannt hatte.

Viele Hundert? Waren es so viele gewesen? Er war acht Jahre älter als sie und hatte es als einen Sport betrachtet, mit Frauen auszugehen, auch noch anderthalb Jahre, nachdem er sie kennengelernt hatte.

Sie erschauderte und wünschte plötzlich, sie hätte diesen Gedanken nicht zugelassen. Martin war kein Mensch, der viel Zeit im Freien verbrachte, aber wenn das Wetter gut war und es seine Zeit erlaubte, verließ er seinen Fernseher, seinen Computer und seine Telefone und setzte sich zu ihr. „Zu den schönsten Augenblicken für mich gehören die Zeiten, wenn Martin und ich draußen sitzen und uns unterhalten."

Paul beugte sich über den Stuhl, der zwischen ihnen stand, und zupfte an ihrer Decke. „Ich nehme an, das ist hauptsächlich eine Sommerbeschäftigung."

Sie reagierte mit einer drohenden Handbewegung auf sein Necken. Außerdem sollte sie wirklich nicht hier sitzen und mit ihm reden. Ihre Schuldgefühle forderten sie fast auf, den Rest dieser Mary-und-Luke-Saga in völligem Schweigen abzuwarten.

Links von ihnen, ein ganzes Stück entfernt, standen Luke und Mary. Sie hielt Lukes Hand und drückte sie auf ihren Bauch. Hannah räusperte sich und versuchte, den dicken Kloß aus ihrer Kehle zu vertreiben. Liebe war nicht alles, was das Leben auf diesem Planeten ausmachte, aber sie machte alles andere erträglicher.

Die Bewegung unter Lukes Hand ließ sein Herz so kräftig pochen, als säße ein wilder Mann in seiner Brust, der herauskommen wollte. Sein Kind war in ihrem Bauch und reagierte auf seine Stimme. Er schwieg und das Kind wurde ruhig. Er sprach und das Baby bewegte sich. Er fühlte sich wie das wirkliche Oberhaupt seiner Familie, wie ein Mann, der die Verantwortung hatte, mit seinen Worten und auch mit seinem Tonfall vorsichtig umzugehen, als er Mary anschaute. „Du hast falsch gehandelt", sagte er leise.

Sie nickte und wieder liefen Tränen über ihre Wangen. „Ich weiß, aber wenn du es bereust, dass du mich geheiratet hast, machst du das schlecht, was wir miteinander erlebt haben … unser Ehebett. Erinnerst du dich an unsere erste Nacht?"

Luke nickte und erinnerte sich an viele wunderbare Nächte.

In seinen Augen brannten Tränen. Er hatte ihr vollkommen vertraut. Immer. Und jetzt fühlte er sich unsicher und benutzt. „Die ganzen Monate, in denen du geweint hast, weil du nicht schwanger wurdest, hättest du doch eigentlich froh sein müssen. Ich … ich verstehe das nicht."

„Ich habe dich vor der Gemeinde geheiratet, obwohl ich wusste, dass ich die Wahrheit vor dir verbarg. Ich hatte Angst, Gott würde mich nie ein Kind bekommen lassen, und schon gar nicht, wenn ich dir nicht die Wahrheit sagte. Aber noch mehr hatte ich Angst, dass du mich nie wieder so lieben würdest, wenn du wüsstest, wie ich wirklich bin."

Luke betrachtete seine Frau. Sie war nicht so, wie er immer geglaubt hatte. Sie hatte Fehler und Schwächen, von denen er erst heute Abend erfahren hatte. Jetzt kannte er ihre Schwäche: Sie hatte größere Angst, ihn zu verlieren, als sie fürchtete, sich vor Gott wegen einer Lüge verantworten zu müssen. Wenn er Macht über seine Frau haben wollte, etwas, das er für den Rest seines Lebens gegen sie einsetzen könnte, war es ihm an diesem Abend in die Hände gespielt worden.

Mary streichelte seine Wangen. „Ich habe es tausendmal bereut, aber das macht das, was ich getan habe, nicht ungeschehen."

Er hatte selbst auch einiges bereut, seit sie sich kannten. Die Erkenntnis, dass sie beide eine lange Liste von Schwächen hatten, stand ihm deutlich vor Augen. Als der Arzt ihr gesagt hatte, dass sie mit dem Heiraten warten sollte, war sie am Boden zerstört gewesen und hatte Angst gehabt, dass er sich eine andere Frau suchen würde. Aber er hätte sich keine andere gesucht. Für ihn hätte es nie eine andere gegeben. Er hätte auf sie gewartet, aber er hatte in der nächsten Heiratssaison sofort die Gelegenheit ergriffen, sie zu heiraten. Er hatte nicht mit ihrem Arzt gesprochen; er hatte sie einfach so schnell geheiratet, wie er konnte.

Auf dieser Liste standen auch dumme Sachen: Das Mal, als er den gasbetriebenen Kühlschrank die ganze Nacht offen stehen gelassen hatte, die Male, als sie zu spät zum Gottesdienst gekommen waren, weil sie ihre Haarnadeln nicht hatte finden können, die Male, wenn er sie ignoriert hatte, als sie ihn zum Essen rief, weil er lieber Zeitung lesen wollte. Wahrscheinlich bedeutete es das, verheiratet zu sein: jemanden zu haben, der das Beste und das Schlimmste am andern kennt.

Ihre Hände lagen immer noch auf seinem Gesicht, als er jetzt zärtlich ihre Handgelenke ergriff. „Ich kann wahrscheinlich nur hoffen, dass du heute noch genauso empfindest, was unsere Ehe angeht, wie vor zwei Jahren."

Mary lächelte. „Du weißt, dass es so ist, Luke." Sie bewegte seine Hand wieder auf ihren Bauch. „Bei uns beiden. Aber ich hätte dich oder mich selbst nicht mehr lieben dürfen als Gott, und als ich die Wahrheit verschwieg, um meinen Willen durchzusetzen, habe ich genau das getan."

Luke legte die Arme um sie und hoffte, seiner Frau gehe es wirklich so gut, wie Hannah dachte.

Kapitel 26

Matthew füllte Petroleum in die Lampe, stellte sie auf den Küchentisch, nahm ein Streichholz und zündete sie an. Kathryn zog einen Taschenrechner und eine Liste mit den Preisen für das Baumaterial aus der Schublade. Er betrachtete ihr Gesicht. Glaubte sie, ihre Beziehung sei rein geschäftlicher Natur?

Sie verschränkte entspannt die Arme vor sich und schaute die Papiere an. „Glaubst du wirklich, du kannst Geld mit Aufträgen verdienen, bevor die Werkstatt fertig aufgebaut ist?" Ihre sanfte Stimme beruhigte seine Nervosität.

Er rückte seinen Hut zurecht. „Ich bin mir ganz sicher, dass das geht. In Lukes Lager haben wir schon das meiste von dem, was wir brauchen. Wir müssen noch ein paar Sachen kaufen, dann fehlt uns nur noch ein Dach über dem Kopf, wo wir arbeiten können."

„E und L kann nicht in Lukes Haus arbeiten?"

„Das könnten wir, aber es ist ein ziemlich weiter Weg, den wir immer hin und her fahren müssten. Das würde meine Zeit, in der ich die Werkstatt wiederaufbauen und zwischendurch ein paar Aufträge erledige, stark beschränken."

„Ich verstehe, was du meinst."

„Du bist die Einzige, die seit dem Brand einen Überblick über die Aufträge hat. Du hast stundenlang telefoniert, um aus dem, was noch da war, schlau zu werden, und du hast sogar das Lager neu organisiert, während ich fort war. Du kannst alles organisieren – die Kundenaufträge, die nötigen Materialien, die Bestellung der Teile, die wir in Lukes altem Laden nicht auf Lager haben – während Luke und ich die Zeit nutzen können, um die neuen Gebäude zu errichten. Wenn du bereit bist zu bleiben und alles im Blick behältst, können wir jeden Tag ein paar Stunden eine Baupause einlegen und bestehende Aufträge abarbeiten. Wenn wir dich nicht haben und du nicht diesen Teil der Arbeit für uns erledigst, können wir uns erst wieder um die Aufträge kümmern, wenn die Gebäude fertig gestellt sind."

Kathryn verschränkte die Arme und lehnte sich zurück. „Ich habe diesen Arbeitstag organisiert, um dir zu helfen, dass es weitergeht, und jetzt kommst du mit diesem Plan an?"

„Das war heute großartig, Kathryn." Das war es auch, auch wenn Joseph aufgetaucht war und Matthew einige Male grün vor Eifersucht gewesen war. „Wir haben viel geschafft. Meine ganze Familie hat das gebraucht – die Ablenkung, die Gemeinschaft, die Hoffnung. Aber … was war dein Ziel?"

„Ich wollte dir das Einreißen leichter und schneller machen. Bist du enttäuscht von meinem Plan?"

„Nein, nein, überhaupt nicht." Matthew rieb sich den Nacken. „Na ja, nur ein bisschen."

„Was ist los?" Ihre Stimme klang genauso ruhig, als würde sie ihm einen guten Morgen oder eine gute Nacht wünschen. Diese nüchterne Reaktion beeindruckte ihn und zog ihn zu ihr hin.

Er setzte sich neben sie. „Als du dich heute Abend von deinem Joseph verabschiedet hast, dämmerte mir, was unsere ganze schwere Arbeit heute bedeutet: dass du für mehrere Wochen nach Hause fährst, vielleicht sogar für den ganzen Winter, während wir die Seitenwände und das Dach aufrichten. Ich … ich will das nicht." Er fuhr mit der Spitze seines Zeigefingers über ihren Handrücken. „Das weißt du doch sicher."

„Matthew, du hast gerade erst mit Elle Schluss gemacht. Du kannst unmöglich glauben, dass du auch nur entfernt ein Interesse an mir hast."

„Das ist nicht ganz richtig. Ich habe ihr einen Brief geschickt, in dem ich mit ihr Schluss machte, bevor du überhaupt angefangen hast, für mich zu arbeiten. An deinem ersten Tag hier tauchte sie auf, weil sie nicht damit einverstanden war, dass ich Schluss gemacht hatte. Dann, einen Monat später, an dem Tag, an dem es brannte, kam sie wieder und bat mich, es mir noch einmal zu überlegen. Nachdem ich so am Boden zerstört war, weil ich David verloren hatte, dachte ich, ich hätte vielleicht noch einen kleinen Funken Interesse an ihr."

„Du läufst also mit irgendjemand nach Baltimore davon, weil du vielleicht einen kleinen Funken Interesse an ihm hast?"

„Ich bin nach Baltimore gefahren, weil ich bereit war, mir alles zu überlegen, was mir vielleicht helfen könnte, meinen Weg zu finden. Aber in der Zeit, die ich dort war, habe ich begriffen …" Matthew rutschte näher und ergriff Kathryns Hand. „… dass es deine Freundschaft, deine Art ist, die mich interessiert."

„Also gut, Freunde, ja, aber ich … ich treffe mich mit Joseph."

„Wenn er dir so viel bedeutet, dann sag es mir. Ich bitte dich doch nur um ein wenig Zeit, in der wir uns besser kennenlernen können."

Sie wickelte ein Band ihrer Gebetshaube um ihren Zeigefinger. „Das ist nicht alles, worum du mich bittest. Wenn wir uns treffen, lassen wir uns damit auf ein riskantes Spiel ein, und wenn wir es verlieren, bedeutet das das Ende dieser Freundschaft, und bitte versuche nicht, mir weismachen zu wollen, dass dem nicht so wäre."

„Mit Joseph gehst du dieses Risiko ein, aber mit mir nicht?"

„Das ist etwas anderes."

„Inwiefern ist es anders?"

„Zum einen ist es mit ihm keine Arbeitsbeziehung. Du und ich, wir arbeiten gut zusammen. Ich will das nicht kaputt machen."

„Und …"

Sie schürzte die Lippen und sah sorgenvoll aus. „Du willst ganz schön viel wissen."

Vielleicht war er nicht fair ihr gegenüber. Die Trauer um David war immer noch sehr schmerzhaft und vielleicht irrte er sich und Kathryn machte sich aus ihm nicht mehr als aus Joseph, aber er hatte sie heute mit Joseph gesehen. Sie war ein wenig kühl und abweisend gewesen, oder?

Matthew spielte mit den Papieren, die vor ihnen ausgebreitet waren. „Wenn du Joseph wirklich gern hast, ist das eine Sache. Aber du musst nicht bei ihm bleiben, nur weil dein *Daed* will, dass du in der Nähe deiner Eltern wohnst, und weil Joseph dort lebt."

„Matthew Esh, das geht dich nichts an." Sie schob die Papiere und den Taschenrechner von sich weg. „Und was ist mit dem Bischof? Er hat bei dir oft ein Auge zugedrückt, aber dass du mit jemandem weggegangen bist, der nicht einmal ein Kirchenmitglied ist …"

Matthew seufzte. Es klang so viel schlimmer, wenn sie es so ausdrückte. „Ich habe Fehler gemacht und ich werde mich vor dem Bischof dafür verantworten."

Kathryn spielte wieder mit den Bändern ihrer Gebetshaube, wie sie es oft tat, wenn sie nachdachte und eine Entscheidung suchte. „Ich ... ich weiß nicht, was ich denken soll, Matthew. Aber ich werde es wahrscheinlich erst klären können, wenn ich nach Hause fahre."

„Kommst du wenigstens heute Abend mit hinaus zu den anderen?"

„Luke und Mary streiten. Ich bleibe lieber hier."

„Sie werden ihren Streit bestimmt bald beigelegt haben, egal, worum es geht." Er stand auf. „Okay?"

Sie stand auf und räumte die Papiere und den Taschenrechner weg. „Okay."

Hannah blieb auf ihrem Stuhl sitzen und schaute zu, wie Luke und Mary in den kleinen Stuhlkreis traten. Sie hielten sich an den Händen und strahlten beide übers ganze Gesicht.

Hannah fragte sich, ob sie und Martin je strahlten. Sie zog die Decke von ihren Schultern. „Heißt das, dass ich jetzt ein wenig schlafen darf? Und dass ich morgen nach Ohio zurückfahren kann?"

Noch bevor sie ihren Satz beendete, kamen Matthew und Kathryn durch die Seitentür in den Hof. Luke bedeutete Paul, einen Stuhl weiterzurutschen. Paul setzte sich auf den leeren Platz neben Hannah.

Luke setzte sich auf den frei gewordenen Stuhl. „Ohio." Er schaute sich in der Gruppe um. „Findet ihr es nicht auch komisch, dass sie nie sagt, sie will *heim*fahren?"

Matthew stellte seinen Fuß auf den grob gesägten, kleinen Tisch. „Doch, mir ist das auch schon aufgefallen. Dir auch, Paul?"

Paul zuckte die Achseln. „Ich würde lieber über den Teepreis in China sprechen."

„Hör auf damit, Luke. Und du auch, Matthew. Zabeths Blockhaus war für mich mein Zuhause, seit ich es das erste Mal sah, aber ich musste von dort wegziehen und ... und Martins Haus ist für mich noch nicht so gewohnt."

Luke zog die Stirn in Falten. „Du lebst mit ihm zusammen?“

„Nein, natürlich nicht. So habe ich das nicht gemeint. Ich wohne im Gartenhaus hinter seinem Haus. Dadurch ist es mit Lissa und Kevin leichter.“

Luke schaute sie nachdenklich an. „Ja, für ihn.“

Ihr Ärger wuchs und sie beugte sich vor. „Ich weiß, wie es aussehen muss, und ich bin dir dankbar, dass du dir Sorgen um mich machst, aber Martin und ich helfen uns gegenseitig, seit wir uns das erste Mal begegnet sind. Als Lissas und Kevins Mutter die beiden vor meiner Tür absetzte, bildeten Martin und ich ein gutes Team. Falls irgendjemand damit ein Problem hat, soll er das für sich behalten.“

Matthew zog ein abgegriffenes Kartenspiel aus seiner Hosentasche. Er mischte die Karten und schaute Hannah dabei an. „Du gehst zur Kirche?“

„Ja, wenn ich nicht Rufbereitschaft habe und nicht helfe, Kinder auf die Welt zu bringen.“

Luke rutschte auf seinem Stuhl vor. „Martin geht auch hin?“

Hannah wusste, dass sie diese Fragen stellten, weil sie sie liebten, aber sie war es nicht gewohnt, dass Leute sich in ihr Leben einmischten. In ihrer Welt stellte niemand Fragen. „Er ist darin treuer als ich.“

Matthew mischte die Karten weiter. „Weil er es besser aushalten kann. Ich war in einer solchen englischen Kirche. Mir ist eine harte Holzbank ohne Rückenlehne und ein dreistündiger Gottesdienst bei jemandem im Wohnzimmer jeden Tag lieber als die laute Musik, die quietschenden Mikrofone und die Botschaften an den Wänden.“

Ein leises Lachen machte die Runde.

Kathryn stand auf und zupfte an Matthews Ärmel. „Bevor wir *Ligretto* spielen, könntest du mir helfen, für jeden heiße Schokolade und Popcorn zu machen.“

Matthew steckte die Karten wieder in seine Tasche. „Wir sind gleich zurück.“

Hannah stützte ihre Unterarme auf ihre Knie und beugte sich näher zum Ofen vor. „Heute sind einige unerwartete Dinge geschehen und Paul und ich haben mit Sarah gute Fortschritte gemacht.“

„Ich kann dir gar nicht sagen, wie froh ich bin, das zu hören.“

Luke faltete die Hände. „Sie war so durcheinander, nachdem du weggingst, aber wenn wir damals Hilfe für sie gesucht hätten …"

Hannah zitterte. „Ich wusste, dass sie mir das Leben schwer machte – sie hat überall Gerüchte und Lügen über mich verbreitet –, aber ich habe nie begriffen, dass ihr Verhalten ein Zeichen dafür war, dass sie Hilfe brauchte. Ihr könnt euch wahrscheinlich nicht vorstellen, wie schrecklich diese Zeit für mich war. Manches war zu lebendig und anderes so vage, als wäre ich nicht einmal dabei gewesen, als es passierte."

Paul drehte den Ofen höher. „Ja, diese Beschreibung trifft es ziemlich genau, nicht wahr?"

Luke nahm eine Decke von einem freien Stuhl und reichte sie Mary. „Ich weiß, dass Paul tage- oder sogar wochenlang mit sich gerungen hat, ob er einen Privatdetektiv einschalten sollte, um dich zu finden."

Hannah drehte sich Paul zu und wurde ganz unsicher, ob sie sich das ruhig anhören konnte.

„Ich schwankte hin und her und wusste nicht, was ich tun sollte, und ich werde wohl nie erfahren, ob es richtig oder falsch war, aber ich hatte das Gefühl, es sei einfach falsch, dir nachzuspionieren, wenn du gute Gründe hattest, von hier wegzugehen, und genauso gute Gründe, nicht zurückkommen zu wollen. Und du wusstest, wie du mich hättest erreichen können … wenn du es gewollt hättest."

Jetzt wusste sie ohne den geringsten Zweifel, dass Paul nie erfahren hatte, dass sie zweimal angerufen hatte. Sie musste es Paul sagen, oder nicht?

Endlich verstand sie alles oder wenigstens fast alles, was damals passiert war. „Es war nicht falsch von dir, diese Entscheidung mir zu überlassen. Außerdem wäre es unmöglich gewesen, mich zu finden. Ob mit oder ohne Namensänderung, ich konnte mich fast selbst nicht mehr finden."

Paul legte eine Hand auf ihre Hände. „Ich bin stolz auf dich. Das war ich schon immer."

Ihre Augen wurden feucht. „Ich brauchte diese Freiheit, damit ich völlig neue, dumme Fehler machen konnte."

Paul lachte leise. „Wir beide."

Hannah war zuversichtlich, dass sie in den Jahren, die kommen würden, Freunde bleiben und die Anwesenheit des anderen nicht nur einfach erdulden würden. Da er so eine wichtige Rolle in Sarahs Leben spielte, war es gut, wenn sie sich gegenseitig respektierten. Aber sollte sie ihm nicht trotzdem erzählen, dass sie ihn angerufen hatte und ihm das nie ausgerichtet worden war? Was war, wenn es Dorcas gewesen war, die Hannahs Nachricht für sich behalten hatte? Musste er das nicht wissen? Oder hatte Dorcas nur so gehandelt, weil sie Paul beschützen wollte?

Sie bräuchte Zeit, um das in Ruhe zu überlegen, und lehnte sich zurück. „Ich bin neugierig, Paul. Meine Schwächen kennen die Menschen, mit denen ich zusammen bin, aber was ist mit deinen?"

Er lachte leise. „Willst du, dass ich jetzt meine ganzen Fehler verrate?"

„Komm schon, niemand kommt hier ungeschoren davon."

Sein Grinsen verschwand. „Du musstest ein paar davon aushalten."

Hannah versuchte, die Puzzleteile zusammenzufügen. „Ich verstehe kein Wort."

Er lehnte sich in gespielter Resignation zurück. „Und du musst ausgerechnet jetzt darüber reden?"

Sie nickte. „Ja."

„Frauen", brummte er. Sein leichtes Lächeln ließ ihn wie einen verschmitzten Schuljungen aussehen. „Ich habe ... hoffentlich kann ich sagen: Ich *hatte* eine starke Neigung, voreilige Schlüsse zu ziehen und dann so zu handeln, als wären es Tatsachen. Zum Beispiel, als ich dich stehen ließ, ohne dich ausreden zu lassen, oder als ich annahm, du wärst verheiratet, nur weil dein Nachname anders ist."

Luke schnaubte. „Meine Güte, Waddell, hattest du nicht jedes Recht dazu?"

„Dass ich den Hinweisen folgte und falsche Schlüsse zog, ja. Aber einfach aufgrund meiner Vermutungen zu handeln, ohne Fragen zu stellen, ohne tiefer zu bohren und zuzuhören, nein."

Hannah konzentrierte ihre Aufmerksamkeit auf den Ölofen, aber sie wollte Paul irgendwie Mut machen. „Zabeth hat einmal gesagt: Wenn du erkennst, wo du etwas falsch machst, und wenn du dieses Verhalten wirklich ändern willst, fangen an diesem Punkt deine guten Seiten an."

„Leute", rief Kathryn von der Haustür. „Könnt ihr mir bitte sagen, wer alles Schlagsahne in seinem Kakao mag und wer nicht?"

Mary stand auf. „Ich helfe ihr."

Luke stand auch auf und nahm ihre Hand. „Ich komme mit, nur um aufzupassen, dass du nicht zu schwer hebst."

„Schlagsahne?" Mary blieb stehen. Paul und Hannah nickten.

Sie kuschelte sich unter ihre Decke. „Und, was machst du, wenn du Zeit hast und dich erholen willst?"

„Ah, eine viel leichtere Frage." Paul streckte seine Beine vor sich aus. „Ich verbringe die Zeit mit ein paar Leuten, die ich schon seit der Uni kenne. Wir wandern, angeln, zelten, spielen Football oder Billard. Und du?"

„Ich arbeite, gehe zur Schule und lerne. Dazwischen versuche ich, Zeit für Martin, Lissa und Kevin zu finden."

„Das klingt, als würdest du deine Collegejahre ganz ähnlich verbringen wie ich meine – nur Arbeit, kein Spaß. Das kann ich nicht empfehlen."

„Martin hat unsere Freizeitplanung übernommen. Bandproben und solche Sachen. Aber wenn er das nicht tun würde, würde ich es nicht vermissen."

„Gibt es nichts, das du machst, einfach weil es dir Spaß macht? Etwas, das du wirklich vermissen würdest, wenn du es nicht hättest?"

„Klar, Kevin und Lissa."

Er schmunzelte. „Ich meinte etwas Unwichtiges. Für mich sind das Ballspiele. Erste und zweite Liga. Baseball interessiert mich am meisten, aber Football kommt gleich danach."

„Aber das ist ..." Sie sprach ihren Satz nicht zu Ende, da sie ihm nicht das Gefühl geben wollte, er müsse sich verteidigen.

„Für einen Mennoniten nicht erlaubt? Äh, wenn es erlaubt wäre, hätte ich wahrscheinlich nie mit mir gerungen, ob ich Mennonit bleibe oder nicht."

„Aber wie bleibst du auf dem Laufenden – über Radio, Fernsehen, Zeitung?"

„Ja."

Sie lachte. „Paul Waddell, dir sind Fernsehen und Radio verboten."

„Wenn ich zufällig in ein Restaurant gehe, während gerade ein Spiel läuft, und dort hängt ein Fernsehgerät an der Decke oder wenn im Radio ein Spiel übertragen wird, während ich gerade mit dem Auto unterwegs bin ..."

„Ist das nicht Betrug?"

Er zuckte die Achseln. „Klar, aber insgesamt halte ich das schlichte Leben für gut. Ich sehe nicht ein, warum ich den mennonitischen Glauben aufgeben soll, nur weil ich hin und wieder gern eine Sportsendung anschaue."

„Ich schätze, ein solches Interesse kann dir helfen, einen Bezug zu Patienten aufzubauen, die keine Mennoniten sind."

„Weißt du was? Das ist eine wirklich gute Ausrede." Er lächelte sie an, aber sie wusste, dass er seine ruhige, respektvolle Professionalität wieder an den Tag legte. Er schob die Finger ineinander und starrte seine Hände an. „Ich hätte dir von dieser heimlichen Liebe erzählt, aber ich wollte es dir nicht zu früh erzählen, um dich nicht abzuschrecken."

„Mhm. Und Dorcas weiß von diesem Laster?"

„Sie denkt, ich hätte es aufgegeben."

„Verstehe. Du hast Angst, dass du sie auch abschrecken könntest?"

„Nein, sie ..."

„Frauenarbeit." Luke kam murrend um die Seite des Hauses und trug ein Tablett mit Tassen, aus denen heißer Dampf aufstieg. „Wie schaffe ich es nur immer wieder, mir Frauenarbeit aufhalsen zu lassen?"

Matthew folgte ihm mit einer riesigen Schüssel Popcorn in der Hand, während Kathryn die Servietten und Papierteller mitbrachte. Mary war die Letzte. Sie trug die Löffel.

Das echteste Lächeln, das Hannah bis jetzt bei ihm gesehen hatte, trat in Pauls Augen und berührte auch langsam seine Lippen. Die Freiheit, das Leben neu anzupacken, war auch bei ihm eingekehrt. Ihm war es wichtig, dass die Dinge mit ihr geklärt und abgeschlossen waren, und sie wusste, dass ihm das immer wichtig sein würde. Sie nahm eine Tasse mit heißer Schokolade vom Tablett.

Sie würde heute Nacht so lange bleiben, wie ihr Bruder das wollte. Sie würden alle miteinander Karten spielen und sie würde am Ende wahrscheinlich so viel lachen, dass sie Seitenstechen bekam, aber sie sehnte sich danach, zu ihrem Leben in Ohio zurückzukehren: in die Entbindungsklinik, in die Krankenpflegeschule und in den Klinikbetrieb und zu den zwei Kindern, die das Familienleben brauchten, das sie ihnen gern geben wollte.

Und zu Martin. Ihr Herz schlug schneller und sie konnte ihn vor ihrem geistigen Auge sehen und in sich die Wärme fühlen, die die Beziehung zu ihm in ihr auslöste. Immer. Immer. Martin.

Kapitel 27

Frühnebel stieg vom Tal auf, in dem der Bach plätscherte, und das Sonnenlicht des neuen Tages berührte die Wipfel der Bäume. Hannah zog ihren Pullover ein wenig enger um sich, lehnte sich an ihr Auto und nippte an einer Tasse Kaffee, während sie auf Sarah wartete, die im Haus etwas holte.

Die Bäume bewegten sich in der Morgenluft und ihre Blätter schimmerten in den verschiedensten Herbstfarben, von hellem Gelb bis zu tiefen Goldtönen, von leuchtendem Rot bis zu einem dunklen Rostbraun. Diese friedlichen Bewegungen schienen Hannah anzuflehen, hierzubleiben. Sie liebte Owl's Perch. Sie hatte die Landschaft hier immer geliebt. Und jetzt, da die meisten Beziehungen, die sie vor Jahren zurückgelassen hatte, geheilt waren, gab die Schönheit dieser Gegend ihr zusätzliche Kraft. Zabeth würde sich so sehr für sie freuen, und das gab ihr viel Trost.

In ihrer Jeans und einem Pullover spielte Lissa in der weichen Erde neben dem Gemüsegarten. Sie schien das Gefühl und den Geruch der frischen Erde genauso sehr zu lieben wie Hannah.

Sarah klopfte oben an ein Fenster, um ihr zu signalisieren, dass sie gleich unten sei. Sie hatte kaum noch Ähnlichkeit mit der jungen Frau, die vor kaum einem Monat Benzin um sich vergossen und damit gedroht hatte, ein Zündholz zu entfachen. Sie hatte Medikamente gebraucht, aber Hannah hatte den Eindruck, dass sie vor allem Vergebung hatte finden müssen und das Gefühl, ihr Leben selbst in der Hand zu haben.

Es ließ sich nicht bestreiten, dass Paul großartige Arbeit geleistet hatte. Er hatte ihr geholfen, vieles von dem, was sie brauchte, zu finden. Seine Fähigkeit, Sarah zu helfen, schien mehr mit der Person zu tun zu haben, die er war, als mit seinem Beruf. Hannah wusste nicht viel über Psychologen, aber dieser Mann benutzte seine Ausbildung als Mittel, um anderen Menschen zu helfen, Einsichten und Weisheit zu erlangen.

Sarah fing immer noch manchmal an, wie ein Baby zu reden und sehr sonderbare Verhaltensweisen an den Tag zu legen, aber sie machte deutliche Fortschritte.

Sie kam aus der Hintertür gesprungen und hatte ein Päckchen in den Händen, das in braunes Papier eingewickelt war und oben mit Herbstblättern schön verziert war. „Hier." Sie hielt Hannah das Geschenk hin.

Mit Tränen in den Augen nahm Hannah es an. Sie hatten so einen weiten Weg zurückgelegt und Sarahs Herz wurde wie ein Garten im Frühling gehegt und gepflegt, wodurch alles, was sie durchgemacht hatten, einen Sinn bekam. Sie nahm das Packpapier ab und fand die „Vergangenheit-und-Zukunft"-Quiltdecke darin. „Sarah, diese Decke ist dir geliehen worden. Du kannst sie mir nicht schenken."

Sarah machte einen Schmollmund. „Er hat sie mir gegeben." Es dauerte einige Sekunden, bis sie ihre Gedanken wieder sammeln konnte. „Außerdem habe ich Mary gefragt. Also hör zu und halt den Mund." Sie räusperte sich. „Du hast dafür gesorgt, dass die Quiltdecke aus Stoffen von unserer Familie und von Freunden und von fast jedem amischen Haushalt in unserer Gemeinde genäht wurde. Wir sind ein Teil deiner Vergangenheit und wir werden immer ein Teil deiner Zukunft sein. Ich will, dass du sie hast, damit du dich immer daran erinnerst, wer du bist."

Trotz der kindlichen Stimme, mit der ihre Schwester sprach, hatte Hannah den Eindruck, dass sie tiefer sah. Es gab viele Tage, an denen Hannah überhaupt nicht sicher war, wer sie war. Erinnerungen an ihre amische Kindheit wirbelten wie Herbstblätter durch ihren Kopf. Sie schob die Hand über die Quiltdecke. „Danke. Ich werde sie immer in Ehren halten." Sie atmete abgehackt ein und hatte Mühe, nicht zu weinen.

„Mary gab diese Decke Paul, damit sie ihn wärmte, während er darauf wartete, dass du zurückkommst." Sie zupfte einen nicht vorhandenen Fussel von der Decke.

Hannah wünschte, Sarah hätte sie nicht daran erinnert, dass Paul gewartet hatte, und nickte nur. Es war frustrierend und beschämend, dass ein Teil von ihr gern wissen wollte, wie lange er gewartet hatte.

„Ich bin dankbar, dass es dir besser geht, und es bedeutet mir sehr viel, dass du mir diese Decke geben willst."

Sarah schaute zum Himmel hinauf und wirkte geistesabwesend. „Bevor wir Schwierigkeiten hatten, miteinander klarzukommen, haben wir jede Nacht im selben Bett gelegen und uns unterhalten. Erinnerst du dich?"

„Ja."

„Du hast immer gesagt, das Schwerste im Leben sei, dass niemand dich verstünde oder dir helfen würde, dich zu finden."

Hannah legte ihre Handfläche auf die kalte Wange ihrer Schwester und veranlasste Sarah damit, sie anzuschauen. „Das waren kindliche Gedanken. Im Leben geht es darum, das zu tun, was richtig ist, und nicht stehen zu bleiben." Aber noch während sie diese Worte sagte, wusste sie, dass Menschenleben von Freundlichkeit und Unterstützung geformt wurden ... oder von fehlender Freundlichkeit und Unterstützung. Wie anders wäre ihr Leben verlaufen, wenn ihr Vater sie verstanden hätte, statt diktieren zu wollen, was für ein Mensch sie werden sollte?

Sarah lehnte ihre Wange an Hannahs Hand und sah eher wie ein Kind als wie eine Achtzehnjährige aus. „Paul sieht dich, Hannah."

Diese Worte trafen sie so sehr, dass Hannah mit den Tränen rang. Es stimmte. Sie wusste, dass es so war, aber das spielte keine Rolle. Es durfte keine Rolle spielen. Das musste doch sogar Sarah begreifen. Hannah versuchte, diese Wahrheit nicht an sich herankommen zu lassen, aber sie brannte sich in ihr Herz ein und es schlug so heftig gegen ihre Rippen, als wollte es ausbrechen und so schnell wie möglich zu Paul laufen.

Martin versuchte, sie zu sehen. Dass ihm das manchmal nicht gelang, war nicht seine Schuld. Er versuchte es, und das sollte genügen. Nein, es musste genügen. Was war mit ihr los? War sie so schwach, dass ihr Herz die Freiheit haben wollte, sich nach einem Mann zu sehnen, obwohl sie sich an einen anderen gebunden hatte?

Sie richtete sich auf. „Ich habe jetzt eine neue Familie, liebe Schwester." Sie zog Sarah in ihre Arme und hielt sie fest. „Danke für die Quiltdecke." Hannah umarmte sie lange und genoss es, dass sie miteinander so viel erreicht hatten. Schließlich trat sie einen Schritt zurück. „Ich muss jetzt fahren."

Nachdem sie Luke und Mary ein letztes Mal umarmt hatten, stiegen Hannah und Lissa ins Auto und fuhren nach Ohio. Lissa war in ihren Kindersitz geschnallt und hörte über den Kopfhörer ihre CDs, aß ein wenig und schlief während der restlichen Fahrt, sodass Hannah ungestört nachdenken konnte. Ihre Gedanken waren verworrener und gewundener als die Straßen, über die sie fuhren. Bald waren sie auf der Autobahn und brachten einen immer größeren Abstand zwischen sich und Owl's Perch.

Sie klopfte mit den Handflächen aufs Lenkrad. Sie hatte ihre schlimmsten Seiten erlebt – die schreckliche, hässliche Wahrheit – und sie hatte Frieden gefunden. Sie hatte sich sogar Dingen gestellt, die nicht durch die Ereignisse der letzten Tage erklärt oder mit Worten beschrieben werden konnten, aber Paul schien jede Nuance davon zu verstehen. Das beunruhigte sie aus Gründen, über die sie nicht nachdenken wollte.

Martins Haus tauchte vor ihnen auf und gab ihr das Gefühl, die Fahrt hätte nur zwei Minuten gedauert, obwohl sie seit Stunden Auto gefahren waren und es schon nach Mittag war.

„Lissa, Schatz, es ist Zeit aufzuwachen."

Das Mädchen begann, sich zu rühren. Hannah beugte sich zum Beifahrersitz hinüber und streichelte den Stoff der „Vergangenheit-und-Zukunft"-Quiltdecke. Sie war bereit, sich dem Leben wieder zu stellen, nur dieses Mal mit einem Bezug zu den Teilen, die ihr bis jetzt gefehlt hatten. Sie bedauerte vieles, ja. Das war unvermeidlich, aber sie lief nicht mehr vor ihrer Vergangenheit davon oder versteckte sich oder hatte Angst, in den Spiegel zu schauen.

Sie betrachtete das vornehme Haus. Die riesigen Fenster, den Bogen über dem Eingang, die Steinsäulen und den gepflegten Rasen, alles unterschied sich deutlich von dem Leben, das sie vor wenigen Stunden verlassen hatte.

Wenn Martin nicht gewesen wäre, besäße sie nicht einmal ein Auto. Aber er hatte ihr nicht nur geholfen, die Herausforderungen ihres neuen Lebens zu meistern. Er war ihr Freund geworden. Nachdem sie das Auto geparkt und den Motor abgestellt hatte, stieg sie aus und öffnete Lissa die Tür.

Sie hob die Arme und wartete darauf, abgeschnallt zu werden. „Warum lächelst du?"

Hannah hob das Kind aus dem Sitz, drückte Lissa einen Kuss auf die Wange und setzte sie auf ihre Hüfte. Dann ging sie zur Hintertür. „Ich habe an deinen Onkel Martin gedacht. Es gibt so vieles, was ich ihm erzählen will, so vieles, das er bestimmt hören will." Sie schloss die Autotür. „Aber jetzt müssen wir bestimmt erst einmal Schadensbegrenzung im Haus betreiben. Dann packen wir aus, fahren zu deiner Vorschule und lassen uns alles geben, was du verpasst hast, und dann verbringen wir mindestens eine Stunde beim Quilten und fahren danach einkaufen. Dann kochen wir etwas zu essen und nach dem Abendessen bereiten wir alles für die Schule morgen vor."

Sie öffnete die Sturmtür und drehte den Griff an der Hintertür, aber die Tür blieb verschlossen. Martin ließ die Tür immer unversperrt und schaltete die Alarmanlage ein. Auf diese Weise konnte Hannah problemlos ins Haus kommen und die Alarmanlage ausschalten.

„Ich muss auf die Toilette", quengelte Lissa.

„Okay, Schatz, nur eine Minute."

Sie hielt die Sturmtür mit dem Rücken auf, stellte Lissa auf die Veranda und begann, nach ihren Schlüsseln zu suchen. Nachdem sie den Hausschlüssel ins Schloss gesteckt hatte, drehte sie ihn herum. Das Schloss öffnete sich mit einem hörbaren Klicken. Sie drehte den Griff und drückte dagegen. Die Tür ging nicht auf.

„Hannah." Lissa klang verzweifelt. „Ich muss ganz dringend."

„Nur noch eine Sekunde." Hannah drückte mit der Schulter gegen die Tür. „Ich weiß, dass ich aufgesperrt habe. Warum geht sie nicht auf?"

„Jetzt." Lissa zog das Wort in die Länge und hüpfte ungeduldig von einem Bein auf das andere.

Hannah ließ die Sturmtür los und hielt ihr die Hand hin. „Gehen wir ins Gartenhaus."

Während sie über den Rasen eilten, suchte sie den richtigen Schlüssel an ihrem Schlüsselring. Sie sperrte den Riegel auf und versuchte, den Türgriff zu drehen. Jemand hatte das Schloss am Griff zugesperrt und für dieses Schloss hatte sie keinen Schlüssel. Niemand hatte einen Schlüssel dafür. Trotz ihres wachsenden Ärgers bemühte sie sich, so ungezwungen wie möglich zu klingen. „Lissa, Schatz, ich glaube, du musst ein Toilettenhäuschen benutzen, wie *Mammi* Annie eines hat, nur dass das Haus fehlt."

Lissa lachte. „Ich glaube nicht, dass Onkel Martin das gefällt. Er hat gesagt, dass ich und Kevin das nicht mehr machen dürfen."

Ihre Mutter hatte ihnen beigebracht, dass sie, wenn sie draußen spielten, nicht ins Haus kommen sollten, um die Toilette zu benutzen, weil sie nicht gestört werden wollte. Das war eine von vielen faulen Seiten bei Fayes Erziehungsmethoden, die Martin zum Glück nicht erlaubte. „Dieses eine Mal wird er es verstehen."

Während Lissa sich hinter den Büschen versteckte, rief Hannah Martin an. Er ging nicht an sein Handy. Deshalb wählte sie seine Nummer im Büro. Er nahm auch hier nicht ab. Es ergab keinen Sinn, dass die Türen zugesperrt waren. Sie setzte sich auf die Stufen vor dem Gartenhaus und bald gesellte sich Lissa wieder zu ihr.

„Hannah?"

„Hmm?"

„Ich habe Hunger."

Hannah unterdrückte ein Seufzen und lächelte. „Dann müssen wir unsere Pläne eben ändern. Was hältst du davon, wenn wir zum Supermarkt fahren und etwas Joghurt und Obst kaufen und dann zu deiner Schule? Bis dahin können wir deinen Onkel bestimmt erreichen."

„Kann ich ein Eis am Stiel haben?"

„Das werden wir sehen."

Sie hatten schon den halben Vorort durchquert, als Hannahs Handy klingelte.

„Hi."

„Hallo, Schatz. Tut mir leid, dass ich deinen Anruf verpasst habe. Aber ich konnte gerade nicht weg. Du bist also schon zu Hause?"

„Ich war da, aber ich konnte nicht hinein."

„War die Tür zugesperrt?"

„Von innen, wie wenn jemand den Riegel vorgeschoben hätte. Und jemand hat auch das kleine Schloss am Türgriff zum Gartenhaus zugedreht und wir wissen beide, dass dafür niemand einen Schlüssel hat."

Am anderen Ende wurde es still. „Oh." Seine Stimme klang gespreizt und in der Leitung wurde es wieder still. „Das ist keine große Sache."

„Okay. Habe ich deine Geduld überreizt, weil ich eine Nacht länger geblieben bin, und jetzt hast du mich ausgesperrt, oder was?"

„Nein, nichts dergleichen."

„Martin." Sie sang seinen Namen. „Du benimmst dich komisch, und das passt nicht zu deinem üblichen Vorsatz, charmant zu sein. Also, was ist los?"

„Ich habe mit Laura einen neuen Arbeitsvertrag vereinbart. Sie arbeitet jetzt ganztags als Kindermädchen und Haushälterin. Sie ist letztes Wochenende eingezogen und legt Wert darauf, dass alles zugesperrt ist." Er ratterte diese Neuigkeiten schnell herunter.

„Oh." Sie wollte mehr sagen, aber ihr fehlten die richtigen Worte. Ihre Zustimmung, Laura stundenweise einzustellen, war ein Zugeständnis ihrerseits gewesen, nicht ein Stufenplan. Er hatte recht gehabt, dass sie jemanden brauchten. Hannah würde sofort zugeben, dass sie sich geirrt hatte, als sie keine Hilfe hatte einstellen wollen, aber dass er jetzt eine Haushaltshilfe hatte, die die ganze Zeit hier war und im Haus wohnte, ohne mit ihr auch nur darüber zu sprechen?

In Martins Büro klingelten im Hintergrund Telefone und sie konnte hören, dass er angefunkt wurde. „Sie ist nicht da?", fragte er.

„Ihr Auto ist nicht da. Ich habe nicht geklopft oder so etwas."

„Hast du es an der vorderen Haustür probiert? Sie kann nicht an der Vorder- und an der Hintertür von innen den Riegel vorgeschoben haben, ohne im Haus zu sein."

Sie versuchte, die Sache von seinem Standpunkt aus zu sehen, hatte aber immer noch Mühe, ihre Enttäuschung zu verbergen. „Nein, ich bin nicht auf die Idee gekommen, es an der vorderen Tür zu versuchen. Wie hätte ich ahnen sollen, dass jemand im Haus war?" Sie lenkte das Auto an den Straßenrand, damit sie in Ruhe weitertelefonieren konnte.

„Du bist sauer?"

„Ich … ich weiß nicht. Wenn du denkst, dass wir sie brauchen … aber dass du nicht einmal mit mir darüber gesprochen hast …"

„Du hast doch eingewilligt, dass sie als Teilzeitkraft bei uns arbeitet, und wir beide mögen sie und wir vertrauen ihr, also habe ich gedacht, dass es nicht schaden könnte. Ich musste am Samstag unvorhergesehen arbeiten. Als ich sie anrief, um zu fragen, ob sie kommen könnte, war sie gerade unterwegs und versuchte, eine billigere Wohnung zu finden. Da wir die Gästewohnung neben der Küche haben … habe ich die Chance ergriffen und sie spontan gefragt. Ich hätte es dir sagen sollen."

„Ja." Obwohl sie verletzt war, achtete sie darauf, dass ihr Tonfall ruhig und ungezwungen klang. Sie mussten darüber sprechen, aber er hatte es nicht böse gemeint und es war sein Haus, seine Nichte und sein Neffe und sie war nur seine Freundin, die das typische Leben einer Zwanzigjährigen unter einen Hut zu bringen versuchte – Ausbildung, Arbeit und Familie. Trotzdem störte sie irgendetwas, aber sie konnte nicht sagen, was es war.

„Du bist also nicht sauer?"

„Das kommt darauf an. Ist das eine Bitte oder eine Forderung?", scherzte sie. „Nur dass du es weißt, es ist eine Bitte. Und deshalb bist du mir etwas schuldig."

„Ja?" Er klang wieder mehr wie er selbst. „Jedes Mal, wenn ich versuche, dir etwas zu geben, regst du dich auf. Was kann ich dir dann schuldig sein?"

„Hm, ich habe heute Abend frei und wir könnten alle vier ein wenig Frieden und Ruhe in einer kleinen Hütte vertragen. Sie steht am Ende einer gewundenen, langen Schotterauffahrt. Dort gibt es einen Holzofen …"

Sein Stöhnen verriet, dass er nicht einverstanden war. „Ich werde diese Hütte verkaufen, wenn du so weitermachst."

„Sei vorsichtig, Palmer. Ich weiß, wo du wohnst … auch wenn ich nicht hineinkomme. Nicht einmal mit einem Schlüssel."

Er schmunzelte. „Wir gehen heute Abend nicht zu viert weg, okay? Laura kann sich um Kevin und Lissa kümmern: Essen, Hausaufgaben und sie ins Bett bringen. Dann haben wir Zeit und können zu zweit irgendwohin gehen, wo es wirklich nett und ruhig ist."

Das nagende Gefühl meldete sich erneut und sie fragte sich, was sie daran störte, dass Laura im Haus wohnte und die ganze Zeit hier war. War es ihr Ego? Wollte sie für Martin alles sein? Mit ihren zweiundsechzig Jahren war Laura nicht unbedingt eine Bedrohung, was die Attraktivität als Frau anging.

„Ich bin sicher, dass die alte Gert ein wenig Aufmerksamkeit von Menschen braucht."

„Ich habe zu den Sawyers Kontakt aufgenommen, der Familie, die hinter der Blockhütte an der Straße wohnt. Ihr ältester Junge und seine Schwester füttern das Pferd und reiten regelmäßig aus. Dadurch kann das Pferd im Winter leichter versorgt werden, da du jetzt im Gartenhaus wohnst."

Hannah fragte sich, wann er die Sawyerkinder angestellt hatte, um sich um das Pferd zu kümmern. „Aber selbst wenn wir nicht zum Blockhaus fahren, hatte ich noch keine Zeit mit Kevin."

„Du hast wieder einmal zu viele Schuldgefühle. Ihm geht es gut. Wir hatten ein großartiges Wochenende und er hat dich nicht mehr vermisst, als wenn du die Wochenenden damit beschäftigt bist, Kinder auf die Welt zu bringen."

Sie war zwischen dem, was Martin wollte, und dem, was sie selbst wollte, hin und her gerissen und sagte nichts.

„Komm schon, Hannah", bat er. „Ich habe einen Abend mit dir allein verdient. Auf mich wartet am nächsten Wochenende mein Ingenieursexamen. Ich habe wie ein Verrückter gelernt und ich will mit dir richtig ausgehen, okay?"

„Ich habe deinen Geburtstag verpasst und habe dir nicht einmal bei den Vorbereitungen für deine Geburtstagsparty geholfen. Wir gehen, wohin du willst."

„Gut, dann reserviere ich uns einen Tisch und überrasche dich. Außerdem rufe ich einen Schlüsseldienst an und schicke ihn zum Gartenhaus, damit er dort das Türschloss erneuert. Hoffentlich kann er das bald erledigen." Jemand funkte ihn schon wieder über die Sprechanlage an. „Ich freue mich auf heute Abend, aber ich bin spät dran und muss zu einer Besprechung, die ohne mich nicht anfangen kann."

„Kein Problem. Bis heute Abend."

Nachdem sie sich einen kleinen Imbiss gekauft hatten, erledigten Hannah und Lissa noch einige Besorgungen, bevor sie mit Lissas Schularbeiten zu Martins Haus zurückfuhren. Laura war gerade dabei, Einkäufe auszuladen, als sie ankamen. Martin hatte recht gehabt. Laura hatte das Haus durch die Vordertür verlassen und Hannah hätte auf diesem Weg ins Haus gelangen können. Während Lissa Laura aufgeregt erzählte, was sie in den letzten Tagen alles erlebt hatte, ging Hannah in Martins Büro und rief in der Krankenpflegeschule an. Sie erklärte der Leiterin, dass ihre Familie sie gebraucht habe, aber sie nannte keine Details. Hannah wartete, während Kim ihre Unterlagen durchschaute. In einem ermutigenden Ton teilte Kim ihr mit, dass sie alle Prüfungen und Praktikumsstunden in der Klinik nachholen müsse, die sie versäumt hatte, aber dass keine Gefahr bestünde, nicht zur Prüfung zugelassen zu werden.

Diese gute Nachricht beflügelte Hannah und erfüllte sie mit neuer Energie. Sie ließ Lissa zu Hause, die mit Lauras Hilfe ihre Schularbeiten nachholte, und fuhr zur Entbindungsklinik, wo sie sich auf ihre treuen Dienstagsquilterinnen freute. Sie bekäme heute Abend vielleicht nicht ihre gewünschte Zeit in Zabeths Blockhütte, aber sie würde ein paar Stunden mit ihren amischen Freundinnen beim Quilten genießen.

Hannah bog in die Schotterauffahrt zur Entbindungsklinik ein. Zu ihrer Rechten befand sich das Gesundheitszentrum. Dahinter, noch weiter rechts, stand das Quilthaus. Der Anblick des schlichten Hauses weckte sonderbare Gefühle in ihr. Pferde und Einspänner waren an verschiedenen Stellen neben dem Quilthaus abgestellt. Rauch stieg vom Schornstein auf und signalisierte ihr, dass die amischen Frauen hofften, sie würde heute Nachmittag kommen. Diese Amischgemeinschaft war offensichtlich eher bereit, etwas Neues zu lernen, und nicht so schnell dabei, andere zu verurteilen. Wenn es etwas gab, das sie gern mit in ihre Amischgemeinschaft in Pennsylvania zurücknehmen würde, war das die Barmherzigkeit, die sie hier gefunden hatte, bei Zabeth, Dr. Lehman und bei diesen amischen Frauen.

Die weit ausholenden Äste der Eichen leuchteten in den schönsten Herbstfarben: gold, orange, gelb und rostfarben. In wenigen Wochen würden die Blätter sich braun färben und abfallen und die zarte Schönheit der kahlen Zweige würde die intensiven Farben ablösen.

Hannah betrat den kleinen Raum. Sie wurde so lautstark und freundlich begrüßt, dass ihr Tränen in die Augen schossen.

Sadie stand vom Tisch auf, umarmte sie herzlich und flüsterte ihr in Pennsylvania Dutch zu: „*Kumm, saag uns wege dei Bsuch do yetz.*"

War Hannah deshalb hierher gekommen? Um ihnen von ihrem Besuch bei ihrer amischen Familie zu erzählen? Sie war doch hier, um medizinische Fragen zu beantworten, während sie gemeinsam an einer Quiltdecke nähten, nicht wahr?

Sie schaute die Gruppe an. Mehr als ein Dutzend Frauen waren heute gekommen. Verna deutete auf einen Metallteller, der auf dem Holzofen stand. „Frisch gebackene Schokoplätzchen."

Vor lauter Rührung musste Hannah weinen.

Lois lächelte sie schelmisch an. „So schlimm schmecken sie auch wieder nicht. Das versprechen wir dir."

Sadie drückte Hannahs Hand, während alle im Raum in herzhaftes Gelächter ausbrachen. Diese Frauen wussten, was es bedeutete, nach der Alten Ordnung der Amisch zu leben, und sie verstanden, wie schmerzhaft es sein musste, daraus auszubrechen. Sie alle kannten Menschen, die weggegangen waren.

Hannah wünschte sich einen gewissen Frieden in Bezug auf ihre Zukunft. Keine der Frauen würde sie je drängen, ihre Geschichte zu erzählen, aber sie waren bereit, ihr zuzuhören, und sie wollte ihnen von ihrer Vergangenheit erzählen. Alles. Und sie wollte von ihrem jetzigen Leben erzählen, da sie hoffte, sie würde nie vergessen, einen Teil der Person, die sie früher gewesen war, in ihre Zukunft mitzunehmen.

Als sie das Quilthaus verließ, war ihr klar, dass ihre Gefühle nach ihrem Besuch zu Hause aufgewühlter waren, als ihr das bewusst gewesen war, aber die Liebe der Frauen und ihre Akzeptanz hatten sich wie eine warme Decke um sie gelegt. Sie eilte zu Martins Haus, da sie fest entschlossen war, so viel Zeit wie möglich mit Kevin zu verbringen, bevor sie am Abend mit Martin ausging. Sie hatte bereits starke Schuldgefühle wegen der Kinder, aber sie und Martin brauchten wirklich einen Abend, an dem sie ungestört miteinander reden konnten. Als sie aus ihrem Auto stieg, stürmte Kevin aus der Hintertür und sprang in ihre Arme.

Sie ging in die Hocke und hatte tausend Hoffnungen und Träume für dieses Kind, das sie jetzt fest drückte. „Hey, wie geht es dir?"

Sein kleines Gesicht strahlte. „Ich habe etwas Neues bekommen. Willst du es sehen?"

„Unbedingt."

Kevin zog sie ins Haus.

„Hannah", rief Laura.

Hannah und Kevin waren schon fast bei der Treppe, als sie stehen blieben und sich umdrehten. „Ja?"

Laura erschien in der Tür zur Küche. „Martins Sekretärin hat angerufen. Der Schlüsseldienst kann erst nach acht kommen."

„Ist gut. Danke."

Kevin zog an ihrer Hand und sie gingen die Treppe hoch und in sein Zimmer, wo er über eine Stunde lang ununterbrochen redete. Irgendwann klingelte es an der Haustür. Laura öffnete und nahm offenbar eine Lieferung in Empfang. Nachdem Kevin genug erzählt hatte und etwas anderes tun wollte, holte Hannah ihre Reisetasche aus ihrem Auto und ging in Martins Zimmer, um zu duschen und sich für den Abend fertig zu machen. Als sie in sein Schlafzimmer trat, lag auf seinem Bett eine Schachtel mit einer leuchtend roten Schleife. Ihr Name stand in Großbuchstaben darauf. Das musste die Lieferung sein, die vor Kurzem abgegeben worden war.

Sie öffnete die Karte.

Da du aus dem Gartenhaus ausgesperrt bist, dachte ich, du brauchst vielleicht ein Kleid für heute Abend.
In Liebe, Martin

Die Worte waren persönlich, aber es war nicht seine Handschrift. Sie öffnete die Schachtel und zog ein rotes, eng geschnittenes Seidenkleid heraus, das von einem dünnen Chiffonstoff überzogen war. Das Kleid hatte gerüschte Flügelärmel, die mehr Haut zeigen würden, als ihr lieb war. Sie war sich nicht sicher, was sie denken sollte, und hielt sich das Kleid an den Körper. Es war umwerfend, aber …

Etwas in der Schachtel erregte ihre Aufmerksamkeit und sie schob eine Stoffschicht zur Seite und brachte darunter eine schwarze Seidenjacke zum Vorschein. Sie konnte sich ein Lächeln nicht verkneifen. Martin dachte immer an alles. Die Jacke war völlig unpraktisch und sie wollte gar nicht wissen, wie viel er dafür bezahlt hatte, aber er hatte ihr zu seinem nachträglichen Geburtstagsessen ein Kleid gekauft und sie hatte die Absicht, es anzuziehen.

Sie ließ die Jacke auf dem Bett liegen und ging mit dem Kleid und ihrer Reisetasche in Martins Badezimmer. Nachdem sie gemütlich geduscht und sich die Haare geföhnt hatte, schlüpfte sie in das rote Kleid.

Rot.

Sie betrachtete ihr Spiegelbild und ihre langen, lockigen Haare, die sich geschmeidig über die Schultern legten. Sie hatte nicht die geringste Ähnlichkeit mit den Frauen, bei denen sie aufgewachsen war oder mit denen sie diesen Nachmittag verbracht hatte. Aber Martin wäre eindeutig entzückt. Sie hielt inne und schaute sich im Spiegel an. Sie musste sich eingestehen, dass amisch zu sein mehr war als nur ein Teil ihrer Vergangenheit, etwas, das sie früher einmal gewesen war, auch wenn es unter dem roten Kleid nicht zum Vorschein kam.

Sie nahm ihre Haarnadeln und begann, ihre Haare zu einem Knoten hochzustecken. Als es an der Schlafzimmertür klopfte, lugte sie aus dem Badezimmer.

Martin lehnte am Türrahmen. Er lächelte und sah so selbstsicher aus wie eh und je. „Ich glaube, es gefällt mir, dass du aus dem Gartenhaus ausgesperrt wurdest und gezwungen bist, heute einmal etwas anderes zu tragen."

Sie steckte die letzte Haarnadel fest und trat ins Zimmer, wo sie sich einmal im Kreis drehte.

„Oh ja." Er nickte zustimmend, ohne den Blick von ihr abzuwenden. „Amy hat wirklich einen guten Geschmack."

„Du hast das Kleid vorher nicht gesehen?"

„Zu viel Arbeit. Amy Clarke hat es ausgesucht und mich dann angerufen und es mir beschrieben. Ich habe dafür gesorgt, dass sie auch eine Jacke kauft, nur für den Fall, dass es für deinen Geschmack zu viel Haut zeigt."

„Nach deinem Blick zu urteilen bist du mit Amys Arbeit zufrieden."

„Wir arbeiten seit Jahren gemeinsam an verschiedenen Projekten, aber noch nie haben wir etwas so Hinreißendes zustande gebracht."

Sie ging durchs Zimmer. Als Martin die Arme ausbreitete, tauchten Bilder von Paul vor ihrem geistigen Auge auf, als stünde er mit ausgebreiteten Armen vor ihr. Plötzlich zitterte sie ein wenig und bekam weiche Knie, als sie sich in Martins Umarmung schmiegte.

Er hielt sie einen Moment fest, bevor er ein wenig zurücktrat und ihr einen Kuss auf die Lippen gab. Dann zog er den Kopf ein Stück zurück, aber ihr Gesicht war nur wenige Zentimeter von seinem entfernt. „Wie geht es Paul?"

Sie befreite sich aus seiner Umarmung und starrte ihn an. „Was?"

„Lissa hat mir gerade erzählt, dass er verletzt wurde und du ihm geholfen hast."

„Ach so … ja …" Sie rückte den Ärmel ihres Kleides zurecht und war unsicher, wie sie ihm erklären sollte, was passiert war, was wirklich passiert war. „Ich habe viele gute Erfahrungen gemacht und ich hatte vor, später mit dir darüber zu sprechen."

„Mich interessiert nicht, was alles passiert ist, nur die Teile, die etwas mit Erinnerungen an einen Ex-Verlobten zu tun haben." Aus seinen Augen und aus seinem Tonfall sprach der Chef eines expandierenden Ingenieurbüros.

In diesem Moment begriff sie, dass es ein wirklich schlechter Plan gewesen war, ihm erklären zu wollen, was sie und Paul an diesem Wochenende erlebt hatten. Martin war immer ihr engster Verbündeter gewesen, seit sie ohne Perspektive und ohne Freunde in Ohio angekommen war. Aber sie war die Frau geworden, in die er sich verliebt hatte, die Frau, die er heiraten wollte. Und vielleicht war es nicht weise, ihm jedes ihrer Gefühle zu offenbaren, wenigstens nicht, solange sie sie selbst nicht richtig verstand.

Sie legte ihre Hand auf seine Brust, betrachtete sein gut aussehendes Gesicht und erinnerte sich an zig Situationen in den letzten Tagen, die sie näher zusammengebracht hatten. „Paul und ich haben Frieden über die Vergangenheit gefunden und jetzt gehören mir Teile von mir selbst, die mir vor Jahren gestohlen wurden. Ich kam nach Hause und wollte dir erzählen, was passiert ist, weil ich jetzt das Gefühl habe, dass ich das Leben neu anfangen kann. Ich habe Frieden gefunden und deinen Ton habe ich nicht verdient."

Wirklich nicht?

Das Gefühl, Paul breite die Arme aus und sie schmiege sich an seine Brust, war ein ungebetener Gedanke gewesen, ein Gedanke, der mehr symbolisch sein musste als ein Beweis für eine verborgene Sehnsucht. Ihre Liebe zu Martin und ihre Verbundenheit mit ihm stellte alles andere in den Hintergrund. Er und die Kinder waren ihre Zukunft, ihre Freiheit, ihre Stärke.

Martin legte die Arme um sie. „Ich hatte nicht die Absicht, irgendeinen Ton zu haben."

Sie senkte das Kinn und wehrte sich nicht, als er sie auf die Stirn küsste. „Du bist ehrlich und sagst immer, was du denkst. Das liebe ich an dir, auch wenn du damit gerade einen schönen Moment kaputt gemacht hast."

Er nahm ihre linke Hand, legte sie in seine Hand und fuhr mit dem Finger über den Ring, den er ihr geschenkt hatte. Er drehte ihre Hand so, dass ihre Handfläche nach oben zeigte. „Mein Herz ist hier drinnen." Er hob ihre Hand und küsste ihre Handfläche. „Habe ich diese Begrüßung ganz kaputt gemacht oder bekomme ich noch eine zweite Chance?"

„Wow", flüsterte sie. „Ich würde sagen, es ist nichts kaputt."

Kapitel 28

Vom Dach des Gebäudes aus stellte Matthew seinen Fuß auf die oberste Leitersprosse, während Luke ihm das nächste schwere Stück Abdeckung reichte. *„Eens. Zwee. Drei.“*

Auf *drei* hievte Luke das Holz nach oben und Matthew zog es gleichzeitig zu sich heran. Sie brachten die letzte Abdeckung an ihren Platz und nagelten sie fest, bevor sie erschöpft eine Pause einlegten. Sein Rücken war vollständig geheilt und außer den Narben war keine Spur mehr von seinen Verletzungen zu sehen.

Luke zog seine Arbeitshandschuhe aus und schaute seine schmerzenden Hände an. *„Die Arewet iss net zu hatt.“*

Matthew schmunzelte. Sie waren beide müde und erschöpft. „Ja, *zu* schwer ist sie nicht.“ Sie blieben eine Weile schweigend sitzen und ruhten sich aus. In der kalten Luft sah man jeden Atemzug. „Phase zwei des Dachbaus ist geschafft. Haben wir Kraft für Phase drei?“

„Im Moment noch nicht.“ Luke räusperte sich. „Willst du mir jetzt erzählen, was der Bischof gesagt hat, als er gestern zu dir kam?“

„Er erlaubt mir vielleicht nicht, an der nächsten Kommunion teilzunehmen. Es gefällt ihm überhaupt nicht, dass ich in die Stadt gefahren bin und bei einer Frau gewohnt habe.“ Matthew zuckte die Achseln. „Und er sagt, ich hätte kein Recht gehabt, mich mit einer Englischen zu verloben. Natürlich habe ich ihn daran erinnert, dass es keine offizielle Verlobung war und dass sogar ihr eigener Bischof von ihrer Absicht, in die amische Kirche einzutreten, überzeugt gewesen war. Dann fing er an, über die Sünde zu sprechen, wenn man vor der Ehe mit einer Frau zusammen ist. Als hätte ich in diesen zwei Wochen in Baltimore mit Elle im selben Bett geschlafen! Das habe ich aber nicht.“

„Ich glaube dir. Daran habe ich nie gezweifelt. Aber was glaubt Kathryn, was zwischen dir und Elle passiert ist?“

„Ich habe mit ihr nicht mehr gesprochen, seit sie vor zwei Wochen nach Hause gefahren ist, aber sie hat nie ein Wort darüber verloren. Du glaubst, sie wirft mir das insgeheim noch vor?“

„Ich habe festgestellt, dass Frauen schwer zu durchschauen sind. Was die eine furchtbar aufregt, scheint die andere kaum zu interessieren.“

Die Glocke klingelte und verkündete, dass das Mittagessen fertig war.

Luke deutete mit dem Kopf zum Haus. „Komm. Wir essen etwas und ruhen uns ein wenig aus. Dann machen wir weiter. Ich würde gern den Filz auslegen und die Hälfte des Dachs gedeckt haben, bis es dunkel wird.“

„Klar.“ Matthew hatte eigentlich keinen großen Hunger, aber er würde ins Haus gehen und essen. Das war leichter, als die Sorgenfalten im Gesicht seiner Mutter zu sehen.

Als sie unten auf der Erde angekommen waren, legte Luke Matthew eine Hand auf die Schulter. „Zwei Wochen und kein Wort von Kathryn?“

Matthew nickte.

„Wie auch immer die Sache ausgeht, du hörst anscheinend sehr bald von ihr.“ Luke deutete auf ein Auto, das in diesem Moment in die Auffahrt bog.

Kathryn saß auf dem Beifahrersitz und hatte den Kopf gebeugt, als das Auto langsamer wurde und schließlich stehen blieb.

Luke klopfte ihm auf den Rücken. „Ich sage deiner *Mamm*, dass du zu tun hast.“

„Danke.“ Matthew ging zur Fahrerseite des Autos und zog die Brieftasche aus seiner Hosentasche. Wie hatte er es geschafft, nur zwei Freundinnen in seinem Leben zu haben, die beide so weit weg wohnten, dass sie sich mit dem Auto zu ihm fahren lassen mussten?

Die Fahrerin kurbelte das Fenster herunter, nannte ihm den Preis und nahm das Geld entgegen.

„Wenn Sie den Kofferraum aufmachen, lade ich ihr Gepäck aus.“

„Sie hat kein Gepäck im Kofferraum.“

Matthew blickte auf und versuchte, Kathryn in die Augen zu schauen, aber sie betrachtete gerade die Werkstatt. Dass sie kein Gepäck dabei hatte, war kein gutes Zeichen. Das Auto fuhr wieder und Matthew war sich nicht sicher, wie er das Gespräch beginnen sollte.

Kathryn ging zur Werkstatt. „Ihr kommt gut voran, nicht wahr?"
„Ja." Matthew folgte ihr.
Diese junge Frau hatte einen Sinn für das Geschäft, ein Herz für Menschen und ein Gemüt, das so gleichmäßig und ruhig war wie das Ticken einer Uhr. Er hoffte nur, sie sähe wenigstens halb so viel Gutes in ihm, wie er in ihr sah.
Sie trat durch die Tür in den Ladenbereich. „Ich hätte nicht gedacht, dass ihr schon beim Dach seid."
„Unser Ziel war es, zum ersten November das Dach fertig zu haben. Obwohl es zwei Tage geregnet hat, an denen wir gar nichts tun konnten, liegen wir immer noch zwei Tage vor dem Zeitplan."
„Wenn ich geblieben wäre und alles so organisiert hätte, wie du das wolltest, hättet ihr in der Scheune arbeiten und an den Regentagen einen Auftrag erledigen können."
„Ich wollte, dass du bleibst. Das stimmt. Aber es interessiert mich nicht so sehr, wie viele Aufträge wir hätten erledigen können." Er umklammerte einen Hosenträger. „Ich nehme an, dass du nicht bleibst."
Sie zog ihr schwarzes Tuch enger um ihre Schultern. „Ich habe Joseph nicht gesagt, dass du dich mit mir treffen willst."
„Und du hast kein Gepäck dabei. Ich schätze also, dass ich alles vermasselt habe und du auch nicht mehr mit mir arbeiten willst." Er hatte wirklich nicht an die Komplikationen gedacht, die sich ergeben könnten, aber es schmerzte ihn viel mehr, sie als Mensch zu verlieren, als eine Arbeitskraft zu verlieren, wenn auch eine wirklich fantastische Arbeitskraft. Vermutlich machte sie sich viel mehr aus Joseph, als er geglaubt hatte, aber die schmerzliche Wahrheit war, dass ihn das überhaupt nichts anging.
Er fragte sich, was sie in den kommenden Jahren alles bewerkstelligen würde. Genauso wie er war sie sehr zielorientiert. Aber im Gegensatz zu ihm brachte sie in das Chaos jedes Arbeitstages eine gewisse Ordnung. Er hätte bis jetzt wahrscheinlich noch nicht einmal das abgebrannte Gebäude abgerissen, wenn sie nicht den Arbeitstag organisiert hätte.
Kathryn drehte sich um und schaute ihn an. „Ich habe es Joseph nicht gesagt, weil meine Gründe, warum ich mich nicht mehr mit ihm treffen will, nichts mit uns zu tun haben. Er ist … sich sicher

und sosehr ich mir das auch irgendwie wünsche, reicht mir das nicht."

„Aber du bleibst nicht?"

„Deiner *Mamm* geht es wieder so gut, dass sie ihren Haushalt allein führen kann. Wir haben mein Gepäck bei den Bylers ausgeladen, bevor wir hierher kamen."

„Das klingt schon viel besser."

„Du bist dir nicht sicher, und das macht mir Angst."

Matthew schmunzelte. „Joseph ist sich sicher und anscheinend reicht dir das auch nicht." Er trat näher auf sie zu. „Erkläre mir, was du damit meinst."

Sie zuckte die Achseln. „Das kann ich nicht. Nicht wirklich. Ich weiß nur, dass Joseph sich sicher ist und du nicht. Du willst es sein. Das glaube ich gern, aber ich weiß nicht, ob es genügt, es nur zu wollen."

„Natürlich." Matthew schaute ihr in die Augen und sah eine hübsche, zielstrebige Frau, deren Freundschaft ihm Kraft gab. Elle hatte ihn mit ihren spontanen Entscheidungen, die sie aus einer Laune heraus getroffen hatte, wahnsinnig gemacht. Wenn die Laune dann vorbei gewesen war, hatte sie keinen Grund mehr gesehen, eine Sache weiter zu betreiben. „Hat dieses Gefühl, dass ich mir nicht sicher bin, irgendetwas damit zu tun, dass ich zu Elle nach Baltimore gefahren bin?"

Ihre braunen Augen schauten ihn forschend an. „Sollte es das?" Die Frage war keine Anschuldigung und verriet auch keine Eifersucht oder Unsicherheit.

„Nein. Aber der Bischof will mich deshalb eine Weile prüfen. Wenn du bereit wärst, dich mit mir zu treffen, müssten wir das heimlich machen, ganz heimlich."

Ihre Stirn zog sich in Falten. „Das verstehe ich nicht."

„Er wäre bereit, diese Sache mit Baltimore zu vergessen, wenn er denken würde, dass ich mich mit einer Frau treffe, die ein getauftes Kirchenmitglied ist. Aber ich werde dich nicht benutzen, um meine Probleme mit dem Bischof zu lösen. Und ich will nicht, dass es über dich Gerede gibt, was mit Sicherheit passieren wird, falls er mir nicht erlaubt, an der Kommunion teilzunehmen."

Die Sorgenfalten verschwanden und ein Lächeln zog über ihr Gesicht und ihre Augen strahlten. „Vor ein paar Jahren, als die Gerüchte über Hannah anfingen, dauerte es nicht lange, bis auch du in die Geschichte hineingezogen wurdest. Ihr beide wart Freunde. Ihre Schwangerschaft war schon ziemlich weit fortgeschritten und du hast zu ihr gehalten – du warst dem Bischof ungehorsam und hast sie besucht. Du warst mit ihr sogar über Nacht fort, als du sie zum Bahnhof brachtest. Habe ich das richtig gehört?"

„Ja."

„Als ich diese Gerüchte hörte, tat mir Hannah so leid – egal, ob sie schuld an der Schwangerschaft war oder nicht. Aber was dich anging ..." Ihr Zögern war nicht zu übersehen, als sie eine Pause machte. „Es ergibt einfach keinen Sinn. Ich meine, es ist einfach seltsam."

„Seltsam? Das kann nicht das richtige Wort sein, wenn du von mir sprichst."

Sie lachte leise. *„Meine* Reaktion und *meine* Gedanken waren seltsam, nicht du. Ich dachte, es *müsse* sich lohnen, dich kennenzulernen, wenn du dem Bischof ungehorsam warst, um ihr zu helfen, und doch bereit warst, zurückzukommen und die Strafe zu akzeptieren, die er deshalb über dich verhängen würde."

Er war wie vor den Kopf geschlagen.

„Die Frage, wer du bist, machte mich neugierig." Sie zuckte die Achseln. „Dein jetziges Problem mit dem Bischof hast du nur, weil du ein wenig Abstand brauchtest. Du bist mit einem klaren Kopf zurückgekommen. Ich werde dir keinen Vorwurf daraus machen, dass du nach Baltimore gegangen bist."

Sie gab ihm das Gefühl, dass das, was sie miteinander hatten, nie einem anderen gehören könnte, und er wollte einen Namen für sie, den sonst niemand benutzte. „Katie."

Er sprach ihn leise aus und das langsame, warme Lächeln, das über ihr Gesicht zog, signalisierte ihm, dass ihr der Name gefiel. Matthew hob die Bänder ihrer Gebetshaube und zupfte leicht daran. „Wo warst du nur, als ich zu den Singabenden ging und ... und dich suchte?"

„In Snow Shoe, wo es sicher war."

Die Hintertür des Hauses fiel laut hörbar ins Schloss. Matthew trat einen Schritt zurück. „Bist du bereit, dich mit mir zu treffen?"

Sie nickte. „Ja."

Matthew blickte auf und sah, dass Peter auf ihn und Kathryn zukam. Er bewegte seinen Körper leicht und streifte mit den Fingern Kathryns Hand. „Dann halten wir das vorerst geheim, ja?"

Sie hob ihre Hand, die er gerade gestreichelt hatte, und schaute sie an. „Ja."

Er hatte keine Worte gefunden, um seine Trauer auszudrücken. Jetzt fehlten ihm die Worte, um seine Hoffnung auszudrücken.

Kapitel 29

Hannah hoffte, Mary würde zurückrufen, bevor sie zur Schule aufbrechen müsste, und deutete geduldig auf eine Rechenaufgabe auf Kevins Mathematikübungsblatt. Er saß am Küchentisch, den Bleistift in der Hand und ein Runzeln auf der Stirn.

Sie wollte Mary von ihrer Idee erzählen, dass ihr eine Aufgabe für Sarah eingefallen war: Hunde zu retten und zu trainieren. Ihre Schwester schien viele fehlgeleitete Gefühle zu haben. Vielleicht konnte die Arbeit mit Tieren diese Gefühle in positive Bahnen lenken, aber Hannah wollte zuerst Marys und Lukes Meinung dazu hören. Falls Luke ihre Idee für vernünftig hielt, konnte er mit Paul darüber sprechen.

Hannah legte ihren Daumen neben die Rechenaufgabe, die Kevin gerade gelöst hatte. „Wenn du keine Äpfel hast, kannst du dann fünf Äpfel wegnehmen?“

Er deutete auf das Papier. „Aber wenn du fünf hast und du nimmst null weg …“

„… hast du nicht null und musst fünf wegnehmen. Du musst immer die untere Zahl von der oberen Zahl abziehen.“

„Ach ja, das habe ich vergessen.“ Er betrachtete eine Sekunde lang das Papier. „Warte. Ich glaube, jetzt weiß ich es.“ Er beugte den Kopf über das Papier und schrieb eine Zahl hin.

Hannah strich ihm über die Haare und küsste ihn auf den Kopf, bevor sie einen Blick auf die Arbeit warf, die vor Lissa lag. Mary musste ihre Nachricht inzwischen längst bekommen haben. Sie hatte vor zwei Tagen angerufen, aber es war möglich, dass niemand den Anrufbeantworter im Telefonhäuschen abgehört hatte, und da das kalte Novemberwetter eingesetzt hatte, hatten sie es wahrscheinlich nicht klingeln gehört.

Laura war unterwegs, um Besorgungen zu erledigen und einige Sachen zu kaufen, die Kevin für ein Schulprojekt in Naturwissenschaften brauchte, von dem er erst heute erwähnt hatte, dass er es bis morgen haben musste. Laura arbeitete seit drei Wochen ganztags bei ihnen und der ungeduldige Unterton war inzwischen fast ganz aus Martins Stimme verschwunden.

Hannah nahm die Topflappen und öffnete den Backofen. Die Hintertür ging schwungvoll auf und die kalte Novemberluft drang in die Küche, als Martin eintrat und von Kopf bis Fuß wie der Chef aussah. Wie abgeschossene Raketen sprangen Kevin und Lissa von ihren Stühlen hoch. Martin nahm Lissa auf den Arm und küsste ihre Wange, bevor sie die Arme um seinen Hals legte und ihn nicht mehr losließ.

Kevin lehnte sich an ihn und umarmte Martin um den Bauch. „Ich habe heute auf dem Weg zur Schule einen Porsche gesehen."

„Wirklich?" Martin umarmte ihn mit einem Arm und streichelte seinen Rücken, während sein Blick zu Hannah wanderte.

Beim Anblick, wie die Kinder sich an ihn klammerten, wurde ihr ganz warm ums Herz. In der ersten Zeit, nachdem Faye verschwunden war, hatten Kevin und Lissa vor allem bei Hannah Trost gesucht, aber im Laufe der Monate liebten sie ihn immer mehr, und er tolerierte sie nicht mehr nur noch, sondern liebte sie inzwischen wie seine eigenen Kinder, was sehr viel bedeutete, da er nie Kinder gewollt hatte.

Kevin nickte. „Und auf dem Heimweg habe ich ein Cabrio gesehen, eine Corvette."

Hannah holte die Lasagne aus dem Ofen. „Woher weiß er solche Sachen?" Sie schloss mit der Hüfte die Ofentür und warf ihm einen fragenden Blick zu, bevor sie die heiße Auflaufform abstellte.

„Das sind Männersachen." Martin zog neckend die Augenbrauen in die Höhe. Er stellte Lissa auf den Boden, trat hinter Hannah und legte sein Kinn auf ihre Schulter. „Das riecht gut."

Schon als Student hatte Martin es vermieden, zu Hause zu essen, aber seit er eine Familie hatte, fügte er sich in diese Routine, ohne zu klagen.

Hannah warf einen Blick auf die Uhr. „Laura ist einkaufen gefahren. Ich muss in vierzig Minuten zum Unterricht. Räumt die Schulsachen vom Tisch, dann können wir essen. Kevin, du holst für jeden eine Flasche Wasser und stellst sie auf den Tisch."

Martin schlüpfte aus seinem Wintermantel und hängte ihn an einen Haken gleich neben der Tür, bevor er Lissas Zettel und ihren Rucksack vom Tisch räumte. „Nur noch sechs Wochen Krankenpflegeschule! Nicht dass ich die Tage zählen würde."

Hannah lachte leise, während sie Lissa vier Teller reichte. So wie er das sagte und der Blick, mit dem er sie anschaute, verriet ihr, dass er schon sehr lange die Wochen zählte. „Ja, meine Abschlussfeier ist am Freitag, bevor wir ..." Sie brach ab. Sobald jemand den zweiwöchigen Urlaub auf Hawaii in den Weihnachtsferien erwähnte, waren Kevin und Lissa vor Begeisterung nicht mehr zu bremsen.

Er schaute ihr in die Augen und versicherte ihr mit einem Kopfnicken, dass er genau wusste, was sie meinte. Er hatte recht gehabt, dass der Urlaub auf Hawaii zusammen mit seinen leitenden Angestellten und ein paar Freunden Kevin und Lissa ablenken und ihnen helfen würde, ihre Mutter an den Feiertagen nicht zu sehr zu vermissen. Er räumte den Tisch weiter ab, während sie Brötchen in einen Korb legte. Die Kinder konnten den Urlaub nicht erwarten, aber Martin schien sich auf diese Reise mehr zu freuen als jeder andere.

„Oh, Dr. Lehman hat gefragt, ob ich ab Januar als Vollkraft in der Klinik arbeite."

Er verzog missbilligend das Gesicht.

Mit dem Besteck in der Hand blieb Hannah direkt vor ihm stehen. „Ehrlich gesagt, will ich es mir überlegen."

„Komm schon, Hannah. Wenn du mehr Stunden für ihn arbeitest, bedeutet das, dass du noch öfter Rufbereitschaft hast. Wir können unser Privatleben nicht planen, wenn du ständig auf Abruf bist." Martin nahm ihr das Besteck aus der Hand.

„Ich hätte nur an acht Tagen im Monat Rufbereitschaft. Vier dieser Tage wären am Wochenende und vier wären dienstags und mittwochs und ich bin sowieso jeden Dienstag dort. Das wäre gut machbar."

Er legte das Besteck auf die falsche Seite neben die Teller. „Du machst dort fast nichts."

Lissa folgte ihm um den Tisch herum und legte das Besteck auf die richtige Seite.

Hannah nahm eine Bratschaufel und begann, die Lasagne in Stücke zu schneiden. „Aber das ist wirklich wichtig für mich."

Das Telefon klingelte und Hannah warf einen Blick auf die Nummer. *Mary. Oder vielleicht Luke.*

„Entschuldigt, aber ich warte schon seit zwei Tagen auf einen Anruf von Mary."

Er zuckte die Achseln. „Solange niemand erwartet, dass du alles stehen und liegen lässt und nach Pennsylvania abdüst."

Sie nahm das Telefon. „Hallo?"

„Hannah." Mary klang ein wenig atemlos.

„Hallo, Mary, schön, dass du endlich zurückrufst."

„Zurückrufst? Ich wusste nicht, dass du angerufen hast. Wie ... wie geht es dir?" Marys Stimme klang gepresst.

Hannah musste sich anstrengen, um sie über das Klappern des Geschirrs und die Stimmen der Kinder richtig zu verstehen, und machte ihnen ein Zeichen, dass sie ohne sie anfangen sollten, während sie mit dem schnurlosen Telefon ins Zimmer nebenan ging. „Mir geht es gut. Wir wollen gerade essen und danach muss ich zur Schule. Viel wichtiger ist, wie es dir geht. Kommst du mit der Frauenärztin klar, die Dr. Lehman für dich gefunden hat?"

„Ich glaube, sie ist ganz okay. Gestern wurde ein Ultraschall gemacht und am Montag habe ich meinen Termin für den Kaiserschnitt."

Wo bleibt die Begeisterung darüber, dass sie das Baby gesehen hat?

„Am Montag? Deine Ärztin meint anscheinend, dass du schon ein paar Wochen weiter bist, als du gedacht hattest."

„Ja, so etwas hat sie gesagt."

So etwas?

„Geht es dir gut?" Das Schweigen, das folgte, beantwortete Hannahs Frage. „Mary, was hast du?"

„Nichts ..."

Sie suchte nach den richtigen Worten, berücksichtigte alles, was sie über Mary, über das amische Denken und von dem, was Dr. Lehman sie gelehrt hatte, wusste, bevor sie anfing, auf Pennsylvania Dutch zu sprechen. Es dauerte nicht lange, bis Mary ihr erzählte, was sie wirklich beschäftigte: Das sonderbare Ziehen in ihrem Körper, die Angst vor Montag und der Umstand, dass Luke nicht zu Hause war.

Jedes Symptom, das Mary ihr zögerlich schilderte, legte die Vermutung nahe, dass sie möglicherweise schon Wehen hatte. „Mary, ist jemand in der Nähe? Jemand, den du rufen kannst, dass er ans Telefon kommt?"

„Nein, aber ich glaube, Jacob und *Mammi* Annie sind irgendwo auf dem Grundstück."

Da sie auf keinen Fall wollte, dass Mary über die Felder und Wiesen stapfte, um jemanden zu suchen, arbeitete Hannahs Verstand auf Hochtouren, um eine Möglichkeit zu finden, ihrer Freundin zu helfen. „Mary, hör mir zu." Sie beherrschte ihre Stimme und versuchte, gleichzeitig bestimmt und beruhigend zu klingen. „Du musst jetzt auflegen und dann die Notrufnummer wählen. Sag, dass du einen Krankenwagen brauchst. Dann geh langsam ins Haus und leg dich hin, bis der Krankenwagen kommt."

„Das ist dumm. Ich gehe am Montag zum Kaiserschnitt ins Krankenhaus. Mir ... mir geht es gut. So lange kann ich noch warten."

„Alles, was du gerade beschrieben hast, weist darauf hin, dass du vielleicht schon Wehen hast."

Mary begann zu schluchzen. „Ich kann nicht ... Luke ist nicht da und ..."

„Ich versuche, Paul zu finden, und schicke ihn los, um Luke für dich zu suchen. Sie kommen dann zu dir ins Krankenhaus."

„Nein ... bitte. Ich ... ich will das nicht machen."

„Aber du *kannst* es machen und du wirst es machen, um deinetwillen und um des Babys willen."

„Wird die Frauenärztin dort sein?"

„Das weiß ich nicht und ich will nicht, dass du so lange auf den Beinen bleibst, um das herauszufinden. Ich rufe Dr. Lehman an und bitte ihn zu tun, was er kann, aber wenn sie nicht da ist, dann ist ein anderer Arzt da."

„Ich habe solche Angst."

Hannah zitterte innerlich. „Es wird alles gut. Tu einfach, was ich dir sage."

„Was ist, wenn du dich irrst? Was ist, wenn ich keine Wehen habe?" Mary sprach aus, was Hannah dachte.

Es war möglich, dass sie überreagierte, und der Krankenwagen und Marys Einweisung ins Krankenhaus würde Luke nicht nur ein Vermögen kosten, sondern Hannah auch viel Misstrauen und Ärger einbringen. Wieder einmal. Aber sie konnte das Risiko nicht eingehen. „Ich irre mich nicht." Was sollte sie sonst sagen? Wenn sie zuließ, dass Mary irgendwelche Zweifel hatte, würde ihre Freundin die Symptome ignorieren, bis es vielleicht zu spät war.

Mary begann zu schluchzen.

Obwohl sie am liebsten auch laut geschluchzt hätte, blieb Hannah äußerlich ruhig. „Es wird alles gut und du hast noch vor Montag dein Baby in den Armen."

„Ich habe solche Angst."

Als sie die Verzweiflung in Marys Stimme und nebenan das sorglose Kichern der Kinder hörte, die mit Martin beim Essen plauderten, zog sich der Knoten in ihrem Magen noch enger zusammen. Der Drang, nach Owl's Perch zu fahren, und der Wunsch, hier zu sein, stritten in ihrem Herzen miteinander. „Du machst, was gemacht werden muss. Ich komme dich so bald wie möglich besuchen und will dann meine Nichte oder meinen Neffen auf den Armen halten, okay?"

„Ja, okay." Mary klang jetzt ruhiger. „Du findest Luke?"

„Er ist nie weit weg und Paul wird ihn finden. Je nachdem, wie viel Zeit bis dahin vergangen ist, bringt er Luke entweder zum Haus oder er fährt ihn direkt zum Krankenhaus. Jetzt mach, was ich gesagt habe, und leg dich hin. Wir sehen uns bald." Hannah legte auf und rief Dr. Lehman an.

Er wollte versuchen, die Frauenärztin in Pennsylvania zu erreichen und wenigstens herausfinden, ob sie an diesem Abend Dienst hatte, und wenn nicht, dem diensthabenden Arzt Marys Situation darlegen. Dann gab er ihr alle Telefonnummern, die er von der Klinik bekommen hatte, unter denen Paul möglicherweise zu erreichen war. Wenn Paul keine Rufbereitschaft hatte, hatte er keines der zwei Klinikhandys bei sich. Sie fragte sich, ob das zu seiner Entscheidung gehörte, am schlichten Lebensstil festzuhalten, oder ob Geld der Grund war, und verabschiedete sich von Dr. Lehman.

Sie wählte nacheinander die Nummern der beiden Handys, aber unter keiner meldete sich jemand.

Martin kam aus der Küche und schlenderte zu ihr. „Was gibt es diesmal?"

„Ich glaube, Mary hat Wehen." Sie hielt den Zeigefinger hoch, um ihn zu bitten, sie kurz allein zu lassen. Nachdem sie die Nummer von *Better Path* gewählt hatte, hörte sie nur die automatische Nachricht, dass das Büro nicht besetzt sei und erst morgen wieder jemand zu erreichen sei. Noch bevor die automatische Ansage ihr mitteilte, wie sie in Notfällen jemanden erreichen könne, legte sie auf. „Ich habe ihr gesagt, dass sie einen Krankenwagen kommen lassen soll, und jetzt versuche ich, Paul aufzutreiben, damit er Luke suchen und ihn ins Krankenhaus bringen kann."

Sie hatte noch zwei Nummern, die sie anrufen konnte: die seiner Großmutter und die seiner Wohnung. Sie rief zuerst in seiner Wohnung an.

Martin zog die Augen zusammen und trat näher. „Du zitterst ja. Geht es dir gut?"

„Das ist keine gute Nachricht, Martin. Es könnte sogar eine sehr schlechte Nachricht sein. Aber das werde ich erst in ein paar Stunden wissen." Nachdem sie es zwanzigmal hatte klingeln lassen und niemand abhob, trennte sie die Verbindung und wählte Großmutters Nummer. „Ich weiß nicht, wie lange sie schon Wehen hat ..." Jemand meldete sich an Großmutters Telefon.

„Hallo."

Gut. Endlich hatte sie jemanden erreicht. Die Stimme klang nach derselben jungen Frau wie damals, als Hannah Paul vor Jahren hatte erreichen wollen. „Hier ist Hannah Lawson. Ich muss mit Paul sprechen."

„Ich, äh ... er ist ... er ist ... nicht da. Wenigstens ... ich, äh ..."

Es war eindeutig dieselbe Person und für Hannah gab es keinen Zweifel, dass es Dorcas war. Hannah kochte innerlich. „Ich kann dir bei deiner Verwirrung auf die Sprünge helfen, Dorcas." Sie begann, aufgeregt im Zimmer auf und ab zu gehen. „Ich will mit Paul sprechen. Jetzt." Sie sprach jedes Wort deutlich und betont aus und forderte Respekt. „Und wenn du nicht willst, dass er von den anderen Malen erfährt, als ich angerufen habe und nicht zu ihm durchkam, empfehle ich dir dringend, dass du ihn ans Telefon holst. Umgehend."

„Bleib dran." Dorcas' Stimme zitterte.

Hannah drehte sich um und sah, dass Martin sie forschend betrachtete.

„Was ist?"

Er schüttelte den Kopf. „Nichts." Aber sein perplexer Blick wich nicht von ihrem Gesicht.

„Hannah, was ist los?" Aus Pauls Stimme sprach die ruhige Zuverlässigkeit, die sie in den letzten sechs Wochen bei ihm kennengelernt hatte.

„Mary hat mich angerufen. Ich glaube, sie hat Wehen, und ich habe ihr gesagt, dass sie einen Krankenwagen kommen lassen soll. Luke ist nicht zu Hause und sie ist sich nicht sicher, wo er ist. Kannst du ihn für sie suchen?"

„Natürlich kann ich das versuchen, aber wäre es nicht besser, wenn ich zu Mary fahre und sie ins Krankenhaus bringe?"

„Daran habe ich auch gedacht, aber wenn sie Wehen hat, ist es für sie besser, in einem Krankenwagen transportiert zu werden, wo sie im Notfall medizinische Hilfe hat."

„Okay, ich vertraue deinem Urteil. Dann fahre ich Luke suchen und rufe dich an, sobald ich etwas weiß. Kommst du her?"

„Das weiß ich noch nicht. Ich habe Unterricht. Hast du meine Handynummer?"

„Ja. Tschüss."

Sie trennte die Verbindung, schloss die Augen und betete schweigend.

Martin legte die Arme um sie. „Können sie sich denn nicht selbst um ihre Angelegenheiten kümmern?"

Da sie keine Ahnung hatte, wie sie ihm erklären sollte, wie komplex ihre Wurzeln waren, sagte sie nichts.

Er hielt sie fest. „Kann ich etwas für dich tun?"

Sie lehnte den Kopf an seine Brust und holte tief Luft. „Ich will dort sein."

„Das sind mehr als fünf Stunden Fahrt. Egal, was dort passiert, es ist vorbei, bevor du da bist."

„Ich weiß."

Er legte die Hände auf ihre Schultern, zog sie ein wenig zurück und schaute ihr in die Augen. „Du darfst keine einzige Unterrichtsstunde mehr verpassen."

„Ich werde mich ohnehin nicht konzentrieren können."

„Hannah", fuhr er sie an. „Die Antwort ist Nein. Dieses Mal gebe ich nicht nach.“ Er zog sie wieder in seinen Arm. „Warte einfach und ich fahre dich am Samstag höchstpersönlich hin, sobald deine Schicht in der Klinik vorbei ist. Das ist schon übermorgen. Bis dahin ist sie wahrscheinlich immer noch im Krankenhaus, oder?“

„Wenn sie einen Kaiserschnitt bekommt, ja.“

Kapitel 30

Der Lehrer kritzelte eine Art Gleichung an die Tafel, aber Hannah drückte nur nervös auf den Tasten an ihrem Handy, das auf ihrem Tisch lag.

Als ihr Telefon vibrierte, nahm sie es schnell in die Hand, klappte es auf und drückte auf die grüne Taste, noch bevor sie den Raum ganz verlassen hatte. „Hannah Lawson", sagte sie leise, während sie auf den Flur des North Lincoln Educational Centers trat. Dann versuchte sie es noch einmal, dieses Mal lauter. „Hallo?"

„Ich habe Luke gefunden", verkündete Paul ruhig. „Und wir sind im Holy Spirit Hospital in Camp Hill. Mary ist …"

Pauls Stimme brach ab.

„Hallo?", rief Hannah ins Telefon, aber sie hörte nichts mehr. „Hallo? Nein!" Sie klappte wütend das Telefon zu, öffnete es wieder und drückte auf die Rückruftaste. „Komm schon."

Ein Besetztton verriet ihr, dass sie keine Verbindung bekam. Sie eilte durch den Gang zum Büro. Es war niemand darin, aber die Tür war unverschlossen. Sie trat hinter den Schreibtisch, fuhr den PC hoch und ging dann ins Internet. Innerhalb weniger Sekunden hatte sie die Telefonnummer der Wöchnerinnenstation des Krankenhauses in Camp Hill.

Sie nahm das Festnetz auf dem Schreibtisch und wählte die Nummer. Die vielen Stunden, in denen sie während ihres Praktikums für verschiedene Krankenhäuser gearbeitet hatte, zahlten sich jetzt auf eine Weise aus, die sie nie erwartet hätte. Sie wusste, wen sie anrufen musste und wie sie ihre Bitte formulieren musste, damit jemand bereit war, Paul zu suchen und ihm die Festnetznummer zu geben, unter der sie zu erreichen war.

Sie blieb am Telefon sitzen und betete im Stillen. Die stummen Gebete waren genauso Teil des amischen Tagesablaufs wie die Arbeit im Haus und auf dem Hof, der Schweiß und das Lachen.

Das Telefon klingelte und Hannah fuhr zusammen. „Hannah Lawson."

„Hallo, ich habe versucht, dich noch einmal auf deinem Handy anzurufen. Es gibt noch nichts Neues. Die Schwester sagte, dass sie Mary sofort in den OP geschoben haben. Wir sind seit ungefähr zehn Minuten hier."

„Ein Kaiserschnitt dauert normalerweise nicht lange. Du müsstest bald etwas erfahren. Bleib einfach am Telefon, okay?"

„Ja, klar. Aber hast du nicht gerade Unterricht?"

„Ich bin hier. Technisch gesehen ist das alles, was zählt. Ich schreibe mir die Notizen von der Tafel ab und spreche mit dem Lehrer, bevor ich gehe."

„Hast du da draußen bei den Englischen einen Kurs belegt, wie man Leute über das Telefon ausfindig macht, oder was?"

„Ich kann ein bisschen denken, aber vor allem lasse ich mich nicht mehr abwimmeln, besonders nicht, wenn es darum geht, Menschen zu erreichen. Oh, mir ist eine Idee zu Sarah gekommen. Allerdings wäre das mit einiger Arbeit für dich verbunden."

Paul lachte. „Und das erzählst du mir zufällig, nachdem du vorher gesagt hast, dass du dich nicht mehr abwimmeln lässt. Was ist das für eine Idee?"

Sie erzählte ihm von ihrer Idee und innerhalb von zwanzig Minuten hatten sie ein halbes Dutzend Möglichkeiten überlegt, wie Sarah bei einer Rettungsgruppe für Hunde mitarbeiten und vielleicht sogar lernen könnte, Hunde für bestimmte Aufgaben zu trainieren.

„Das ist wirklich gut, Hannah. Darauf wäre ich nie gekommen."

„Hey." Lukes gedämpfte Stimme klang, als stünde er direkt neben Paul. „Ist das meine Schwester?"

„Ja. Hannah, Luke will mit dir sprechen."

„Perfekt. Danke."

„Mary ist im Aufwachraum." Luke klang ganz aufgeregt. „Der Arzt sagte, dass sie tapfer gewesen ist und dass der schnelle Transport ins Krankenhaus ihr wahrscheinlich das Leben gerettet hat."

Hannah atmete mehrere Male tief durch. „Oh, Luke, ich bin so froh."

Sein erleichtertes Lachen jagte ihr eine Gänsehaut über den Rücken. „Ich habe ihm gesagt, dass du Krankenschwester bist und wusstest, was zu tun war. Wir haben ein Mädchen! Mary wird dich bald sehen wollen. Sie muss ein paar Tage im Krankenhaus bleiben, vielleicht wollen sie auch ein CT machen, bevor sie sie nach Hause lassen." Die schnellen, aufgeregten Worte ihres Bruders waren ein wenig schwer zu verstehen, aber sie konnte ihm folgen.

„Ich bin am Samstagabend da. So gegen acht."

„Gegen acht?"

„Früher schaffe ich es nicht. Ich muss vorher noch arbeiten."

„Okay, wir werden hier sein. Du und Paul, ihr seid ein wirklich gutes Team. Weißt du das?"

Hannah gab ihm darauf keine Antwort. Sie hatte das schon längst bemerkt. „Dann sehen wir uns am Samstag. Herzlichen Glückwunsch, Luke."

„Danke, Hannah. Tschüss."

Sie legte auf und ging in den Unterricht zurück, aber sie war zu aufgeregt und erleichtert, um sich konzentrieren zu können.

Hannah schloss die Augen, lehnte den Kopf an die Kopfstütze des Beifahrersitzes und war dankbar, dass Martin fuhr. Sein Sportwagen bewältigte die Kurven und Bodenwellen besser als ihr Honda. Er spielte verschiedene Musikstücke, während Hannah sich ausruhte. Nach einer ausgefüllten Woche mit Schule, Lernen, dem Ausbildungspraktikum, ihrer Arbeit für Dr. Lehman und ihrer vierköpfigen Familie brauchte sie ein wenig Ruhe.

In der Nacht, in der Mary entbunden hatte, hatte Hannah vor Freude und Aufregung nicht schlafen können. Erinnerungen an ihre Kindheit mit Mary tauchten in ihrem Kopf auf, als würde sie diese Zeit noch einmal erleben.

Martin wählte ein Lied auf seinem iPod. „Ich verstehe wirklich nicht, warum diese Fahrt nötig ist. Ich meine, du hast zwei Jahre gelebt, ohne mit Mary zu sprechen, ohne ihr auch nur einen einzigen Brief zu schreiben, und jetzt benimmst du dich, als würde deine Welt auseinanderbrechen, wenn du nicht mit ihr zusammen sein kannst."

„Ja, ich hatte lange keinen Kontakt zu ihr, aber dann war ihr Leben in Gefahr, und jetzt gibt es ein Baby, das wir feiern müssen."

Er zuckte die Achseln. „Ich finde, ein Anruf hätte voll und ganz genügt."

„Vielleicht sollten wir das nächste Mal die Bandprobe auch über das Telefon machen, ja?"

„Das ist etwas ganz anderes." Er drehte die Musik lauter.

Sie lehnte sich zurück und schloss wieder die Augen. Aus dem Nichts tauchten Gedanken an Paul auf und kämpften um ihre Aufmerksamkeit. Sie weigerte sich, ihnen nachzugeben, setzte sich aufrecht in ihren Sitz und schlug die Augen auf. „Wie läuft es im Büro?"

„Wir sprechen nie über meine Arbeit."

„Vielleicht sollten wir das."

Sein Blick wanderte mehrere Male von der Straße zu ihr. „Nein, wenn ich dir von meiner Arbeit erzähle, muss ich mir anhören, welche Babys geboren wurden und was im Leben dieser Frauen passiert, die dienstags zum Quilten kommen."

Als beide wieder in ihr Schweigen verfielen, liefen Bilder von Paul wie ein Film vor ihrem geistigen Auge ab. Das erste Mal, als sie ihn bei Großmutter sah – seine Ehrlichkeit und Geduld angesichts ihrer Wut. Stunden später – seine Sanftheit und Weisheit im Umgang mit Sarah. In der Scheune, als sie danach miteinander sprachen – sein ruhiges, aber unnachgiebiges Beharren, dass sie wie zivilisierte Menschen miteinander sprechen sollten. Später am selben Tag in der Küche von *Better Path*, wo er etwas zu essen gekocht hatte. Er hätte bei seiner Großmutter essen können, aber er hatte in der Klinik Omeletts gemacht. Hatte er das für sie getan?

Sie stellte die Musik ab. „Sprich mit mir. Überlege dir etwas und sprich mit mir."

„Würdest du dich bitte entspannen?" Martin nahm seine lederne CD-Tasche und zog eine andere CD heraus. „Ich habe diese Lieder noch nicht auf meinen iPod geladen, aber ich wollte, dass du dir ein paar Lieder von meinem neuesten Album anhörst, damit wir darüber sprechen können, welche wir in das Repertoire der Band aufnehmen."

„Das heißt, dass einige Texte widersprüchlich sind?"

„Nicht nach den Maßstäben der meisten Menschen, aber ja, das heißt es."

Hannah nickte und versuchte, sich auf die Lieder zu konzentrieren. Gegen ihren Willen drängten sich wieder Gedanken an Paul in den Vordergrund und sie wurde an Gespräche erinnert, die sie seit ihrer Rückkehr miteinander geführt hatten. Als die Erinnerungen sich ständig wiederholten, bemerkte sie feine Nuancen an ihm, die ihr vorher nicht aufgefallen waren. Sie begriff zum ersten Mal, dass es nicht Gleichgültigkeit gewesen war, die ihn veranlasst hatte, sie gehen zu lassen. Es war seine Geduld gewesen. Es gab einige Situationen, in denen sie sein ruhiges Verhalten falsch gedeutet hatte.

„Hallo?" Martins sarkastischer Tonfall katapultierte sie in die Gegenwart zurück.

Sie wandte sich ihm zu. „Ja?"

Im Schein der Straßenlaternen sah sie, wie ein leichtes Lächeln über seine Lippen zog. Er bewegte die Hand in ihren Nacken und rieb ihn sanft. „Du hast keines der Lieder gehört. Habe ich recht?"

„Entschuldige."

Er deutete zum Fenster. „Es ist spiegelglatt und wir biegen gerade auf den Parkplatz. Ich lasse dich aussteigen und parke dann das Auto."

„Okay."

Sie betrat die Eingangshalle des Krankenhauses. Paul saß keine zehn Meter vom Eingang entfernt in einem Sessel. Sie wollte zu ihm gehen, entschied aber, dass sie lieber Abstand zu ihm halten und auf Martin warten sollte. Es wäre unfair, bei Paul zu sitzen, wenn Martin eintrat. Ihr Blick wanderte in die Richtung, in die er schaute.

Ein Fernseher.

Diese Gelegenheit, ihn aufzuziehen, konnte sie sich nicht entgehen lassen, deshalb schlenderte sie mit einem Schmunzeln zu ihm hinüber. „Restaurants und Krankenhäuser mit einem Sportsender?"

Paul stand auf. „Hallo, Hannah. Ich habe jemanden ins Krankenhaus gefahren und da ich schon einmal hier bin …"

„Wenn ich ein Fotohandy hätte, würde ich deinem Bischof ein Bild schicken."

„Du glaubst, er hat ein Fotohandy, um das Bild zu empfangen?"

Sie lachte und er stimmte in ihr Lachen ein.

„Außerdem spielt Penn State gegen Michigan. Sein Tadel würde auf taube Ohren treffen."

„Ich habe den untrüglichen Verdacht, dass du kein bisschen Buße tun würdest, Paul Waddell."

Seine Augen funkelten verschmitzt. „Du hast das mit Mary gut gemacht. Es gibt nur gute Neuigkeiten zu feiern."

Er deutete zu einem Stuhl und sie setzten sich beide. „Dein *Daed* ist im Wartezimmer. Luke hat ihm gesagt, dass du kommst, und er hat mich gebeten, ihn hierher zu fahren, weil er dich sehen will."

Sie zog eine Augenbraue in die Höhe. „Hast du nicht gerade gesagt, es gäbe nur gute Neuigkeiten?"

Paul schaute konzentriert auf seine gefalteten Hände, während ein leichtes Lächeln über sein Gesicht zog. „Ich habe dich nie für gesetzlich gehalten, Hannah." Langsam wanderte sein Blick zu ihren Augen und er schaute sie genauso an wie vor Jahren, als er so vorsichtig, so feinfühlig mit dem Herzen eines jungen Mädchens umgegangen war und nie auch nur um einen Kuss gebeten hatte.

Aber sie hatten sich geküsst …

Hannah wurde von Erinnerungen bombardiert und konnte kaum noch atmen. Sie erinnerte sich, wie sie im Novemberregen gestanden und sie sich gewünscht hatten, alles wäre anders und ihre Liebe wäre nicht verboten. Durch den Regenschleier hindurch hatte sie sein altes Auto gesehen. Er war nach Owl's Perch gekommen und hatte versucht, ein paar gestohlene Minuten mit ihr zu verbringen, nachdem sie monatelang getrennt gewesen waren, ohne Kontakt zueinander zu haben. Die Autotür war aufgegangen und Paul war herausgesprungen. Ohne sich darum zu kümmern, was sich für ein Mädchen gehörte, war sie zur Straße gelaufen und hatte ihn umarmt. Er hatte seinen Kopf in ihren Nacken geschmiegt und es sogar gewagt, einen Kuss auf ihre kalte, feuchte Haut zu drücken. Ihre Arme hatten sich fester um ihn gelegt und sie erinnerte sich, dass sie Angst gehabt hatte, alles wäre vielleicht nur ein Traum. Aber seine warmen, liebevollen Hände hatten sich zu ihrem Gesicht bewegt, es gestreichelt und langsam hatte ein Lächeln die Anspannung aus seinen Zügen vertrieben und er hatte den Kopf nach unten bewegt, bis sich ihre Lippen berührten. Wärme und neue Kraft hatten sie erfüllt. Ihr erster Kuss. So stark …

„Hannah." Martins Stimme holte sie in die Gegenwart zurück.

Sie sprang auf. „Hallo." Sie schob ihre Hand in seine und verwarf alle verliebten Gedanken an Paul. Ihr Leben, ihre Familie, ihre Träume drehten sich um den Mann, der hier neben ihr stand.

Paul erhob sich.

Martins Augen musterten ihn kurz, bevor er Hannah anschaute. „Probleme?“ Er löste seine Hand von ihrer, schob den Arm hinter sie und legte seine Hand demonstrativ auf ihren Rücken. Eine Erinnerung an ihr wirkliches Leben. Das Leben, das sie sich gegen alle Widerstände aufgebaut hatte. Das Leben, zu dem er ihr verholfen hatte.

„Nein, überhaupt nicht.“ Sie lächelte und bat ihn stumm um Entschuldigung.

Er hatte seine professionelle Miene aufgesetzt und sein Gesicht verriet nicht die geringste Wärme.

In dem Versuch, die Spannung zu vertreiben, deutete sie auf Paul. „Paul, ich möchte dir gern Martin Palmer vorstellen. Martin, das ist Paul Waddell.“

Martins grüne Augen funkelten einen Moment verärgert, bevor er kurz nickte. „Paul.“ Er ließ die linke Hand auf Hannahs Rücken liegen und hielt ihm die andere hin.

Paul schüttelte ihm die Hand. „Hattet ihr Probleme, den Weg zu finden?“

„Nein, aber ich habe das Gefühl, dass es schwer sein wird, ein anständiges Hotel zu finden.“ Martins Gesichtszüge waren ungeduldig, als er auf seine Armbanduhr schaute. „Warum gehen wir nicht hoch, damit du Mary sehen kannst, bevor es zu spät wird?“

Paul deutete zum Gang. Auf dem Weg zum Aufzug kamen sie an einigen Patienten vorbei, die sich mit ihren Angehörigen gedämpft unterhielten, während sie zum Ausgang strebten.

Martin ließ eine Hand auf Hannahs Rücken liegen und drückte mit der anderen auf den Aufzugknopf. „Es ist fast neun. Die Besuchszeit ist bestimmt schon vorbei. Wir müssen es also kurz machen“, sagte er leise und sie wusste, dass er von ihr ein Nicken erwartete.

Sie antwortete nicht.

Ihre beste Freundin und ihr Bruder hatten ein Baby bekommen. Hannah wollte mit ihnen feiern, sie wollte die Freude auf ihren Gesichtern sehen, wenn sie ihre kleine Tochter auf den Armen hielten.

Dabei wollte sie sich nicht zur Eile drängen lassen.

Sie waren die Einzigen, die den Aufzug betraten. Paul drückte auf den Knopf mit der Nummer vier und die Türen schlossen sich.

Martin lehnte sich an die Wand und betrachtete Paul mit sichtlicher Abneigung. „Und, wie geht es der Schulter?"

Pauls Miene war unbeweglich. „Gut."

Martin verdrehte die Augen. „Kann ich mir denken."

Hannahs Blick wanderte von einem Mann zum anderen. Von der höflichen Begrüßung war nichts mehr zu spüren. Martin konnte ihr nichts vormachen. Ihn interessierte Pauls Schulter nicht im Geringsten. Er wollte Paul nur klarmachen, dass er Bescheid wusste. Dass er alles wusste. Und Paul zog mit seiner einsilbigen Antwort eine klare Grenze. Um was er diese Grenze zog, konnte sie nicht genau sagen, aber sie lernte diese höfliche, abweisende Seite an ihm immer besser kennen.

Sie zog leicht die Stirn in Falten und versuchte, Martin schweigend aufzufordern, dass er nett sein sollte, aber er ließ sich von ihrer subtilen Botschaft nicht beeindrucken. „Paul hat gesagt, dass mein *Daed* hier ist."

Martin nickte leicht. Die Türen gingen auf und sie trat auf den Gang. Martin folgte dicht hinter ihr. Während Paul vorausging, zog Martin an ihrer Hand, und sie blieb stehen.

„Meinst du, du könntest dich beim Flirten zurückhalten, solange ich dabei bin?" Seine Worte waren nur ein Flüstern, aber sein Ärger war unüberhörbar.

Sie schüttelte den Kopf. „Ich … ich …"

„Ich weiß, was ich unten gesehen habe, Hannah. Du hast ihm tief in die Augen geschaut."

Was sollte sie ihm darauf antworten? Sollte sie ihm die Wahrheit sagen? Dass es manchmal einfach zu viel für sie war, in Pauls Nähe zu sein?

Martin ging in dieselbe Richtung, in die Paul marschiert war, aber Paul war nicht mehr zu sehen. Nach einigen Schritten wurde ihr bewusst, dass sie Marys Zimmernummer nicht wusste. Sie drehte sich um, um zum Stationszimmer zu gehen und sich nach der Nummer zu erkundigen. In diesem Moment kam ihr Vater auf sie zu.

„*Daed* …" Sie drückte ihre Hand vorne auf ihr Kleid. „Ich möchte dir Martin Palmer vorstellen. Martin, das ist mein Vater, Zeb Lapp."

„Hallo." Martins Ton war weder herzlich noch kalt. Er brachte ihrem Vater, der Zabeth das Leben schwer gemacht hatte, als sich seine Schwester entschieden hatte, nach ihrer Taufe ihre amische Kirche zu verlassen, wenig Respekt entgegen.

Ohne sichtlichen Ärger oder erkennbare Abneigung betrachtete ihr Vater Martin, bevor er ihm die Hand reichte. „Hallo." Er hatte keine Ahnung, wer Martin war, er wusste nicht, dass seine Schwester, Zabeth, viele Jahre geholfen hatte, ihn großzuziehen.

Ein Grinsen zog um den Mund ihres Vaters. „Es ist schon zwei Tage her und Luke ist immer noch ganz aufgeregt, weil er Vater geworden ist, aber er sagt, niemand außer ihm und Mary darf das Baby halten, solange du und dieser Mennonit …" Er brach mitten im Satz ab und schüttelte entschuldigend den Kopf, bevor er ihr wieder in die Augen schaute. „Bevor du und Paul es nicht auf den Armen gehalten habt."

„Was? Davon hatte ich keine Ahnung."

„Da die meisten sie sowieso nicht im Krankenhaus besuchen, spielt es keine große Rolle. Sie warten, bis Luke und Mary zu Hause sind, um sie zu besuchen und das Baby zu sehen." Er legte den Kopf schief und schaute seine Tochter forschend an. „Du hast Mary gesagt, dass sie einen Krankenwagen rufen und sich ins Krankenhaus fahren lassen soll?"

Hannah erstarrte. Ihr Verstand arbeitete auf Hochtouren. Er schien seine Frage aufrichtig zu meinen und war unübersehbar verwirrt wegen der Vorgänge, die sich vor zwei Nächten abgespielt hatten: der Krankenwagen, die Operation, dass Luke und Mary niemandem das Baby gaben, solange Hannah und Paul es nicht auf den Armen gehalten hatten. Aber trotz seiner Verwirrung schien er ihr keine Vorwürfe zu machen.

„Ja."

Daed rückte seinen schwarzen Winterhut zurecht. „Mehr hast du dazu nicht zu sagen?"

Sie schüttelte den Kopf. „Nein."

Sein Vater wandte den Blick nicht von ihr ab. „Du bist schwer zu durchschauen, Kind. Als du noch ein kleines Mädchen warst …" Er hielt die Hand auf Kniehöhe. „… noch ganz winzig, warst du selbstständiger als die meisten Männer, die ich kannte. Und klug." Er schnaubte. „Du hast mir Angst gemacht. Du hättest dich sehen sollen. Ich habe während deiner gesamten Kindheit geschwankt, weil ich einerseits stolz auf dich war und andererseits Angst hatte, du könntest dich von Gott abwenden." Er rieb seine rauen, trockenen Hände aneinander. „,Kann schon selber.' Das war eine der ersten Sätze, die du gesprochen hast. Die ganze Zeit." Er brach ab. Schmerz sprach aus seinen Augen. „Ich wollte dir nie einen Anlass geben, dich von Gott abzuwenden. Ich dachte, ich hielte dich fest und sorgte dafür, dass du dich einer höheren Berufung unterordnest."

„Es gibt keine höhere Berufung als die Freiheit in Christus."

„Aber ich bin dein Vater. Ich hatte das Recht zu entscheiden, wo du sein solltest, wie du dich kleiden und wie du dich benehmen solltest." Er senkte den Blick. „Und mit wem du zusammen sein solltest."

Hannah war entschlossen, ihre Meinung zu sagen, ohne grob zu klingen, und zwang sich zu einem ruhigen Ton. „Wann müssen Eltern dann ihre Kinder loslassen, damit sie den Weg finden können, den Gott für sie hat?"

Ihr Vater seufzte und nahm seinen Hut ab. „Ich habe dir einiges zu sagen und es stört mich nicht, es jetzt zu sagen, es sei denn, du hast ein Problem damit."

„Sprich."

„Als ich darauf bestand, dass du mit den Kirchenältesten sprichst, dachte ich, ich würde dir dadurch helfen, deinen Namen reinzuwaschen. Ich war mir sicher, dass sie dir bis zum Ende zuhören und sagen würden, dass du dir nichts hattest zuschulden kommen lassen, aber dann erfuhr ich bei diesem Gespräch, dass du dich hinter meinem Rücken heimlich mit Paul getroffen hast und dass du alle möglichen Geheimnisse vor mir hattest. Ich wurde so wütend, als ich das hörte, dass ich davon überzeugt war, du hättest mich die ganze Zeit über angelogen, auch an dem Abend, als das Unaussprechliche passiert war. Die Vermutung, du hättest mit ihm gestritten und wärst dann, als du nach Hause liefst, der Länge nach hingefallen und hättest dir dabei die Handflächen aufgeschürft, klang logisch. Und ich dachte, die ganzen Tränen und Probleme, die du hattest, rührten daher, dass du ihm nachweintest. Zu solchen falschen Schlussfolgerungen kann es kommen, wenn ein Vater erfährt, dass sein Kind gelogen hat." Er holte tief Luft und drehte den Hut mehrere Male in seinen Händen. „Aber es erwies sich als falsch, dich vor die Kirchenältesten zu bringen. Ich wollte nur, dass du die Wahrheit sagst, damit wir nicht wie Heiden dastünden, denn du brauchtest doch einen Platz, um dein uneheliches Kind aufzuziehen, aber ich hätte nie gedacht, dass du einfach wegfährst, bevor wir alles geklärt hätten."

Sie stand da und sollte diesem Mann vergeben, der ihr auf seine Weise genauso viel Kummer bereitet hatte wie der Mann, der sie überfallen hatte. Der Sekundenzeiger der Wanduhr tickte leise weiter. Sie konnte keine Worte finden. Nach dem Glauben der Amisch verlor man jede Hoffnung auf Erlösung, wenn man sich weigerte, anderen zu vergeben. Die Worte „Ich vergebe dir" mussten ausgesprochen werden, und dann konnte man allein mit seinen negativen Gefühlen fertig werden.

Trotzdem sagte sie nichts.

Sie konnte Martins Hand auf ihrem Rücken fühlen. Er wollte, dass sie etwas sagte. Sie warf ihm einen Blick zu, mit dem sie ihn aufforderte, sie nicht zu drängen, und trat einen Schritt von ihm weg.

„Das war alles, was ich dir sagen wollte. Vielleicht kannst du ein wenig darüber nachdenken und wir sprechen später weiter."

Ihr Vater hatte nicht vor, ihr einen Vortrag darüber zu halten, dass ihre Erlösung auf dem Spiel stünde?

„Das … das würde ich gern." Sie war genauso wackelig auf den Beinen wie ein neugeborenes Kalb, als sie jetzt auf ihn zutrat und ihm einen Kuss auf die Wange gab.

Seine Augen wurden feucht. „Geh jetzt." Er deutete den Gang hinab.

Sie schaute Martin an.

„Mach dir um mich keine Sorgen. Geh und tu, was Luke will. Ich warte hier bei deinem Vater."

Ihr *Daed* setzte sich.

Martin zog ein paar Münzen aus seiner Tasche und trat an den Getränkeautomaten. „Möchten Sie etwas trinken, Mr Lapp?"

Ihre Stimmen waren bald nicht mehr zu hören, als Hannah auf den Gang hinaustrat. Weiter unten auf dem Gang sah sie Paul, der vor einer Zimmertür stand und auf sie wartete. Als sie näher kam, legte er die Hand auf den Türgriff, als wollte er sie öffnen, aber dann blieb er noch einmal stehen. „Hannah, trotz aller Probleme, die du dadurch hast, sind Luke und Mary sehr dankbar, dass du gekommen bist.“

Sie verstand, was er damit sagen wollte. Er wollte ihr versichern, dass die Schwierigkeiten, die sie vielleicht mit Martin bekommen könnte, es seien, weil Luke und Mary ihr dankbar waren. Aber Martin war nicht so, wie Paul dachte. Er hatte Tiefgang und war ein wunderbarer Mensch, aber wenn sie ihn jetzt verteidigte, würde Paul ihr sowieso nicht glauben.

Ohne ihm eine Antwort zu geben, machte sie die Tür auf. Mary saß im Bett, hatte ihre Gebetshaube auf dem Kopf und hielt einen winzigen Säugling auf den Armen. Sie lächelte und strahlte eine so große Freude aus, dass Hannah davon angesteckt und gestärkt wurde.

Luke trat zu ihr und umarmte Hannah so fest, dass sie kaum Luft bekam. „Wie kann ich dir nur danken?“

Sie hielt ihn fest. „Oh, da fällt mir bestimmt etwas ein, und dann komme ich in den nächsten Jahren regelmäßig darauf zu sprechen.“

Luke schmunzelte. „Tu das.“

„Schaut.“ Marys heisere Stimme war kaum zu erkennen. Sie zupfte an den Decken, die das winzige Bündel in ihren Armen einhüllten.

Hannah trat auf eine Seite des Bettes und Paul auf die andere und jeder betrachtete das kleine Bündel in Marys Armen. Sie hielt Hannah ihre Tochter hin, die in diesem Moment zu weinen anfing.

Hannah nahm den weinenden Säugling entgegen. „Sch-sch, meine Kleine, alles ist gut.“ Sie wiegte sie vorsichtig und redete beschwichtigend auf ihre kleine Nichte ein. Das Neugeborene wurde wieder ruhig.

Luke sagte mit stolz geschwellter Brust: „Wir haben überlegt, sie Hannah zu nennen.“

Hannah erstarrte. „Was? Nein. Ihr könnt nicht …“

„Aber wir haben uns entschieden, sie nach jemandem zu nennen, der leichter zu erziehen ist als du“, grinste Mary.

„Als ich?“, erwiderte Hannah grinsend. „Und was ist mit dir?“

Mary kicherte, hielt sich aber schnell den Bauch und stöhnte. „Oh, bring mich nicht zum Lachen. Das tut weh.“

Luke trat neben Hannah und legte seinen Finger in die Hand seiner Tochter. „Wir werden unser Bestes geben, um sie gut zu erziehen, aber was einmal aus ihr wird, das wollen wir Gott überlassen. Wir haben ihr den Namen Amanda gegeben. Das bedeutet ‚liebenswert'."

„Perfekt", flüsterte Hannah und bestaunte das kleine Mädchen in ihrem Arm. Ein tiefer Schmerz regte sich in ihr wegen der Babys, die sie nie haben würde, und auch wegen der vielen Festtage und Geburtstage ihrer Nichten und Neffen, die sie ihr Leben lang verpassen würde. Mary und sie bewunderten das Baby eine ganze Weile, bevor sie um das Bett herumging und den winzigen Säugling vorsichtig in Pauls Arme legte.

Paul hielt das Mädchen, als hätte er schon oft Neugeborene gehalten. Seine Schwester hatte Kinder und bestimmt hatten auch viele andere Verwandte und Freunde Babys. Sein großer, muskulöser Körper wirkte neben dem winzigen Kind riesig.

Sie drehte sich zu Luke herum. „Ich würde dir und Mary gern Martin vorstellen."

Das Neugeborene wurde wieder unruhig und Paul gab es seiner Mutter zurück.

Luke schaute Paul an, bevor er nickte. „Klar, geh und hole ihn."

Als sie auf den Gang hinaustrat, sah sie Martin, der in einiger Entfernung an einer Wand lehnte. Sie winkte ihn zu sich. Als er direkt vor ihr stand, blieb sie ruhig stehen und schaute ihm in die Augen. „Wegen Paul vorhin, ich hätte vorsichtiger sein und besser aufpassen sollen. Es tut mir wirklich leid."

Er streichelte mit den Fingern ihren Arm, ließ aber dann seine Hand sinken.

Was hatte sie ihnen beiden nur angetan?

Martin seufzte. „Ich weiß." Anders als bei früheren Meinungsverschiedenheiten bekam sie dieses Mal kein verständnisvolles Lächeln und keinen Kuss auf die Stirn. „Können wir jetzt von hier verschwinden?"

„Bald. Ich will dir vorher Luke und Mary vorstellen." Sie hakte sich bei ihm unter und küsste ihn auf die Wange. Er blieb unbeweglich stehen und schaute sie nur an. Dann drehte er langsam ihre Hand mit der Handfläche nach oben und legte seinen Finger in die

Mitte, um ihr zu sagen, dass sein Herz ihr gehörte. Sie schloss die Hand um seinen Finger und erwiderte seine stumme Botschaft. Sie wollte nicht, dass sein Herz irgendwo anders war.

Schließlich holte er tief Luft und sie sah den Anflug eines Lächelns auf seinen Lippen.

Hannah hielt seine Hand, als sie in Marys Zimmer gingen. „Sie haben das Baby Amanda genannt. Die Kleine ist einfach süß."

Kapitel 31

Hinter der verschlossenen Tür von Dr. Lehmans Büro sprang Hannah aufgeregt auf und schritt nervös hin und her. „Ich will das nicht wissen."

Dr. Lehman drückte seine Fingerspitzen zusammen. „Das ist nicht die Reaktion, die ich erwartet hatte."

„Als ich damals aus dem Koma erwachte, haben Sie mir gesagt, dass ich keine Kinder bekommen könne."

„Nein, ich sagte, es sei unwahrscheinlich, und ich hatte keine Ahnung, dass Sie dachten, ‚unwahrscheinlich' bedeute ‚unmöglich'. Aber wenn ich bedenke, wie jung und verwirrt Sie damals waren, hätte ich es wahrscheinlich inzwischen längst genauer erklären sollen." Er klopfte mit dem Finger auf die neueste Ausgabe einer medizinischen Zeitschrift, die aufgeschlagen vor ihm lag. „Hier drinnen steht ein Artikel, in dem es heißt, dass Frauen in Ihrer Situation und in Ihrem Alter nach ein paar Jahren ohne medizinischen Eingriff wieder schwanger wurden."

„Warum erzählen Sie mir das ausgerechnet jetzt?"

„Weil ich dachte, Sie würden sich freuen, das zu hören, und wenn nicht, dann müssen Sie es doch erst recht wissen, oder?"

Seine Argumentation klang logisch, aber diese Information würde die Situation zwischen ihr und Martin nur noch komplizierter machen. Sie sank auf einen Stuhl.

Dr. Lehman stützte die Ellbogen auf seinen Schreibtisch. „Wollen Sie darüber sprechen, warum Sie so reagieren?"

Hannah schüttelte den Kopf und wünschte, diese Neuigkeit würde Leben und Liebe und Freude bedeuten. Stattdessen bedeutete sie Verwirrung und … wahrscheinlich Diskussionen und Kompromisse.

„Hannah, ich habe wirklich gedacht, diese Neuigkeit würde Ihnen Mut machen."

„Ja, das sollte man meinen." Sie fuhr sich mit den Fingern über die Stirn. „Martin hat mich gebeten, ihn zu heiraten, und er will keine Kinder. Ich werde einwilligen müssen zu verhüten, wenn es so weit ist. Wissen Sie, wie schwer das für jemanden ist, der amisch aufgewachsen ist?"

„Als Arzt, der viele amische Babys zur Welt gebracht hat, kann ich mir ein gutes Bild davon machen. Bei den meisten Amisch überschreitet das eine moralische Grenze, und obwohl die Amisch so praktisch veranlagte Menschen sind, überwiegt ihre Liebe zur Familie alles andere."

„Ach hätten Sie mir das doch gar nicht erst gesagt!" Sie schaute ihn an.

Er klappte die Zeitschrift zu. „Das sehe ich. Wollen Sie einen Spaziergang machen oder so etwas?"

Sie wollte bei Martin sein und hoffte, er könnte etwas Weises sagen, das diese Nachricht für sie beide erträglich machte. Er hatte wie in jedem Jahr vor Thanksgiving eine Feier in seinem Haus, wo sie viel Musik spielten und den Tag genossen.

Hannah warf einen Blick auf ihre Armbanduhr. „Wie lange wird es noch dauern, bis Elsie entbindet?"

„Es ist ihr erstes Kind, da dauert es bestimmt noch eine Weile. Ich schätze, mindestens fünf Stunden."

„Kann ich zu Martin fahren und Sie rufen mich rechtzeitig an, bevor das Kind kommt?"

„Sie haben Elsie schon betreut und ihre Fragen beantwortet, als sie noch nicht einmal verheiratet war. Wenn Sie nicht hier sind, wird sie bestimmt nervös."

„Ich weiß. Ich bin rechtzeitig zurück." Sie musste diese Information verarbeiten und mit Martin zu sprechen half immer.

„Seien Sie in zwei Stunden wieder da."

In Hannahs Kopf drehte sich alles, als sie zu Martin fuhr und sich fragte, wie sie es ihm schonend beibringen sollte. Er würde ihr wahrscheinlich erklären, dass sie sich keine Sorgen machen solle. Er könnte sich sterilisieren lassen oder sie einen kleinen Eingriff am Eileiter vornehmen lassen. Unfruchtbar zu sein war eine Sache, aber eine Schwangerschaft aktiv zu verhindern, das war eine Frage, die sie noch nicht geklärt hatte. Empfängnisverhütung widersprach ihren tiefsten Überzeugungen. Und wenn die Möglichkeit einer Schwangerschaft bestand, musste sie jahrzehntelang Verhütungsmittel nehmen, nicht nur ein paar Jahre.

Schließlich entschied sie sich, lieber bis nach ihrem Hawaiiurlaub zu warten und ihm dann erst zu erklären, was sie soeben erfahren hatte. Bald darauf stand sie am Straßenrand vor Martins Haus. Mit einem Blick auf das Grundstück fragte sie sich, wie viele Gäste er wohl dieses Jahr zu seiner Feier eingeladen hatte. Die ganze Auffahrt stand mit Autos voll und sie konnte es sich nicht leisten, zugeparkt zu werden.

Als sie die Vordertür öffnete, hörte sie Martin mit der Band singen. Eine Weihnachtsbeleuchtung schmückte die Türrahmen, wand sich die Treppe hinauf und umrahmte die Fenster. Unbekannte Stimmen waren überall zu hören und lautes Lachen drang aus dem Wohnzimmer. Hannah schlüpfte aus ihrem Mantel und hängte ihn in den Garderobenschrank. Sie sprach mit einigen Leuten, die sie kannte, während sie nach oben ging, um nach Lissa und Kevin zu schauen. Die Kinder waren mit anderen Kindern zusammen. Sie blickten kaum von ihren Videospielen auf. Sie schaute lieber nicht nach, was für ein Spiel sie gerade spielten. Sie vertrat den Standpunkt, ihnen nur Filme und Spiele zu erlauben, die für ihr Alter bestimmt waren. Und eigentlich genügte es, wenn sie diese Spiele einmal pro Woche spielten, aber sie wollte sich bei Martins Entscheidungen in diesen Dingen nicht einmischen.

Zufrieden, dass alles ruhig lief, wenn auch nicht ganz nach ihren Wünschen, ging Hannah in die Küche, um Laura zu suchen. Sie war gerade dabei, eine Platte mit Essen neu zu belegen. „Hallo, Sie sind schon wieder da? Wie war es?“

Hannah steckte sich eine Traube in den Mund. „Eine junge Frau, die ich schon lange betreue, bekommt ihr erstes Kind.“

Laura warf einen leeren Plastikteller in den Mülleimer. „Bleiben Sie nicht normalerweise, wenn Sie Bereitschaftsdienst haben oder jemand Wehen hat?“

In ihr regte sich das bekannte Gefühl, zwischen ihren vielen Welten hin und her gerissen zu sein, aber sie wollte sich das nicht anmerken lassen. „Ja, aber Martin hat vergessen, dass ich Bereitschaftsdienst habe, und ich wollte nicht den ganzen Abend fort sein.“ Die

Musik verstummte. „Es klingt, als machten sie gerade eine Pause. Ich gehe rüber, damit er weiß, dass ich hier bin.“ Hannah bahnte sich einen Weg durch die vielen Menschen, von denen sie kaum jemanden kannte. Schließlich war sie bei Martin. „Hallo.“

Er lächelte. „Oh, hallo. Schön, dich hier zu sehen.“

„Äh, ja, es ist wirklich schön hier.“

Er hielt entschuldigend die Hände hoch. „Das hat Laura gemacht. Sie hat den Weihnachtsschmuck aufgehängt, bevor alle heute kamen.“ Er legte seine Hand auf ihren Rücken und führte sie zur Küche. „Aber es sieht gut aus.“

Hannah bemerkte eine zierliche Frau mit schulterlangen, blonden Haaren, die sie und Martin beobachtete. Die Frau trat vor. Sie trug glänzende Schuhe mit hohen Absätzen, einen figurbetonten, knielangen Rock und einen dazu passenden Kaschmirpullover. Es war die Kleidung, die Martin gern an Hannah sehen würde, unaufdringlich und doch reizvoll. Aber nach amischen Maßstäben war diese Kleidung zu aufreizend und sie konnte sich nicht vorstellen, dass sie so etwas regelmäßig trug. Es fiel ihr schon schwer genug, sich zu besonderen Anlässen elegant zu kleiden, obwohl sie kein Problem damit hatte, etwas Gewagtes anzuziehen, wenn sie nach der Hochzeit mit Martin allein wäre und die Kinder schliefen.

Martin blieb stehen und deutete zu der blonden Frau. „Hannah, ich möchte dir gern Amy Clarke vorstellen. Amy, das ist Hannah Lawson.“

Hannah reichte ihr die Hand. „Hallo, Amy. Schön, Sie endlich kennenzulernen. Sie haben ein Landschaftsarchitekturbüro im selben Gebäude, in dem Martin arbeitet, nicht wahr?“

„Ja, ursprünglich gehörte es meiner Mutter, aber nachdem ich mit dem Studium fertig war, hat sie mir alles gezeigt und ist dann früh in Rente gegangen. Martin und ich arbeiten schon seit vielen Jahren zusammen.“ Sie legte den Kopf schief und schaute Martin mit unübersehbarer Bewunderung an. „Ich war gespannt darauf, Sie kennenzulernen. Seit Sie hier sind, ist er leichter zu überzeugen, wenn er sich irrt, und seitdem arbeitet er auch nicht mehr so viel.“

„Lobe sie nicht zu sehr, Amy. Sie ist dafür bekannt, dass sie auch meine schlimmsten Seiten zum Vorschein bringen kann.“

Amy lächelte. „Und, Hannah, zählen Sie die Tage bis zum Urlaub?“

Martin fuhr mit der Hand über Hannahs Rücken. „Sie macht am Freitag, bevor wir nach Hawaii fliegen, ihre Abschlussprüfung. Sie kann gar nicht anders, als die Tage zu zählen."

Amy lachte.

Martin wollte gerade noch etwas sagen, als das Handy in Hannahs Tasche laut klingelte.

Sie zog es heraus. „Entschuldigung."

Martin verdrehte die Augen. „So viel dazu, dass sie meine schlimmsten Seiten zum Vorschein bringen kann."

Sie lächelte ihn an, bevor sie den Anruf entgegennahm. Sie hörte aufmerksam zu, als Dr. Lehmans Sekretärin ihr sagte, sie solle sofort kommen. Sie versprach, so schnell wie möglich in der Klinik zu sein, und beendete dann das Gespräch. „Es tut mir leid. Ich muss weg."

Martin seufzte. „Natürlich musst du weg, denn ohne Bezahlung zu arbeiten und damit unser Leben durcheinanderzubringen, passt genau zu deiner altruistischen Ader, die immer zuerst an andere denkt."

Seine Worte beschämten sie zutiefst. Wenn es seine Absicht gewesen war, sie dafür büßen zu lassen, dass sie heute arbeitete, hatte er sein Ziel erreicht.

„Amy, es war schön, Sie kennenzulernen, aber ich glaube, Martin hat recht: Ich habe gerade seine schlimmste Seite zum Vorschein gebracht. Wenn Sie uns bitte eine Minute entschuldigen würden."

Sie nahm Martin an der Hand. Sie blieben kurz am Garderobenschrank stehen, wo sie ihren Mantel herausholte, bevor sie durch die vordere Tür ins Freie traten. Sie schloss die Tür hinter ihnen. Ihre Wangen waren rot vor Ärger. „Ich bin nicht diejenige, die vergessen hat, dass ich Bereitschaftsdienst habe. Es ist nur logisch, dass ich an diesem Wochenende arbeite, wenn ich über Weihnachten freihabe. Und wenn du mir etwas von deinen *extravaganten* Plänen für heute erzählt hättest, hätte ich dich an meine Termine erinnert." Sie schlüpfte unwirsch in ihren Mantel.

„Du sagst das Wort ‚extravagant', als wäre diese Party etwas, das man über sich ergehen lassen müsste." Er steckte die Hände in seine Hosentaschen. „Weißt du, es wäre wirklich nett, wenn du wenigstens ein einziges Mal das, was ich mache, nicht nur über dich ergehen lassen würdest. Wenigstens ein einziges Mal, Hannah."

„Könntest du dir dann vielleicht abgewöhnen, zuerst alles genau zu planen und es mir erst hinterher zu sagen?"

Martin antwortete nicht und sie hasste es, dass sie in letzter Zeit so viele Kommunikationsprobleme hatten. Früher hatten sie alles miteinander geteilt, und als sie miteinander ausgingen ... nun gut, sie hatten gestritten und hätten fast Schluss gemacht, noch bevor sie das erste Mal miteinander ausgingen, aber dann hatten sie über alles gesprochen, und sie hatte erkannt, wer er wirklich war. Sie waren sich an jenem Abend nähergekommen. Das fehlte ihnen jetzt: Sie mussten miteinander reden, wie früher.

Sie zwang sich zu einem Lächeln und litt unter den Dingen, die ihre Beziehung belasteten. Seit dem Abend vor drei Wochen, an dem er mit ihr zum Krankenhaus gefahren war und gesehen hatte, dass sie Paul gegenüber mehr als nur höflich gewesen war, waren die Spannungen zwischen ihnen gewachsen. Sie hatte einen Fehler gemacht, aber sie wollte sich nicht geschlagen geben. Sie würde damit genauso fertig werden wie mit der Information, die sie heute von Dr. Lehman erfahren hatte, aber jetzt war nicht der richtige Zeitpunkt, um mit Martin darüber zu sprechen.

Er küsste sie auf die Stirn. „Okay, wir haben Probleme und brauchen eine Lösung. Du hast recht. Es ist nicht richtig von mir, Entscheidungen zu treffen und es dir erst hinterher zu sagen. Das ist eine Angewohnheit, die ich ablegen muss, weil ich jetzt nicht mehr allein lebe. Aber wenn ich nicht gedrängt hätte, würdest du immer noch in dieser Blockhütte leben und den Lebensstil der modernen Welt um dich herum meiden. Wirst du je bereit sein, das schlichte Leben abzulegen und das zu genießen, was direkt vor dir liegt?" Er küsste sie auf die Wange. „Komm schon, Schatz, entscheide dich für uns."

Hannah legte die Arme um ihn und erinnerte sich an seinen ersten Kuss. Mit einem einzigen Kuss hatte er ihre Einsamkeit vertrieben, eine Isolation, die kälter gewesen war als der Nordpol. Sie liebte ihn mehr, als ihm wahrscheinlich bewusst war, aber waren der neueste Kinofilm, eine große Party, ein aufregendes Computerspiel oder ein extravaganter Urlaub wirklich so wichtig?

Sie küsste ihn auf die Wange und trat dann zurück. „Ich muss jetzt wirklich los. Ich hätte schon vor einer Viertelstunde fahren sollen.

Können wir später weitersprechen?“ Sie wartete nicht auf einen weiteren Kuss, sondern eilte die Stufen hinab. „Tschüss.“

„Fahr vorsichtig.“ Er wartete, bis sie hinter das Lenkrad gerutscht war, und winkte. Dann ging er ins Haus.

Kapitel 32

Paul war so ruhelos, dass er es nicht mehr aushalten konnte, als er hinter dem Haus seiner Eltern stand und Holz spaltete. Der Tag vor Thanksgiving war immer sehr schwer für ihn. Der Himmel war mit tief hängenden, grauen Wolken bedeckt, die genau zu seiner Stimmung passten. Egal, wie sehr das Leben Hannah und ihn voneinander getrennt hatte, jedes Jahr hatten sie diesen Tag vom Morgen bis zum Abend miteinander verbracht. An diesem Tag hatten sie nicht viel arbeiten müssen und viel Zeit gehabt, um sich zu unterhalten und Brettspiele zu spielen, während sie bei Großmutter für Thanksgiving gebacken hatten.

Da *Better Path* über die Feiertage geschlossen war und er eine Ablenkung brauchte, war er nach Maryland gekommen, um Zeit mit seiner Familie zu verbringen. Das half auch nicht. Er schnappte sich ein fünfzig Zentimeter langes, ungespaltenes Holzstück, nahm die Axt, rammte sie in das Holz und spaltete es von oben bis unten. Anscheinend gab es nichts, das ihn von Hannah ablenken konnte. Nirgends.

Pausenlos hackte er, warf das gehackte Holz zur Seite und nahm das nächste Stück. Als sie das erste Mal nach Owl's Perch zurückgekommen war und er gedacht hatte, sie sei verheiratet, hatte er sich eingeredet, er hätte nur auf sie gewartet, weil er Schuldgefühle gehabt hatte. Aber schon nach wenigen Tagen, die er mit ihr verbracht hatte, war er erneut von ihr fasziniert gewesen. Jetzt zog ihn alles an Hannah zu ihr hin und er fühlte sich furchtbar unausgeglichen. Nachdem sie alles geklärt hatten, was zwischen ihnen gestanden hatte, gab es nur noch eines, das sie voneinander fernhielt: Sie war in einen anderen Mann verliebt.

Er schleuderte das nächste gespaltene Holzscheit auf den immer höher werdenden Haufen und musste unwillkürlich an Dorcas denken. Er hatte ihr gegenüber Schuldgefühle. Es war nicht nur so, dass er sich jedes Mal, wenn er Hannah sah, stärker in sie verliebte. Gleichzeitig nahm seine Toleranz gegenüber Dorcas immer weiter ab. In seinem Bemühen, offen und ehrlich zu ihr zu sein, hatte er ihr erzählt, dass Hannah nicht verheiratet war, und als Reaktion darauf hatte sich Dorcas' Gesundheitszustand deutlich verschlechtert.

Als er das nächste Holzstück mit der Axt in zwei Teile zerlegte, löste das den Sturm, der in ihm brodelte, nicht im Geringsten. Er wollte Dorcas sagen, dass er auf keinen Fall enger mit ihr befreundet sein könne. Niemals. Um ihrer beider willen wünschte er, er würde sich wenigstens zu ihr hingezogen fühlen. Nach zweieinhalb Jahren war er beinahe so weit gewesen, ein paar Gefühle für sie zu entwickeln, aber das war, bevor Hannah in sein Leben zurückgekehrt war. Aufgrund ihres Gesundheitszustands wagte er es aber nicht, Dorcas zu sagen, was er wirklich fühlte, und so wartete sie weiter und hoffte immer noch auf eine echte Beziehung zu ihm.

„Paul?", rief seine Schwester.

Als er aufblickte, stellte er überrascht fest, dass Carol ihn perplex anschaute.

Sie stapfte über den Hof und wickelte ihren schwarzen Wollmantel enger um sich. „Du hast nicht einmal etwas Langärmeliges an."

„Mir ist warm genug."

„Nur weil du seit Stunden wie ein Wilder hier draußen arbeitest. Was ist los mit dir?"

„Nichts."

Sie rührte sich nicht vom Fleck.

Paul deutete zum Haus. „Ein wenig Abstand wäre wirklich nett, okay?"

Sie schüttelte den Kopf. „Ich verstehe dich nicht. Dorcas hat endlich eine Diagnose. Lyme-Borreliose ist nicht leicht zu heilen, aber sie wird nicht sterben und hat gute Chancen, irgendwann wieder ganz gesund zu werden."

Schuldgefühle quälten ihn. „Wie fühlt sie sich heute?"

„Sie ist im Haus. Sie ist vor ungefähr einer Stunde gekommen. Komm doch rein und setzt dich ein wenig zu ihr."

Er schüttelte den Kopf. „Jetzt nicht."

Carol verschränkte die Arme fest vor ihrer Brust. „Sie ist erleichtert, dass die Krankheit nicht tödlich ist. Gleichzeitig hat sie Angst vor der Therapie und ist verunsichert, weil sie nicht weiß, was die Krankheit in ihrem Körper schon angerichtet hat."

Er nahm ein ungespaltenes Holzstück zur Hand. „Ich komme später rein und rede mit ihr." Wenn Dorcas sich heute besser fühlen würde, würde sie rauskommen, um bei ihm zu sein. Trotz des unerfreulichen Grundes war er für den Freiraum dankbar. Es war nicht ihre Schuld, dass er sich auch an den besten Tagen, die sie miteinander verbrachten, kaum zu ihr hingezogen fühlte.

„Wenn ich errate, was dich quält, nickst du dann?"

Er schwang die Axt, bohrte die scharfe Seite in das Holz und spaltete es teilweise. „Lass mich bitte in Ruhe, Carol. Geh einfach ins Haus und tu so, als wäre alles gut. Das machen du, Mom und Dad doch seit Jahren."

Carol schaute zu Boden. „Ja, das haben wir jahrelang gemacht, aber es hat an der Realität nichts geändert und ich bin bereit, das auch zuzugeben." Sie hob den Blick und schaute ihn an. „Sag mir, was ich tun soll."

Paul legte die Axt beiseite. „Es ist zu spät. Es gibt nichts, was man tun könnte. Daran hat sich seit der Nacht, in der ich Hannah im Stich gelassen habe, nichts geändert."

„Ach, Paul." Sie setzte sich auf den Baumstamm, den er als Hackklotz benutzt hatte. „Das ist es, was dich so quält? Bist du nach diesen ganzen Jahren immer noch in sie verliebt?"

Als er die Aufrichtigkeit in ihrer Stimme hörte, spürte er, wie seine Ruhelosigkeit ein wenig nachließ. „Das klingt verrückt, ich weiß."

„Dorcas hat gesagt, dass Hannah in letzter Zeit öfter in Owl's Perch war und dass sie nicht verheiratet ist. Was soll jetzt werden?"

„Nichts. Sie ist in einen anderen verliebt. Der Mann hat eine kleine Nichte und einen Neffen, die sie zusammen großziehen. Das Leben geht weiter."

„Paul, vielleicht ist es so …"

„Nein." Er deutete mit dem Finger auf sie. „Sag jetzt nicht, dass es so vielleicht besser für mich ist. Das ist nicht wahr, und wenn du sie kennen würdest, wüsstest du das auch."

Sie schüttelte den Kopf. „Ich kann nicht glauben, dass das in unserer Familie ein zweites Mal passiert. Zuerst bleibt Onkel Samuel wegen eines Mädchens sein ganzes Leben lang unverheiratet und jetzt du. Warum musst du ausgerechnet ein Mädchen lieben, das für dich unerreichbar ist?“

„Hannah war für mich nicht unerreichbar und ich war nicht unerreichbar für sie. Es gab Dinge in unseren Familien, die wir aus dem Weg räumen mussten, und das hätten wir geschafft, wenn nur …“

Wenn nur.

Wenn er ihr nur jedes Mal in seinem Auto nach Hause gefolgt wäre, wäre sie nie überfallen worden. Wenn er ihr in jener Nacht nur zugehört hätte, wäre sie nie ohne ihn aus Owl's Perch weggegangen. Wenn er nur einen Anruf von ihr bekommen hätte, hätte er alles stehen und liegen gelassen und wäre zu ihr gefahren. Wenn nur … wenn sie nur nicht in einen anderen Mann verliebt wäre.

Es war so viel, dass er dachte, er müsste jeden Augenblick platzen.

Carol berührte seine Schulter. „Es tut mir leid. Es tut mir leid, dass ich ihretwegen mit dir gestritten habe. Es tut mir leid, dass Dorcas krank ist und du nicht frei bist, um dir ein Mädchen zu suchen, das besser zu dir passt.“

Das Mitgefühl seiner Schwester überraschte ihn.

Er beschloss, ihr einige persönlichere Gedanken anzuvertrauen. „Ich bin am Überlegen, ob ich im kommenden Sommer ehrenamtlich für unser Missionswerk arbeiten soll, vielleicht sogar im Ausland. Ich muss aber vorher die Sache mit Dorcas klären.“

„Vielleicht lernst du durch die Missionsgesellschaft und diese Arbeit jemanden kennen, obwohl niemand sagen kann, ob Dorcas es verkraftet, wenn du weggehst.“

Er nickte. „Ich weiß, aber es ist auch falsch, es ihr nicht zu sagen.“

Sie seufzte. „Es ist meine Schuld, dass Dorcas die ganze Zeit in unsere Familie eingeladen wird. Dadurch, dass sie die Tochter von Moms bester Freundin ist, haben wir euch zwei zusammenbringen wollen. Ich war mir so sicher, du würdest sie mögen, wenn du nur etwas Zeit mit ihr verbringen würdest. Mir war dabei jedoch nie bewusst, dass das in tausend Jahren nicht geschehen würde.“

„Ich will nicht mein ganzes Leben dem nachtrauern, was mit Hannah hätte sein können. Es ist nur so, dass ich nicht davon überzeugt bin, dass Martin ...“ Er schüttelte den Kopf und behielt es lieber für sich, dass er Bedenken hatte, ob Martin wirklich der beste Mann für Hannah war. Seine kurze Begegnung mit diesem Mann hatte sein Vertrauen in Martin Palmer nicht gerade gefördert. „Wie dem auch sei, wenn es Dorcas besser geht, erzähle ich ihr von meinen Plänen, und dann werde ich ... dann werde ich mein Leben ändern."

Das war das Einzige, das einen Sinn ergab. Als sein Handy klingelte, fuhr seine Schwester erschrocken zusammen.

„Entschuldige." Er wischte sich die Hände ab. „Ich habe mir angewöhnt, immer ein Klinikhandy bei mir zu haben ..." Seit dem Abend, als Hannah so viele Nummern probieren musste, bis sie ihn endlich erreicht hatte.

„Hallo?"

„Hör zu, ich bin auf dem Weg zurück zu dir."

Eine Gänsehaut legte sich über seinen Körper, als Hannah diese Worte sagte.

Sie holte Luft. „Ich wurde bei Martin länger aufgehalten und jetzt stecke ich im Verkehr fest. Es ist ein endloses, heilloses Durcheinander, aus dem ich irgendwie herauskommen muss, bevor ich weiterfahren kann, aber ich bin unterwegs. Sagt Elsie, dass ich auf jeden Fall zu ihr komme, auch wenn sie ihr Baby bekommt, bevor ich bei ihr bin. In welchen Abständen kommen ihre Wehen inzwischen?"

„Hannah?" Er wusste, wer sie war, und konnte selbst nicht sagen, warum er ihren Namen wie eine Frage formulierte.

Am anderen Ende wurde es ganz still. „Paul?" Sie lachte, ein warmes, schönes, herzhaftes Lachen, ein Lachen, das ihn in seinen Träumen verfolgte und ihn mit der starken Sehnsucht aufwachen ließ, sie in den Armen zu halten. „Du hast keine Wehen, oder?"

„Ich habe heute schon einige Meter Holz gehackt. Da tut einem einiges weh."

„Aber ich nehme nicht jedes Holzstück, bade es und wickle es in eine Decke. Das kannst du mir glauben, Seppel."

„Seppel?", lachte er.

„Das ist ein Wort."

Ihm wurde bewusst, dass sie ‚das ist ein Wort' ganz oft zueinander gesagt hatten, wenn sie im Laufe der Jahre bei zahlreichen Gelegenheiten Scrabble gespielt hatten, und er sehnte sich erneut nach der Freundschaft, die sie früher gehabt hatten. Er beschloss, dieses Gespräch so lange wie möglich hinauszuziehen, genauso wie er diese

Brettspiele, die sie miteinander gespielt hatten, immer hinausgezögert hatte. „Ja, aber es gibt dafür keine Punkte, da es ein Name ist."

„Egal. Dir würde sowieso irgendetwas einfallen, wie du mir alle Punkte, die mir zustehen, abziehen kannst."

Sie hatte ihm geantwortet, ohne zu zögern, als wären die Erinnerungen an ihre gemeinsame Zeit auch für sie ganz wach. Oder bildete er sich das nur ein? „Ich habe nie betrogen."

„Ach, aber hast du fair gespielt?"

Der kalte Wind wehte durch sein kurzärmeliges Hemd und er spürte zum ersten Mal an diesem Tag, wie kalt es war. „Definiere ‚fair'."

„Ich vergesse doch immer wieder, wie gut du in Wortspielen bist", schalt sie ihn lachend. „Diese Runde geht an dich. Ich habe nur vier Nummern in meinem Handy eingespeichert und ich habe nur halb hingeschaut, als ich Dr. Lehmans Nummer wählen wollte."

Mit der Wucht und Geschwindigkeit der Niagarafälle stürmten starke Gefühle auf ihn ein, als er sich auf den Holzklotz setzte, auf dem vorher Carol gesessen hatte. „Wo hast du nur halb hingeschaut: auf das Handy oder beim Fahren auf die Straße?"

„Ja." Sie machte eine kurze Pause. „Ich passe genau in die Verkehrsstatistik: Junge Frau am Steuer, die beim Fahren telefoniert. Aber ich war an dem Unfall unschuldig."

„Sagt das Mädchen, das im Auto wie wild telefoniert und sich dabei halb kaputtlacht."

Sie brach wieder in schallendes Gelächter aus. „Halt den Mund, Waddell."

„Du klingst so, als störe es dich nicht im Geringsten, zu einer englischen Verkehrsstatistik zu gehören."

„Es gibt Dinge am Leben der Englischen, die mir gefallen."

Da er mehr Zeit herausschinden wollte, forderte Paul sie auf: „Welche Dinge? Zähle sie auf. Alle."

Seine Schwester hielt ihm eine Jacke hin, die sie offenbar aus dem Haus geholt hatte. Während sie sie so ausbreitete, dass er einen Arm hineinstecken konnte, bedachte sie ihn mit einem besorgten Lächeln. Er nahm das Telefon in die andere Hand und zog die Jacke ganz an.

„Danke", formte er tonlos mit den Lippen. „Halloooo?", rief er ins Telefon.

„Paul?"

Sein Name klang abgehackt und er wusste, dass sie die Verbindung verloren. Dann wurde es ganz still in der Leitung. Er klappte das Telefon zu und ging im Hof auf und ab. Seine Gedanken stürmten schneller auf ihn ein, als er sie verarbeiten konnte. *Hör zu, ich bin auf dem Weg zurück zu dir.*

Carol legte den Kopf schief. „Sie hat dich angerufen?"

„Versehentlich. Sie wollte Dr. Lehman in der Entbindungsklinik, in der sie arbeitet, erreichen."

„Aber du hast sofort ein wirklich freundschaftliches Gespräch mit ihr begonnen", seufzte Carol und wusste nicht, wie sie das, was hier passierte, einordnen sollte. „Wie willst du je dein Leben neu ausrichten, wenn du ständig Kontakt zu ihr hast?"

„So viel dazu, dass du mich unterstützen wolltest."

„Ich will doch nur nicht, dass du wieder eine Bruchlandung erlebst, okay?"

Sein Handy klingelte erneut. Er klappte es schnell auf, nahm sich aber eine Sekunde Zeit, um einen Blick auf die Nummer des Anrufers zu werfen. Hannahs Name war in dieses Handy nicht eingespeichert, aber er kannte ihre Nummer auswendig. „Wir haben die Verbindung verloren."

„Alliance ist ziemlich hügelig. Außerdem liegen die Allegheny Mountains zwischen uns."

Die Berge waren nicht das Einzige, was zwischen ihnen lag, aber darüber wollte er im Moment nicht nachdenken. Trotz des quälenden Gefühls, dass er sich auf etwas einließ, das mehr eine Affäre als eine Freundschaft war, wollte er mehr. „Also, kannst du mir jetzt diese Liste aufzählen?"

Er hatte nicht die Absicht, sie zu fragen, warum sie ihn noch einmal angerufen hatte, oder das Gespräch in eine Richtung zu lenken, die sie zurückschrecken könnte. Heute war ihr gemeinsamer Tag, der Tag vor Thanksgiving, und sie hatte ihn angerufen, wenn auch versehentlich, aber trotzdem war sein Löwenherz am anderen Ende der Leitung.

„Paul, ich hatte beim ersten Mal nicht die Absicht, dich anzurufen, und ich … ich habe zurückgerufen, weil … na ja, weil es wichtig ist, etwas ordentlich zu Ende zu führen, aber ich sollte dich jetzt in Ruhe lassen."

Etwas ordentlich zu Ende führen?

Wenn sie diese Einstellung vor ein paar Jahren gehabt hätte, würden sie jetzt nicht in diesem Dilemma stecken. „Komm schon, Hannah. Wie gut kann deine Beziehung zu Martin sein, wenn sie es nicht verkraftet, dass du zehn Minuten mit mir sprichst?“ Er bereute den Seitenhieb auf ihre Beziehung, als er diese Worte ausgesprochen hatte. „Entschuldige. Das hätte ich nicht sagen sollen.“

„Ist schon okay. Martin hat sich neulich im Krankenhaus wie ein Idiot benommen, aber du kennst ihn nicht. Wir wissen doch beide ganz genau, dass manchmal einfach zu viel zwischen uns läuft. Martin hat das beobachtet und hat die Beherrschung verloren.“ Sie machte eine Pause. „Keine einzige Sekunde unseres Gesprächs ist ihm gegenüber fair.“

So deutlich wie noch nie erfuhr Paul jetzt, wie direkt sie mit ihren Worten geworden war, seit sie in Ohio lebte. Leider würde ihnen ein bisschen weniger Offenheit einen Vorwand geben, so zu tun, als hätten sie nicht so tiefe Gefühle füreinander. Vorzugeben, sie verbände nichts anderes als Freundschaft, wäre keine Bedrohung für Martin. „Vielleicht liege ich falsch, aber ich mache mir keine so großen Sorgen darum, was Martin gegenüber fair ist. Du warst völlig allein und am Ende, als du dort ankamst, und ich kann mir vorstellen, dass er dich nicht mehr losgelassen hat. Seinetwegen kannst du dich nicht einmal ein paar Minuten mit mir einfach nur unterhalten?“

„Paul“, sagte sie leise, als verstehe sie nur zu gut, wie wahr seine Worte waren. „Ich werde nichts tun, das Martin verletzt. Niemals. Wenn er wüsste, dass ich dich versehentlich angerufen habe, macht ihm das nichts aus. Wenn er aber hört, dass ich dich zurückgerufen habe und wir uns über lustige Dinge unterhalten haben, würde das die Beziehung untergraben, die wir zueinander aufgebaut haben. Das werde ich nicht tun. Und wir haben auch noch Kevin und Lissa. Aber …“

„Bitte sprich weiter.“

„Kannst du es verkraften, wenn ich dir etwas ganz ehrlich sage?“

„Noch ehrlicher, als du es jetzt schon bist? Werde ich das überleben?“

Sie ging nicht auf seine scherzhafte Bemerkung ein. Das, was ihr jetzt auf dem Herzen lag, war offenbar noch ernster als das, was sie über Martin gesagt hatte.

„Sprich weiter, Hannah."

„Es gibt etwas, das ich dir schon seit dem Arbeitseinsatz bei Matthew sagen wollte. Ich wusste, dass ich es dir irgendwann sagen müsste, okay?"

„Gut."

„Ich bin nicht sicher, ob Dorcas ... Also, ich finde, du musst vorsichtig sein, du solltest dich fragen, ob du sie wirklich kennst."

„Zwischen Dorcas und mir läuft nichts."

„Du bist nicht mit ihr zusammen, nicht mit ihr verlobt oder so etwas?"

„Nichts."

„Ich bin wirklich froh, das zu hören. Du kannst mir glauben: Wenn du dir etwas aus ihr machen würdest, würde das dein Leben bestimmt nicht leichter machen. Niemals."

Sie klang so sicher, als würde sie Dorcas tatsächlich kennen, und sie schien aufrichtig erleichtert zu sein, dass er keine Beziehung zu ihr hatte. Warum?

„Okay, aber ist das nicht das Gleiche, wie wenn ich mir eine Meinung darüber bilde, wie Martin ist, nachdem ich ihn nur wenige Minuten gesehen habe?"

„Nein, das ist nicht das Gleiche. Martin ist ein wirklich fabelhafter Mann, der manchmal nur ein wenig ungeduldig ist. Dorcas ist ..." Sie räusperte sich. „Ich bin zwar versucht, mehr zu sagen, aber ich habe genug gesagt. Ich muss jetzt aufhören. Genieße Thanksgiving und schummle nicht beim Scrabblespielen."

„Tschüss, Hannah." Paul klappte sein Handy zu, konnte aber nicht verhindern, dass ganze Armeen von Gedanken auf ihn einstürmten.

Ihre Worte hallten unablässig in ihm wider: *Hör zu, ich bin auf dem Weg zurück zu dir.* Er schaute zum Himmel hinauf und wollte gern glauben, dass das, was soeben passiert war, eine Art Botschaft gewesen war und dass er nur fest daran glauben müsste.

Hannah wäre es wert, Jahre auf sie zu warten, wenn er ihre Liebe gewinnen könnte. Aber warum war sie so erleichtert, dass zwischen ihm und Dorcas nichts lief?

Er betrachtete diese Frage von allen Seiten, doch dann tauchte plötzlich ein anderer Gedanke in seinem Kopf auf, drängte sich in den Mittelpunkt, schrie ihm förmlich ins Gesicht und schob alles andere in den Hintergrund. Hatte sie gerade zugegeben, dass sie etwas für ihn empfand und dass Martin das wusste? Eine neue Hoffnung breitete sich wie eine Orkanwelle in ihm aus. Das, was sie für ihn empfand, war so stark, dass Martin es gesehen hatte und deshalb im Krankenhaus auf sie sauer gewesen war? Aber selbst wenn sie sich etwas aus ihm machte, hatte sie trotzdem soeben erklärt, dass sie ihre Chance verspielt hatten und dass sie jetzt mit Martin zusammen war. Die neu aufgeloderte Hoffnung verblasste etwas, aber sie erlosch bei Weitem nicht vollständig.

Zu viele Dinge aus ihrer gemeinsamen Vergangenheit und Gegenwart passten einfach nicht zusammen. Wie hatte Hannah zum Beispiel bei ihrer Rückkehr bestimmte Dinge aus seinem Leben wissen können? Hatte Großmutter ihr das während ihres kurzen Besuchs an dem Tag, an dem Hannah den Platten in Großmutters Auffahrt gehabt hatte, erzählt? Es war nicht Großmutters Art, so offen zu sein. Bei Familienangelegenheiten war sie ziemlich verschwiegen. Aber niemand außerhalb seiner Familie wusste von den Problemen, die er mit seinen Kirchenältesten gehabt hatte, nachdem Hannah vor über zwei Jahren weggegangen war.

Außer Dorcas.

Bei diesem Gedanken zog ein Schauer über seinen Rücken und er sah die Landschaft um sich herum nicht mehr. Die dunkle Achterbahn, auf der seine Gedanken hin und her gerast waren, kam quietschend zum Stehen.

Als Hannah ihn soeben angerufen hatte und die Verbindung unterbrochen wurde, hatte sie ihn zurückgerufen, nur um sich richtig zu verabschieden. Aber als sie für immer aus Owl's Perch weggegangen war, hatte sie nicht angerufen? Sie hatte gesagt, dass sie irgendwann angerufen habe, aber wann?

Sein Argwohn wurde immer größer und verlangte nach Klärung.

Bis zu diesem Moment hatte er gedacht, dass er damit hätte rechnen müssen, bei ihrer Rückkehr nach Owl's Perch mit viel Ärger bedacht zu werden, aber an jenem Tag in Großmutters Auffahrt hatte sie eine sarkastische Bemerkung fallen lassen, wie wenig er sich bemüht habe, mit ihr zu reden. Es hatte so geklungen, als hätte er irgendwann in dieser Zeit Gelegenheiten dazu gehabt, die er nie genutzt hatte.

Aber wie?

Als sie vor über zwei Jahren weggegangen war, hatte sie drei Telefonnummern gehabt, unter denen sie ihn erreichen hätte können: die seiner Großmutter, die seiner Wohnung auf dem Campus und die seiner Eltern. Er wusste jetzt mit absoluter Sicherheit, was er damals schon geahnt hatte: dass Hannah einen tieferen Sinn für Gerechtigkeit besaß. In der Nacht, in der er entdeckt hatte, dass sie hochschwanger war, hatte er sie überstürzt verlassen. Dafür gab sie ihm aber nicht die ganze Schuld.

Nur warum hatte sie ihn dann nicht angerufen?

Paul nahm die Axt und schlug sie in ein Stück Holz. Das Krachen des gespaltenen Holzes hallte in der Stille wider. Er arbeitete weiter und hoffte auf eine Erkenntnis.

Aber vor allem lasse ich mich nicht mehr abwimmeln, besonders nicht, wenn es darum geht, Menschen zu erreichen.

Die Worte, die sie vor wenigen Wochen zu ihm gesagt hatte, schossen ihm durch den Kopf. Sie hatte gesagt, als sie in seiner Wohnung angerufen habe, sei ein Mädchen am Telefon gewesen. Während er weiterarbeitete, fügten sich die Puzzleteile zusammen, und ihm drehte es fast den Magen um. Ein Verdacht stieg in ihm auf und war nicht zurückzuhalten, dabei schoss ihm immer wieder ein Wort durch den Kopf.

Betrug.

Kapitel 33

Mitten in einem Lied sah Martin Lissa zur Tür kommen. Tränen liefen ihr übers Gesicht. Er trat hinter dem Keyboard hervor und sie rannte zu ihm.

Er hob sie hoch. „Was ist passiert?“

„Ich bin hingefallen und die anderen Kinder haben gelacht.“

„Oh, dann tut es doppelt weh, was? Was tut mehr weh, dein Knie oder dass die anderen gelacht haben?“

Lissa wischte sich die Tränen ab und schmiegte sich fest an ihn. „Mein Knie.“

„Dann schauen wir es uns einmal an.“ Er trug sie die Stufen hinunter in die Küche und setzte sie auf die Arbeitsplatte neben dem Kühlschrank. „Ich versuche, dein Hosenbein hochzuschieben, okay?“

Sie nickte und rieb sich die Augen. So müde, wie sie aussah, müsste er Laura wahrscheinlich bitten, sie ins Gartenhaus zu bringen und sie dort schlafen zu legen, bevor die Party zu Ende war. Es gelang ihm, die Cordhose so weit nach oben zu schieben, dass er ihr Knie sehen konnte. „Es ist nur rot. Ich dachte, es wäre vielleicht grün oder hätte orange Punkte.“

Lissa kicherte. Er küsste sie auf den Kopf und nahm dann eine Tüte Erbsen aus dem Gefrierfach. „Damit tut es bald nicht mehr so weh.“ Er schob ihr Hosenbein wieder nach unten und legte den gefrorenen Beutel auf ihr Knie.

„Ich habe dich lieb, Onkel Martin.“

„Du bist okay, Kleine.“ Er zwinkerte. Früher hatte er keine Ahnung gehabt, dass Menschen zu einer solchen Liebe fähig sein konnten, wie er sie für Kevin und Lissa empfand. Auch wenn er in letzter Zeit wegen Hannah oft frustriert war, hatte Amy recht: Sie hatte ihm die Augen und das Herz für diese Kinder und für ein Leben geöffnet, in dem es mehr gab als nur seine Arbeit. Ein schlichtes amisches Mädchen war nötig gewesen, damit er sich selbst in der

Tiefe erkannte und eine Beziehung zu Gott gefunden hatte, die alles an ihm verändert hatte. Aber jetzt gerieten sie sich regelmäßig in die Haare und stritten miteinander. Er konnte Hannah unmöglich sagen, was er wirklich dachte. Er liebte sie, was sehr viel bedeutete, da er nie zuvor verliebt gewesen war, aber manchmal war er hin und her gerissen zwischen dem Wunsch, sie in eine bestimmte Richtung zu lenken, und der Erkenntnis, dass er es einfach akzeptieren müsste, dass ihre Ideale im Leben nicht dieselben waren.

„Onkel Martin." Lissa berührte sein Gesicht. Er blickte auf. Amy war in die Küche gekommen, gefolgt von Doug.

Martin nahm die Erbsentüte von Lissas Knie. „Schon besser?"

„Ja."

Er half ihr auf den Boden. „Hey, Amy, Doug. Wollt ihr etwas essen oder trinken?" Er deutete auf die andere Arbeitsplatte, wo das Essen angerichtet war.

Doug nahm den Papierteller und schichtete mehrere Häppchen darauf. „Schöne Party."

„Freut mich, dass es euch gefällt."

Amy nahm eine Wasserflasche aus dem Kühlschrank. „Nehmt ihr Laura mit nach Hawaii?"

Er legte die Erbsen wieder ins Gefrierfach. „Nein, als wir die Reise buchten, war sie noch nicht als Vollkraft angestellt, und so kurz vor Weihnachten ist es unmöglich, noch ein Flugticket zu bekommen." Er setzte sich auf die Arbeitsplatte. „Ich hätte mit Hannah nicht so reden sollen."

Amy lehnte sich an die andere Seite. „Du hast recht, Martin, aber du musst dich bei ihr entschuldigen und nicht bei mir."

„Das werde ich. Der Druck, unter dem wir stehen, wird weniger, wenn sie mit der Schule fertig ist und wir in den Urlaub fahren. Das wissen wir beide. Dieses Jahr war sehr viel los und es gab zu vieles, womit wir fertig werden mussten."

„Hey, spielt Hannah Golf?", erkundigte sich Amy.

„Nein, aber auf Hawaii ist das gar keine schlechte Idee. Golf bietet alles, was ihr gefallen könnte: Spielen und im Freien zu sein mag sie besonders gern. Wie lange ist es her, seit wir drei und Alex das letzte Mal miteinander Golf gespielt haben?"

„Mindestens zwei Jahre, glaube ich."

Doug leckte Grillsoße von seinen Fingern. „Ihr seid nicht mehr auf dem Laufenden: Ich spiele kein Golf mehr. Es ist zu teuer und ich stelle mich furchtbar an."

Martins und Amys Augen begegneten sich einen Moment und sie verkniffen sich beide ein Lachen. Dass Doug ein schlechter Golfspieler war, war nichts Neues, aber es machte trotzdem viel Spaß, mit ihm auf dem Golfplatz zu sein. Deshalb störte das niemanden.

Amy nahm einen Schluck Wasser. „Mein Vater spielt sehr gut Golf und er ist meine *besondere Begleitung* bei dieser Reise."

„Vielleicht können wir vier ein paar Runden spielen, du, ich, Hannah und dein Vater."

„Klingt verlockend. Du hast wahrscheinlich keine Ahnung, wie sehr ich mich auf diesen Urlaub freue. Ich war seit über zehn Jahren nicht mehr auf Hawaii. Ich mache jeden Luau mit, den es gibt."

„Ich war noch nie dort." Er fragte sich, ob Hannah zu einem Luau mitkommen würde. Vielleicht nicht, da dort Mädchen in spärlicher Kleidung tanzten, aber sie hätten bestimmt trotzdem viel Spaß.

„Wirklich? Du hast diese Reise so genial geplant. Ich war davon ausgegangen, dass du dich genau auskennst."

Und zum ersten Mal seit sehr langer Zeit fühlte er etwas anderes als die Notwendigkeit, Kompromisse zu schließen. Er fühlte Respekt und Anerkennung für die Entscheidungen, die er getroffen hatte.

Mit dem Wort *Betrug* im Kopf schritt Paul über den Hof und betrat das Haus.

Der Duft des Festessens lag in der Luft, da seine Mutter und Großmutter schon viel für das morgige Thanksgivingfest gekocht und gebraten hatten. Er war sich nicht sicher, wo Carol und ihr Mann, William, waren, und auch nicht, wo Dorcas sich aufhielt, aber sein Vater saß am Küchentisch und las die Zeitung.

„Großmutter, etwas lässt mir keine Ruhe."

„Was gibt es denn?", rief Großmutter über die Schulter, während sie das Spülbecken mit mehreren schmutzigen Pfannen belud.

„Es geht um den Tag, an dem Hannah dich besuchte. Hast du ihr bei diesem Besuch erzählt, dass ich meine Berufspläne geändert habe oder dass ich wegen einiger Entscheidungen Probleme mit den Kirchenältesten gehabt hatte?"

„Natürlich nicht." Großmutter drehte das heiße Wasser auf und gab Spülmittel ins Spülbecken. „Das sind persönliche Familienangelegenheiten. Außerdem hatte ich Angst, dass sie aufstehen und wieder gehen würde, wenn ich irgendetwas Persönliches über dich erwähnt hätte."

Mit dieser Befürchtung hatte Großmutter wahrscheinlich recht. Hannah hatte absolut nichts mit ihm zu tun haben wollen, als sie zurückkam, und er wurde erneut daran erinnert, wie weit sie seitdem gekommen waren.

„Aber sie weiß es."

„Vielleicht hat dieser Freund von dir, ihr Bruder, es ihr erzählt", vermutete sein Vater.

Paul schüttelte den Kopf. „Ich glaube nicht, dass er es weiß."

Seine Mutter, die gerade Berge von gebackenem Maisbrot in eine riesige Schüssel häufte, zog eine Braue in die Höhe. „Ich bin sicher, dass wir an unserem Feiertag ein besseres Thema finden können als dieses Mädchen."

Paul richtete sich auf und schaute seine Mutter direkt an. Niemand schien so sehr gegen eine Beziehung zwischen ihm und Hannah zu sein wie sie. „Mom, hast du jemals mit Hannah gesprochen?"

„Was?" Die plötzlichen Furchen in ihrem Gesicht verrieten ihren Schreck. „Niemals. Und ich dachte, diese Sache wäre für dich längst erledigt."

„Dad?"

Sein Vater warf einen Blick auf seine Frau und sah aus, als fühlte er sich ein wenig unbehaglich. Seine früher blonden Haare waren inzwischen zum größten Teil ergraut, aber er sah immer noch mindestens zehn Jahre jünger aus als seine Frau. „Deine Mutter und ich sind in diesem Punkt verschiedener Meinung. Es war für dich so wichtig, dieses Mädchen wiederzusehen. Ich hätte viel dafür gegeben, wenn die Sache gut ausgegangen wäre."

Sein immer treuer und ruhiger Vater sprach das aus, was Paul vorher schon gewusst hatte: Er würde seinen Sohn nie betrügen. Paul schaute auf und sah, dass Carol und William jetzt an den Doppeltüren standen. „Carol?“

Sie schüttelte den Kopf. „Nein. Ich fand schon immer, dass sie nicht die Richtige für dich ist, aber so etwas würde ich dir nicht verschweigen.“

Er nickte und erhaschte einen Blick auf den Saum von Dorcas' Kleid beim Eingang zu dem Zimmer, in dem ihre Schwester ihr Baby schlafen gelegt hatte. Stand sie hinter der Ecke und lauschte?

Dorcas' Verhalten ärgerte ihn.

Etwas, das Hannah vor zwei Monaten gesagt hatte, schoss ihm wieder durch den Kopf: *„Außerdem hat sich ein Mädchen am Telefon gemeldet, als ich in deiner Wohnung angerufen habe.“* Er war davon ausgegangen, dass Hannah an irgendeinem anderen Abend angerufen hatte als ausgerechnet an dem Tag, an dem er seine Schwester und Dorcas gebeten hatte, am Telefon zu warten, während er Hannah verzweifelt gesucht hatte.

„Dorcas, komm dort heraus.“

Sie schlüpfte hinter der Wand hervor und schaute ihn an. Sie sah so krank aus, dass er es kaum wagen durfte, ihr Fragen zu stellen.

Sie sah schuldbewusst aus. Das konnte nicht wahr sein. Sie hatte zu ihm gestanden, hatte ihm Ratschläge gegeben, hatte ihm geholfen, damit fertig zu werden. Er war nicht in sie verliebt, aber er betrachtete sie als Freundin. „Hast du je am Telefon mit Hannah gesprochen?“

„Paul!“, rief seine Mutter empört. „Hör sofort auf. Dieses amische Mädchen hat unsere Familie beinahe auseinandergerissen, als wir von ihr erfuhren, und du hilfst ihr, das jetzt wieder zu tun?“

Er deutete auf seine Mutter. „Dieses ‚amische Mädchen‘ hat nichts dergleichen getan. Dein eigener Ärger, weil ich eine Freundin hatte, mit der du nicht einverstanden warst, hat das gemacht. Sonst nichts.“ Er schaute wieder Dorcas an.

Sie trat aus dem Flur und kam in die Küche. Sie schüttelte den Kopf. „Ich würde nie … ich würde nie etwas tun, das dich verletzt.“

Paul war sich nicht sicher, ob sie tatsächlich seine Frage beantwortet hatte. „Hannah hat mich vor Kurzem versehentlich angerufen. Die Verbindung wurde unterbrochen und sie rief mich zurück, um sich richtig zu verabschieden. Sie wollte nur Tschüss sagen. Warum sollte so jemand nicht anrufen, bevor er so überstürzt aus Owl's Perch wegging?"

„Vielleicht hat sie sich geändert", warf sein Schwager ein. „Sie war damals noch ein Teenager und jetzt ist sie eine erwachsene Frau. Da kann sich vieles ändern."

Paul wandte seinen Blick nicht von Dorcas ab, die es vermied, ihn anzuschauen. „Oder vielleicht hat sie angerufen und jemand hat es mir nicht ausgerichtet."

Dorcas starrte die Fotos an der Wand an, die Paul in verschiedenen Phasen seines Lebens zeigten.

Pauls Faust landete laut auf der Arbeitsplatte. „Antworte mir, Dorcas."

Ihr Kinn zitterte. „Sie hat es dir doch sicherlich gesagt." Die Worte waren kaum hörbar.

Hannah wusste Bescheid?

Obwohl er versucht war zu lügen, blieb er bei der Wahrheit. „Ich will es von dir hören."

Sie schüttelte den Kopf. Tränen liefen ihr übers Gesicht.

„Was, du kannst mein Leben zerstören, aber du kannst es nicht zugeben?"

Dorcas schaute jeden im Raum an, als suche sie bei den anderen Unterstützung. „Sie war schwanger. Wir wussten alle, dass es nicht Pauls Kind war, denn er kam kein einziges Mal auf die Idee, dass es sein Kind sein könnte. Jeder von uns dachte damals das Gleiche über sie."

Carol trat vor. „Wir *dachten* damals vieles. Aber was hast du getan?"

„Ich … sie hat angerufen. Nur zweimal, Paul. Das schwöre ich."

„Nur zweimal? Hast du eigentlich eine Ahnung, was du getan hast?" Paul mäßigte seinen Ton, obwohl er Mühe hatte, seinen Zorn zu bändigen. „Sag mir wann, Dorcas."

Tränen liefen ihr über die Wangen. „Als sie das erste Mal anrief, dachten wir alle, sie würde dich belügen und betrügen. Jeder dachte das. Sogar du selbst hast das ein paar Tage lang gedacht. Dann, als sie wieder anrief, warst du gerade dabei, über sie hinwegzukommen, und …"

Carols Gesicht verriet ihr Entsetzen. „Oh, bitte sag nicht, dass sie angerufen hat, als Paul uns in seine Wohnung geschickt hatte, um auf ihren Anruf zu warten."

Dorcas hielt sich die Hände vors Gesicht und schluchzte. „Es tut mir leid."

Paul war fassungslos. „In der Nacht, als sie in einem Hotel war und auf ihren Zug wartete? Der Zug fuhr erst am nächsten Nachmittag! Ich hätte zu ihr gehen und sie überreden können, hier zu bleiben!" Paul ballte die Fäuste. „Bist du verrückt? Oder einfach nur böse und gemein?"

Dorcas ließ die Hände sinken und ihre Augen flehten ihn um Verständnis an. „Ich ... ich dachte, sie hätte dich angelogen."

„Und das nächste Mal, was hast du da gedacht?"

„Du hattest Interesse an mir gezeigt ... das merkte ich, und alle wollten, dass wir zusammenkommen."

Paul schaute seine Mutter an und deutete auf Dorcas. „Und sie ist dir lieber als Hannah?" Er griff sich ungläubig an den Kopf. Seine ganze Welt war aus den Fugen geraten. „Wie konntest du das nur tun, Dorcas? Ich habe dir vertraut. Du hast mir geraten zu warten, bis sie den ersten Schritt macht, bis sie von selbst zurückkommt, aber du hast verschwiegen, dass sie mich erreichen wollte." Er atmete mehrmals tief ein und hatte Mühe, das Zimmer um sich herum klar zu sehen, da sein Zorn immer größer wurde. „Es ist deine Schuld, dass sie jetzt mit einem anderen zusammen ist. Und wir werden wohl nie erfahren, wie viel Schmerz du Hannah zugefügt hast ... wie viele Menschenleben du beeinflusst hast. Hauptsache, du bekommst, was du willst, richtig?"

Er brauchte unbedingt frische Luft und wandte sich zum Gehen, doch dann kam ihm ein neuer Gedanke und er drehte sich noch einmal zu ihr um. „Hast du das Geld von unserem Konto abgehoben?"

Dorcas starrte ihn entsetzt an. Sie sah aus, als würde sie gleich vornüberkippen. Sein Dad trat neben sie und William nahm einen Küchenstuhl und brachte ihn ihr schnell.

Paul trat einen Schritt näher auf sie zu. „Die Bank hat mir Fotos von einer jungen Frau gezeigt, die amisch gekleidet war und sich als Hannah ausgab. Die Leute bei der Bank und ich sind davon ausgegangen, dass der Vergewaltiger Hannahs Sparbuch gestohlen und das Konto leer geräumt hat. Aber du hättest mein Sparbuch nehmen können. Du hast amische Verwandte und wusstest genug, um das zu tun. Hast du unser Geld genommen?“

Sie sank auf den Stuhl. „Nein, ich würde dich nie bestehlen. Ich lege meine Hand auf die Bibel und schwöre es, wenn du darauf bestehst.“

„Du würdest mich nie bestehlen? Was, glaubst du, hast du gemacht?“

Dorcas begann erneut laut zu schluchzen und sein Dad hielt ihr eine Schachtel Papiertaschentücher hin. Während Paul sie beobachtete, rührte sich eine längst vergessene Erinnerung in ihm. Er zog daran, als würde er eine Angelleine einholen.

Am Tag, nachdem er Hannah gebeten hatte, ihn zu heiraten, hatte er hier im Haus seiner Eltern gesessen und Hannah einen Brief geschrieben, als seine Schwester und Dorcas in sein Zimmer gekommen waren und ihn dabei unterbrochen hatten. Er hatte ihr geschrieben, wie es in seinem Herzen aussah, und es hätte Hannah sehr viel bedeutet, diesen Brief zu bekommen. Jene Tage waren furchtbar schwer gewesen. Es war fast unmöglich gewesen, Kontakt zu bekommen und etwas aus dem Leben des anderen zu erfahren. Wie kam es, dass ausgerechnet der einzige Brief, von dem seine Schwester und Dorcas gewusst hatten, verschwunden war?

„Hast du den Brief gestohlen?“

Dorcas sank zusammen und ihr Kopf blieb gebeugt. „Ja.“

Seine Schwester trat vor ihn. „Paul, du weißt jetzt genug. Bitte hör auf.“

Angewidert drehte er sich wortlos um und schritt aus dem Haus. Er stieg in sein Auto und fuhr los. Er hatte Dorcas am Anfang nicht getraut. Die ganze Zeit, in der sie miteinander in die Schule gegangen waren, hatte er sie für egoistisch und manipulierend gehalten, aber als sie bei Hannah so mitfühlend reagiert hatte, hatte er sich eingeredet, sie wäre ein anständiger und ehrlicher Mensch. Er hätte auf seinen Instinkt hören sollen.

Die Jahre, in denen er belogen worden war, ließen sich nicht so leicht vergessen. Der Schmerz und die Trauer um alles, was er verloren hatte, weil er Dorcas vertraut hatte, tobten in ihm. Mehr als zwei Stunden später bog er in Großmutters Auffahrt. Er ging über den dunklen Hof, über die Wiese und in den Wald. Er blieb erst stehen, als er an der kleinen Brücke ankam, die über den Bach führte. An dieser Stelle hatte er Hannah gebeten, ihn zu heiraten. An dieser Stelle hatte es so ausgesehen, als würden alle seine Wünsche in Erfüllung gehen. So deutlich, als wäre es erst gestern geschehen, erinnerte er sich daran, wie Hannah mit einem flüsternden Ja auf seinen Heiratsantrag geantwortet hatte. Er hatte ein paar Minuten gebraucht, um sie zu überzeugen, dass es ihm ernst war, dass er an der Uni kein anderes Mädchen hatte und dass sie einen Weg finden würden, um die Zustimmung ihres Vaters zu bekommen.

Alles, was er sich je erhofft hatte, hatte er wegen eines brutalen Mannes, wegen seiner eigenen unüberlegten Reaktion und wegen Dorcas' Manipulation verloren. Was Dorcas unter dem Deckmantel der Freundschaft und des Mitgefühls angerichtet hatte, war einfach unglaublich.

Der Preis, den er bezahlt hatte, war … unbegreiflich.

Auch jetzt, Stunden später, zitterten seine Hände noch. Als er auf das Bachbett hinunterschaute und beobachtete, wie das dunkle Wasser sich plätschernd seinen gewundenen Weg bahnte, ließ er seine Gedanken wandern ... zu den winzigen Geschöpfen, die im Bach lebten. Der Bach, der am Ende in den Ozean mündete, versorgte die Umgebung mit Wasser und sorgte so für Leben. Etwas von dem Wasser würde verdampfen und irgendwo auf der Welt wieder als Regen auf die Erde fallen.

Gottes Wege konnte man nicht sehen oder berechnen, wenn man auf einer kleinen Brücke stand und der plätschernden Schönheit des dunklen Wassers zuschaute.

Er betete dafür, dass Hannah und er mehr bewirken würden, als einer von ihnen jetzt sehen oder sich vorstellen konnte. Aber ihre Wege waren nicht mehr die gleichen: Er würde sich, solange er lebte, jede Sekunde des Tages freuen … nein, er wäre außer sich vor Begeisterung, wenn sie zu ihm zurückkäme. Aber ihr müsste erst wieder das Herz gebrochen werden, damit sie zu ihm zurückkäme.

Kapitel 34

Im Alliance Community Hospital schob Hannah ihre Zeitkarte zum letzten Mal in die Stechuhr und beendete damit ihren Dienst als Krankenpflegeschülerin. Die Samstagsschicht war heute für die Schüler zwei Stunden früher zu Ende als gewöhnlich und ihr kam die Idee, einen Kurzbesuch bei Mary einzuschieben. Hannah wollte mit jemandem sprechen, der ihre Gefühle zu Martin verstand und bei Kindern und Empfängnisverhütung mitreden konnte. Mary würde sie verstehen.

Hannah wollte eine Perspektive haben, bevor sie Martin die *Neuigkeit* verkündete. Zehn Tage waren vergangen, seit Dr. Lehman ihr erklärt hatte, dass sie vielleicht nicht so unfruchtbar war, wie sie gedacht hatte. Martin musste das erfahren, aber zuerst wollte Hannah mit ihren eigenen Gedanken und Gefühlen klarkommen. Sie und Martin hatten in letzter Zeit schon genug Schwierigkeiten miteinander. Auf keinen Fall wollte sie jetzt ein schwieriges Gespräch mit ihm anfangen, ohne zu wissen, was sie selbst in dieser Frage dachte und fühlte.

Ein Gespräch mit Mary würde ihr dabei helfen. Davon war Hannah fest überzeugt, aber ein solches Gespräch war am Telefon nicht möglich. Ihre Freundin würde sich in dem kalten Telefonhäuschen den Tod holen, noch bevor Hannah ihr das ganze Ausmaß ihres Dilemmas erklärt hatte. Außerdem hatte Mary ein Baby, um das sie sich kümmern musste. Aber was war mit Martin? Sie war in letzter Zeit so viel an der Arbeit oder in der Schule gewesen, dass sie überhaupt keine Zeit miteinander gehabt hatten. Trotzdem musste sie einige Antworten finden, wenn ihre Beziehung wieder besser werden sollte. Eine Lösung bei der Frage der Empfängnisverhütung war für Martin und sie wichtiger als ein gemeinsamer Abend in einem Restaurant.

Fest entschlossen, was sie tun musste, stieg sie in ihr Auto und wählte Martins Nummer.

„Hallo, Schatz, ich habe gerade ein Gespräch in der anderen Leitung. Kannst du eine Minute warten?"

„Klar." Hannah ließ den Motor an und stellte die Heizung auf die höchste Stufe, während sie wartete. Als allmählich warme Luft ins Auto strömte, meldete sich Martin wieder.

„Hey, ich bin wieder da. Was ist los, dass du um diese Tageszeit anrufst?"

„Ich habe heute früher Feierabend."

„Das passt ja bestens. Vance Clarke … ich glaube, du kennst ihn noch nicht, er ist Amys Dad. Er hat uns vier Konzertkarten von TobyMac und Jeremy Camp überlassen. Kevin und Lissa sind schon ganz aufgeregt. Das Konzert findet morgen im Canton Civic Center statt und ich habe gerade Zimmer in einem Hotel reserviert, damit …"

„In einem Hotel?", unterbrach Hannah ihn. „Canton ist doch nur dreißig oder vierzig Minuten von deinem Haus entfernt." Sie lachte und hatte Mühe, nicht wie eine Spielverderberin zu klingen.

„Es ist ein Abenteuer, Hannah. Die Kinder verstehen das. Und du doch auch", neckte Martin sie.

„Kenne ich die Musik von TobyMac und Jeremy Camp?"

„Natürlich. Wir singen mit der Band ein paar von ihren Liedern. Erinnerst du dich an …" Seine Stimme brach ab und verriet ihr, dass er wieder einen Anruf bekam. „Hey, Amys Dad ist am anderen Telefon. Er will wahrscheinlich wissen, ob wir die Karten wollen."

„Martin, fahrt ihr zu dem Konzert, aber ich will nach Owl's Perch fahren und einen Besuch bei Mary einschieben. Ich bin wieder hier, bevor ihr morgen zurückkommt."

„Was? Nein!", fauchte er. „Warte kurz."

Es wurde kurz still in der Leitung.

„Bist du noch dran?" Martins Stimme klang aggressiv. Sie hatte ihm den Spaß verdorben.

„Ja, natürlich."

„Seit wann ist eine Fahrt von vier Stunden nur ein Besuch, den du *einschiebst?* Und warum sind dir diese ganzen Besuche wichtiger als unsere Beziehung?"

„Das stimmt nicht. Ich muss nur mit ihr über einige Dinge sprechen."

„Dann ruf sie an. Komm schon, Hannah. Das Konzert wird Spaß machen."

Sie war noch nie bei einem Konzert gewesen. Sie stellte sich dröhnende Musik vor, elektrisches Licht, das in allen Farben überallhin leuchtete, und Menschen auf der Bühne, die das Rampenlicht genossen wie bei den Konzerten, die Martin auf den DVDs hatte, die er gern anschaute. Das war so weit entfernt von einem schlichten Leben, dass sie es bestimmt nicht genießen würde. Außerdem wollte sie wirklich gern Zeit mit Mary verbringen.

„Spaß für wen?"

„Offensichtlich nicht für dich."

„Du hast vier Karten. Gib meine Karte doch Laura. Und wir sehen uns, sobald du morgen nach Hause kommst."

„Laura ist über sechzig. Sie wird nicht mitgehen wollen."

„Sie ist ein gut bezahltes Kindermädchen und sie wird dir bei den Kindern helfen."

„Das ist gemein. Ich habe es den Kindern versprochen und schon das Hotel reserviert. Ich kann das jetzt nicht mehr rückgängig machen."

„Das sollst du auch nicht. Du willst zu dem Konzert gehen und ich will Mary besuchen."

„Hannah." Er sagte ihren Namen, als weise er ein kleines Kind zurecht. „Könntest du einmal …"

„Weißt du was?", fiel sie ihm ins Wort. „Es ist nicht meine Schuld, dass du Hotelzimmer reserviert hast und den Kindern etwas versprochen hast, ohne vorher mit mir zu reden. Aber selbst wenn du mich vorher gefragt hättest, würde ich das Gleiche sagen: Fahrt zu dem Konzert, genießt es. Ich fahre zu Mary und wir treffen uns am Abend in deinem Haus. Um wie viel Uhr beginnt das Konzert?"

„Um sechs."

„Oh, dann treffe ich dich in deinem Haus *nach* der üblichen Schlafenszeit, obwohl die Kinder am nächsten Tag Schule haben."

„Dieser Ton ist nicht nötig. Sie kommen damit klar. Und Laura kann sie am Montag eine Stunde später zur Schule bringen, falls es sein muss."

„Und du kommst damit klar, ohne mich zu fahren, okay?"

Es wurde wieder still am Telefon.

„Heute habe ich meinen letzten Praktikumsdienst gemacht. Ich habe nur noch eine Woche Schule und in der Woche danach die Abschlussprüfungen. Dann habe ich es geschafft. Ja! Dafür hole ich vielleicht sogar die Fähnchen heraus."

„Du hast keine Fähnchen." Die Enttäuschung in seiner Stimme wich einem Necken. „Aber ich kaufe dir welche ... und vielleicht auch noch ein Cheerleaderkostüm."

Sie lachte. „Ich würde Mary wirklich gern sehen, bevor wir nach Hawaii fliegen, und ein Kurzbesuch an diesem Wochenende ist meine einzige Chance."

„Ja, okay." Er seufzte. „Ich hatte sowieso damit gerechnet, dass du kneifen würdest."

Das erklärte wahrscheinlich, warum er zuerst so viel geplant hatte und es ihr erst danach erzählt hatte. Sie fragte sich, wie oft er damit Erfolg hatte, ohne dass ihr bewusst wurde, was er tat.

„Ist zwischen uns wieder alles gut?", fragte sie.

„So gut, wie es geht, schätze ich. Dann bis morgen Abend."

„Martin, warte." Sie konnte es nicht ertragen, dass sie so stritten. „Ich weiß, dass es aussieht, als wäre ich unfair, aber lass mich diesen letzten spontanen Besuch machen, okay? Ich werde mich bessern. Wir fangen neu an, sobald ich meine Prüfung hinter mir habe."

„Sie zu besuchen ist so wichtig?"

„Ja, ich erkläre dir in ein paar Wochen, warum. Es hat mit einer Art Hochzeitsplanung zu tun."

„Sprichst du von unserer Hochzeit? Von der Hochzeit, in die du noch nicht eingewilligt hast?"

„Genau die meine ich."

Er schmunzelte. „Plötzlich gefällt mir dieses Gespräch. Versuche doch das nächste Mal, das Positive am Anfang zu sagen."

„Entschuldige, aber ich bin noch ein Anfänger, was diese spontanen Streitereien angeht."

„Ja, wir müssen ein paar Dinge in Ordnung bringen."

„Aber du weißt, dass wir das hinkriegen, oder?"

„Ja, das weiß ich. Tschüss, Schatz."

„Pass auf, dass Lissa und Kevin etwas auf dem Kopf haben, damit sie keine Ohrenschmerzen bekommen, okay?"

„Das mache ich. Bis morgen Abend."
„Ja. Tschüss."

Der Abendhimmel sah nach Schnee aus, als Hannah aus Marys Auffahrt bog. Ohne dass sie darum gebeten werden musste, hatte *Mammi* Annie sie den ganzen Morgen allein gelassen, damit sie ungestört miteinander hatten sprechen können. Sie hatte das *Daadi-Haus* verlassen, in dem sie, Luke und Mary wohnten, und war ins Haupthaus zu Marys Mutter gegangen.

Mary hatte ihr zugehört und sie verstanden, wie das niemand sonst konnte. Leider hatte sie ihr auch keinen Rat geben können – bis auf den, immer ehrlich zu Martin zu sein und sich zu überlegen, welche Konsequenzen ihre Entscheidungen im Laufe ihres Lebens noch haben würden.

Mary und Luke wussten nicht, wie sie jetzt weitermachen sollten, aber egal, wie sie sich entschieden, es würde nicht leicht werden. Wenn Mary oft schwanger würde, würde sie alle ein bis zwei Jahre einen Kaiserschnitt brauchen, was im Laufe der Jahre möglicherweise andere gesundheitliche Probleme nach sich ziehen würde. Wenn sie das vermeiden wollten, müssten sie enthaltsam leben. Keiner von beiden zöge je in Betracht, Verhütungsmittel zu benutzen.

Das elektrische Licht schien hell aus Großmutters Küche und lockte Hannah, kurz anzuhalten und ein paar Minuten mit ihr zu plaudern. Sie schaute auf die Uhr. Halb sechs. Hannah hatte jede Menge Zeit, um sie zu besuchen und trotzdem noch vor Martin und den Kindern zu Hause zu sein.

Sie klopfte an Großmutters Tür und wartete. Das Klopfen ihres Stocks auf dem Boden wurde lauter. Das Verandalicht ging an.

Ohne die Kette zu lösen, öffnete Großmutter die Tür und spähte heraus. „Hannah." Sie schob die Tür zu, löste die Kette und schwang die Tür dann weit auf und winkte Hannah ins Haus. „Ach, ich war kurz davor, zum Telefon zu greifen und dich anzurufen. Ich habe Gott gebeten, mir ein Zeichen zu schicken, ob ich es dir sagen soll, und jetzt bist du hier."

„Ob Sie mir was sagen sollen?"

Großmutter zögerte und sah aus, als würde sie gleich weinen. „Dorcas ist seit einiger Zeit krank und jetzt ist sie im Krankenhaus und es geht ihr überhaupt nicht gut. Ob das an diesem zusätzlichen Stress liegt oder nicht, weiß ich nicht. Sie konnen ihren Herzschlag nicht normalisieren und sie verliert immer wieder das Bewusstsein." Großmutter hielt sich die Hand auf die Brust.

„Großmutter, Sie müssen sich hinsetzen." Hannah stützte die alte Frau und half ihr zum Sofa.

Als sie sich gesetzt hatte, winkte sie Hannah beschwichtigend zurück. „Mir fehlt nichts. Meine Brust tut weh, wenn ich mich aufrege. Das war schon so, als ich eine junge Frau war. Mach dir um mich keine Sorgen."

„Großmutter." Hannah setzte sich neben sie auf die Sofakante. „Was hat Dorcas?"

„Lyme-Borreliose. Sie hat die Krankheit schon seit fast drei Jahren, aber sie wurde erst jetzt diagnostiziert."

„Warum wollten Sie mich wegen Dorcas' Krankheit anrufen? Ich weiß als Krankenschwesternschülerin nichts, das ihr helfen könnte."

Großmutter legte ihre knorrigen Finger auf Hannahs Hand und tätschelte sie. „Ich wollte nicht wegen Dorcas anrufen." Sie seufzte. „Ich dachte, ich tue das Richtige, als ich dir und Paul nicht mehr erlaubte, meinen Briefkasten zu benutzen, um euch zu schreiben."

Ein wenig besorgt, warum Großmutter von einem Thema zum anderen hüpfte, beschloss Hannah, dass sie eine Weile bleiben würde. „Das macht nichts, Großmutter. Sie haben getan, was Sie für richtig hielten. Ich werde deshalb niemandem einen Vorwurf machen."

„Aber das, was Dorcas Paul angetan hat, als sie so tat, als wären sie gute Freunde, obwohl sie ihm nichts von deinen Anrufen erzählte …"

Hannah stockte der Atem. „Er weiß es?"

Großmutters Augen wurden feucht. „Ich kann es nicht mit ansehen, was Paul durchmacht, und ich weiß nicht, wie viel er noch verkraften kann."

„Paul ist stark. Ich sehe in seinen Augen eine Stärke und eine Kraft, die auch durch das, was Dorcas getan hat, nicht zerstört werden kann."

Großmutters Griff um ihren Stock verstärkte sich. „Im Moment richtet sich diese Stärke und diese Kraft ganz gegen Dorcas. Geh und schau ihm in die Augen und überzeuge dich selbst davon. Dorcas' falsches Spiel zerfrisst ihn und macht ihn verbittert. Es interessiert ihn nicht, dass sie sterben könnte."

„So schlecht geht es ihr?"

Großmutter nickte.

„Ich … ich wusste nicht, dass Lyme-Borreliose so gefährlich sein kann, aber ich bin mir nicht sicher, ob ich jemandem helfen kann, der Probleme hat, anderen zu vergeben."

„Er wird auf dich hören … Bitte, Hannah."

Sie wusste so wenig über Vergebung, dass es ihr Angst machte. Jedes Mal, wenn sie dachte, sie hätte es geschafft, flackerte neuer Ärger in ihr auf und machte alles zunichte. Sie schaute auf ihre Armbanduhr. Fast sechs. Wenn sie einen Umweg von einer Stunde machte, um Paul zu besuchen, käme sie vielleicht nicht vor Martin und den Kindern an. Schuldgefühle nagten an ihr. Aber selbst wenn sie es schaffte, vor ihm anzukommen, würde es ihr auch nicht unbedingt gefallen, wenn Martin eine alte Freundin besuchen würde.

Aber diese unglückliche Situation war zum Teil auch ihre Schuld. Sie wusste, dass dasselbe Mädchen beide Male am Telefon gewesen war, als sie Paul hatte anrufen wollen. Sie hätte versuchen können, ihn noch einmal zu erreichen, oder sie hätte Großmutter anrufen und bei ihr eine Nachricht für ihn hinterlassen können, aber sie hatte es nicht getan. Und er musste wissen und verstehen, warum sie das nicht getan hatte.

„Können Sie mir seine Adresse geben?"

Großmutter schrieb den Weg zu Pauls Wohnung auf und Hannah ging zu ihrem Auto. Schneeflocken fielen vom dunklen Himmel. Eine Stunde, nachdem sie Owl's Perch verlassen hatte, bog sie auf den Parkplatz vor seinem Apartment ein. Sie hielt am Straßenrand vor dem Gebäude an, in dem sie Pauls Wohnung vermutete. Als sie an der Tür stand, die Großmutter ihr genannt hatte, hörte sie die gedämpften Stimmen mehrerer Männer. Sie klopfte.

„Herein", rief eine männliche Stimme.

Sie klopfte noch einmal.

„Ja, ja, ich habe ‚herein' gesagt!"

Wer auch immer hier sprach, es war nicht Paul. Sie schob die Tür auf und trat ein, sah aber niemanden.

„Stellen Sie die Pizza einfach hin und nehmen Sie das Geld."

Neben der einen Stimme, die mit ihr redete, drangen im Hintergrund die Stimmen mehrerer anderer Männer durch den Raum. Pauls Stimme war eine davon. Sie schloss die Tür und ging in die Richtung, aus der die Stimmen kamen. Er saß mit den anderen an einem Tisch und spielte Karten.

Schwungvoll warf er eine Karte auf den Tisch. „Wenn du nicht gewinnen kannst ..."

„Dann verlierst du." Zwei Männer beendeten lachend seinen Satz und der dritte warf seine Karten auf den Tisch. Alle vier lachten herzhaft.

Großmutter irrte sich. Paul ging es gut und er sah auch ganz gut aus, wie er auf zwei Beinen seines Stuhles schaukelte und breit grinste.

„Entschuldigung."

Paul fuhr zusammen und verlor das Gleichgewicht. Er sprang schnell auf die Beine, als der Stuhl rückwärts auf den Boden knallte. Das Gelächter der Männer wurde noch lauter. „Mann, Waddell, die Hälfte aller anständigen unverheirateten Frauen sind hinter dir her. Da sollte man doch erwarten, dass du nicht gleich umkippst, wenn eine ‚Entschuldigung' sagt", spottete ein Mann mit pechschwarzen Haaren und einem kurzen Stoppelbart. Dann drehte er sich um. „Andererseits ..." Er legte eine Karte auf den Tisch und starrte sie an.

Pauls Blick wich nicht von ihr. Der Fußboden war mit kleinen Erdklumpen und Bröseln übersät. Jeder der Männer hatte noch seine schmutzigen Stiefel an.

Junggesellen, wahrscheinlich alle miteinander. Hannah verkniff sich ein Schmunzeln.

Der Schwarzhaarige mit den Bartstoppeln schaute von Paul zu Hannah, während die anderen beiden unbeirrt weitersprachen. „Hey, ihr Idioten."

Sie verstummten.

Der Mann kam auf sie zu. „Ich bin Marcus King."

Sie kannte seinen Namen gut. Er war seit seiner Kindheit mit Paul eng befreundet und er hatte mit Paul im Studentenwohnheim im selben Zimmer gewohnt. Vermutlich waren die anderen beiden Ryan und Taylor.

„Ich bin Hannah."

Er lächelte und schüttelte ihre Hand, als würde er sie bereits kennen und mögen. „Schön, dich endlich kennenzulernen." Er drehte sich wieder zum Tisch um. „Leute, wir gehen. Jetzt."

Es klingelte an der Tür.

„Das muss die Pizza sein." Marcus ging an die Tür.

Die beiden anderen grüßten mit einem schweigenden Nicken und verschwanden eilig. Der Schreck wich allmählich aus Pauls Gesicht. Er hob seinen Stuhl auf und fuhr mit der Hand durch seine zerzausten Haare.

„Hey, Paul", rief Marcus und tauchte wieder im Zimmer auf. Er hielt eine der drei Pizzaschachteln hoch. „Ich lasse die in der Küche stehen."

Marcus schloss die Wohnungstür hinter sich und das Einzige, was man noch hörte, war das Ticken der Uhr und ein leises Plätschern. Hannah schaute sich um und sah, woher das Plätschern kam. Ein Aquarium, genauso groß wie Martins riesiger Flachbildschirm. Bunte Fische schwammen darin und verbreiteten im ganzen Raum eine friedliche Atmosphäre. Zwei Meter davon entfernt stand ein Sessel mit einer Leselampe.

Sie schloss die Augen und fühlte die ... Ruhe der schlichten Lebensweise. Kein Fernsehen, kein PC-Spiel, keine dröhnende Stereoanlage. Keine Lichterketten, keine auffallende Dekoration. Als sie die Augen wieder aufschlug, sah sie einen Stoß Weihnachtsgeschenke in der Ecke liegen, einige waren schon eingepackt, manche noch nicht. Auf das Weihnachtsfest freute man sich natürlich, aber es war typisch für das schlichte Leben, dass man das ganze Jahr hindurch bescheiden blieb.

Nicht besser. Nicht schlechter. Einfach einer der vielen Wege, wie Christen Gott die Ehre gaben. Ein Weg, den sie verstand und respektierte, auch wenn sie selbst sich für einen anderen entschieden hatte.

Sie trat näher an das Aquarium und überlegte, was sie sagen könnte, um die plötzliche Befangenheit zwischen ihnen zu vertreiben. „Mir gefällt deine Wohnung."

Er trat hinter sie. „Sie erfüllt ihren Zweck."

Sie drehte sich um und schaute ihn an. Sofort waren die Gefühle zwischen ihnen genauso stark und genauso wenig zu bändigen wie ein reißender Strom während der Schneeschmelze im Frühling. Sie schalt sich im Stillen wegen ihrer Naivität, weil ihr nicht bewusst gewesen war, wie sehr es sie aufwühlen würde, hier bei ihm zu sein. Sie räusperte sich und ging zu den Glückwunschkarten, die an einer Schnur aufgehängt waren. „Du musst viele Freunde haben."

„Ich habe viele Leute, die Weihnachtskarten schicken. Ob sie Freunde sind oder nicht, kann man nie so genau wissen, oder?"

Die Anspielung in seiner Stimme war deprimierend. Da sie ihn nicht anschauen konnte, richtete sie ihren Blick weiterhin auf die Karten.

„Hannah." Pauls Stimme war nicht viel lauter als ein Flüstern.

Sie drehte sich um.

Er schaute ihr fragend in die Augen und suchte eindeutig nach Antworten. „Was machst du hier?"

„Ich habe gehört, dass ... also, Dorcas hatte kein Recht, das zu tun, und du hast jedes Recht, wütend zu sein."

„Danke, ich werde es mir merken."

Aus seiner Stimme sprach der stille Ärger eines Mannes, der von zu vielen Frauen angelogen worden war, und sie hasste die Rolle, die sie dabei gespielt hatte.

„Großmutter hat gesagt ..." Sie fuhr mit den Fingern durch die Haarsträhnen, die sich aus ihrem Knoten gelöst hatten, und versuchte, sie wieder zurückzuschieben. „Es ist so, Paul, ich war diejenige, die nur zweimal angerufen hat. Ich hätte es mehrmals probieren sollen und bei Großmutter eine Nachricht für dich hinterlassen können. Aber wie ich dir schon sagte, ich hatte nicht den Eindruck, dass du mich noch wolltest, und selbst wenn du mir etwas anderes gesagt hättest, hätte ich dir nie geglaubt. Niemals. Ich hätte für den Rest meines Lebens das Gefühl gehabt, du hättest nur Mitleid mit mir, und sosehr ich auch wollte, dass du alles besser machst, wusste ich, dass mein mangelndes Selbstvertrauen sich zu einem felsenfesten Selbsthass entwickeln würde, wenn ich nicht woanders neu anfinge. Das alles ist nicht Dorcas' Schuld."

„Du bist also gekommen, um mir zu sagen, dass Dorcas so davonkommen soll, obwohl sie falsch gehandelt hat?"

„Ich bin hier, weil wir Freunde sind, weil niemand besser versteht als wir beide, welche Enttäuschungen, welche tiefe Wut und welchen Schmerz wir erfahren haben."

„Das, was ich brauche, habe ich vor Langem verloren. Und das verdanke ich Dorcas. Ich weiß, dass ich ihr eigentlich sofort vergeben müsste, aber sie hat mich jahrelang belogen und getäuscht. Ich bezahle vielleicht mein Leben lang den Preis für das, was sie mir angetan hat. Glaubst du ehrlich, dass ich das falsch sehe?"

Das Gewicht seiner Worte legte sich wie ein schwerer Mantel um sie. Sie setzte sich aufs Sofa und konnte ihm eine Weile nichts darauf antworten. „Ist es möglich, dass unser Vertrauen auf Gott stärker sein muss? Er hält unsere Zukunft in den Händen. Vielleicht gibt es viele verschiedene Arten zu vergeben, genauso wie es viele verschiedene Arten zu lieben gibt."

„Ich wüsste nicht, wie ich ihr vergeben könnte, was sie mir angetan hat. Es war heimtückisch und hinterlistig von ihr, mich so zu manipulieren. Sag mir nicht, dass ich ihr vergeben soll. Selbst wenn du diese Zeit in Ohio gebraucht hast, ich hatte ein Recht darauf, deine Anrufe zu bekommen. Natürlich hast du dich wertlos gefühlt und hast es dir anders überlegt, nachdem du mich angerufen hattest, aber du wolltest auf mich zugehen. Ich bin sicher, du hattest jede Menge widersprüchlicher Gefühle und Gedanken, oder?"

Hannah musste daran denken, warum sie ihren Nachnamen geändert hatte, und nickte. „Ja." Sie hatte gewusst, dass Paul sie gesucht und auch gefunden hätte, wenn sie ihren Nachnamen behalten hätte. Oh, sie hatte auch verhindern wollen, dass *Daed* sie fand, aber vor allem hatte sie davon frei werden müssen, immer zu hoffen, Paul würde eines Tages auftauchen und sie finden.

„Mein *Daed* will, dass ich ihm vergebe."

Paul entspannte sich langsam. Er setzte sich auf die Kante des Sessels neben sie. Die Armlehne ihres Sofas und die Armlehne seines Sessels waren nur wenige Zentimeter voneinander entfernt.

„Er hat mich an dem Abend, als wir alle im Krankenhaus waren und Mary besuchten, darum gebeten. Ich stand einfach da. Martin hatte die Hand auf meinem Rücken liegen und signalisierte mir, dass ich etwas sagen sollte. Aber ich konnte nicht. Wahrscheinlich gibt es Situationen, in denen es uns leichter fällt, Fremden zu vergeben als unseren eigenen Familienangehörigen. Ich weiß manchmal nicht, wie ich mit Vergebung umgehen soll. Wenn wir anderen vergeben, ist das, was uns angetan wurde, nicht mehr stärker als Gottes Fähigkeit, uns davon zu erlösen. Manchmal kann ich das und manchmal wünsche ich mir einfach, niemand würde mich um Vergebung bitten, niemand würde mich dazu bringen, mich dem zu stellen, wie es in mir aussieht."

Paul stemmte die Ellbogen auf die Knie und stützte sein Kinn auf seine Hände. „Ich hasse ... das."

„Ich finde es tröstlich, dass Gott auch manches hasst."

„Ja, wahrscheinlich tut er das." Er sprach nicht weiter und sie blieben über eine Minute schweigend sitzen. Dann legte er eine Hand auf ihre Finger. „Sie verdient die Vergebung nicht."

Hannah nickte. „Trotzdem."

Er strich mit der Hand über ihren Handrücken und sie wünschte, die Anziehungskraft, die sie zu ihm hinziehen wollte, würde nachlassen.

„Meine Verlobte schrieb mir einmal einen Brief. Ich habe jedes Wort auswendig gelernt. Es hat mich durch ... vieles getragen. Eine meiner Lieblingsstellen darin lautet: ‚Jemand hat seine Begierden nicht Gottes Vollmacht unterstellt – trotzdem ist Gottes Macht über mein Leben stärker als dieses Unrecht.'" Er schwieg und hielt zärtlich ihre Hände fest. „Komm zu mir zurück, Hannah."

Tränen traten ihr in die Augen. „Du weißt, dass ich das nicht kann."

Seine Augen sahen sie an und sie spürte, dass er viel tiefer in ihr Herz schaute, als er sollte.

Sie zog ihre Hände aus seiner Berührung zurück und wischte sich die Tränen von den Wangen. „Er ist ein guter Mann und wir haben Kevin und Lissa."

Paul stand auf und rieb sich den Nacken, während er auf die andere Seite des Raumes ging. Dann drehte er sich um. „Damit ist also alles gesagt?"

„Ja."

Nachdem er sie lange angeschaut hatte, nickte Paul kurz. „Dorcas liegt zehn Meilen von hier im Krankenhaus. Ich fahre noch heute Abend zu ihr. Aber ich lasse sie nicht wieder in mein Leben. Sie hat bewiesen, wer sie ist."

„Ich bin mir nicht sicher, aber ich denke nicht, dass Vergebung bedeutet, dass man sein Leben den Menschen, die einen verletzt haben, wieder öffnen muss."

„Vielleicht solltest du dir noch einmal überlegen, ob du die Dinge mit deinem Dad nicht bald klären willst."

Sie stand auf und hatte Mühe, äußerlich Haltung zu bewahren. „Okay." Sie warf einen Blick auf ihre Uhr. „Ich … ich muss fahren."

Paul begleitete sie zu ihrem Auto und hielt ihr die Tür auf. „Fahr vorsichtig und pass auf dich auf."

„Das werde ich." Zitternd drehte sie den Schlüssel, winkte und fuhr vom Parkplatz, ohne sich umschauen zu können. Langsam legte sie die vielen Kilometer nach Ohio zurück und hoffte, der Schmerz würde irgendwann nachlassen.

Kapitel 35

Matthew schob den Handhobel über das Holz, das das Armaturenbrett eines Einspänners werden sollte, und hobelte so viel Holz weg, dass es an die Stelle passte, für die es bestimmt war. Auf der anderen Seite des Raumes zog Luke die letzte Ecke des schwarzen Leders über den Rahmen einer Einspännersitzbank.

Als sie eine Glocke hörten, warf er einen Blick aus dem Fenster. Kathryn stand auf der Veranda des Hauses und läutete die Essensglocke. Da sie erst ein Gebäude gebaut hatten und noch kein eigener Raum da war, der zum Lackieren benutzt werden konnte, mussten die Fenster zur Belüftung offen bleiben. Die kalten Dezembertemperaturen hatten Kathryn gezwungen, vorübergehend in ein Büro im Haus umzuziehen.

Matthew legte den Hobel und das Brett auf die Werkbank und nahm seinen Werkzeuggürtel ab. Er trat vor die Tür, schaute zu Kathryn hinüber und bedeutete ihr, zur Werkstatt zu kommen.

Luke hämmerte den Nagel fest, bevor er aufschaute. „Ich denke, ich gehe heute zum Mittagessen nach Hause."

„Mach das." Matthew schlenderte durch die Seitentür hinaus zu der Stelle, an der er und Kathryn sich trafen, wenn sie ein wenig ungestört sein wollten.

Sie war vor sechs Wochen zurückgekommen und sie waren seitdem öfter heimlich zusammen gewesen. Die Trauer um den Tod seines Bruders lastete immer noch schwer auf ihm, aber Kathryns Nähe erfüllte ihn mit einem tiefen, angenehmen Frieden. Allerdings wünschte er sich, er wüsste ein wenig besser, wie ihre Gefühle ihm gegenüber aussahen. Sie hatten Spaß, daran bestand kein Zweifel. Sie unterhielten sich viel und konnten über alles reden. Sie lachten und spielten miteinander. Für ihn wurde ihre Beziehung mit jedem Tag tiefer. Aber für sie? Er war sich nicht sicher.

Seine Probleme mit dem Bischof hatten sie nicht aufgeregt, obwohl der Mann regelmäßig kam und schaute, was Matthew machte. Je besser Matthew Kathryn kennenlernte, umso mehr genoss er das Leben. Er glaubte, dass er auch mit Elle das Leben hätte genießen können, wenn … wenn sie ihr Wort gehalten und versucht hätte, ihre Wünsche der Realität unterzuordnen.

Kathryn kam auf ihn zu und blieb einen Moment im Hof stehen, um ein miauendes Kätzchen hochzuheben. Mit Kathryn genoss er das Leben wirklich, selbst mitten in der Trauer, weil sie so ehrlich war.

Sie blieben voreinander stehen. Matthew schaute ihr fragend in die Augen, während er dem Kätzchen den Kopf kraulte. „Wie läuft es?"

„Hier draußen ist es sogar noch kälter als in der Werkstatt, weißt du das?"

Er lachte. „Haben wir darüber nicht schon einmal gesprochen?"

„Ich darf ins Haus, aber das Kätzchen nicht."

Matthew seufzte im Spaß. „Also gut. Stell das Katzenbett neben den Holzofen in der Werkstatt, aber wenn ihr jemand auf den Schwanz tritt …"

Kathryn kicherte. „Das passiert nicht. Sie wird brav unter der Bank bleiben, bis sie alt genug ist, um ins Dachgebälk hinaufzuklettern." Sie streichelte das Kätzchen. „Ach, ich habe vergessen, dir zu sagen, dass ich gestern einen Brief von meinem *Daed* bekommen habe. Sie erwarten, dass ich den Heiligabend und den Weihnachtsfeiertag bei ihnen verbringe."

„Ich fürchte, wir können ihnen keinen Grund nennen, der mir erlauben würde, an Weihnachten bei deinen Eltern aufzutauchen, ohne dass die anderen merken, was los ist." Er hatte sich schon lange daran gewöhnt, dass er an Feiertagen niemand Besonderen an seiner Seite hatte, und auch wenn das enttäuschend war, war es eine nette Abwechslung, dieses Mal nur einen oder zwei Tage allein zu sein.

Er zupfte an einem Band ihrer Gebetshaube. „Das war wahrscheinlich zu erwarten, nachdem wir an Thanksgiving zusammen sein konnten … in einem Haus, das voll war mit unzähligen Verwandten. Kannst du am Tag nach Weihnachten zurück sein? Ich nehme mir frei."

Ihre Augen funkelten. „Oh." Sie zog das Wort in die Länge und verriet ihm damit, dass sie dazu ein paar Ideen hatte. „Nach dem Schneefall vom letzten Wochenende könnte es perfekt sein zum Schlittenfahren, falls wir in den nächsten zweieinhalb Wochen noch einmal Schnee bekommen."

Matthew sehnte sich danach, sie zu küssen, spielte aber weiter mit dem Band ihrer Haube. „Schlittenfahren könnte Spaß machen."

„Vielleicht könnten wir ein Wettrennen veranstalten."

„Zwei Schlitten, statt zu zweit auf einem zu sitzen? Das ist nicht das, was ich im Sinn hatte."

Sie drohte ihm scherzhaft mit dem Finger, bevor sich ihr Gesichtsausdruck änderte. „Der Bischof war heute da."

„Ja, er war in der Werkstatt und hat mit mir gesprochen, bevor er wieder ging. Er hat aber nicht so viele Fragen gestellt. Vielleicht hat er beschlossen, mir eine Pause zu gönnen."

Sie lächelte und streichelte das Kätzchen. „Bald hast du seine Gunst wieder, dann kann ich aufhören, nur eine Angestellte zu sein. Ja?"

„Ist es schlimm für dich, die Rolle der Angestellten zu spielen?"

Sie lehnte sich mit dem Rücken an die Außenwand der Werkstatt. „Nein, ich genieße das. Ein paar Heimlichkeiten sind gut für die Seele."

„Wirklich? Der Prediger bei euch zu Hause muss etwas ganz anderes predigen als meiner."

Kathryn richtete sich groß vor ihm auf und schmunzelte. „Ich gehe jetzt lieber."

Matthew legte seine Hand vor ihr an die Wand und hinderte sie am Gehen. Sie senkte das Kinn und kraulte dem Kätzchen den Kopf. „Du weißt, was ich darüber denke …"

Sie sprach den Satz nicht zu Ende, aber er wusste, was sie meinte. Sie hatte ihren Standpunkt zu diesem Thema vor ihrem ersten Treffen klargestellt. Sie war überzeugt, dass in einer Beziehung nicht einmal Händchenhalten richtig war, solange das Paar nicht die Absicht hatte zu heiraten.

Er trat näher an sie heran. „Ich weiß."

Sie senkte den Blick und er sah an ihrer Miene, dass sie überlegte. Als sie den Kopf hob, war er sicher, dass er im Funkeln ihrer Augen eine kleine Einladung sah.

„Katie, weißt du …" Matthew versuchte, ganz beiläufig zu klingen. „… dass nichts falsch daran wäre, wenn du mir ein Vorweihnachtsgeschenk geben würdest?“

Sie schürzte die Lippen, als wäre sie frustriert, und schaute ihm in die Augen. „Nutzt du es aus, dass mir diese Geheimniskrämerei gefällt, Matthew Esh?“

„Ich versuche es, ja.“

Mit ihrem umwerfenden Lächeln schüttelte sie den Kopf und wollte um ihn herumgehen. Er stellte sich ihr in den Weg. Da er überzeugt war, dass sie die Frau war, mit der er den Rest seines Lebens verbringen wollte, war ihm dieses ganze Kein-Händchenhalten und Kein-Küssen einfach zu viel, aber bis heute hatte sie ihm durch keine Andeutung zu verstehen gegeben, dass er die Sache ein wenig vorantreiben sollte. Sie blieb stehen und wartete anscheinend, dass er zur Seite trat. Er beugte sich zu ihr vor und sie wich zurück.

„Ich habe nicht die Absicht, eine typische amische Ehefrau zu werden.“

Matthews Herz schlug schneller. „Nein? Willst du lieber ein amischer Ehemann werden?“

Sie lachte. „Ich versuche, ernst zu sein.“

„Dann versuche, so zu reden, dass ich dich verstehe.“

„Ich will nicht aufhören, mit dir zu arbeiten, nur um deine Kinder zu bekommen.“

„Hmm.“ Matthew nickte. Er hatte den schweren Verdacht, dass Kathryn Glick bereit war für den ersten Kuss ihres Lebens. „Willst du in der Werkstatt Babybetten und einen Laufstall aufstellen?“

„Und bei warmem Wetter unter den Bäumen. Neben dem Garten bei der Gartenarbeit. Und …“

Matthew wickelte die Bänder ihrer Gebetshaube um seine Finger. „Dein Bedürfnis, alles zu planen und zu organisieren, bringt meine ganze Spontaneität durcheinander.“

„Wenn du eine Hausfrau willst, muss ich das jetzt wissen. Denn das bin ich nicht, aber deine *Mamm* würde sicher gern helfen und sie würde jede Minute davon genießen.“

„Schön, dass du alles genau geplant hast“, flüsterte Matthew. „Ich habe keine Einwände gegen deine Pläne“, murmelte er und streifte leicht mit den Lippen über ihren Mund.

Sie wich mehrere Schritte zurück, bis sie gegen die Wand stieß und ihn anstarrte. Matthew war von dem Kuss ganz schwindelig. Er holte tief Luft. Sie hatte gerade davon gesprochen, ihn zu heiraten, obwohl er noch nicht einmal um ihre Hand angehalten hatte. Dieser Moment war beglückend.

Sie fuhr mit den Fingern über ihre Lippen, bevor sie sie zu einem Schmollmund verzog. „War das schon das ganze Geschenk, das du von mir haben wolltest?"

Er verstand den Wink und legte die Arme um sie. „Ich wollte nicht zu gierig sein."

„Hin und wieder kann ich ein wenig Gier vertragen."

„Gut zu wissen." Er küsste sie und war ganz sicher, dass nichts sich je zwischen sie stellen könnte.

Mamm rief ihre Namen und Kathryn zog sich langsam aus seiner Umarmung zurück.

Matthew trat ein paar Zentimeter zurück und sah, dass die Katze immer noch unbeeindruckt in ihrer Armbeuge schlief.

Kathryn lächelte ihn an. „Mir gefällt diese Geheimnistuerei."

„Hoffentlich nicht zu sehr. Ich will es allen sagen, sobald sich der Bischof beruhigt hat."

Sie warf in gespielter Selbstgefälligkeit die Schultern zurück. „Oh, wir werden es wirklich *allen* sagen, einverstanden."

Es war die erste Andeutung, dass Elle es erfahren sollte. Er konnte ihr daraus keinen Vorwurf machen.

Kathryn reichte ihm das Kätzchen und huschte zwischen ihm und der Wand hervor. „Aber bis dahin …" Sie bedeutete ihm, hier zu bleiben. „Werden wir deine kleine Bewährungszeit genießen."

Sie genießen? Er hatte auf dieser Geheimhaltung bestanden und jetzt machte sie die Grenzen seiner Entscheidung nicht nur erträglich, sondern sogar zu einem Vergnügen.

„Bring sie irgendwohin, wo sie es warm hat, zähl bis vierzig und komm dann ins Haus, okay?"

Sie wollte schon weggehen, aber er zog sie zu sich zurück und küsste sie noch einmal. Sie kämpfte sich frei und ihr Lachen erfüllte die Luft, als sie loslief, sich zweimal umdrehte und mit einem verführerischen Lächeln zurückschaute.

Kathryn hatte also neben ihrer organisierten und abgeklärten Art, das Leben anzupacken, auch eine romantische Seite. Er konnte immer noch die Berührung ihrer Lippen auf seinem Mund fühlen. Er fing einen ihrer Blicke auf und zwinkerte ihr zu und wurde sich erneut bewusst, dass alles, was er je gewollt hatte, sich hier auf dem Land befand, das früher einmal seinem Urgroßvater gehört hatte, und bei einer Frau, deren Wurzeln genauso tief in der alten Lebensweise der Amisch verankert waren wie seine.

Kapitel 36

Hannah drehte den Schlüssel im Schloss und schob die Tür zur Blockhütte auf. Die Dezemberkälte in Zabeths früherem Zuhause war genauso unerbittlich wie die Einsamkeit in Hannahs Herz. Silberne Strahlen des Mondscheins legten sich über den Boden. Sie trat ans Klavier, ohne das Licht einzuschalten, und schlug ein paar Tasten an. Das Klavier musste gestimmt werden, aber sie erinnerte sich an die wunderschönen Lieder, die Zabeth darauf gespielt hatte, während Hannah neben ihr gesessen und ihr dabei zugeschaut hatte.

Als getauftes Mitglied der amischen Kirche hatte Zabeth wegen ihrer Liebe zur Musik den Kontakt zu allen Verwandten abbrechen müssen. Martin hatte dieselbe Leidenschaft für Musik. Hannah gefiel die Musik, aber sie spielte für sie keine so wichtige Rolle wie für die anderen beiden.

Sie trat ans Fenster und schaute auf den Garten hinter dem Haus. Dort auf der Bank hatte sie sich das erste Mal mit Martin freundschaftlich unterhalten.

In dieser Hütte hatte sich die Freundschaft zwischen ihnen entwickelt und hier hatten sie sich ineinander verliebt.

Wenn er nur zur Blockhütte kommen würde …

Aber das würde er nicht. Er wollte die Hütte verkaufen. Noch schlimmer, sie hatte in seinen Plan eingewilligt.

Alles zwischen ihnen veränderte sich, wenn dieser Ort nicht mehr ihr gemeinsamer Zufluchtsort wäre. Dieses kleine Haus verkörperte, wer sie war, und er war immer wieder hierher gekommen und hatte diesen Teil von ihr gemocht.

Eine einsame Glühbirne hing von der Decke. Sie ging zum Lichtschalter und schaltete das Licht ein und wieder aus und dann wieder ein. Das war der erste Ort gewesen, an dem sie Elektrizität gehabt hatte … und Freiheit. Zabeth hatte jeden ihrer Träume unterstützt und sie hatte alles an Hannah geliebt und akzeptiert.

Ohne ihren Mantel auszuziehen, schaltete Hannah das Licht aus und legte sich aufs Sofa. Sie musste gleich wieder gehen. Es war Dienstag, ihr freier Abend, und Martin wartete auf sie.

Seine Worte riefen ihr zu: *„Komm schon, Hannah, entscheide dich für uns."*

Sie hatte sich entschieden. Die Wahl war getroffen.

Ihre Zukunft lag bei ihm.

Nachdem die Kinder am Sonntagabend im Bett gewesen waren, hatte sie Martin erzählt, dass sie einige Stunden zuvor Paul besucht hatte. Bei der Erinnerung an seine wütende Reaktion erschauderte sie immer noch. Sie hatte ihm eilig erklärt, warum es ihr so wichtig gewesen war, nach Owl's Perch zu fahren: dass sie mit Mary hatte sprechen müssen, weil Dr. Lehman ihr gesagt hatte, dass sie vielleicht doch Kinder bekommen könne. Der Ärger war langsam aus seinem Gesicht gewichen und das Gespräch hatte eine andere Richtung eingeschlagen. Als sie in jener Nacht ins Gartenhaus gegangen war, hatten sie sich darauf geeinigt, dass er sich sterilisieren lassen würde.

Während sie auf dem Rücken lag und zur Decke hinaufstarrte, liefen warme Tränen über ihr Gesicht, und sie schloss die Augen.

Als ihr Telefon klingelte, fuhr sie erschrocken hoch. Sie angelte es aus ihrer Manteltasche und setzte sich auf. „Hallo."

„Hey, wo bist du?"

Hannah blinzelte. „Ich … ich muss eingeschlafen sein."

„Bist du in der Klinik und hat jemand Wehen? Ich dachte, du hättest heute Abend frei."

„Das habe ich auch. Ich … ich bin im Blockhaus."

Schweigen.

Schweigen schien ihre Beziehung in letzter Zeit mehr als alles andere zu definieren.

„Ich fahre sofort los."

„Es ist halb elf und du bist dort draußen, während ich hier auf dich warte? Hast du denn nicht gehört, dass dein Telefon heute Abend zigmal geklingelt hat?"

„Es hat nur dieses eine Mal geklingelt."

„Es wird wirklich allerhöchste Zeit, dass du ein neues Telefon bekommst."

„Ich wollte einfach diese Hütte sehen, Martin. Dir hat es hier doch früher auch gefallen, weißt du noch?"

„Du hast dort gewohnt und das, was mir daran gefallen hat, warst du."

Er würde nie verstehen, warum sie nicht hundertprozentig davon begeistert war, dass er sie verändern wollte. Und sie würde nie verstehen, warum er die Schlichtheit einer einzigen Glühbirne an der Decke oder das angenehme Gefühl der warmen Erde unter ihren nackten Füßen, wenn sie ihren Garten bearbeitete, nicht genießen konnte.

Aber von ihm hatte sie gelernt, sich in der Welt der Englischen zurechtzufinden. Sie hatten miteinander gelacht und waren sich nähergekommen und hatten sich ineinander verliebt. Er hatte geholfen, ihr gebrochenes Herz zu heilen, und es ihr ermöglicht, ein neues Leben anzufangen. Und sie liebte ihn. Sie würden diese Übergangsphase überstehen. Er hatte recht; die Blockhütte musste verkauft werden und sie musste die Vergangenheit hinter sich lassen.

„Ich fahre sofort los."

Sie ging zu ihrem Auto und achtete kaum auf die Straßen, als sie zu Martins Grundstück fuhr. Es war nach elf, als sie in seine Auffahrt bog. Mit Büchern und Wäsche beladen, die sie aus der Reinigung geholt hatte, schob Hannah die Autotür mit der Hüfte zu. Goldgelbes Licht leuchtete durch das riesige Bogenfenster des Haupthauses auf die dünne Schneeschicht im Garten. Martin stand am Fenster im ersten Stock und schaute nach unten.

Der ständige Schmerz, der sich in ihr breitgemacht hatte, wurde noch größer. Wenn sie nur über das reden könnten, was mit ihnen passierte, würde sie vielleicht wieder zueinanderfinden.

Sie hatten es versucht. Beide.

Er hatte ihr gesagt, dass sie das schlichte Leben endgültig loslassen müsse. Sie würden die Blockhütte verkaufen, aber sie könnte die Arbeitsstelle, die Dr. Lehman ihr anbot, annehmen. Martin würde sich sterilisieren lassen und sie könnte ihr Krankenpflegestudium beginnen.

Die Zugeständnisse, die er verlangte, waren groß.

Unter den Augen von zwei kleinen Kindern, die sie auch dann noch anschauten, wenn sie schlief, würde sie all das werden, was er wollte. Wenn sie richtig darüber nachdachte, waren die Kompromisse vernünftig. Er verlangte von ihr, sich besser an das englische Leben anzupassen. Es war nicht falsch von ihm, dass er das wollte.

Trotz ihrer voll beladenen Arme schaffte sie es, ihm zu winken. Martin hob langsam die Hand und erwiderte ihren Gruß. In der verzweifelten Hoffnung, dass die Reise nach Hawaii alles wäre, was sie beide brauchten, ging sie zum Gartenhaus.

Wenn sie nur Paul aus ihren Gedanken verbannen könnte, würden sich gewiss viele ihrer anderen Unstimmigkeiten von selbst regeln. Sie öffnete mühsam die unversperrte Tür zu ihrem Gartenhaus. Ohne das Licht einzuschalten, ging sie durch das dunkle Zimmer und lud alles auf dem kleinen, runden Küchentisch ab.

Ihr Handy klingelte. Sie kramte in ihrer Manteltasche und zog es heraus. „Hallo."

„Hey." Martin klang schläfrig oder vielleicht auch nur müde.

„Auch hey." Sie suchte nach Worten und bemühte sich, sich nicht so leer anzuhören, wie sie sich fühlte. „Wie war dein Tag?"

„Das Übliche. Und deiner?"

„Nichts Ungewöhnliches, außer dass wir Zwillinge auf die Welt brachten. Die Fishers haben jetzt zwei Zwillingspärchen und insgesamt neun Kinder."

„Unfassbar. Kannst du dir vorstellen, wie für diese Eltern der Tag abläuft?"

Sie schaltete ein Licht an. „Wie man sich dabei fühlt, hängt davon ab, welche Ziele man im Leben hat." Sie brachte ihre Schwesterntracht, die frisch aus der Reinigung kam, ins Schlafzimmer und hängte sie in den Schrank, bevor sie in die Küche zurückging.

„Ja, wahrscheinlich. Ich wollte mit dir über die Abschlussfeier am Freitagabend sprechen. Brauchst du dafür etwas Besonderes zum Anziehen?"

Ihr Blick fiel auf einen großen Umschlag, der unter dem Bücherstoß, den sie auf dem Tisch abgeladen hatte, hervorschaute. Sie zog ihn heraus. „Nein, ich brauche nur meine Schwesterntracht. Ich habe sie sogar in die Reinigung gebracht, damit sie perfekt aussieht, und heute habe ich sie abgeholt."

Der Brief war an Hannah Lapp Lawson adressiert, aber es stand kein Absender darauf. Er musste heute mit der Post gekommen sein und Laura hatte ihn wahrscheinlich ins Gartenhaus gebracht und ihn auf den Tisch gelegt. Vielleicht hatte ihr *Daed* auf den Brief geantwortet, den sie ihm geschickt hatte. Es war ein sehr kurzer Brief gewesen: *Lieber Daed, alles ist vergeben. Ich habe dich lieb, Hannah.*

Sie hatte Stunden gebraucht, um diese wenigen, einfachen Worte zu schreiben, aber als sie sie schrieb, hatte sie jedes Wort so gemeint. Sie öffnete den Umschlag und schüttelte den Inhalt auf den Tisch. Ein Brief auf grünem Briefpapier und ein sehr dicker, weißer Umschlag landeten auf dem Tisch. Sie drehte den weißen Umschlag um und erstarrte.

In Pauls Handschrift war ihr Vorname daraufgeschrieben.

„Hallooooo?", rief Martin.

„Ich … ich muss noch etwas erledigen. Können wir morgen weiterreden?"

Martin sagte etwas, das sie nicht wirklich hörte, bevor sie sich verabschiedete und die Verbindung trennte.

Sie faltete zuerst das grüne Briefpapier auseinander und suchte den Namen am Ende des Briefes.

Von Dorcas?

Sie kehrte zum Anfang oben auf der Seite zurück und begann zu lesen.

Hannah,
Du kannst dir nicht vorstellen, wie ungern ich Dir diesen Brief schreibe. Ich habe Dich aus Pauls Leben fortgewünscht, seit ich das erste Mal von Dir erfuhr. Ich wollte, dass Paul das für mich empfindet, was er in diesem Brief an Dich schrieb. Aber wenn Liebe alles erträgt, ist Selbstinteresse anscheinend auf jeden Fall zum Scheitern verurteilt – und jetzt gehört mir noch weniger von seinem Herzen, als ich je für möglich gehalten habe.
Als Du weggingst, hat er mit sich gerungen, was er tun sollte, und hat sich dann entschieden, Dir Zeit zu lassen und zu warten, bis Du von selbst zurückkommst. Immer wenn er in dieser Entscheidung schwankte, ermutigte ich ihn, diesen Kurs weiter zu verfolgen. Er hat auf Dich gewartet. Und ich habe ihm nie gesagt, dass Du angerufen hast. Er hat gewartet, bis er Dich in Ohio mit einem Mann sah und dachte, Du wärst mit ihm verheiratet. Eine

Woche später kamst Du zurück und er hat sich wieder in Dich verliebt. Vielleicht hast Du wirklich mit der Vergangenheit abgeschlossen und ich mache alles nur noch schlimmer, aber ich hatte das Gefühl, dass Du alles wissen musst. Ich weiß, das hätte ich von Anfang an tun sollen.
Bitte vergib mir,
Dorcas

Die Versuchung, seinen Brief zu lesen, war fast übermächtig, aber gleichzeitig drückten ihre Schuldgefühle sie fast zu Boden.

Pauls Brief zu lesen würde ihr nur erneut Schmerz bereiten. In der aufgewühlten Stille tauchte ein Bild von Kevin und Lissa vor ihr auf und sie wusste plötzlich ganz genau, was sie zu tun hatte. Sie nahm Dorcas' Brief und Pauls Brief und steckte beide wieder in den großen Umschlag. Obwohl eine Stimme in ihr schrie, ignorierte sie den Wunsch, seinen Brief zu lesen, und ging zum Abfalleimer. Aber ihre Finger wollten ihn nicht loslassen.

Er hatte ihr in Liebe geschrieben und hatte über zwei Jahre auf sie gewartet. Wollte sie wirklich die ganze Aufrichtigkeit, die er zu Papier gebracht hatte, in den Müll werfen?

„Gott, hilf mir."

Aber Gott half ihr nicht. Sie spürte keine zusätzliche Kraft, den Brief loszulassen, und auch nicht die Freiheit, ihn zu lesen. Pauls Worte, die er vor zwei Wochen gesagt hatte, hallten in ihrem Kopf wider: *Komm schon, Hannah. Wie gut kann deine Beziehung zu Martin denn sein, wenn …*

Bei der Notwendigkeit, sich vor Paul zu schützen, ging es nicht nur um Martin und sie. Es ging dabei auch um Kevin und Lissa. Sie würde die Kinder nicht im Stich lassen. Das konnte sie nicht. Ihr Vater hatte die beiden verlassen und ein paar Monate später auch ihre Mutter. Hannah wollte ihnen das nicht auch noch antun. Außerdem hätte Martin Kevin und Lissa wahrscheinlich nicht bei sich aufgenommen, wenn Hannah ihn nicht dazu gedrängt und überredet hätte. Sie könnte nie einem von ihnen den Rücken kehren, ohne einen Teil von sich selbst zu verlieren. Sie ließ den Brief in den Abfalleimer fallen und fühlte, wie ihre Brust sich zusammenzog. Ohne dieses Gefühl zu beachten, ging sie ins Schlafzimmer. Ihr Blick fiel auf den Spiegel, der hinten an der Tür hing. Sie schaute ihr Gesicht an. Das Einzige, was sie je gewollt hatte, war ein Leben mit Paul Waddell. Mehr hatte sie nie gewollt. Tränen brannten in ihren Augen. Ohne sich auszuziehen, schaltete sie das Licht aus und kroch ins Bett.

Dorcas hatte den Schmerz nur noch schlimmer gemacht. Hannah zwang sich einzuschlafen und schloss die Augen. Stunden vergingen und ihr Wunsch, den Brief zu lesen, wurde immer stärker. Die Versuchung, einen Teil von dem zu fühlen, was sie damals gefühlt hätte, beschämte sie. Von sich selbst angewidert, schob sie die Beine über die Bettkante und setzte sich auf.

Sie könnte ihn zerreißen oder verbrennen, aber vermutlich würde sich ihre Sehnsucht dann nur in ein starkes Bedauern verwandeln, das sie nie loslassen würde. Sie schluckte schwer. Das war lächerlich. Sie konnte den Brief einfach nicht ignorieren. Selbst wenn er tausend Jahre im Müll läge, wüsste sie trotzdem, dass Paul ihn ihr geschrieben und auf sie gewartet hatte.

War nicht von Anfang an ihre Angst, sich der Wahrheit zu stellen, das gewesen, was ihre Beziehung zu Paul am meisten zerstört hatte?

Sie hatte Angst gehabt, was er von ihr denken würde, wenn er erführe, dass sie vergewaltigt worden und schwanger war. Deshalb hatte sie versucht, beides zu verheimlichen. Sie hatte Angst gehabt zu sehen, wie er sich in eine andere Frau verliebte und mit ihr Kinder hätte, und war deshalb davongelaufen. Sie hatte Angst gehabt, dass er sich nur aus Mitleid um sie kümmern würde, wenn sie verwundbar vor ihn trat. Deshalb hatte sie ihm keine Chance dazu gegeben. Sie hatte gefürchtet, selbst wenn sie alles andere klären könnten, würde sie einen Keil zwischen ihn und seine Familie treiben und sein Leben würde nie wieder heil werden.

Dunkelheit legte sich über den Raum und sie sehnte sich nach dem Licht des neuen Tages, aber vor ihr lagen immer noch zwei Stunden Nacht. Ihr war übel von der Erkenntnis, wie sehr sie sich von ihrer Angst hatte beherrschen lassen, und sie ging in die Küche, schaltete das Licht an und öffnete den Abfalleimer. Sie holte den Umschlag heraus und stellte fest, dass er nass war, weil er neben einem benutzten Kaffeefilter gelandet war. Sie zog den weißen Umschlag aus dem großen, braunen Kuvert. Er war feucht und vom nassen Kaffeesatz verfärbt. Dorcas hatte ihn über drei Jahre lang sauber gehalten, aber Hannah hatte es in dieser kurzen Zeit schon geschafft, ihn schmutzig zu machen.

Mit dem Gefühl, alles zu verderben, was sie berührte, setzte sie sich, zog den Brief heraus und faltete ihn auseinander.

Liebe Hannah,
ich habe so lange gewartet, Dir zu sagen, was ich wirklich fühle. Mein Herz sprudelt einfach über, seit Du eingewilligt hast, meine Frau zu werden. Heute Abend gab es in meiner Familie eine Feier und ich konnte nur davon träumen, Dich an meiner Seite zu haben. Dich zu lieben und mit Dir zu lachen ist mein größter Wunsch und ich kann die vielen Treffen mit Freunden und unseren Familien kaum erwarten, an denen wir als Mann und Frau zusammen teilnehmen.
Ich weiß, dass Du Dir wegen Deiner Familie Sorgen machst und nicht weißt, wie sie reagieren wird, aber ich bin überzeugt, dass wir alle Schwierigkeiten überwinden und mit allem und jedem fertig werden, was uns trennen könnte. Ich werde alles tun, was ich kann, damit Deine Familie uns ihren Segen gibt.
Du hast so viele einmalige Seiten, mein Löwenherz. Ich weiß, dass Du es nicht sehen kannst und dass Du nicht einmal willst, dass ich es sage, aber schon am ersten Tag, an dem ich Dich bei Großmutter sah, als Du das ganze Essen für die Arbeiter zubereitet hast, habe ich das erkannt. Ein einziger Gedanke an Dich weckt in mir zig Erinnerungen daran, wer Du bist und wer wir zusammen sind. Und ich will nicht, dass Du Deine Gaben und Talente vergräbst und nur eine Gehilfin für mich wirst. Mein Traum ist es, dass wir beide uns bemühen, genau das zu sein, wozu Gott uns berufen hat. Ich glaube nicht, dass er Dir Deine vielen Gaben geschenkt hat, damit Du sie verrotten lässt und vergräbst, nur um eine pflichtbewusste Ehefrau zu sein.
Wir können nicht wissen, was das Leben für uns bereithält, aber ich habe keine vorgefertigten Wünsche, was ich von uns erwarte oder was ich will. Ich weiß nur, dass ich Dich will, Löwenherz, nur Dich, egal, wohin uns das führen wird.

Ihre Tränen verschleierten ihr den Blick und sie konnte nicht weiterlesen. Sie ließ den Brief sinken und faltete ihn zusammen.

Ihn zu lesen war ein Fehler gewesen. Das Wissen, dass er auf sie gewartet hatte und immer noch in sie verliebt war, war zu viel. Jetzt würde sie bis ans Ende ihres Lebens seine Stimme in sich hören.

Sie hatte so darum gekämpft, ihn loszulassen, aber die Gründe dafür waren jetzt genauso leblos wie der Garten des letzten Sommers. In der Hoffnung, ihre Übelkeit und ihre Müdigkeit zu vertreiben, ging sie unter die Dusche.

Es war heute genauso vorbei wie vor einem halben Jahr oder vor zwei Jahren, nur dass ihr Herz jetzt zu sehr mit Paul verbunden war, um Martin gegenüber fair sein zu können, und sie hatte keine Ahnung, wie sie Paul aus ihrem Herzen verbannen sollte. Sie blieb unter der heißen Dusche stehen, bis das Wasser allmählich kalt wurde. Die starke Sehnsucht in ihr ließ sich nicht länger leugnen.

Sie trocknete sich ab und schlüpfte in ihren dicken Baumwollbademantel.

Die Gefühle zehrten an ihr. Wie hatte es Paul geschafft, die ganze Zeit auf sie zu warten?

Die Sonne ging langsam auf und vertrieb die Dunkelheit. Seltsam, wie auch ein kleines Licht die Dunkelheit vertreiben konnte, aber Licht sich nicht so leicht vertreiben ließ.

Sie ging in die Küche und kochte einen Topf Kaffee.

An ihrer Tür klopfte es. Sie schloss einen Moment die Augen, holte tief Luft und hoffte, Martin würde nicht bemerken, wie angespannt sie war. Es war normalerweise nicht seine Art, vor der Arbeit bei ihr hereinzuschauen.

Sie öffnete die Tür und trat zurück. „Hallo."

Er trat ein und schloss die Tür. „Ich habe gesehen, dass du Licht hast."

„Willst du einen Kaffee?" Sie hob die Kanne hoch.

„Nein, danke."

Er klang verändert, irgendwie milder und sehr beherrscht.

Während sie sich eine weitere Tasse einschenkte, versuchte sie, nicht auf seinen durchdringenden Blick zu reagieren, den sie auf sich fühlte. „Was steht heute bei dir auf dem Programm?"

„Das Übliche. Und bei dir?"

Sie fühlte, wie die Tränen in ihren Augen brannten, als sie sich setzte. Sie konzentrierte ihren Blick auf die Arbeitsplatte, die Kaffeetasse, alles, nur nicht auf ihn. „Da die Schule vorbei ist, habe ich nicht allzu viel zu tun. Ich habe überlegt, dass ich mir etwas zum Anziehen für Hawaii kaufe. Vielleicht fange ich an, für Lissa und Kevin zu packen."

Er zog sich einen Stuhl heran und setzte sich. „Bevor ich deinen *Daed* kennenlernte und hörte, was er zu sagen hatte, hätte ich dir gesagt, dass du den Sand von deinen Füßen schütteln und *nie* zurückschauen sollst."

Sie löffelte Zucker in ihre Tasse und schaute zu, wie die schwarze Flüssigkeit Kreise drehte, als sie mit dem Löffel umrührte. „Aber wir beide wissen, dass sich Menschen mit den Jahren ändern, auch wenn ihnen Unrecht geschehen ist."

Das Surren der Heizung und die leisen Geräusche der elektrischen Kaffeemaschine hingen in der Luft, aber minutenlang sprachen weder Martin noch sie ein Wort.

Schließlich streckte er den Arm über den Tisch und nahm ihre Hand in seine. „Hannah, Schatz, könntest du mich bitte anschauen?"

Langsam blickte sie auf und war überrascht, keinen Ärger in seinen Augen zu sehen.

Martin atmete lange und langsam aus. „Das ist sie. Das ist das Mädchen, das ich sah, als wir uns das erste Mal trafen, nur dass sie damals in ‚Wie-hieß-er-doch-gleich' verliebt war." Martin küsste ihren Handrücken. „Er hat dich nicht fallen lassen, wie du gedacht hattest, nicht wahr?"

Hannah schluckte und schüttelte den Kopf. „Wie …" Sie unterdrückte nur mühsam ein Schluchzen und konnte ihren Satz nicht beenden.

„Als Mary Wehen hatte und du versuchtest, Paul zu erreichen, hast du zu Dorcas gesagt, dass du angerufen hast und sie es ihm nicht ausgerichtet hat." Martin rieb sanft ihre Hand. „Wann hast du es herausgefunden?"

„Als ich das zweite Mal dort war." Ihre Tränen brachen sich Bahn. „Ich habe das mit Paul nicht richtig angepackt. Es tut mir so leid."

„Ich habe Zabeth versprochen, dass ich dich gehen lasse, dass ich dir helfen würde zu gehen, falls du in deine Gemeinschaft zurückwillst. Es sei denn, wir wären bis dahin verheiratet." Martin schüttelte den Kopf. „Ich weiß, dass du mich liebst, und ich weiß, dass du Kevin und Lissa nicht verlassen willst, aber unsere Probleme haben damit zu tun, wer wir in der Tiefe sind." Er fluchte leise. „Wir haben es versucht und es ist uns fast gelungen, uns selbst einzureden, dass wir es könnten, aber ich glaube, wir können es nicht."

Obwohl sie ihn nur verschwommen sehen konnte, schaute sie ihn an.

„Ich will eine Frau, die mich will, Hannah. Das verdiene ich und Zabeth würde das auch wollen. Nein, sie würde das verlangen, genauso, wie sie es für dich fordern würde. Ich habe nicht so lange gewartet, um mich jetzt mit einer Frau abzufinden, die mich zwar liebt, die aber gleichzeitig einen anderen liebt. Du liebst nicht einmal meinen Lebensstil. Weder mein Haus noch meine Hobbys noch meine Zukunftsträume."

„Aber Kevin und Lissa. Sie sind auch unsere Träume und unsere Zukunft. Sie brauchen uns. Bitte, Martin."

Er hielt eine Hand hoch und versuchte, sie zum Schweigen zu bringen.

Hannah schaute ihm ins Gesicht. „Sie brauchen uns beide. Ich werde mich mehr anstrengen ..."

Er schlug auf die Tischplatte und unterbrach sie mitten im Satz. „Schluss damit, Hannah. Die Entscheidung steht fest." Er schloss die Augen und atmete stockend ein. „Du solltest dich reden hören! Du willst nur wegen Kevin und Lissa bei mir bleiben!"

Ihre Hände zitterten, als er eine Wahrheit aussprach, die er nicht wissen sollte.

„Du bist zwanzig und die beiden sind nicht deine Kinder. Du weißt, dass Faye zurückkommen könnte, oder? Ich werde ihr die Kinder nicht geben, wenn sie nicht vorher länger hier ist und mir bewiesen hat, dass sie clean ist, aber ich werde ihr im Leben der Kinder und in meinem Haus Platz einräumen."

Hannah zog ihre Hände zurück und legte die Handflächen über ihre feuchten Augen.

Martin wartete, bis sie ihn wieder anschaute. „Könntest du eine Minute einmal über etwas nachdenken? Wenn du nur wegen Kevin und Lissa hierbleibst, sagst du dann damit nicht, dass Gott ihnen keinen anderen Menschen schicken kann, der sich um sie kümmert?" Martin lächelte selbstsicher. „Glaube mir, da draußen sind genug Frauen, die gern in deine Fußstapfen treten würden. Einige von ihnen wären es sogar wert."

„Ich weiß nicht ..."

„Ich war mir immer der Möglichkeit bewusst, dass ich dich an das amische Leben verlieren könnte. Und vielleicht sogar an ‚Wie-hieß-er-doch-gleich'. Als du den Anruf von Sarah bekamst, den allerersten Anruf von zu Hause, wusste ich irgendwie, dass ich dich verlieren würde. Ich wollte es mir nur nicht eingestehen."

Ein Schluchzen kam über ihre Lippen und sie hielt sich die Hände vors Gesicht.

„Hör zu, wir feiern mit Kevin und Lissa deinen Schulabschluss und danach veranstalten wir mit der Band eine Abschiedsparty, damit die Kinder die Sache abschließen können. Wenn du willst, lade doch ..."

Er beendete den Satz nicht. Sie hatte keine Freunde, nicht in Ohio. Sie hatte Dr. Lehman, vielleicht die amischen Frauen vom Dienstagsquilten, aber sie würden nie zu einer Party hierher kommen. Sie hatte nur Martin, Kevin und Lissa. Die ganzen Menschen, die Martins Haus füllten, waren seine Freunde, Menschen, zu denen sie nie eine richtige Beziehung aufgebaut hatte. Vielleicht wenn sie sich mehr angestrengt hätte ...

„Ich lasse dein Flugticket auf Lauras Namen umschreiben und wir erklären den Kindern, dass du beschlossen hast, wieder nach Hause zu ziehen. Ich will nicht bis nach Weihnachten warten. Durch deine Schule, die Arbeit und deine Besuche in Owl's Perch haben sie sich sowieso schon daran gewöhnt, dass du oft weg bist. Der Urlaub auf Hawaii wird für sie eine gute Gelegenheit sein, sich an das Leben ohne dich zu gewöhnen." Seine Worten kamen ihm langsam und mechanisch über die Lippen, so, als hätte er sie sich vorher zurechtgelegt. Aber der Schmerz und die Enttäuschung hinter seiner äußeren Fassade waren tief.

Es war ihr fast unmöglich zu atmen, als sie mit ihren Tränen kämpfte. Obwohl sie weinte, ließ sie die Hände sinken und schaute ihm ins Gesicht. „Es tut mir so leid. Das ist alles meine Schuld."

„Deine Schuld?"

„Ich habe dich gedrängt, nicht mehr mit anderen Frauen auszugehen, sondern mit mir."

„Sieh den Tatsachen ins Auge, Hannah. Ich habe mich nie von irgendeinem Mädchen zu irgendetwas drängen lassen, was ich nicht selbst wollte. Und das schließt auch dich ein."

Seine Worte klangen genauso arrogant und herablassend wie damals, als sie sich das erste Mal begegnet waren, und er schien es zu merken, denn er seufzte und seine Gesichtszüge wurden etwas weicher.

„Du hast mich verändert, Hannah. Ohne dich wären Kevin und Lissa jetzt in einem Kinderheim und ich wäre im Begriff, ein Ekel zu werden, hin und her gerissen zwischen dem Wunsch, meinen eigenen Willen durchzusetzen, und Schuldgefühlen gegenüber Kevin und Lissa. Du warst für Zabeth da, als ich schon das Leben hasste."

„Das hast du mir nie gesagt."

Er nahm ihre Hand. „Vielleicht haben wir versucht, aus der Liebe, die wir zueinander hatten, etwas zu machen, wozu sie nie bestimmt war. Wenn du nur eine gute Freundin und Zabeths Nichte geblieben wärst ... diese Beziehung hätten wir ein Leben lang haben können. Aber ich will eine Frau, die ohne Musik nicht leben kann. Eine, die dieselben Dinge liebt, die mir wichtig sind, meine Gemeinde, die Band, meine Freunde, Kinofilme, gute Restaurants, Urlaube und Schwimmen und Golfspielen ..."

Sie hielt die Hand hoch, um ihn zum Schweigen zu bringen. „Ich habe verstanden. Danke."

„Wir haben es versucht, Hannah. Wir haben es wirklich versucht. Aber mir gefällt der Mensch nicht, in den ich mich in letzter Zeit verwandelt habe, weil ich krampfhaft versuchte, dich zu halten. Ich habe letzte Nacht nicht geschlafen, weil ich versucht habe, eine Lösung zu finden. Du siehst auch nicht so aus, als hättest du viel geschlafen."

Sie schüttelte den Kopf.

Er stand auf. „Ich muss los."

Sie schaute ihm in die Augen und wusste nicht, wie sie in Worte fassen sollte, was sie fühlte. „Du bist ein bemerkenswerter Mann, Martin Palmer."

Aus seinen grünen Augen sprach eine Härte, von der sie wusste, dass er dazu fähig war, aber Zabeth wäre stolz auf ihn gewesen.

„Wir bringen das freundschaftlich zu Ende, Hannah. Das verspreche ich dir.“ Damit verließ er das Haus.

Sie ging zur Tür und machte sie zu, dann sank sie an den Türrahmen und schluchzte laut.

Kapitel 37

Hannah spürte die Dezemberkälte bis auf die Knochen, als sie vor Lissa und Kevin niederkniete. Da sich alle, die nach Hawaii flogen, vor Martins Haus trafen, herrschte in seiner Auffahrt ein reges Treiben, während das Gepäck in die Fahrzeuge geräumt wurde, mit denen sie nach Cleveland fahren würden. In drei Tagen war Weihnachten und die ganze Gruppe wäre heute Abend pünktlich zum Abendessen auf der Insel.

Hannah knöpfte Lissas Mantel zu. „Ich wünsche euch viel Spaß und esst genug Obst und Gemüse, okay?“ Sie zog Kevins Wintermütze bis über die Ohren. „Und vergesst nicht, Fotos mit eurer Digitalkamera zu machen. Laura hat gesagt, dass sie euch hilft, sie mir zu schicken.“

Jeder von ihnen hatte einen Rucksack dabei, den Hannah mit Dingen bestückt hatte, mit denen sie sich während des vierzehnstündigen Fluges beschäftigen konnten.

Kevin hielt die neue Kamera hoch, die Martin ihm für die Reise gegeben hatte. „Hawaii wird bestimmt sehr lustig! Du wirst es bestimmt bereuen, dass du Laura dein Ticket überlassen hast und nicht erst nach dem Urlaub wieder nach Hause ziehst.“

„Ich bin an den Feiertagen bei meinem Bruder und meiner Nichte, während du bei deinem Onkel und deiner Schwester bist. Das passt doch gut zusammen.“

„Verstehe.“ Kevin zuckte die Achseln. „Onkel Martin hat gesagt, dass du umziehst, aber uns nicht im Stich lässt. Wir sehen dich hin und wieder, ja?“

Sie nickte, war aber unsicher, wie viel Kontakt Martin erlauben würde. Er war nicht bereit, darüber zu sprechen.

Lissa umarmte sie. „Laura hat gesagt, dass ich im Flugzeug eine Cola bekomme und mir selbst aussuchen darf, was ich essen will.“

„Das wird bestimmt schön.“ Hannah hielt das kleine Mädchen

fest und wollte sich für immer merken, wie warm sie sich anfühlte. Als Hannah und Martin ihnen erklärt hatten, dass sie wieder nach Hause ziehen würde, hatten die Kinder das mit nur wenigen Tränen aufgenommen. Martin verstand es wirklich gut, die Kinder abzulenken, wenn sie sich an neue Gegebenheiten in ihrem Leben gewöhnen mussten.

Er klatschte in die Hände. „Okay, Leute, ihr seid bei mir und drei anderen Erwachsenen im Auto. Kommt."

Sie liefen los und kreischten vor Vergnügen. In dem schweren Schweigen zwischen ihr und Martin lag das Gewicht zerschlagener Hoffnungen.

Ihre Abschlussfeier war schon gewesen. Dr. Lehman und die Krankenschwestern von der Klinik hatten daran teilgenommen. Jeder hatte in seinem Auto amische Frauen vom Dienstagsquilten mitgebracht. Laura und die Kinder waren gekommen. Martin hatte gesagt, dass er arbeiten müsse, aber sie beide wussten, dass seine Arbeit nicht der Grund für sein Fernbleiben war. Hannah fragte sich sogar, ob er schon wieder mit anderen Frauen ausging. Aber er hielt sein Wort und war bis zum Schluss freundlich.

Seit ihrem Schulabschluss hatte Hannah viel gearbeitet, um die Klinik so gut wie möglich auf ihr Ausscheiden vorzubereiten. Dr. Lehman wollte gern, dass Hannah sich alle zwei Monate in der Klinik sehen ließ. Aber egal, ob sie nach Ohio käme oder nicht, er würde sie jedes Mal besuchen, wenn er zu seiner Mutter nach Lancaster fuhr.

Martins Blick wanderte vom Wagen zu ihr. „Das war es also." Er schwieg und sah aus, als täte sie ihm leid. „Ich sage Laura, dass sie Kevin und Lissa helfen soll, dich anzurufen, wenn sie wollen, aber ansonsten könnte ich ein wenig Abstand vertragen."

„Verstehe."

„Du hast alles gepackt?"

„Fast."

„Falls du etwas brauchst …"

„Danke."

Er zog einige Papiere aus seiner Jackentasche und hielt sie ihr hin. „Die Blockhütte und ungefähr dreißigtausend Dollar gehören an deinem einundzwanzigsten Geburtstag dir. Ein Geschenk von

Zabeth, das du nach ihrem Willen bekommen solltest, wenn die Zeit dafür reif ist. Sie hatte eine kleine Lebensversicherung und hat dich als Begünstigte eingetragen. Ruf einfach den Anwalt an, der hier angegeben ist."

Sie nahm die Papiere entgegen. Tränen brannten auf ihrer Haut und sie versuchte, den Schmerz hinunterzuschlucken.

Er zuckte die Achseln. „Ich habe Gert vor ein paar Tagen an die Sawyers verkauft. Das Pferd soll ein Weihnachtsgeschenk für ihre Kinder werden. Ich nahm an, dass du nichts dagegen hast."

Sie schüttelte den Kopf. „Das ist gut." Es fühlte sich immer mehr wie eine Scheidung an als wie die Trennung von zwei Menschen, die neun Monate miteinander befreundet gewesen waren. Aber sie war nicht davongelaufen, auch wenn die letzten zwei Wochen sehr schmerzlich gewesen waren. Kevin und Lissa hatten sich in dieser Zeit erstaunlich gut an die neue Situation gewöhnt, als wäre sie eine große Schwester, die zum Studium wegzieht.

„Pass auf dich auf, Hannah." Er legte die Arme um sie, seine erste wirklich freundliche Geste, seit er mit ihr Schluss gemacht hatte. Sie brach in Tränen aus. „Psch." Er küsste sie auf den Kopf, bevor er einen Schritt zurücktrat. „Arbeite nicht zu viel."

Laura saß auf dem Beifahrersitz, drehte sich aber in diesem Moment nach hinten um, da sie mit den anderen Erwachsenen sprach, die bei ihr im Mietwagen saßen. Sie benahm sich eher wie eine Großmutter als wie ein bezahltes Kindermädchen, und das schien ihren und auch Martins Bedürfnissen besser zu entsprechen. Amy Clarke saß auf dem Rücksitz und half Lissa, sich anzuschnallen.

Wenn Martin fort wäre, würde Hannah auch aufbrechen. Darauf hatten sie sich um der Kinder willen geeinigt. Sie hatten sich außerdem darauf geeinigt, dass sie den Ring behalten würde, denn ihnen war während dieser langen Abschiedszeit klar geworden, dass Kevins und Lissas Geburtssteinring eine enge Verbindung zu ihnen symbolisierte.

Das Auto fuhr rückwärts aus der Einfahrt. Kevin und Lissa lächelten und winkten. Hannah setzte ein Lächeln auf, während sie winkte, bis sie nicht mehr zu sehen waren. Martin schaute kein einziges Mal zurück. Sie ging langsam zum Gartenhaus. Nachdem sie eine ganze Weile geweint hatte, duschte sie ausgiebig und packte ihre restlichen Sachen. Es war nach Mittag, als sie ihre Hausschlüssel auf den Tisch im Gartenhaus legte und die Tür hinter sich schloss.

Sie konnte vor Tränen kaum richtig sehen, als sie hinter das Lenkrad rutschte. Der Schmerz, von hier fortzugehen, war fast genauso schrecklich wie der Schmerz, der sie gequält hatte, als sie hier in Ohio angekommen war. Aber trotz ihres Schmerzes und ihrer Schuldgefühle bereute sie die Zeit mit Martin nicht. Er hatte natürlich recht: Er verdiente eine Frau, die alles, was er war und was er zu bieten hatte, lieben und genießen würde.

Die Tränen ließen ein bisschen nach und sie begann, für ihn zu beten. Als die Stunden vergingen und die Dunkelheit sich am Winterhimmel breitmachte, trat ein wenig Hoffnung an die Stelle ihres Schmerzes, und sie begriff, dass er ohne sie glücklicher werden würde. Und das war auch für die Kinder besser.

Während ein neuer Friede sie erfüllte und ihr Herz erwärmte, begannen ihre Gedanken, um Paul zu kreisen. Es war zu früh, um Kontakt zu ihm zu suchen, um ihm zu erklären, was in ihrem Leben passiert war. Deshalb fuhr sie zu Luke und Mary. Sie und Paul hätten später Zeit, um miteinander zu sprechen. Er hatte fast drei Jahre auf sie gewartet. Sie konnte also noch ein paar Wochen warten, um dem Ende ihrer Beziehung zu Martin eine anständige Trauerzeit einzuräumen. Niemand wusste, dass sie kam, aber vermutlich konnte sie bei Naomi Esh oder bei Luke und Mary wohnen, bis sie eine eigene Wohnung fand.

Sie streckte die Hand zum Beifahrersitz hinüber und fuhr mit den Fingern über das eingepackte Geschenk für Paul. Obwohl sie das Gefühl gehabt hatte, Martin gegenüber unloyal zu sein, hatte sie Pauls Brief heute vor Tagesanbruch wieder hervorgeholt und ihn zum ersten Mal vom Anfang bis zum Schluss gelesen. Pauls Fähigkeit, sie zu verstehen und sie so anzunehmen, wie sie war, hatte sie erneut mit großem Staunen erfüllt, als sie die Worte las, die er vor so langer Zeit geschrieben hatte. Danach hatte sie die „Vergangenheit-und-Zukunft"-Quiltdecke für ihn eingepackt. Sie war sich nicht sicher, wann sie ihm die Decke geben würde, aber sie wusste, dass er sie früh genug bekäme. Irgendwann im nächsten Monat oder zu seinem Geburtstag im Sommer.

Die Wiesen auf beiden Seiten der Straße waren unter einer dicken

Schneedecke begraben und der klare Himmel hatte unter der Mondsichel einen lila Schein. Auf der anderen Straßenseite kamen ihr ein Pferd und ein Einspänner entgegen. Als sie aneinander vorbeifuhren, löste das Klappern der Pferdehufe viele Gefühle in ihr aus. Anders als wenn sie in Ohio Pferden und Einspännern begegnete, hatte Hannah hier das Gefühl, zu Hause zu sein. Der Schnee glitzerte unter dem Mondschein und erfüllte sie mit einem sonderbaren, aber vertrauten Gefühl, das sie nicht beschreiben konnte. Sie lenkte ihr Auto an den Straßenrand und stieg aus. Weiße Felder breiteten sich vor ihr aus und kahle Bäume säumten den Horizont.

„Hannah."

Ein Flüstern wehte mit dem Winterwind über das Feld. Ein Schauer lief ihr über den Rücken, als sie sich an das Flüstern erinnerte, das sie vor Jahren aus Owl's Perch fortgeholt hatte. Jetzt war es wieder da. Genauso vertraut, genauso undefinierbar.

„Kumm raus."

Ihre Knie wurden weich, so überwältigt war sie. Sie kannte diese Stimme. Nicht wahr? Sie fröstelte und sie fühlte sich so sonderbar. Vor Jahren hatte sie diese Stimme nicht einordnen können.

Heute konnte sie es.

„Oh, Vater, war es die ganze Zeit schon Paul?" Sie umklammerte in ihrer Manteltasche den Brief, den er ihr geschrieben hatte. Sie lehnte sich ans Auto, um sich zu stützen, als ihr plötzlich vieles klar wurde. Er war nicht nur zu *ihr* zurückgekommen. Er war zurückgekommen und war bereit gewesen, sie zu heiraten und das Kind anzunehmen, mit dem sie schwanger gewesen war. Sie konnte sich kaum noch auf den Beinen halten und atmete stockend die kalte Luft ein.

Das erste Mal, als sie diese Stimme gehört hatte, hatte sie am Grab ihres Babys gestanden, aber der Ruf war von den verschiedensten Gefühlen begleitet gewesen: Hoffnung, Sehnsucht, Freiheit ... und einer so tiefen Liebe, dass sie gedacht hatte, es sei Gott selbst. Ein Teil davon musste Gott gewesen sein. Er war auf ihrem Weg immer bei ihr geblieben und hatte ihr all die Dinge gegeben, die sie in diesem Flüstern gefühlt hatte: Hoffnung und eine Zukunft.

„Gott?"

Sie kannte jetzt mehr Teile des Puzzles als je zuvor und spürte, dass es kein Fehler gewesen war, von hier fortzugehen und Zabeth zu suchen. Und sie würde es nicht bereuen, dass sie Martin kennengelernt hatte – auch wenn sie sich nicht in ihn hätte verlieben sollen.

Sie konnte dieses Flüstern nicht loslassen und blieb in der Kälte stehen, aber der Wunsch, Paul zu sehen, wuchs mit jeder Minute. Er hatte so lange, so geduldig gewartet, als hätte *„Kumm raus"* nicht bedeutet, dass sie zu ihm kommen sollte. Wenigstens nicht sofort. Wenn es Pauls Stimme gewesen war, die sie gerufen hatte, dann hatte er sie aufgefordert, sich von der Dominanz ihres Vaters, den bösen Gerüchten in ihrer Gemeinde und dem Schmerz, der ihr zugefügt worden war, zu befreien. Aber er war bereit gewesen zu warten.

Da sie ihn nicht hatte erreichen können, hatte sie sich auf neue Dinge eingelassen, die sie in Ohio festgehalten hatten.

Das Bedürfnis, Paul zu sehen, wurde noch stärker. Wenn sie vorsichtig vorging, wäre es sicher nicht unehrenhaft, zu ihm zu gehen, ihm die Quiltdecke zu geben und ihn wissen zu lassen, dass sie … zu Hause war.

Sie stieg in ihr Auto und fuhr zur Klinik. Wenn er nicht da war, würde sie zu Luke fahren. Vielleicht. Sie warf einen Blick auf ihre Uhr. Es war fast sieben. Sie näherte sich der Kreuzung vor der Klinik. Der Parkplatz war leer, bis auf Pauls Auto.

Sie schaltete in einen niedrigeren Gang und bog auf den Parkplatz. Durch ein Fenster im ersten Stock von *Better Path* sah sie Paul in einem Zimmer, das nicht sein Büro war. Er schien etwas zu lesen, das er in der Hand hielt. Sie klappte ihr Handy auf und wählte die Nummer, die sie eingespeichert hatte – die Nummer, die sie vor vier Wochen versehentlich angerufen hatte.

„Hannah", meldete sich Paul. „Was gibt's?"

Sie hatte Mühe, ihre Stimme zu finden.

„Hannah?"

„Ja", flüsterte sie mühsam.

„Ist alles in Ordnung?"

„Könntest du aus dem Fenster schauen?"

Er trat ans Fenster und schaute nach unten. Bei der Überraschung auf seinem Gesicht musste sie lächeln.

„Was machst du hier?"

„Ich … ich habe dir etwas gebracht."

Durch das Fenster schaute er sie ein paar Sekunden an. „Ich bin gleich unten."

Sie klappte ihr Handy zu und stieg aus dem Auto. Bis sie zur Beifahrerseite herumgegangen war und das Geschenk aus dem Auto geholt hatte, stand er in seinem kurzärmeligen Hemd auf der Veranda. Aus seinen Augen sprach eine unglaubliche Liebe, die so tief war, dass sie es fast nicht ertragen konnte, ihn anzuschauen. Er strahlte körperliche Kraft aus. Mit dem Geschenk auf dem Arm ging sie zum Fußende der Stufen.

„Du machst einen kurzen Besuch zu Hause, bevor du wegfliegst, was?"

Das war Paul. Unaufdringlich. Optimistisch. Und darauf bedacht, mit seinem Tonfall und seinen Worten ihre Entscheidung für Martin zu respektieren.

Sie hielt ihm das Geschenk hin und er nahm es aus ihren Händen entgegen. Es war eingepackt, aber es war nicht in einer Schachtel.

Mit Leichtigkeit entfernte er das goldene Geschenkpapier und ließ es auf den Boden fallen. „Die ‚Vergangenheit-und-Zukunft'-Quiltdecke."

„Die Decke ist wieder zu mir zurückgekommen und jetzt …" Sie schluckte mühsam ihre Tränen runter.

„Hannah, was ist los?"

Sie zog den Brief, den er vor drei Jahren geschrieben hatte, aus ihrer Manteltasche und hielt ihn ihm hin.

Kaum hatte er einen Blick darauf geworfen, als er erkannte, um was es sich handelte. „Dorcas hätte dir das nicht schicken sollen."

„Es war richtig von ihr." Sie steckte ihn wieder in die Tasche. „Paul, ich war ein Teil deiner Vergangenheit und ich will immer ein Teil deiner Zukunft sein."

„Hannah?"

„Ich … ich bin nicht sicher, ob es richtig war, hierher zu kommen. Es ist zu früh."

Er trat näher und die starken Gefühle, die sie überrollten, wenn er in ihrer Nähe war, erlebte sie nirgendwo sonst.

„Martin und ich … sind nicht mehr zusammen."

Mit den sanften Bewegungen, die so typisch für ihn waren, streichelte Paul mit einer Hand ihre Wange. Er schaute ihr in die Augen und sagte mit seinem Blick so viele Dinge, die keiner von ihnen in Worte fassen konnte. Jetzt noch nicht, vielleicht eine ganze Weile nicht. „Ich gehe nicht weg."

„Ich … ich kann vielleicht keine Kinder bekommen."

Er schob ihr die Decke in die Arme und umfasste mit zitternden Händen ihr Gesicht. „Ich will dich. Das ist alles. Das weißt du doch inzwischen bestimmt." Er nahm sie zärtlich in die Arme und lehnte seinen Kopf an ihren. „Du bist wieder zu Hause", flüsterte er mit heiserer Stimme.

Hannah hatte sich nach einem solchen Moment so lange gesehnt, sie hatte davon geträumt, lange bevor er sie gebeten hatte, ihn zu heiraten, und auch später noch, als sie dachte, sie hätte seine Liebe für immer verloren. Mit der Quiltdecke zwischen ihnen legte sie die Arme um ihn.

Nachdem er sie lange festgehalten hatte, nahm er sie an der Hand. „Ich habe etwas, das ich dir gern zeigen möchte." Sie gingen ins Haus und die Treppe hoch in das Zimmer, wo er zuvor gewesen war. Überall waren Papiere verstreut und auf dem Tisch war ein Plan ausgebreitet.

Paul hielt einen Finger hoch. „Während du dir das anschaust und dir überlegen kannst, an was ich da arbeite, muss ich etwas aus meinem Büro holen." An der Tür blieb er stehen und kam wieder zu ihr zurück. Er nahm ihr Gesicht in seine Hände und schaute sie an. „Du bist hier."

Sie nickte und kämpfte erneut mit den Tränen.

„Du bist wirklich hier."

Die Tränen liefen ihr über die Wangen. Er legte die Hände auf ihre Schultern. Seine Augen glänzten und ein zärtliches Lächeln zog über sein Gesicht. „Ich bin gleich wieder da …"

Sie schaute die Papiere an und bekam eine Gänsehaut, als ihr bewusst wurde, was er hier machte. Er kam mit einer kleinen Schachtel wieder ins Büro und stellte sie zur Seite.

Hatte er sie erwartet?

Das konnte nicht sein. Wie konnte er dann ein Geschenk für sie haben?

Sie betrachtete die Informationen, die vor ihr ausgebreitet waren. „Weißt du, was du hier vor dir hast?"

„Pläne für eine Klinik."

„Nicht einfach irgendeine Klinik. Sondern eine Klinik, die als amische und mennonitische Einrichtung ausgelegt sein soll."

Ihr Herz pochte so kräftig, dass sie es in ihren Ohren hören konnte.

Paul zog einen Stuhl für sie heran. „Es wird ein paar Jahre dauern, aber der Klinikrat hat schon dafür gestimmt, das Gästehaus in eine amische Klinik umzuwandeln. Wir haben nur wenige Patienten, die stationär behandelt werden müssen. Die Belegung ist nicht optimal, wenn es nur als Wohnhaus für Gäste genutzt wird. Als du im September zurückkamst, wurden mir die Augen dafür geöffnet, wie viel eine medizinische Einrichtung für die Menschen hier bedeuten könnte, wahrscheinlich noch mehr für die Amisch als für die Mennoniten. Ich bin mir nicht sicher, wie wir einen Arzt und das übrige Personal dafür finden, aber wir haben genug Zeit, um für jede Position die richtigen Leute zu suchen."

Sie dachte an die Zeit zurück, als außer ihren Eltern weder Paul noch sonst jemand von ihrem Geheimnis gewusst hatte und sie sich gefühlt hatte, als wäre sie eine leere Petroleumlampe, deren äußere Hülle niemand brauchen konnte. Oh, wie sehr hatte sie sich danach gesehnt, Paul alles zu sagen und trotzdem von ihm geliebt zu werden. Wie nötig hätte sie es gehabt, etwas zu finden, das sie gut konnte, und ihre Kraft und Zeit dafür zu investieren. Jetzt hatte sie das alles. War das nur ein Traum oder erlebte sie es wirklich?

„Ich will ein Studium an meine Ausbildung anhängen. Ich muss nur alles, was ich in meiner Ausbildung gelernt habe und beim Studium noch lernen werde, mit dem kombinieren, was wir über das Leben und Denken der Amisch und der Mennoniten wissen."

„Der Klinikrat wird wollen, dass du mitarbeitest und dein Wissen und deinen Einfluss einsetzt, wenn du das willst."

„Natürlich will ich das."

„Als Nächstes wird es darum gehen, die Finanzierung zu regeln. Bis die Klinik eröffnet werden kann und alle Geräte und nötigen Dinge beschafft sind, das Personal eingestellt ist und die Genehmigungen und Zulassungen erteilt sind, hast du deinen Studienabschluss in der Tasche."

Paul nahm die Schachtel, die er mitgebracht hatte, und stellte sie vor sie hin, aber sie konnte sich nicht bewegen. Er hob den Deckel von der Schachtel. „Erinnerst du dich an *House of Grace?*“

Sie konnte ihm nicht antworten und schaute zu, wie er mehrere Fotos von einem kleinen Mädchen herausholte.

„Wir sind seit fast drei Jahren ihre Paten. Schau.“ Paul nahm ein paar handgemachte, mit einem Kreuzstich verzierte Stoffbeutel heraus.

Nachdem sie mit den Fingern über den Stoff in seiner Hand gefahren war, zog sie einen großen Stapel Zeichnungen auf buntem Papier heraus.

„Sie malt die Bilder mit den Stiften, Wachsmalkreiden, Wasserfarben und dem Papier, das wir ihr schicken.“

„Wir?“, fragte Hannah heiser.

Paul kramte in der Schachtel, bis er ein beigefarbenes Papier herauszog, einen Brief der Patenorganisation. Darauf waren Paul Waddell und Hannah Lapp als Paten eingetragen.

Hannah schloss die Augen und hatte Mühe, das alles zu verarbeiten. Er hatte nicht nur auf sie gewartet, er war auch den Dingen treu geblieben, die sie gemeinsam begonnen hatten. Sprachlos schaute sie wieder die Handarbeit des Mädchens an. Das kleine Mädchen hatte ein erstaunliches Talent zu zeichnen und zu malen. Hannah legte ein Stück zur Seite und schaute ein anderes an, bis sie auf eine Karte stieß, die das Mädchen gemacht hatte. Sie hatte ein schönes Bild von einem Haus gemalt, aus dessen Fenstern gelbes Licht strömte. Darauf stand:

Ich liebe euch.
A-Yom

„Wir werden Kinder haben, Hannah. Vielleicht nie eigene, aber auf dieser Erde fehlt es nicht an Kindern, die jemanden brauchen, der sie liebt.“

Hannah stand auf. „Ist das alles nur ein Traum?“

Paul trat näher und schaute ihr in die Augen, als sei er sich auch nicht sicher. „Das frage ich mich auch die ganze Zeit.“ Er wickelte die Strähnen ihrer Locken, die sich aus ihrem Knoten gelöst hatten, um seine Finger. „Du bist hier. Dieses Geschenk hat einen hohen Preis gekostet. Das werde ich nie vergessen.“

Sie konnte ihm nicht sagen, dass sie ihn liebte, noch nicht, wahrscheinlich erst, wenn Martin nicht mehr so wütend auf sie war und eine neue Freundin hatte. Aber sie musste es ihm nicht sagen. Er verstand sie. Es war, wie Sarah gesagt hatte: Paul sah sie.

Er schaute sie an. „Als du sagtest ‚zu früh', hast du gemeint, dass wir als Freunde Zeit miteinander verbringen können, aber vorerst nichts zu Ernstes, richtig?"

Er verstand sie in jeder Hinsicht. „Ja."

„Gut. Das wird das schönste Weihnachten meines Lebens."

Während sie einen Laib Brot aus dem Ofen holte, fühlte Hannah Pauls Augen auf sich ruhen. Lachen und fröhliche Stimmen drangen aus dem Wohnzimmer, wo sie alle zusammen Brettspiele machten. Jeden Freitagabend hatten sie und Paul eine neue Tradition entwickelt: Abendessen und Spielen mit Freunden.

Luke und Mary waren mit Amanda da. Sarah war mitgekommen. Matthew und Kathryn waren vor einer Stunde eingetroffen. Im Gegensatz zu den Treffen mit der Band gehörte Hannah hier wirklich dazu. Selbst wenn die Gäste Pauls Freunde waren, die sie kaum kannte. Sie drehte den Kopf in seine Richtung. Er lehnte mit der Schulter am Türrahmen, schaute ihr zu und sagte mit seinem Blick alles, was sie hören wollte.

Seit Hannah vor zwei Monaten hier angekommen war, hatte sie sich so sehr in Paul verliebt, dass ihr Verstand das gar nicht fassen konnte. In der ersten Zeit hatten sie oft bei Großmutter vor dem brennenden Kamin gesessen und sich unterhalten, bis Hannah auf dem Sofa eingeschlafen war. Mehr als einmal hatte Paul im Sessel gesessen, hatte an seinem Kaffee genippt und sie lächelnd angeschaut, als sie aufwachte.

Sie hatte so viel in diesen letzten zwei Monaten erlebt. Sie hatte ihr Staatsexamen gemacht und bestanden, aber sie hatte die Bewerbungsfrist für das Pflegestudium in diesem Winter verpasst, und so hatten sie und Paul ihre freie Zeit gut genutzt.

Trotz des kalten Wetters waren sie an die Küste gefahren und zum ersten Mal in ihrem Leben hatte sie das Meer gesehen. Sie waren mit

Matthew und Kathryn Schlitten gefahren, hatten Zeit mit ihren Freunden und Familien verbracht und sich abends gemütlich unterhalten. Sie waren zum Universitätsgelände gefahren, wo er früher studiert hatte und wo sie vielleicht bald studieren würde. Ihr hatte das staatliche Museum in Harrisburg so gut gefallen, dass sie schon dreimal dort gewesen waren, und sie waren auch nach City Island gefahren. Sie waren am Bahnhof in Alliance gewesen, in ihrer geliebten Blockhütte und in Dr. Lehmans Klinik. Paul hatte alle Frauen vom Dienstagsquilten kennengelernt. Die Frauen waren begeistert gewesen, als sie erfuhren, dass sie wieder ein schlichtes Leben führte, auch wenn sie nicht mehr amisch war. Sie waren in der Innenstadt von Alliance gewesen und hatten gehofft, sie würden Kendrick finden, den jungen Mann, der sie vor dem Erfrieren gerettet hatte, als sie vor fast drei Jahren im tiefsten Winter in Ohio angekommen war. Sie war so sehr damit beschäftigt gewesen, in dieser neuen Welt zu überleben und die Vergangenheit hinter sich zu lassen, dass sie kaum noch an Kendrick gedacht hatte. Aber Paul wollte ihn finden, ihm danken und sehen, ob sie irgendetwas für ihn tun könnten.

Bei jedem Ausflug schloss sich die klaffende Lücke zwischen ihnen ein wenig mehr, die in der Zeit der Trennung entstanden war, und jetzt war sie kaum noch zu merken. Paul stellte keine Forderungen ihr gegenüber, keine Verpflichtung, keine Pläne, keine Liebesversprechen. Aber niemand verstand sie besser als Paul und er musste wissen, dass sie ihn von ganzem Herzen liebte. Aus Respekt vor Martin hielt sie sich zurück und hatte Paul noch nicht geküsst, aber ihr Wunsch, ihn zu heiraten, wuchs mit jedem Tag.

Beim ersten Besuch bei seinen Eltern war sie am Anfang etwas unsicher gewesen, aber sein Vater, seine Schwester und sein Schwager hatten sie herzlich aufgenommen. Sein Onkel Samuel war gekommen, nur um sie kennenzulernen, und er hatte die Reserviertheit, die Pauls Mutter, Hazel, an den Tag legte, mehr als wettgemacht. Am Ende des Abends war sogar seine Mutter ein wenig freundlicher geworden und Hannah war zuversichtlich, dass sie irgendwann Freundinnen werden könnten. Was Hazel ihr entgegenbrachte, war auf jeden Fall viel freundlicher, als was Paul von ihrem *Daed* erwarten konnte. Aber Paul und sie waren zusammen und abgesehen von dem Schmerz wegen der Trennung von Kevin und Lissa und dem Bedauern, weil sie Martin verletzt hatte, interessierte es sie nicht, ob andere ihre Beziehung zu Paul guthießen oder nicht.

Auch wenn die letzten zwei Monate mit Paul wunderbar und heilsam gewesen waren, wollte sie doch gern wissen, wie es Martin ging. Kevin und Lissa riefen sie regelmäßig über Lauras oder Martins Handy an und sie erzählten ihr jedes Mal ein wenig aus ihrem Leben. Mit Lauras Hilfe schickten sie ihr Fotos und riefen sie an, um ihr zu erzählen, was darauf abgebildet war.

Paul kam in die Küche. „Was hältst du davon, wenn wir uns einen Hund von Sarah kaufen?"

Ihr Handy klingelte. Auf der Anzeige stand, dass es Martins Telefon war. „Es ist Kevin oder Lissa."

Paul nickte. „Natürlich. Geh dran."

„Hallo?"

„Hallo, ich bin's. Hast du eine Minute Zeit?"

Martin klang fröhlich und in ihr regte sich die Hoffnung, dass er das Schlimmste überstanden hatte. „Klar. Warte bitte kurz." Sie drückte auf die Stumm-Taste. „Es ist Martin."

„Du willst bestimmt irgendwo ungestört sein." Paul deutete zur Hintertür und half ihr in den Mantel.

Während sie über die hintere Veranda ging, löste sie die Stumm-Taste und hielt sich das Telefon ans Ohr. Eine dicke, weiße Schneeschicht lag über den Feldern und neuer Schnee fiel vom dunklen Abendhimmel. „Ich bin wieder da." Unter ihren Füßen knirschte der Schnee, als sie in den Hof hinaustrat. Sie wartete darauf, dass er sprach, und betete darum, dass er ihr vergeben könnte und er wieder glücklich war.

„Wir bereiten hier gerade alles für eine Musikparty vor. Es ist eine Feier, weil ich heute erfahren habe, dass ich mein Ingenieursexamen bestanden habe."

„Herzlichen Glückwunsch! Obwohl ich nie daran gezweifelt habe, dass du bestehen würdest. War Hawaii so schön, wie du es dir erhofft hattest?"

„Es war sogar noch besser."

„Es freut mich, dass du nicht enttäuscht wurdest. Kevin und Lissa haben ununterbrochen davon erzählt."

Er schwieg. Sie wartete.

„Ich, äh, ich kapiere es, Hannah. Ich meine, ich bin derjenige, der Schluss gemacht hat, und ich habe es auch vorher schon verstanden, aber jetzt ergibt alles einen Sinn. Ich habe immer gedacht, mit genug Zeit und ein wenig sanftem Druck würdest du so werden, dass du perfekt zu mir passt. Als ich dich überredete, aus dem Blockhaus auszuziehen, hatte ich immer gehofft, du würdest dich in meiner Welt wohlfühlen."

Sie vermutete, dass das seine Art war, ihr zu sagen, dass es richtig von ihr gewesen sei, zu Paul zurückzugehen, und dass er selbst auch bereit war, eine neue Beziehung einzugehen. Eine tiefe Erleichterung erfüllte sie.

Im Hintergrund war das Klopfen an einer Tür zu hören.

„Es ist offen", sagte Martin.

Hannah konnte nicht alle Worte verstehen, die zu ihm gesagt wurden, aber es klang nach Amy Clarkes Stimme, die ihm mitteilte, wo er sie fände, wenn er mit dem Telefonieren fertig war.

„Okay, ich komme gleich. Hör zu, Hannah, Kevin und Lissa fragen ständig, ob sie dich besuchen können. Sie haben am Donnerstag und Freitag frei. Sie könnten sogar noch das Wochenende dranhängen, falls du Zeit hast."

„Wirklich?" Sie konnte sich nicht länger beherrschen und schluchzte laut.

Es musste ihm sehr viel besser gehen. Bevor er nach Hawaii gefahren war, war er nicht bereit gewesen, auch nur darüber zu sprechen, ob er ihr erlauben würde, Kevin und Lissa wiederzusehen. Jetzt hatte er nichts mehr dagegen, vorausgesetzt, ein solcher Besuch passte in seinen Terminplan. Aber das störte sie nicht und sie jubelte innerlich vor Begeisterung.

„Weißt du, wenn du aufhören könntest zu weinen …"

Sie wischte die Tränen weg und versuchte, ihre Aufregung und Erleichterung zu zähmen. „Entschuldige. Sprich weiter."

„Ich dachte einfach, ich sollte dich wissen lassen, dass es mir gut geht." Er machte eine Pause. „Nein, mir geht es mehr als nur gut. Ich weiß, dass wir beide genau dort sind, wo wir sein sollen."

Eine schwere Last wurde von ihr genommen.

„Für Zabeth war es das Wichtigste, die Palmerfamilie so gut wie möglich zusammenzuhalten. Sie wurde zu schwach und starb, bevor das passierte, aber du bist gekommen und … na ja, du hast das zu Ende geführt, was sie begonnen hatte, und jetzt sind Kevin, Lissa und ich eine Familie. Wenn ich mich dazu in dich verlieben musste, dann würde ich es jederzeit wieder tun."

„Danke, Martin."

„Ruf Laura nächste Woche einfach an und sie kommt mit den Kindern zu dir zur Blockhütte oder zur Klinik oder wohin du willst. Okay?"

„Das werde ich dir nie vergessen. Danke."

„Ebenfalls danke. Tschüss."

Sie schloss die Augen und klappte das Handy zu. Genauso wie die Schneeflocken um sie herumwirbelten, tanzten auch die Erinnerungen durch die Luft und ließen sich sanft in ihrem Herzen nieder. Auch wenn sie es bedauerte, dass Martin ihretwegen gelitten hatte, würde sie es nie bereuen, dass sie bei Zabeth gewesen war. Einer mit dem Bann belegten, krebskranken, sterbenden Frau, die verzweifelt versucht hatte, das, was von der Palmerfamilie zu retten war, zusammenzuhalten.

Vielleicht hatte Martin recht: Sie hatte geholfen, ihn zu verändern, und ihretwegen war er in Kevins und Lissas Leben fest verankert.

Gott konnte aus Tragödien, falschen Entscheidungen und sogar dummen Fehlern Gutes hervorbringen. Sie schaute zum verschneiten, dunklen Himmel hinauf und vertraute Gott von ganzem Herzen. „Trotzdem."

Da sie Paul eine Minute allein sehen wollte, bevor sie zu den anderen zurückginge, klappte sie ihr Handy auf und rief ihn an.

„Hey, du kannst nicht gewinnen, wenn du nicht hereinkommst und mitspielst."

„Heißt das, dass du für uns beide verlierst?"

Die Hintertür ging auf. Paul trat auf die Veranda und kam in den Hof. „So ähnlich, ja." Nach einem einzigen Blick auf ihre Miene zog ein Lächeln über sein gut aussehendes Gesicht. Er steckte das Handy wieder in seine Tasche. „Das war ein guter Anruf."

Sie breitete die Arme aus und drehte sich im Kreis, bevor sie auf ihn zulief und lachend die Arme um seinen Hals warf.

Er hob sie vom Boden hoch und hielt sie liebevoll fest. „Ich liebe dich, Hannah. Ich habe dich immer geliebt. Und ich werde dich immer lieben."

Er stellte sie auf die Erde und schaute ihr in die Augen. Dann beugte er sich langsam nach unten und berührte mit seinen Lippen zärtlich ihren Mund. Alle Hoffnungen und Träume, die früher verboten gewesen waren, wurden auf wunderbare Weise wahr. Seine Lippen berührten sanft ihre Wange und ihren Nacken.

Ihre Knie wurden weich und sie trat zurück.

„Hannah?"

„Ich muss mich hinsetzen." Sie sank auf den kalten Schnee. Dann legte sie den Kopf schief und schaute zu ihm hoch. „So ist es also, wenn einem der Boden unter den Füßen weggezogen wird."

Offensichtlich dämmerte ihm, warum sie sich hatte hinsetzen müssen, denn er schmunzelte erleichtert. „Ich hatte schon Angst. Bist du sicher …"

„Ich bin sicher."

Paul reichte ihr die Hand, aber diese Geste war mehr als das Angebot, ihr auf die Beine zu helfen. Alles, was sie je gewollt hatte, stand mit offenen Armen vor ihr und wartete nur auf sie. Sie sank in seine Arme, legte die Arme um ihn und lehnte ihren Kopf an seine Brust. „Ich liebe dich, Paul." Ihre Stimme klang rau und Tränen standen in ihren Augen. „Ich liebe dich."

Epilog

Die Wärme, die sie spürte, als sie in Pauls Armen aufwachte, erfüllte sie mit einer tiefen Dankbarkeit. Die ersten Lichtstrahlen warteten gleich hinter dem Horizont darauf, sich über das Land zu erstrecken und die Dunkelheit zu vertreiben, die jeden Winkel des Raumes ausfüllte. Hannah hörte auf das leise Surren des Deckenventilators, der durch die offenen Fenster die verschiedensten Düfte im Haus verteilte – frisch geschnittenes Gras, ihr Gemüsegarten und der Wald, durch den der Bach floss. Hannah liebte den Beginn des neuen Tages. Neues Leben regte sich in ihr und gab ihr das Gefühl, sie schwebe wie ein Adler über die Felder. Dieses Gefühl war ein ständiger Teil von ihr geworden, seit Paul während ihrer Verlobungszeit dieses Haus für sie beide gebaut hatte. Das Haus war auf dem vier Hektar großen Land, das Großmutter ihnen gegeben hatte, aber die Veranda mit dem Deckenventilator im Sommer und dem offenen Kamin für den Winter war ihr Lieblingsplatz. Von dort aus konnte man die kleine Brücke sehen, auf der er ihr einen Heiratsantrag gemacht hatte.

Die „Vergangenheit-und-Zukunft"-Quiltdecke lag über dem Fußende ihres Bettes und wartete geduldig auf kälteres Wetter. Ihre mennonitische Gebetshaube lag neben ihr auf dem Nachttisch. Daneben stand die handgeschnitzte Kiste, die Paul für sie gemacht hatte, in der sie die Briefe aufbewahrte, die sie im Laufe der Jahre von Menschen, die sie liebte, bekommen hatte: Paul, *Daed*, *Mamm*, Lissa und Kevin, sogar hin und wieder eine kurze Nachricht von Martin oder Amy, in denen sie ihr mitteilten, wann und wohin sie verreisten, damit sie oder Paul planen konnten, wann sie die Kinder bei sich haben konnten.

Die Briefe waren eine Erinnerung daran, dass die Liebe nicht vollkommen sein musste, wenn man bereit war zu vergeben. Diese Wahrheit begleitete sie durch jeden Teil des Lebens, auch wenn ihr Vater ihr immer noch nicht erlaubte, sein Haus zu betreten. Der Entschluss, ihren *Daed* so anzunehmen, wie er war, hatte ihr geholfen, sich die Freude nicht rauben zu lassen, als er nicht zu ihrer Hochzeit gekommen war. Dasselbe Verständnis half ihr im Umgang mit schwierigen Menschen aus allen möglichen Lebensbereichen.

Ihre Mutter kam an mindestens einem gottesdienstfreien Sonntag im Monat zu Besuch. Obwohl Hannah ihren *Daed* hie und da sah, wenn sie in der Gemeinde unterwegs war, und er immer mit ihr sprach, war sie dankbarer dafür, dass er ihr einige Male im Jahr schrieb und gelegentlich in ihrer Klinik vorbeikam, nur um sie zu sehen. Er war einmal in ihr Haus gekommen, um mit Paul und ihr zu essen, aber die Vorstellung, dass bei seiner Tochter Strom- und Telefonleitungen ins Haus gingen, beunruhigte ihn. Trotz seiner unbeugsamen Einstellung versuchte er, sein Denken und sein Herz für sie zu öffnen. Sie versuchte ihrerseits, ihn zu verstehen. Die Erfahrung, dass Vergebung sich in ihrem täglichen Leben festsetzte und wuchs, erstaunte sie. Sie konnte nicht behaupten, sie würde verstehen, wie Vergebung funktionierte, aber die Freiheit, die sie mit sich brachte, war nicht zu leugnen. Und wenn sie etwas falsch machte, durfte sie auch mit Vergebung rechnen.

Hannah fuhr mit den Fingern über den Geburtssteinring, der jetzt an einer Halskette hing, die sie tagsüber unter ihrer schlichten Kleidung versteckte, und konnte kaum glauben, dass die Kinder bald Teenager wären und dass Martin und Amy bald ihren fünften Hochzeitstag feierten. Die frühere Amy Clarke erfüllte nicht nur alles, war Martin bei Hannah gesucht hatte, sie bewunderte und respektierte ihn auch zutiefst und erfüllte ihn mit einem Glück, das er wirklich verdiente. Faye war nie zurückgekommen und Hannah bezweifelte, dass sie noch lebte. Gott sei Dank kamen Kevin und Lissa anscheinend sehr gut damit zurecht, von den zwei Ehepaaren, von denen sie bedingungslos geliebt wurden – den Palmers und den Waddells –, ins Leben begleitet zu werden.

Zabeths Blockhütte war für Paul und sie ein zweites Zuhause geworden. Während des Schuljahres arbeitete Hannah immer ein Wochenende im Monat für Dr. Lehmans Klinik und führte samstags ein Quilttreffen durch, mit der Gelegenheit, medizinische Fragen zu beantworten. Im Sommer arbeitete sie zweimal monatlich in der

Klinik. Jedes Mal wohnten Paul und sie in der Blockhütte. Kevin und Lissa waren dann oft bei ihnen. Im Frühling half Paul ihnen, einen Garten anzulegen. Kevin pflanzte nur Wassermelonen an, die er in Martins Nachbarschaft an den Haustüren verkaufte. Lissa wollte nie etwas aus ihrem Garten verkaufen. Sie wollte, dass ihre Ernte bei ihnen auf den Tisch kam, oder sie ließ sich von Paul zur Stadtmission fahren, wo sie die Lebensmittel verschenkte.

Hannah beugte leicht den Rücken durch und streckte sich nur ein wenig, aber sie merkte trotzdem, dass Paul sich rührte.

Er gab ihr einen Kuss auf die Schulter und streichelte über ihren runden Bauch. „Schlaf weiter, Löwenherz. Es ist noch dunkel."

Aber sie konnte nicht wieder einschlafen. Sie wollte es auch nicht. Die tiefe Liebe, die ihre Beziehung begleitete, und die Liebe, die sie einander schenkten, machte das Leben immer wieder neu und aufregend. Sechs Jahre lang hatten Paul und sie es zufrieden akzeptiert, dass sie ohne Kinder waren, und jeden Lebensbereich genossen, mit dem sie gesegnet wurden. Paul war immer stolz auf ihre Arbeit und ihre schulischen Erfolge und war zufrieden mit dem ausgefüllten Terminkalender, mit dem sie beide lebten. Sie genossen es von Jahr zu Jahr mehr, einander ihre Liebe zu zeigen. Und jetzt ... konnte sie fühlen, wie sich ihr und Pauls Kind in ihr bewegte.

Nachdem sie so vielen Babys auf die Welt geholfen hatte, staunte sie noch mehr über das Wunder, das in ihrem Körper geschah. Mit ihren siebenundzwanzig Jahren und mit ihrem Studienabschluss in Krankenpflege erwartete sie Mitte Dezember ihr erstes Kind.

Obwohl sie in der Klinik für amische und mennonitische Patienten gleich hinter *Better Path* arbeitete, verbrachte sie viel Zeit mit Besuchen und Beratungsgesprächen in amischen Häusern. Bei einigen stieß sie auf Ablehnung, besonders bei den Männern, aber sie begegnete ihnen mit Respekt und Vergebung und ließ sich nicht davon abbringen, mit den Familien über gesundheitliche Fragen zu sprechen.

Wenn es in Pauls Zeitplan passte, kam er in den langen Nächten zur Entbindungsklinik und schlief dort bei ihr. Wenn sie frei hatten, verbrachten sie ihre Zeit mit den treuen Freunden, die sie hatten, einige waren amisch, einige Mennoniten, einige englisch.

Hannahs Gedanken wanderten weiter. Zum Glück für Marys Gesundheit wurde sie nicht oft schwanger. Sie und Luke hatten bis jetzt außer Amanda nur noch ein Kind bekommen, einen Sohn. In den Jahren, seit Matthew und Kathryn verheiratet waren, hatten sie schon drei Kinder. Kathryn liebte es, ihren Haushalt zu organisieren und mit Matthew in seinem Geschäft zu arbeiten. Sie hatten neben den Werkstattgebäuden ein kleines Haus gebaut und Kathryn erfüllte Matthews Leben mit Liebe und großer Freude.

Hannah glaubte, dass Dorcas' Reue echt war, aber der Schmerz darüber, dass sie Paul verloren hatte, ließ sie anscheinend immer noch nicht los. Der Kampf mit der Lyme-Borreliose war sehr langwierig gewesen und sie hatte jahrelang Medikamente und Physiotherapie gebraucht, um wieder gesund zu werden. Jetzt war sie im Ausland und arbeitete für ein Missionswerk.

Gracie, Pauls und Hannahs australischer Schäferhund, kam neben ihr Bett. Hannah kraulte seinen Kopf und musste an die ganzen Hunde denken, die Sarah im Laufe der Jahre trainiert und verkauft hatte. Sarah war immer noch unverheiratet, sie traute ihrem Gesundheitszustand nicht so sehr, dass sie heiraten und Kinder bekommen wollte. Sie nahm weiterhin Medikamente und ging regelmäßig in die Therapie. Außerdem glaubte sie Pauls und Hannahs Worten mehr als den Lügen, die ihre Gefühle oder ihre Fantasie ihr manchmal einredeten. Obwohl sie hin und wieder mit psychischen Problemen kämpfte, baute sie sich ihr Leben auf und kümmerte sich liebevoll um gerettete australische Schäferhunde. Die Gemeinde hatte ihr geholfen, einen Hektar Land in der Nähe von Lukes früherer Werkstatt einzuzäunen, und sie trainierte dort Schäferhunde für alle möglichen Aufgaben: Schafherden zusammenzuhalten, kanadische Gänse zusammenzutreiben oder Bauern zu helfen, ihre Felder vor Wild zu beschützen. Außerdem trainierte sie Hunde für Kinder mit verschiedenen körperlichen Behinderungen. Hannah streichelte Gracie ein letztes Mal und dankte Gott im Stillen für Sarah. Gott brachte in das Leben ihrer Schwester Heilung und half Sarah, ihre Gaben dafür einzusetzen, anderen zu helfen.

Paul schob einige Haarsträhnen aus Hannahs Nacken und küsste sie, dass ihr eine Gänsehaut über den Rücken lief. Er atmete verschlafen ein. „Ich liebe dich, Hannah." Er gab ihr einen weiteren Kuss auf den Nacken. „Bereit für den neuen Tag?"

„Die Freuden und Herausforderungen dieses Tages rufen schon. Kannst du sie hören?“ Sie legte seine Hand auf die linke Seite ihres Bauches. „Und dein Sohn scheint auch schon eine ganze Weile wach zu sein. Du kannst aber noch schlafen.“ Doch sie wusste, dass er das nicht wollte. Für sie beide war die Nähe des anderen viel zu kostbar, um sie als selbstverständlich hinzunehmen.

„Es ist noch nicht einmal hell draußen … schon wieder. Er gerät ganz nach seiner Mutter“, neckte er.

Sie setzte sich auf und schlug ihn verspielt mit einem Kissen.

Er wehrte ihren Schlag lachend ab und zog sie in seine Arme. Sie kuschelte sich an seine Brust. Im Laufe ihrer gemeinsamen Jahre hatte das Lachen, das durch ihr kleines Haus hallte, ihnen beiden viel Heilung gebracht.

Sie arbeiteten mit gesunden Menschen, damit sie gesund blieben, und mit Menschen, die psychisch oder körperlich krank waren, um ihnen zu helfen, wieder gesund zu werden. Das Leben lief nicht immer so, wie sie es wollten, aber Hannah und Paul fanden Kraft und Frieden in Dingen, die sie nie vollständig begreifen konnten: dass bei dem Gott, der *trotzdem* sagt, immer ein ausgefülltes Leben zu finden ist, selbst in einer gefallenen Schöpfung.

„Trotzdem“, flüsterte sie.

Pauls warme Hand bewegte sich zärtlich zu ihrer Hand und er schob seine Finger zwischen ihre Finger. „Trotzdem.“

Glossar

Aa – auch

Arewet – Arbeit

Bobbeli – Baby

Daadi-Haus – Großvaterhaus. Normalerweise ist damit ein Haus gemeint, das an das Haupthaus angebaut ist oder in seiner Nähe steht und von den Großeltern bewohnt wird. In vielen Fällen gehörte das Haupthaus früher den Großeltern. Das Haupthaus wird üblicherweise einem Sohn übergeben, der die Aufgaben übernimmt, die seine Eltern vorher erfüllt hatten. Die Großeltern ziehen dann in das kleinere Haus und haben üblicherweise nicht mehr so viele Aufgaben.

Daed – Vater oder Papa

Denki – danke

Do jetz – vor Kurzem

Englischer – nicht amischer Amerikaner. Einige konservative Mennonitengruppen, deren Frauen auch Gebetshauben tragen, werden nicht als Englische betrachtet, sondern als „schlichte Mennoniten" bezeichnet.

hatt – hart, schwer

Hatzer – Herzen

iss – ist

jah – ja

kumm – komm

Liewer – Liebling (wird als Anrede für Männer und Jungen, die über das Vorschulalter hinaus sind, benutzt)

Liewi – Liebling (wird als Anrede für Mädchen, Frauen und kleine Kinder benutzt)

Mamm – Mama

Mammi – Oma

Pennsylvania Dutch – der deutsche Dialekt, den die Amisch in Pennsylvania sprechen. Das Wort *Dutch* (wörtlich übersetzt: Holländisch) hat in diesem Fall nichts mit Niederländisch zu tun. Das ursprüngliche Wort lautete *Deutsch*. Die Amisch sprechen eine alte Form des Deutschen (diese Sprache wird in den Gottesdiensten verwendet) und im Alltag Pennsylvaniadeutsch (Pennsylvania Dutch). Ab einem gewissen Alter lernen sie auch Englisch.

Rumschpringe – Wörtlich: Herumlaufen. Damit ist die Teenagerzeit gemeint, in der den Jugendlichen mehr Freiheiten zugestanden werden.